Harper
Collins

Zum Buch:

Vor neun Monaten brach Matilda Darkes Welt zusammen: Erst stirbt ihr geliebter Ehemann, dann geht die Lösegeldübergabe in einem Entführungsfall schief. Die Eltern des entführten Jungen machen Matilda medienwirksam für die Panne verantwortlich. Daraufhin folgte eine von oben verordnete Auszeit.

Jetzt endlich kann Matilda wieder in den Dienst zurückkehren und will beweisen, dass sie weiterhin die Richtige für die Leitung der Mordkommission Sheffield ist. Nur dass weder Kollegen noch Vorgesetzte daran glauben. Und so wird ein zwanzig Jahre alter ungelöster Doppelmord zu Matildas Bewährungsprobe …

Zum Autor:

Michael Wood ist freiberuflicher Journalist und Lektor und lebt in Sheffield. Als Reporter hat er über viele Kriminalfälle in der Stadt berichtet und dadurch einen intensiven Einblick in die Ermittlungsarbeit der Polizei gewinnen können. Zudem rezensiert er Bücher für Crimesquad, eine Webseite, die sich der Kriminalliteratur verschrieben hat.

Michael Wood

Stumme Wut

Kriminalroman

Aus dem Englischen von
Peter Friedrich

HarperCollins

HarperCollins®
Band 100103

1. Auflage: Januar 2018

Deutsche Erstausgabe

Titel der amerikanischen Originalausgabe:
For Reasons Unknown

erschienen bei: Killer Reads,
an imprint of HarperCollins *Publishers*, UK

Published by arrangement with
HarperCollins *Publishers* Ltd., UK

Umschlaggestaltung: bürosüd, München
Umschlagabbildung: plainpicture / Millennium / Anthony Hatley
Redaktion: textmenschen.de
Satz: GGP Media GmbH, Pößneck
Printed in Germany
Dieses Buch wurde auf FSC®-zertifiziertem Papier gedruckt.
ISBN 978-3-95967-143-9

www.harpercollins.de

Für Mum
Danke. Vielen Dank für alles.

PROLOG

Der Raum hätte das Wohnzimmer jedes beliebigen Hauses des Landes sein können, in Wirklichkeit aber befand er sich mitten im Hauptquartier der Polizei von South Yorkshire und sollte eine entspannte, behagliche Atmosphäre vermitteln. Von außen betrachtet wirkte er friedlich und einladend, doch hätten die Wände reden können, hätten sie eine andere Geschichte erzählt. Hier wurden Kinder getröstet, die ihre Eltern verloren hatten. Opfer von Vergewaltigung und sexuellem Missbrauch durften auf Tee und Mitgefühl hoffen. Weibliche Constables mit frischen Gesichtern, sanften Stimmen und einem nie versiegenden Vorrat an Papiertaschentüchern standen bereit, um älteren Menschen, die Opfer von Gewaltverbrechen geworden waren, zur Seite zu stehen.

Auf dem Boden saß ein blonder, blauäugiger Elfjähriger in einem grauen Trainingsanzug, der ihm nicht gehörte. Er war umgeben von Zeichenpapier, einem Sammelsurium aus Wachsmalkreiden, Bunt- und Filzstiften. Neben ihm kauerte ein junger Beamter, der entgegen der Anordnung seiner Vorgesetzten die Uniform nicht gegen Zivilkleidung getauscht hatte.

Die Tür schwang auf, und Dr. Sally McCartney kam herein. Im Gegensatz zu dem Constable hatte sie sich bemüht, freundlicher und inoffizieller zu erscheinen. Verschwunden waren der Pferdeschwanz und das konservative Jackett. Sie hatte die Brille abgenommen und Kontaktlinsen eingesetzt, obwohl sie dabei immer mit der Angst davor kämpfen musste, die eigenen Augäpfel zu berühren. Sie warf dem Constable einen verärgerten Blick zu. Er hätte wenigstens die Uniformjacke ablegen können. »Hallo, Jonathan«, sagte sie. Der kleine Junge blickte nicht von seinen Zeichnungen auf. »Mein Name ist Sally. Ich möchte mich ein bisschen mit dir unterhalten. Ist dir das recht?«

Er kritzelte weiter auf seinem Blatt herum. Sally McCartney kauerte sich hinter ihn und sah ihm über die Schulter. Er hatte ein Haus gezeichnet und malte soeben einen großen Baum aus, der davorstand.

»Ist das euer Haus?«

Jonathan nickte.

»Es ist sehr hübsch. Der Baum auch. Kletterst du gerne darin herum?« Keine Antwort. »Wo ist dein Zimmer?«

Er deutete auf das Fenster oben rechts mit den blauen Vorhängen, bevor er weiter den Baum ausmalte.

»Gehört das Zimmer daneben deinem Bruder?« Er nickte wieder.

»Jonathan, wir suchen nach ihm, konnten ihn aber bis jetzt nicht finden. Weißt du, wo er sein könnte?«

Jonathan hörte auf zu zeichnen und sah gedankenverloren auf. Er richtete den Blick auf Dr. McCartney und fixierte sie mit ausdruckslosen Augen. Dann wandte er sich wieder seinem Bild zu.

»Jonathan, wir müssen deinen Bruder finden. Das ist sehr wichtig. Kennst du seine Freunde?«

Die Tür öffnete sich, und Detective Sergeant Pat Campbell steckte den Kopf herein. Sie war seit mehr als zwanzig Stunden im Dienst und wirkte ausgelaugt. Sie bedeutete Dr. McCartney, zu ihr in den Korridor hinauszukommen.

»Warum hat dieser Constable nicht wie angeordnet seine verdammte Uniform ausgezogen?«, fragte Sally, bevor Campbell Gelegenheit hatte, etwas zu sagen.

»Weiß ich nicht. Es wäre besser gewesen.« Sie seufzte und verdrehte die Augen. »Hat der Junge etwas gesagt?«

»Noch nicht.«

»Es ist ungeheuer wichtig, dass wir seinen Bruder finden.«

»Ich hörte, dass seine Mutter noch am Leben ist. Wie geht es ihr?«

»Keine Ahnung, wo dieses Gerücht herkommt. Beide Eltern wurden noch am Tatort für tot erklärt. Sie sind brutal erstochen worden.«

»Mein Gott. Das sollte er vorerst nicht erfahren.«

»Wir haben eine Verwandte in Newcastle ausfindig gemacht. Sie ist auf dem Weg hierher, wird aber noch ein paar Stunden brauchen. Hören Sie, was immer in dem Haus geschehen ist, er hat es gesehen oder zumindest gehört. Ich muss es erfahren.«

»Das ist mir klar.«

Pat Campbell blickte über die Schulter der Ärztin durch das schmale Glasfenster der Tür in den Raum, in dem der kleine Junge ungerührt weitermalte, als wäre nichts Außergewöhnliches passiert. »Was macht er für einen Eindruck auf Sie?«

»Er hat sich komplett in sich zurückgezogen, was allerdings nicht ungewöhnlich ist. Das menschliche Gehirn braucht eine Weile, um traumatische Ereignisse zu verarbeiten, und so lange schaltet es ab. Das ist reiner Selbstschutz.«

»Dann wird er also bald aus diesem … Zustand herauskommen und uns sagen können, was vorgefallen ist?«

»Theoretisch ja.«

»Warum nur theoretisch?«

»Je nachdem, was er gesehen hat, will sein Gehirn sich vielleicht nicht daran erinnern.«

»Verdammt noch mal«, fluchte Campbell und lehnte sich müde gegen die Wand. »Was ist mit den Zeichnungen?«

»Diese Methode hilft kleinen Kindern, das Erlebte zu verarbeiten. Ihre Zeichnungen sind normalerweise Ausdruck dessen, was in ihren Köpfen vorgeht. Hoffentlich helfen seine uns zu verstehen, was in diesem Haus passiert ist, und darauf bauen wir dann die Therapie auf.«

»Und was hat er bisher gemalt?«

»Ein Haus und einen Baum.«

»Können Sie daraus irgendwelche Schlüsse ziehen?«

»Noch nicht.« Sie lächelte schief. »Dafür ist es noch zu früh. Offensichtlich betrachtet er die Geschehnisse von außen. Falls sein nächstes Bild auch ein Haus zeigt, werde ich ihn fragen, was sich darin befindet, und sehen, was er malt, wenn ich über die Räume im Haus spreche.«

Pat schüttelte den Kopf. »Mein Gott, der menschliche Verstand ist ganz schön kompliziert, nicht wahr? Ich beneide Sie nicht um Ihren Job.«

Darauf wusste die Ärztin nichts zu sagen. Manchmal beneidete sie sich selbst nicht darum. »Besteht die Möglichkeit, ihm eigene Kleidung zu besorgen? Dieser Trainingsanzug ist scheußlich.«

»Ich lasse ihm etwas aus dem Haus holen.«

»Und wie wär's mit einem Glas Milch und etwas Schokolade?«

»Was immer Sie wollen.«

»Vielen Dank.«

Sie wandte sich ab und kehrte ins Zimmer zurück. Jonathan hatte zwei Erwachsene und ein Kind gezeichnet und malte gerade ein zweites Kind: seine Familie. Dr. McCartney beugte sich über ihn und beobachtete, wie er an den Details arbeitete – Haare, Kleidung, Augen, Lächeln. Dann griff er nach einem roten Filzstift und schmierte das Blatt mit heftigen Bewegungen, die die Ärztin und den Constable zusammenzucken ließen, damit voll. Er hörte nicht auf, bis seine Mutter, sein Vater und sein Bruder völlig mit Blut bedeckt waren.

KAPITEL 1

Zwanzig Jahre später

Matilda Darke hatte diesen Tag neun Monate lang herbeigesehnt. So lange war sie durch einen tiefen Sumpf schmerzlicher Emotionen gewatet. Sie reichten von einer schweren Depression, in der sie den Rest ihres Lebens im Bett verbringen wollte, bis zu hysterischen Anfällen, bei denen sie sich aus unerklärlichen Gründen die Seele aus dem Leib weinte. Nach einer langwierigen kognitiven Verhaltenstherapie, wöchentlichen Besuchen bei einer Therapeutin und Unmengen Antidepressiva war sie wieder ganz auf der Höhe – das redete sie sich jedenfalls ein.

Es war der erste Montag im Dezember. Zwei Stunden bevor der Wecker klingelte war sie in einem eiskalten Haus aufgewacht. Die Zentralheizung war nicht angesprungen, und laut dem Digitalthermometer auf dem Fensterbrett lag die Temperatur draußen bei vier Grad minus. Im Haus fühlte es sich nicht viel wärmer an.

Sie duschte sich warm, dann würgte sie ihr Frühstück, das aus zwei Scheiben Vollkorntoast und schwarzem Kaffee bestand, hinunter. Das Kauen fiel ihr schwer. Ein Teil von ihr freute sich darauf, mit hoch erhobenem Kopf zur Arbeit zurückzukehren und der Welt zu zeigen, dass mit ihr noch zu rechnen war. Ein anderer Teil weinte still vor sich hin und sehnte sich ins sichere Bett zurück.

Ihr drei Jahre alter Ford Focus stotterte erst in der Kälte, der Motor wurde aber relativ schnell warm. Er schien zu wissen, dass sie an diesem Tag keine Schwierigkeiten gebrauchen konnte. Zwanzig ereignislose Minuten später war Matilda am Ziel, holte tief Luft und bog mit einem leisen Lächeln links auf ihren angestammten Parkplatz ein.

Sie trat heftig auf die Bremse und umklammerte das Lenkrad. Das Herz schlug ihr bis zum Hals, und das kribbelnde Gefühl, das sich in ihrem Nacken breitmachte, kündigte eine Panikattacke an. »Walpole, Compton, Pelham, Newcastle, Devonshire«, flüsterte sie atemlos.

Sie starrte den schwarz glänzenden Audi an, der auf ihrem angestammten Parkplatz stand. Wem gehörte er? Hatte man den Besitzer nicht informiert, dass sie wieder da war? Sie konnte den Kloß in ihrem Hals nur mit Mühe hinunterschlucken. Auf einmal fand sie gar nicht mehr, dass das mit der Rückkehr eine gute Idee gewesen war.

Eine Viertelstunde später hatte sie ihr Auto in einer Parklücke an der Rückseite des Gebäudes abgestellt und saß auf einem unbequemen Stuhl, dessen Polsterfüllung herausquoll, während sie darauf wartete, ins Büro ihrer Chefin vorgelassen zu werden.

Sie sah sich in dem kleinen Vorzimmer um, betrachtete die billigen Drucke an den Wänden. In einer Ecke stand eine große Vase mit Plastikblumen. Die künstlichen Blütenblätter waren von einer dicken Staubschicht bedeckt, die ihre leuchtenden Farben zu einem trüben Grau dämpfte. Der beißende Geruch eines Desinfektionsmittels mit Kieferduft hing in der Luft und kratzte ihr in der Kehle.

Die Lampe über der Tür sprang auf Grün.

»Scheiße«, sagte sie zu sich selbst. »Na dann.«

Sie stand auf und strich ihren dunkelblauen Hosenanzug glatt. Er war das erste Kleidungsstück, das sie seit über einem

Jahr gekauft hatte, und zu ihrem Entsetzen hatte sie festgestellt, dass sie eine Konfektionsgröße zugelegt hatte. Sie fuhr sich durchs dunkelblonde Haar. Ihr Friseurbesuch war erst eine Woche her. Matilda war einundvierzig Jahre alt und fühlte sich wie ein Schulmädchen, das man wegen Mogelns bei der Mathearbeit zum Direktor zitiert hatte.

Bevor sie die Klinke hinunterdrückte, betrachtete sie ihre Hände. Sie zitterten. Das war kein gutes Zeichen.

»Da sind Sie ja! Schön, Sie wiederzusehen.« Jedes Wort klang wie ein eigener Satz. Es war natürlich höchst unprofessionell, aber Assistant Chief Constable Valerie Masterson sprang auf, kam hinter ihrem übergroßen Schreibtisch hervor und zog Matilda in eine feste Umarmung. »Nehmen Sie doch Platz. Ich habe gerade frischen Kaffee gekocht.«

Sie setzten sich, und die schmale Assistant Chief Constable wirkte beinahe zwergenhaft an dem massiven Tisch. Eine ganze Weile nahmen sie sich schweigend in Augenschein. Valerie kam Matilda wesentlich älter vor als dreiundfünfzig. Sie hatte seit ihrer letzten Begegnung abgenommen und ein paar neue Falten bekommen, wie ein Reifen, in dem ein Nagel steckte und dem allmählich die Luft ausging. Matilda fragte sich für einen kurzen Moment, ob Valeries Urteil über ihr eigenes Aussehen wohl ähnlich unerfreulich ausfiel. *Merkt sie, dass ich zugenommen habe? Ist meine Frisur in Ordnung? Sehe ich älter aus?*

»Sie sehen sehr gut aus«, log Valerie recht überzeugend.

»Danke. So fühle ich mich auch«, log Matilda zurück.

Valerie Masterson war koffeinsüchtig und mochte das schwarze Zeug aus den Automaten nicht, die an strategischen Punkten der Polizeistation standen. Deshalb hatte sie ihre persönliche Gaggia in ihrem Büro. Sie schenkte ihnen je eine mittelgroße Tasse ein, Kaffee mit Milch und einem Löffel Zucker für sich selbst, schwarz für Matilda. Das hatte sie sich gemerkt.

»Na, sind Sie bereit für Ihren ersten Arbeitstag?«

»Absolut. Ich will das letzte Jahr hinter mir lassen und so schnell wie möglich zur Normalität zurückkehren.«

»Das denke ich mir. Leider kann ich Sie nicht sofort in den aktiven Dienst zurückschicken.«

Das starre Lächeln in Matildas Gesicht erlosch unvermittelt. »Warum nicht? Wir haben doch letzte Woche am Telefon besprochen ...«

»Ich muss mich an die Vorgaben Ihres psychiatrischen Gutachtens halten.«

»Meines was?«

Valerie lehnte sich vor und fischte eine braune Aktenmappe aus den Tiefen ihrer Ablage. Sie zog ein fünfseitiges Gutachten heraus und überflog es.

Matilda hätte ihr das Dokument am liebsten aus den Händen gerissen. Sie wollte wissen, was diese herablassende Therapeutin über sie zu sagen hatte.

»Es besteht kein Grund zur Sorge. Ich kenne keine Details Ihrer Sitzungen bei Dr. Warminster. Diese unterliegen der Schweigepflicht, wie Sie wissen. Ihre Therapeutin wurde jedoch gebeten, uns vor Ihrer Rückkehr schriftlich mitzuteilen, ob Sie den Dienst ihrer Ansicht nach schon wieder aufnehmen können und welche Arbeitsbelastung zumutbar ist.«

»Sie hat etwas dagegen, dass ich wieder Vollzeit arbeite?« Unter dem Schreibtisch ballte Matilda die Fäuste so fest, dass sich die Fingernägel in die Handflächen gruben. Ihre Knöchel verfärbten sich weiß. Der Schmerz wanderte ihre Arme hoch, und sie spürte die Erleichterung, die er ihr bereitete.

»Ganz und gar nicht. Sie hat ein geradezu überschwängliches Gutachten verfasst. Sie bewundert Ihren Mut und Ihren Genesungswillen.« Die Assistant Chief Constable lächelte.

War das ein echtes oder ein gezwungenes Lächeln? Die Fältchen um die Augen, die es als echt ausgewiesen hätten, fehlten, allerdings war in ihrem Gesicht kaum noch Platz für weitere Falten. Matilda schalt sich, weil ihre Gedanken abschweiften. »Aber …«

»Sie ist nur nicht der Ansicht, dass Sie sofort wieder die Abteilung leiten sollten. Sie empfiehlt, dass Sie sich langsam einarbeiten, und ich neige dazu, ihr zuzustimmen.«

»Ist das eine freundliche Art, mir zu sagen, dass Sie mich degradieren?« Die ganzen neun Monate ihrer Abwesenheit hatte Matilda die Vorstellung gequält, man könnte ihr den Titel des Detective Chief Inspectors wegnehmen, für den sie so hart gearbeitet hatte.

»Ich degradiere Sie nicht, Matilda. Sie sind eine der besten DCIs in South Yorkshire. Ihre gute Arbeit und Ihr Engagement sind allgemein bekannt. Ich kann Ihnen nur keinen großen Fall übertragen, bis alle beteiligten Parteien sicher sind, dass Sie wieder voll einsatzfähig sind.«

»Alle beteiligten Parteien?«

»Sie, ich, Dr. Warminster, der Chief Constable. Wir stehen alle zu hundert Prozent hinter Ihnen.«

Newcastle, Bute, Grenville, Rockingham, Pitt der Ältere, zählte sie in Gedanken auf. Warum reichte allein der Name ihrer Therapeutin, um Angstgefühle auszulösen? Zur Bewältigung von Stresssituationen rezitierte Matilda die Namen britischer Premierminister, eine Technik, die ihr ausgerechnet Dr. Warminster vorgeschlagen hatte. Matilda war sich darüber im Klaren, dass die Rückendeckung ihrer Vorgesetzten ein leeres Versprechen war. Ja, sie hatte einen Fehler begangen, und ja, sie hatte dafür bezahlt. »Hören Sie, es ist nicht zu leugnen, dass ich mich im letzten Jahr verändert habe, aber ich bin immer noch DCI. Ich bin in der Lage, meinen Job zu machen. Wenn ich das nicht glauben würde, wäre ich jetzt nicht hier.« Sie fragte sich, wen sie eigentlich zu überzeugen versuchte.

Valerie griff in die oberste Schreibtischschublade und zog eine dicke Akte heraus. Sie hatte schon bessere Tage gesehen und war mit Kaffeetassenringen und Spritzern übersät. »Erinnern Sie sich an die Harkness-Morde?«, fragte sie, faltete die Hände und legte sie auf den Ordner.

Matilda wusste, worauf das hinauslief. »Sie übertragen mir einen ungeklärten Fall?«

»Ich möchte nur, dass Sie ihn sich mal ansehen. Einen Monat lang, höchstens sechs Wochen.«

»Gibt es neue Hinweise?«

Valerie senkte den Blick auf den Ordner. »Nicht direkt.«

»Was soll das heißen?« Matilda verschränkte die Arme. Sie spürte wieder dieses Kribbeln im Nacken.

»Sind Sie mit dem Fall vertraut?«

»Jeder kennt diesen Fall. Er gehört zur Geschichte Sheffields.«

»Das Haus wird morgen abgerissen.«

»Wurde auch langsam Zeit.«

»Letzte Woche rief mich ein Reporter von *The Star* an. Er wollte wissen, ob wir den Fall wieder aufnehmen.«

»Das sieht dann ja wohl so aus.«

»Aufgrund von Budgetkürzungen haben wir leider keine Kommission mehr, die sich ruhenden Fällen widmet. Dass das Haus abgerissen wird, ist nicht nur von lokalem Interesse, es wird auch überregional Aufmerksamkeit erregen. Der Fall hat damals ganz schön Wellen geschlagen. Ich möchte nicht, dass jemand denkt, man könnte in South Yorkshire mit Mord davonkommen.«

»Es geht also vor allem um PR?«

»Ich glaube fest daran, dass wir den Fall aufklären können. Er mag lange zurückliegen, doch der Täter steckt irgendwo in dieser Akte. Ich weiß es. Wenn es jemanden gibt, der den Mörder von Stefan und Miranda Harkness finden kann, dann Sie, Matilda.«

Matilda wusste, dass das nur ein Trostpflaster war. Dass sie die Entführung Carl Meagans versiebt hatte, war den Einwohnern von Sheffield noch bestens im Gedächtnis. Es hätte nicht gut ausgesehen, wenn eine Ermittlerin, über deren Kopf eine düstere Wolke hing, einen wichtigen Fall leitete. Sollte es ihr aber gelingen, einen bekannten ungelösten Fall aufzuklären, wären alle zufrieden. Sie streckte die Hand nach der Akte aus, zuckte jedoch wieder zurück.

Grafton, North, Wentworth, Petty, North und Fox.

»Ich brauche einen DC.«

»Ich teile Ihnen einen zu.«

»Außerdem brauche ich ein Büro zum Arbeiten.«

»Kein Problem.«

»Wo sind die Beweismaterialien?«

»Auf dem Weg aus dem Lager hierher. Sie haben Zugriff auf alles, was mit dem Harkness-Fall zu tun hat, und freie Hand, was Vernehmungen betrifft.«

Matilda verdrehte die Augen. Die Beweisstücke waren bereits unterwegs. Die Entscheidung war gefallen. Sie fragte sich, ob das für sie den Anfang vom Ende bedeutete. Wollte überhaupt noch irgendjemand mit ihr zusammenarbeiten? »Was, wenn ich den Fall nicht lösen kann?«

»Ich glaube fest an Sie.«

»Das beantwortet meine Frage nicht.«

»Dann bleibt er ungelöst.«

»Werde ich zur Mordkommission zurückkehren, wenn das hier vorbei ist?«

»Das wird zu gegebener Zeit überprüft.«

Sie spürte einen Spannungskopfschmerz in sich aufsteigen. Der Impuls, ihre Marke auf den Tisch zu werfen und den Dienst zu quittieren, brodelte in ihr und stand kurz vor dem Ausbruch.

»Sind Sie noch bei Dr. Warminster in Behandlung?«, fragte Valerie, als sie sah, dass die DCI auf ihrer Unterlippe herumkaute.

»In dieser Frage habe ich kein Mitspracherecht. So ähnlich wie hier gerade.«

»Matilda, im vergangenen Jahr hat sich bei uns viel verändert. Bearbeiten Sie diesen Fall, gehen Sie weiter zu Ihren Sitzungen bei Dr. Warminster, und jeder ist glücklich.«

»Außer mir.«

»Haben Sie wirklich geglaubt, Sie könnten so mir nichts, dir nichts direkt wieder an die Front zurückkehren, als wäre nichts geschehen?«

»Ja. Die Untersuchungskommission hat mich von jeder Schuld freigesprochen. Ich sollte da weitermachen dürfen, wo ich aufgehört habe.«

»Das werden Sie auch. Dies ist die letzte Hürde. Hören Sie, die Polizei von South Yorkshire genießt im Moment keinen besonders guten Ruf. Die Hillsborough-Untersuchung und der Kindesmissbrauchsskandal von Rotherham bereiten mir Kopfzerbrechen, und das sind nur zwei von vielen Dingen, mit denen ich mich herumschlagen muss. Ich darf Sie nicht einfach wieder in die vorderste Reihe schicken, als wäre nichts passiert.«

Widerwillig griff Matilda nach der Akte. Sie fürchtete, dass es kein Zurück mehr gab, sobald ihre Finger die Mappe berührten.

»Es gibt noch eine Bedingung …«, begann Valerie.

Natürlich.

»Dr. Warminster hat für Sie reduzierte Arbeitszeiten empfohlen.«

Matilda blieb stumm. Man hatte sie ihrer Kompetenzen und ihrer Rolle innerhalb der Polizeitruppe beraubt und sie von den Kollegen isoliert. Was jetzt kam, konnte sie ebenso wenig beeinflussen und war es nicht wert, dafür zu kämpfen. Diese Schlacht konnte sie nicht gewinnen.

»Sie dürfen den Dienst nicht vor neun Uhr antreten und müssen das Revier um sechzehn Uhr verlassen haben. Ist das klar?«

Matilda stand auf und presste die Akte an die Brust. »Kein Problem«, sagte sie mit zusammengebissenen Zähnen. »Dann komme ich wenigstens rechtzeitig nach Hause, um meine Gameshows zu sehen.«

Sie machte auf dem Absatz kehrt und eilte hinaus. Am liebsten hätte sie die Tür hinter sich zugeknallt, doch damit wartete sie besser, bis sie zu Hause war. Dort würde sie auch aus voller Kehle in ein Kissen hineinbrüllen – eine weitere stresslindernde Übung, die diese doppelzüngige Harpyie Dr. Warminster empfohlen hatte.

KAPITEL 2

Das große Einfamilienhaus stand auf einem weitläufigen Grundstück im Stadtteil Whirlow. Es lag in einiger Entfernung zur Hauptstraße, und eine einstmals säuberlich geschnittene immergrüne Hecke versperrte nach wie vor den Blick darauf. Die geschotterte Zufahrt verzweigte sich. Ein Weg führte zu einer zweiflügeligen Haustür, der andere zu einer imposanten frei stehenden Garage neben dem Haus. Es war aus rotem Backstein erbaut worden, stammte aus viktorianischer Zeit und verfügte über zwei eindrucksvolle Schornsteine und große Fenster.

Es hätte viel Pflege bedurft, das alte Haus und den Garten instand zu halten, damit das Anwesen seinen ursprünglichen Glanz nicht verlor. Unglücklicherweise hatte sich in den letzten zwanzig Jahren niemand dieser Aufgabe angenommen. Die immergrüne Hecke hatte wild vor sich hin wuchern können, ihre Äste hingen leblos herab, und das früher leuchtende Grün wirkte stumpf und glanzlos.

Der Garten war verwildert, und die Zufahrt verschwand fast völlig unter Unkraut und braunem Laub. Das Haus war völlig zerfallen. Eingeworfene Fenster waren mit billigem Sperrholz vernagelt worden. Ein Schornstein war eingestürzt, und jemand hatte das Blei vom Dach gestohlen, auf dem nur noch wenige Ziegel verblieben. Graffiti bedeckte das Garagentor.

Ein hölzerner Bauzaun umgab das Gelände. Provisorisch befestigte Zettel wiesen Passanten darauf hin, dass der Abriss des Hauses unmittelbar bevorstand. Das einstmals hochherrschaftliche Gebäude war zu einem Schandfleck verkommen, der mittlerweile den Verkaufswert der umliegenden Immobilien minderte.

Auf der von der Straße abgewandten Seite des Grundstücks gab es eine Lücke zwischen dem letzten Zaunelement und der Hecke. Sie war schmal, aber wer dünn genug war, konnte sich hindurchwinden, ohne von der Hauptstraße aus gesehen zu werden.

Als er es geschafft hatte, klopfte der Mann in Schwarz seine Kleidung ab, richtete sich auf und betrachtete das Haus. Es war ein Jammer, das einst beeindruckende Bauwerk in einem derartigen Zustand des Verfalls vorzufinden.

Viel war nicht zu sehen. Die Fenster im Erdgeschoss waren alle mit Brettern vernagelt. Aber das Vorhängeschloss an der Sperrholztafel am Hintereingang war verrostet und gab nach ein paar Schlägen mit einem Stein nach. Der Mann stieß die Tür auf und trat ein.

Die Hintertür führte direkt in die Küche, die früher das Herz der Wohnung gewesen war. In der Düsternis lag der bittere Geruch des Todes in der Luft. Spinnweben hingen von Wänden und Leuchten, eine dicke Staubschicht bedeckte jede ebene Fläche. Die Küche war mit allem Komfort ausgestattet, den eine reiche Familie sich damals hatte wünschen können, auch wenn inzwischen das meiste veraltet war. Die Küchenmaschine hatte die Größe einer Mikrowelle. Eine gelbe Salatschleuder stand auf der Arbeitsfläche neben dem Herd. Benutzten die Leute heute noch Salatschleudern?

Der Mann ging weiter in die große Diele. Eine geschwungene Treppe mit kunstvoller Holztäfelung führte in den ersten Stock. Die Stufen wirkten verworfen. Er glaubte nicht, dass er es riskieren sollte, hinaufzusteigen.

Als er ins Wohnzimmer gelangte, stellte er überrascht fest, dass die Möbel noch da waren. Er konnte verstehen, dass Einbrecher mit der mittlerweile antiquierten Küche nichts hatten anfangen können, doch er wunderte sich, dass niemand die Sitzgarnitur oder den riesigen Fernseher mitgenommen hatte. Der Raum weckte angenehme Erinnerungen, und er setzte sich an die Stelle, die er als Kind bevorzugt hatte. Hier, direkt vor dem Fernseher, hatte er ungestört seine Lieblingssendungen sehen können, ohne dass ständig jemand zwischen ihm und dem Bildschirm durchging.

Das Esszimmer bot einen jämmerlichen Anblick. Die Kommode, die das gute Geschirr beherbergt hatte, war umgefallen, und die Teller lagen zerbrochen am Boden. Er bückte sich, um eine Scherbe aufzuheben, wischte den Staub ab und lächelte beim Anblick des rosa Blumenmusters. Seine Mutter hatte dieses Essgeschirr geliebt. Sie hatte es nur zu wichtigen Anlässen hervorgeholt, an Weihnachten, Geburtstagen und zu anderen Festlichkeiten. Wahrscheinlich waren Jugendliche eingebrochen und hatten es zerschlagen, ohne sich über den ideellen Wert Gedanken zu machen.

Von der Diele aus schaute er die Treppe hinauf. Er war versucht hinaufzugehen, obwohl sie baufällig wirkte. Doch er hatte Angst vor dem, was er vorfinden könnte. Wenn die Küche sich noch im selben Zustand befand wie am letzten Abend, als das Haus noch bewohnt gewesen war, wie würde es dann in den Schlafzimmern aussehen? Machte die Polizei nach einem Verbrechen sauber, oder waren die Wände noch bedeckt von getrocknetem Blut, der Teppich mit den Innereien der Opfer verklebt? Hatte man die Körperflüssigkeiten versickern lassen, bis sie in die Seele des Hauses eingedrungen waren und sie verseucht hatten?

Die Erinnerung daran, was im ersten Stock passiert war, machte ihn wütend. Alles kam wieder hoch. Er wollte nicht mehr nach oben, sondern nur noch weg. Er hätte nie herkommen dürfen. Eilig ging er hinaus, knallte die Hintertür hinter sich zu und brachte die Sperrholzplatte so an, wie er sie vorgefunden hatte. Keinen würde es kümmern, dass das Vorhängeschloss aufgebrochen worden war. Er betrachtete seine zitternden Hände. Sie waren schmutzig. Staub hing in seinem Haar, in seiner Nase, seinem Mund. Er schmeckte den Verfall, den Schimmel und die Fäulnis nicht nur des Hauses selbst, sondern auch der Menschen, die einmal darin gewohnt hatten.

KAPITEL 3

Alles war für Matilda bereit. Man hatte ihr einen Raum zugewiesen und die verstaubten Harkness-Akten aus dem Lager geholt.

Das Büro war nicht größer als eine der Arrestzellen in den Eingeweiden des Polizeireviers. Hinter der Tür standen ein alter Mopp und ein Blecheimer, die vor langer Zeit jemand hier vergessen hatte. Das Zimmer roch muffig und feucht. Eine vergilbte Jalousie mit staubverklebten Lamellen hing vor dem einzigen Fenster.

Matilda trat an den Schreibtisch, warf einen raschen Blick auf die Akten und zog an der spröde gewordenen Kordel der Jalousie. Sie riss ab, und das Ding blieb zu. Auf Tageslicht musste sie also verzichten. Als Beleuchtung baumelte eine nackte 60-Watt-Birne von der Decke. Wenn es je ein Büro gegeben hatte, das eine depressive DCI in den Tod treiben konnte, dann war es dieses.

Matilda kehrte dem Fenster den Rücken zu und musterte den Raum, der für die nächsten sechs Wochen ihr Arbeitsplatz sein sollte.

»Willkommen zurück, Matilda«, sagte sie zu sich selbst, »wir haben dich wirklich vermisst.«

Sie sah die verblassten Beschriftungen auf den säuberlich auf ihrem Schreibtisch gestapelten Ordnern. Zeugenaussagen, Bericht der Forensik, Tatortfotos, Polizeiberichte – alles war da. Alles, was sie über den Harkness-Fall wissen musste. Sie streckte die Hand nach einer Akte aus, ergriff sie jedoch nicht. Was war das nur für eine mentale Blockade, mit der sie da plötzlich zu kämpfen hatte?

An einer Ecke des Schreibtischs lag eine Archivbox. Sie beugte sich vor und klappte den Deckel auf. Sie war praktisch leer, abgesehen von einem dicken Taschenbuch. Stirnrunzelnd nahm sie es heraus und untersuchte es. Die Seiten waren vergilbt, und es wirkte ziemlich zerlesen. Das ausgeblichene Cover zeigte eine Tatortszene: den zusammengesunkenen Körper einer nackten Frau, die mit dem Gesicht nach unten auf einem zerknitterten Bett voller Blutspritzer lag. Matilda wusste sofort, worum es sich handelte. *Ein Weihnachtsmord* von Charlie Johnson war laut Klappentext »der definitive Tatsachenbericht über Großbritanniens größtes ungelöstes Verbrechen«.

Sie erinnerte sich, dass das Buch Ende der 90er Jahre erschienen war, aber sie hatte es nie gelesen. Wenn möglich, mied sie Bücher über wahre Verbrechen.

In der Autorenbiografie stand, Charlie Johnson sei einer der führenden britischen Kriminalschriftsteller und habe in seiner über zwanzig Jahre reichenden Karriere für verschiedene überregionale Zeitungen gearbeitet. Anscheinend hatte er viele von Großbritanniens schockierendsten Verbrechen für die nationalen und internationalen Medien bearbeitet. Matilda fragte sich, ob Charlie Johnson seine Biografie selbst verfasst hatte. Es gab kein Foto von ihm, aber sie stellte sich ihn mit kleinen Schweinsaugen und einem selbstzufriedenen Grinsen vor, das man ihm nur mit einer kräftigen Ohrfeige aus dem Gesicht wischen konnte.

EINLEITUNG

Die britische Polizei ist eine der besten und angesehensten der Welt und verfügt über ein großes Reservoir an engagierten Detectives, die niemals aufgeben, bis sie den Schuldigen gefunden haben. Unglücklicherweise kommt es manchmal vor, dass eine Spur erkaltet. Der Mörder taucht unter, und die Gerechtigkeit für das Opfer hängt in einem ungewissen Schwebezustand fest.

Eines der aufsehenerregendsten Verbrechen der 1990er Jahre war der Fall der Harkness-Morde zur Weihnachtszeit. Ein hart arbeitender Ehemann und seine Frau wurden brutal abgeschlachtet, während ihr jüngstes Kind entsetzt dabei zusehen musste. Was in jener schicksalhaften Nacht geschah, konnte niemals vollständig aufgeklärt werden …

… bis jetzt. Mit ausführlichen Interviews mit Zeugen, Familienangehörigen, Freunden und Nachbarn wirft Ein Weihnachtsmord *frisches Licht auf den Fall und …*

Das Klingeln ihres Handys unterbrach Matildas Lektüre. Sie war dankbar dafür. Die Einleitung klang, als hätte der Autor bei den Morden Mäuschen gespielt, und verursachte ihr Übelkeit. »Guten Morgen, DCI Darke. Na, wie fühlt es sich an, wieder die Zügel in der Hand zu halten?«, hörte sie eine lebhafte Stimme. Die Anruferin war Adele Kean, die diensthabende Pathologin, Matildas beste Freundin.

Adeles unbekümmerte Art wirkte ansteckend, und Matilda merkte, dass sie zum ersten Mal seit Langem lächelte. »Leider halte ich gar nichts in der Hand. Man könnte sagen, der Gaul ist unter mir zusammengebrochen.«

»Was soll das heißen?«

Matilda lehnte sich vorsichtig in ihrem hölzernen Stuhl zurück und hoffte, dass er nicht so fragil war wie die Jalousie.

»Anscheinend kann man mir nicht vertrauen. Ich muss mich erst beweisen, bevor ich wieder bei den großen Jungs mitspielen darf.«

»Ach, Matilda. Das tut mir so leid. Aber wir hatten ja schon befürchtet, dass es so kommen könnte, nicht wahr? Ich vermute, es traf dich nicht völlig unerwartet.«

»Nein, das nicht. Ich darf allerdings nicht mal bei den großen Jungs sitzen. Man hat mir ein schäbiges Büro zugewiesen, das kaum mehr ist als eine Rumpelkammer unter der Treppe.«

»Also wenn es aussieht wie die Abstellkammer unter meiner Treppe, da legt die Katze normalerweise ihre Beute ab. Gib Acht auf tote Spatzen.«

»Dem Geruch nach zu urteilen muss hier ein toter Albatros herumliegen.«

»Sind wenigstens alle froh, dass du wieder da bist?«

»Ich habe noch mit niemandem gesprochen. Sie scheinen mich zu meiden. Keine Ahnung, wovor sie Angst haben. Ich hatte nur eine Unterredung mit der Assistant Chief Constable. Sie hat mir ein Projekt übertragen, bei dem ich keinen Mist anstellen kann.«

»Was denn?«

»Offenbar muss ich erst einen Test bestehen, bevor ich zum nächsten Level aufsteigen darf. Sie hat mir einen ungelösten Fall gegeben«, antwortete Matilda, während sie den ersten Ordner öffnete und einen Blick auf die oberste Seite warf.

»Na, du magst doch Rätsel.«

»Rätsel kann ich lösen. Aber das ist kein ungelöster Fall, sondern ein unlösbarer.«

»Was für ein Fall ist es denn?«

»Die Harkness-Morde.«

»Verdammte Scheiße. Na ja, solltest du etwas mit mir durchsprechen wollen, melde dich einfach. Ich habe nichts dagegen, Jessica Fletcher zu spielen.«

»Ich werde daran denken, bevor ich anfange, mir die Haare zu raufen. Wusstest du, dass das Haus morgen abgerissen werden soll?«

»Ach ja? Okay, überraschend ist das nicht. Es steht seit Jahren leer, und selbst Dracula würde einen Umzug in Erwägung ziehen, wenn er dort lebte.«

Matilda lachte und fühlte, wie sie sich entspannte.

»Es ist schön, dich lachen zu hören, Mat. Treffen wir uns zum Lunch? Panini auf meine Kosten?«

»Ja, gerne. Ich weiß nur nicht, wann ich hier wegkomme.«

»Kein Problem. Ich habe heute frei. Ruf einfach an.«

Matilda versprach es, verabschiedete sich und legte auf. Sie stellte fest, dass sie immer noch lächelte und einen Anflug von Zuversicht verspürte. So wirkte Adele immer auf Menschen. Ihre positive Ausstrahlung war ansteckend wie das Kichern eines Babys. Man hätte Adele auf Flaschen ziehen und Menschen mit Depressionen verschreiben sollen.

Ein Klopfen an der Tür riss Matilda aus ihren Gedanken. Sie ließ den Blick durch das düstere Büro schweifen, und es drehte ihr den Magen um. Wie war es nur möglich, dass ihre Stimmung so unvermittelt ins Gegenteil umkippen konnte? Sie machte sich im Geiste eine Notiz, morgen ihre Antidepressiva mitzubringen.

Sie wollte den Besucher hereinrufen, doch ihr Mund war zu trocken. Sie räusperte sich ein paar Mal und versuchte es erneut.

Die Tür öffnete sich mit lautem Knarren einen Spalt weit.

Ein Kopf schob sich hindurch. Es war Detective Sergeant Sian Mills.

»Hallo, ich habe gehört, dass Sie wieder da sind.« Ihre Stimme hatte einen leisen, fast scheuen Unterton, als spräche sie mit einer Patientin, die soeben nach einer schweren Operation aus der Narkose erwacht war.

All die alten, vertrauten Gesichter, die Menschen, mit denen sie zusammengearbeitet hatte, würden sie der Reihe nach aufsuchen und ihr dasselbe Begrüßungsgespräch aufnötigen. Matilda war nicht sicher, ob sie dafür die Kraft hatte. Manche würden es ernst meinen, so wie Sian, anderen würde es eher um die Befriedigung ihrer perversen Neugier gehen. Sie würden sehen wollen, wie es ihr ging, und die blutigen Einzelheiten ihrer Abwesenheit in Erfahrung bringen wollen. Plötzlich wurde Matilda klar, dass sie die menschliche Entsprechung eines Autounfalls war.

Sie holte tief Luft. »Sian, schön, Sie zu sehen. Kommen Sie rein.«

»Willkommen zurück, Mats. Wir haben Sie vermisst. Ehrlich.«

»Vielen Dank. Hübsche Frisur.«

»Danke. Ich war zuerst nicht sicher. Ich fand, ich sehe damit aus wie ein zwölfjähriger Junge. Aber Stuart gefällt es.« Sie strich sich mit der Hand über den ausrasierten Nacken. »Sie sehen … gut aus«, meinte sie, weil ihr kein besseres Wort einfiel. Sie versuchte, die Frau nicht allzu offenkundig anzustarren, die de facto immer noch ihre Chefin war. Doch es war schwierig, eine so drastische Wandlung nicht zur Kenntnis zu nehmen.

»Danke. Ich fühle mich auch gut.« Hörten die Lügen denn an diesem Morgen gar nicht mehr auf?

»Ich wusste nicht, dass Sie heute zurückkommen, sonst hätte ich ein paar Muffins gebacken und eine Willkommenskarte organisiert.«

»Das ist lieb, aber ich will kein Aufhebens.«

»Nein, natürlich nicht. Sie haben recht. Man soll so anfangen, wie man weitermachen will, nicht wahr?« Sie lachte halbherzig.

»In der Art.« Matilda lächelte schwach und warf einen Blick auf die Harkness-Akten.

»Sie müssen unbedingt zur Mordkommission raufkommen und alle begrüßen, eine Tasse Kaffee mit uns trinken.«

»Gut. Später vielleicht.« Noch eine Lüge.

»Wie wär's mit Mittagessen? Wir könnten einander auf den neuesten Stand bringen. Habe ich schon erzählt, dass Stuarts Vater gestorben ist? Er hat uns nur sein Boot hinterlassen. Ist das zu fassen? Was sollen wir denn in Sheffield mit einem Boot anfangen?«

»Ein andermal gerne. Heute habe ich schon etwas vor.«

»Oh. Klar. Kein Problem. Ich verstehe. Sagen Sie einfach Bescheid.«

»Gut.«

»Na, ich mache mich besser mal wieder auf den Weg.« Sie ging zur Tür. »Es ist wirklich toll, dass Sie wieder da sind.«

Matilda schenkte ihr ein gequältes Lächeln zum Abschied. Jedes Wort wäre ihr in der Kehle stecken geblieben.

Sobald Sian das Büro verlassen und die Tür hinter sich geschlossen hatte, spürte Matilda, wie sie sich entspannte. Während der Unterhaltung war sie völlig verkrampft gewesen. Warum war sie in Sians Gegenwart so nervös? Sie kannte sie seit Jahren, hatte bei zahlreichen Ermittlungen mit ihr zusammengearbeitet, mit ihr auf das Rechtssystem geflucht, wenn wieder einmal ein Mörder freigekommen war, und auch bei Weihnachtspartys ein paar Martinis zu viel mit ihr getrunken. Wenn sie sich in Gegenwart einer Freundin nicht entspannen konnte, wie würde sie dann bei anderen reagieren, die sie als reine Kollegen betrachtete?

Pitt der Jüngere, Addington, Pitt der Ältere, Grenville, Cavendish-Bentinck.

Vielleicht war sie zu früh wieder zur Arbeit gegangen, aber wie viel länger hätte sie es noch hinausschieben können? Neun Monate Pause mussten doch mehr als ausreichen.

Sie schüttelte den Kopf, als könne sie damit die düsteren Gedanken vertreiben, und beschloss, sich mit den Archivboxen zu befassen, die im Raum verstreut lagen. Sie hob eine auf und stellte fest, dass sie überraschend leicht war. Sie legte sie auf den Schreibtisch. Es befand sich nur ein einziger Gegenstand darin: das säuberlich zusammengefaltete weiße Hemd eines kleinen Jungen in einem Asservatenbeutel. Die getrockneten Blutflecken auf der Vorderseite standen in krassem Kontrast zu dem schneeweißen Baumwollstoff.

Matilda griff hinein und holte das Hemd heraus. Sie nahm es fest in beide Hände. Als sie in ihrem Gedächtnis kramte, erinnerte sie sich, dass man vor zwanzig Jahren den elfjährigen Jonathan Harkness allein am Tatort vorgefunden hatte. Wie lange war er dort gewesen? Hatte er sich im selben Raum befunden, in dem der Mörder seine Eltern abgeschlachtet hatte? Falls ja, warum hatte er sich nicht auch den Jungen vorgenommen? Vorsichtig und respektvoll legte sie das Hemd in die Box zurück und schloss den Deckel. Ein erneutes Klopfen ließ sie hochschrecken.

Sie schniefte und merkte, dass sie kurz vor einem Tränenausbruch stand. Das war die Wirkung, die der Anblick des blutigen Hemds eines unschuldigen Kindes auf ihren ohnehin labilen Gemütszustand hatte. Hoffentlich wurde das besser, wenn sie sich erst einmal eingearbeitet hatte.

»Herein.«

Diesmal schwang die Tür ganz auf, und Detective Constable Rory Fleming kam hereingerauscht wie Tigger auf Ecstasy.

»Rory, schön Sie zu sehen. Was kann ich für Sie tun?« Sie versuchte, unbekümmert zu klingen, doch es kam ziemlich gepresst heraus.

»Ich bin Ihnen zugeteilt, Ma'am. Für den Harkness-Fall.«

»Ah ja. Kommen Sie herein. Nehmen Sie Platz, sofern Sie irgendwo einen freien Flecken finden.«

Er schloss die Tür und nahm auf dem harten Holzstuhl auf der anderen Seite des Schreibtischs Platz. Sie musterten sich in unbehaglichem Schweigen.

»Sind Sie froh darüber, wieder hier zu sein?«

»Richtig«, begann sie und schlug die Handflächen auf die Tischplatte, »klären wir erst einmal ein paar Dinge. Erstens: Sie müssen mich nicht behandeln, als wäre ich aus Glas, ich zerbreche schon nicht. Zweitens: Sie müssen nicht aufpassen, was Sie sagen. Irgendwann wird die Sprache auf vermisste Kinder oder Entführungen kommen, und selbst wenn das Erinnerungen hochspült, sind es doch meine Erinnerungen und nicht Ihre, also keine Sorge. Drittens hatte meine lange Abwesenheit persönliche Gründe, die keinen Einfluss auf meine Arbeit haben, daher müssen Sie sie auch nicht kennen. Ist das so weit klar?«

Rory wirkte von ihrer Ansprache leicht verdattert. Er nickte, als wolle er sie erst rekapitulieren. »Damit habe ich kein Problem.« Er lächelte gequält.

»Gut. Also, wie geht es Ihnen?«

»Nehmen Sie es mir bitte nicht übel, aber das ist eine persönliche Angelegenheit, die keinen Einfluss auf meine Arbeit hat, daher müssen Sie es auch nicht wissen.«

Matilda warf den Kopf in den Nacken und lachte aus vollem Halse. Ja, es war definitiv die richtige Entscheidung gewesen, wieder zur Arbeit zu gehen.

KAPITEL 4

Detective Constable Rory Fleming war ein gut aussehender junger Mann Ende zwanzig. Er besaß die durchtrainierte Ausstrahlung eines jugendlichen Premier-League-Rugbyspielers und die dazugehörigen Muskeln. Er achtete auf seine Erscheinung. Stets trug er maßgeschneiderte, saubere Anzüge, die an ihm ebenso gut saßen wie an den Puppen im Schaufenster, und er schien täglich eine neue Krawatte umzubinden. Doch jetzt steckte er mit jeder Menge Papierkram in einem unbelüfteten Büro von der Größe einer Gefängniszelle fest. Seine Haut war trocken, sein Haar zerzaust, und er hatte die Ärmel seines zerknitterten weißen Hemds hochgekrempelt.

Gerade hatte er einen Abschnitt von Charlie Johnsons »definitivem Buch« über die Harkness-Morde zu Ende gelesen. Zum Zeitpunkt der Tat war Rory noch ein kleines Kind gewesen und hatte sich ausschließlich für die bevorstehende Ankunft des Weihnachtsmanns und die Schokolade am abgewandten Teil des Christbaums interessiert.

DC Fleming stammte aus Sheffield und war hier aufgewachsen. Er kannte natürlich den Harkness-Fall und hatte die Geschichte zahllose Male gehört, aber mit den blutigen Details war er nicht vertraut. Die Morde waren wie in einem Anfall von Wahnsinn geschehen. Den Tatortfotos nach zu schließen war Stefan Harkness an seinem Schreibtisch getötet worden. Anscheinend hatte sich der Mörder von hinten angeschlichen und ihn überrascht. Eine einzige Stichwunde ins Genick hatte ihn gelähmt. Er war unfähig gewesen, den Angreifer abzuwehren, und an Ort und Stelle gestorben.

Die Ermordung seiner Frau jedoch zeugte von blindwütiger Raserei. Die Laken auf dem blutüberströmten Bett waren zerknüllt gewesen. Höhe und Richtung der Blutspritzer deuteten darauf hin, dass der Mörder ihr mehrfach in die Brust gestochen und sie verzweifelt zu fliehen versucht hatte. Sie war über das Bett gestolpert und bis zur anderen Seite gekrochen, bevor ein zweiter Angriff erfolgte. Als sie dann am Boden lag, waren die Messerstiche gleichsam auf ihren Rücken herabgeregnet und hatten ihr schwerste Verletzungen zugefügt. Der Täter war kräftig genug gewesen, um das Messer immer wieder aus den tiefen Stichwunden herauszureißen.

»Wie weit sind Sie?«, unterbrach Matilda seine Lektüre.

»An der Stelle, wo eine Nachbarin Jonathan findet.«

»Was denken Sie?«

»Über das Buch? Es ist ziemlicher …«

»Mist?«, beendete Matilda den Satz für ihn.

»Das wollte ich nicht sagen. Es ist ein bisschen … ich weiß nicht … voyeuristisch. Es geht sehr ins Detail. Wie ist dieser Charlie Johnson an das Material herangekommen?«

»Da sind Sie genauso schlau wie ich.«

Auszug aus *Ein Weihnachtsmord* von Charlie Johnson.

KAPITEL 1: EINE DUNKLE, TÖDLICHE NACHT

Mittwoch, 21. Dezember 1994
Es war an diesem Tag nie richtig hell geworden. Ein grauer Himmel mit dicken Schneewolken hing über Sheffield, und die Temperatur stieg nicht über den Null-

punkt. Durch einen beißenden Nordwind kam es einem noch kälter vor, und jeder Windstoß fühlte sich an wie Nadelstiche auf der Haut. Natürlich mussten die Menschen zur Arbeit und zur Schule gehen, aber nach Einbruch der Dunkelheit blieb man lieber in den eigenen vier Wänden, wickelte sich warm ein und setzte sich vor ein loderndes Kaminfeuer.

Mittwochabend fand die erste in einer Reihe von Weihnachtsveranstaltungen in der St. Augustine's Church in der Brocco Bank Street statt. Es war ein Weihnachtskonzert, in dem Schulkinder aus der Gegend fünfundvierzig Minuten lang ihre Interpretation populärer Weihnachtslieder vortragen sollten. Die Familie Harkness war nicht religiös, aber man kannte Stefan und Miranda in der Gemeinde, Stefan als Onkologen an der Universität Sheffield und Miranda als Allgemeinärztin. Ihre Teilnahme war eine gesellschaftliche Verpflichtung. Man hatte Stefan kurz zuvor die Mittel für klinische Lungenkrebsforschungen bewilligt. Mit Beginn des neuen Jahres würde er synthetische Krebszellen herstellen und Labormäusen injizieren. Es war eine sehr umstrittene Studie, doch das Züchten der Zellen und ihre Wirkung auf den Körper unter kontrollierten Bedingungen konnte zu einem besseren Verständnis von Lungenkrebs führen. Im Erfolgsfall sollten weitere Studien mit anderen Krebsarten folgen. Miranda war kürzlich als Partnerin ins Whirlow Medical Centre aufgenommen worden, einem Klinikum. Sie wollte sich dort auf Familienplanung spezialisieren und ein Zentrum gründen, das vertrauliche Beratung für sexuell aktive Teenager anbot.

Dieses Projekt war in der Presse nicht gut angekommen, und viele Einheimische sahen darin eine Verherrlichung der sexuellen Freizügigkeit für Jugendliche. Miranda und ihre Partner in Whirlow beabsichtigten, im Januar sämtliche Patienten und Anwohner anzuschreiben, um Zweifel an dem Programm auszuräumen.

Der Haushalt der Harkness-Familie wurde komplettiert durch zwei Kinder, den fünfzehnjährigen Matthew und den elfjährigen Jonathan. Die Brüder waren wie Feuer und Wasser. Sie kamen nicht miteinander aus und unternahmen selten etwas gemeinsam. Das bereitete den Eltern keine großen Sorgen. Sie sahen den Grund für die gegenseitige Abneigung im Altersunterschied und ließen den Jungen viel Spielraum, ihre eigene Persönlichkeit zu entwickeln. Matthew, ein typischer aufsässiger Teenager, hatte die Erlaubnis erhalten, dem Weihnachtskonzert fernzubleiben. Daher besuchte er direkt nach der Schule seinen besten Freund Philip Clayton, bei dem er bis nach dem Abendessen blieb und Computer spielte. Es wurde später als gewöhnlich, und um einundzwanzig Uhr lieh er sich das Mountainbike seines Freundes für die zehnminütige Fahrt nach Hause. Judith Clayton, Philips Mutter, winkte Matthew noch nach und sah, wie er an der nächsten Straßenecke links abbog. Sobald er außer Sichtweite war, kehrte sie ins Haus zurück.

Das Konzert war für zwanzig Uhr angesetzt, und ab neunzehn Uhr machte Miranda sich zurecht. Im Elternschlafzimmer arbeitete Stefan halb angekleidet an einer Rede, die er bei der Weihnachtsfeier seiner Abteilung am

29. Dezember halten sollte. Er wollte seinem Team zur Bewilligung der Mittel gratulieren, die die Weiterarbeit für die nächsten zwei Jahre garantierte. Um seinen Leuten zu zeigen, wie stolz er auf sie war, galt es die richtigen Worte zu finden. Er hatte bereits mehrere schlaflose Nächte über seinen Entwürfen zugebracht und war immer noch nicht zufrieden damit. Jonathan, der jüngste Sohn, war sich selbst überlassen worden und hielt sich in seinem Zimmer auf, um sich umzuziehen. Trotzdem war er fünfzehn Minuten, bevor sie gehen mussten, immer noch nicht fertig. Seine Mutter befahl ihm barsch, endlich sein Lego-Spielzeug wegzuräumen und sich anzuziehen.

Die Familie Harkness erreichte das Weihnachtskonzert nie. Vielen Menschen fiel ihre Abwesenheit auf.

An den Auftritt des Kinderchors schloss sich eine Predigt an, und der Pastor dankte noch zehn Minuten lang allen Beteiligten für den gelungenen Abend. Dann gab er die Termine der nächsten Veranstaltungen bekannt, die in der Mitternachtsmesse am Heiligen Abend und einem besonderen Gottesdienst am Weihnachtsmorgen gipfeln sollten. In der Halle hinter der Kirche wartete ein Büffet, das die Frauen der »Women's Guild« vorbereitet hatten. Nachdem man sich genügend über den engelsgleichen Gesang und die gelungene Auswahl der Lieder unterhalten hatte, wandten sich die Gespräche der Abwesenheit von Stefan und Miranda Harkness zu.

Auf dem Nachhauseweg fuhr Aoife Quinn, eine Freundin der Familie Harkness, bei ihnen vorbei, um sich zu erkundigen, warum sie nicht gekommen waren. Bei ihrer Ankunft lag das Haus völlig im Dunkeln, bis auf ein Zimmer an der Rückseite, Jonathans Schlafzimmer. Ms. Quinn klingelte mehrmals, ohne Antwort zu bekommen, und ging dann nach hinten, um an die Küchentür zu klopfen. Wieder rührte sich nichts. Sie blickte zu den Fenstern empor und sah Licht durch einen Spalt in den Vorhängen fallen. Ihr war klar, dass da etwas nicht stimmen konnte. Sie drückte auf die Klinke, doch die Tür war versperrt. Sie brachte es nicht fertig, einfach wieder zu fahren, ohne herausgefunden zu haben, was – oder ob überhaupt etwas – geschehen war. Aoife klingelte bei der Nachbarin Andrea Bickerstaff, die gegenüber wohnte, und fragte, ob sie einen Haustürschlüssel hätte. Den hatte sie tatsächlich, aber sie wollte erst anrufen und nicht einfach ins Haus eindringen. Sie gab zu, dass sie niemanden das Haus hatte verlassen sehen, seit Miranda am Nachmittag von der Arbeit gekommen war. Als sie die Nummer der Harkness' wählte, läutete es endlos durch. Der Anrufbeantworter war nicht eingeschaltet, wofür Miranda sonst immer sorgte, wenn sie das Haus verließ. Da stimmte offensichtlich etwas nicht. Inzwischen war es beinahe zweiundzwanzig Uhr geworden. Andrea Bickerstaff ging gemeinsam mit Aoife Quinn über die Straße zum Haus der Harkness'. Als Andrea den Schlüssel ins Schloss steckte, bemerkte sie, dass ihn etwas blockierte. Sie stieß ihn fester hinein, und auf der anderen Seite hörte man ein Klirren. Der Schlüssel hatte von innen gesteckt, und Andrea hatte ihn aus dem Schloss gestoßen. Sie ging als Erste durch die Tür und sah sich im Erdgeschoss um, während sie gleichzeitig nach Miranda und Stefan rief. Aoife folgte ihr, hielt jedoch am Fuß der Treppe inne. Auf der obersten Stufe saß der elfjährige Jonathan. Er war blass, zitterte vor Kälte und war nur halb bekleidet. Aoife rief Andrea, und sie starrten beide zu dem Jungen empor. Er reagierte nicht auf ihre Worte. Aoife stieg langsam die Treppe hinauf und versuchte, die Aufmerksamkeit des Jungen zu gewinnen. Sie fragte ihn, ob alles in Ordnung sei und wo seine Eltern wären, doch er gab keine Antwort. Als sie näher kam, sah sie das getrocknete Blut an seinen Händen. Sie befürchtete das Schlimmste und sagte Andrea, sie solle Jonathan mit nach unten nehmen, aber nichts anrühren und ihm auch nicht erlauben, sich die Hände zu waschen. Zögernd legte sie ihm tröstend den Arm um die schmalen Schultern und zog ihn hoch. Sie musste ihn fast die Treppe hinuntertragen. Sobald die beiden außer Sicht waren, ging Aoife weiter. Sie kannte sich aus im Haus, da sie oft zu Besuch gewesen war. Am Kopf der Treppe bog sie links ab zum Schlafzimmer von Stefan und Miranda. Dort erstarrte sie angesichts des entsetzlichen Anblicks, der sich ihr bot. Stefan war über seinem Schreibtisch zusammengesackt. Er trug ein weißes Hemd, schwarze Socken und schwarze Boxershorts. Sein Rücken war blutüberströmt. Er hatte einen Messerstich ins Genick bekommen. Eine Blutlache breitete sich am Boden zu seinen Füßen aus.

Aoife schwankte und musste sich am Türrahmen festhalten. Als sie sich wieder gefasst hatte, wagte sie sich ins Zimmer hinein. Ihr Blick glitt zu den Blutspritzern an der Wand und der Zimmerdecke über dem Bett. Hinter dem Bett fand sie Miranda am Boden liegen. Sie trug ein konservatives, knöchellanges dunkelgrünes Kleid. Es war blutgetränkt und zerfetzt, wo die Klinge hindurchgefahren und in ihren Körper eingedrungen war. Man hatte ihr acht Mal in die Brust und vierzehn Mal in den Rücken gestochen. Aoife war vor Schock wie gelähmt, bis Andreas Stimme am Fuß der Treppe ertönte und sie wieder zu sich brachte. Sie wollte wissen, was los war. Aoife rannte aus dem Zimmer und sagte ihr, dass sie die Polizei rufen sollte.

Eine Morduntersuchung wurde eingeleitet, und man brachte Jonathan ins Krankenhaus. Er wies keine körperlichen Verletzungen auf, war jedoch nicht ansprechbar. Er reagierte nicht auf die Tests, die die Ärzte an ihm vornahmen, und blinzelte nicht, wenn sie ihm in die Augen leuchteten. Er befand sich in einem katatonischen Zustand. Sie verlegten ihn in ein eigenes Zimmer im Kinderkrankenhaus von Sheffield, bewacht von einem Polizeibeamten, der die ganze Nacht bei ihm blieb. Gleichzeitig suchte die Polizei fieberhaft nach dem fünfzehnjährigen Matthew Harkness, der vermisst wurde. Nachbarn hatten ihn am Morgen zur Schule gehen sehen, doch niemand konnte sich daran erinnern, dass er heimgekommen wäre. In den folgenden Tagen durchleuchtete die Polizei das private und berufliche Leben der Familie Harkness. Das Medieninteresse war groß, und die Geschichte machte landesweit Schlagzeilen. Stefans Schwester Clara kam aus Newcastle, um sich um Jonathan zu kümmern, der auch nach drei Tagen noch kein einziges Wort gesprochen hatte. Matthew wurde immer noch vermisst.

»Das gefällt mir nicht«, sagte Rory und legte das Buch weg.

»Was? Ist es schlecht geschrieben?«

»Nein, nicht nur dieses Buch, diese ganze Sache mit den ›wahren Verbrechen‹. Ich finde das scheußlich. Alles ist so detailliert und anschaulich. Woher kannte dieser Charlie Johnson überhaupt die vielen kleinen Einzelheiten, zum Beispiel, dass Jonathans Mutter ihn angeschrien hatte, weil er Lego spielte? Wer hat ihm das erzählt?«

»Das ist mir auch aufgefallen. Vielleicht ist es einfach dichterische Freiheit. Haben Sie bemerkt, was in all den Akten hier fehlt?«

»Nein. Was denn?«

»Eine Aussage Jonathans.«

»Na ja, er sprach nicht, nicht wahr?«

»Ja, aber wie lange? Bestimmt hat er doch irgendwann wieder angefangen zu sprechen. Es gibt ein psychiatrisches Gutachten, das ihm attestierte, dass er unter Schock stand, aber das ist alles. Den Akten ist nur zu entnehmen, dass seine Tante ihn nach Newcastle mitgenommen hat, und das war's dann. Langsam begreife ich, warum dieser Fall nie aufgeklärt wurde.«

Rory wandte sich wieder seiner Lektüre zu, und seine Lippen bewegten sich leicht bei jedem Wort. »Haben Sie die Fotos von Jonathan am Tatort?«

Matilda hatte die Autopsieberichte bereits durchgelesen. Sie griff nach den beiden nächsten Mappen, bis sie den Stapel Bilder gefunden hatte, den er meinte.

Rory blätterte sie durch. Das blutbesudelte Bett ließ ihn unbeeindruckt, ebenso der durchtränkte Teppich und die bespritzte Decke. Ganz unten fand er die Aufnahmen von Jonathan, die er suchte.

Der Junge war angezogen gewesen wie sein Vater – weißes Hemd, Unterwäsche, aber keine Hose. Der Täter hatte die Familie überrascht. Die Bilder zeigten den Elfjährigen mit leerem Gesichtsausdruck. Die Hände waren rot von angetrocknetem Blut.

»Was halten Sie hiervon?« Er hielt eines der Fotos hoch und wartete, bis Matilda mit einer Haftnotiz die Stelle des Berichts markiert hatte, an der sie gewesen war. Sie griff nach dem Foto und musterte es eingehend.

»Worauf soll ich achten?«

»Auf seine Hände.«

»Gut. Was ist damit?«

»Warum sind seine Hände blutverschmiert?«

»Versetzen Sie sich mal in seine Lage, Rory. Er hat gerade seine toten Eltern gefunden, er hat Angst. Was will ein kleiner Junge, wenn er Angst hat? Seine Mutter. Er wird zu ihr gelaufen sein und versucht haben, sie wachzurütteln. Natürlich waren seine Hände dann voller Blut.«

»Ja, das ist denkbar. Miranda ist allerdings unmittelbar nach Stefan gestorben. Wenn Jonathan ins Schlafzimmer gerannt ist, hat er dort doch sicher noch den Mörder vorgefunden. Warum hat der ihn nicht umgebracht wie seine Eltern?«

Matilda runzelte die Stirn. »Vielleicht hatte der Täter nichts gegen Jonathan, sondern nur gegen die Eltern.«

»Aber Jonathan muss ihn gesehen haben, als er den Raum betrat.«

»Hm, es gibt eine Aussage von Jonathans Tante, nach der seine Mutter die Treppe heraufkam und ihn schon mit Blut an den Händen dort sitzen sah. Der Täter muss also noch im Schlafzimmer gewesen sein.« Sie überlegte einen Moment, bevor sie fortfuhr. »Wissen Sie noch, wie es war, wenn Sie als Kind etwas von Ihren Eltern wollten? Man geht nicht einfach in ein Zimmer und wartet, bis man sprechen darf, man ruft schon beim Hineingehen nach ihnen, nicht wahr?«

»Wahrscheinlich.«

»Dann hörte der Täter ihn rechtzeitig kommen und hat sich im Badezimmer versteckt, bis er eine Gelegenheit zur Flucht sah. Es ist ein gewaltiger Unterschied, ob man einen Erwachsenen tötet oder ein Kind. Die Mehrzahl der verurteilten Mörder ist entsetzt von Verbrechen gegen Kinder.«

»Ja, das stimmt. Deshalb bringen wir ja Pädophile getrennt von den anderen Gefängnisinsassen unter«, sagte er. »Halt, warten Sie mal. Jonathans Tante behauptete, seine Mutter sei die Treppe heraufgekommen und habe Jonathan mit blutigen Händen angetroffen?«

»Ja. Warum fragen Sie?«

»Wo haben Sie das her?«

Matilda wühlte wieder in den Papieren auf dem Schreibtisch, bis sie das zweiseitige Dokument gefunden hatte, nach dem sie suchte. »Eine Aussage von Clara Harkness vom Mai 1995.«

»Das war sechs Monate nach dem Verbrechen. Da lebte Jonathan schon in Newcastle. Also hat er offenbar wieder gesprochen.«

»Offenbar.«

»Aber trotzdem gibt es keine Aussage von ihm selbst. Wieso nicht?«

Matilda musste zugeben, dass sie keine Ahnung hatte, warum man Jonathan Harkness nie vernommen hatte. Andererseits bestand auch die Möglichkeit, dass seine Aussage im

Lauf der Jahre aus dem Archiv verschwunden war. Sie sah sich um, betrachtete die Stapel von Aktenmappen und Fotos, die geöffneten Archivboxen und fragte sich, ob man ihr wirklich alles ausgehändigt hatte, wie die Assistant Chief Constable versprochen hatte. Die Ermittlung warf jetzt schon mehr Fragen auf, als sie Antworten lieferte. Sie stellte fest, dass Detective Constable Fleming sich überraschend gut ausdrücken konnte. Woher war diese Intelligenz plötzlich gekommen?

Rory räusperte sich. Matilda schaute auf und bemerkte, dass er auf die Uhr sah. Sie wandte sich wieder ihrem Autopsiebericht zu, bis sie von einem lauteren Hüsteln unterbrochen wurde. Rory starrte immer noch betont auf seine Uhr.

»Ist irgendetwas?«

»Nun, es ist nur …« Er wirkte nervös, und es schien ihm schwerzufallen, seiner Chefin in die Augen zu sehen. »Es ist nur … es ist Zeit.«

Matilda sah auf ihre eigene Uhr. Es war gerade mal sechzehn Uhr fünfzehn.

»Zeit wofür …? Oh. Man hat Sie über meine Sperrstunde informiert?«

»Ja, tut mir leid.«

»Sie müssen sich nicht entschuldigen. Ist ja nicht Ihr Fehler. Danke, dass Sie mich daran erinnert haben. Ich würde es hassen, am ersten Schultag schon Arrest zu bekommen.«

Sie lachten beide, doch es war kein ehrliches Lachen.

»Soll ich mich weiter in den Fall einlesen?«

»Nein. Warum sollten Sie hierbleiben, während ich Schluss mache? Gehen Sie heim zu Ihrer Freundin.«

»Oh. Genau genommen sind wir inzwischen verlobt«, sagte er, und seine Wangen röteten sich ein wenig vor Verlegenheit.

»Wirklich? Gratuliere. Wann ist der große Tag?«

»Das haben wir noch nicht festgelegt. Amelia strebt eine Beförderung an, und die möchte sie hinter sich haben, bevor wir die Hochzeit planen.«

»Was macht sie denn?«

»Sie ist Rechtsreferendarin und hat vor, sich auf Strafrecht zu spezialisieren.«

Matilda war versucht anzumerken, dass darin ein ziemliches Potenzial für Interessenkonflikte lag, wenn Fälle vor Gericht verhandelt wurden, die er bearbeitet hatte. Aber das hinreißende Lächeln, das in seinem Gesicht aufleuchtete, war voll der Unschuld der Jugend, und sie wollte keine Spielverderberin sein. Sie stellte fest, dass sie sich in Rorys Gesellschaft wohlfühlte. Vor ihrer erzwungenen neunmonatigen Auszeit hatte sie ihn für einen nervigen, lauten, übereifrigen Detective Constable gehalten, der sich erst eine neue Persönlichkeit zulegen musste, sollte er je befördert werden wollen. Seit sie zusammen mit ihm in diesem »Besenschrank« eingesperrt war und direkt mit ihm zu tun hatte, sah sie ihn in einem anderen Licht. Er war warmherzig und intelligent.

»Was gibt es denn sonst Neues aus dem Morddezernat, seit ich nicht mehr da gewesen bin?« Matilda war von ihrer eigenen Frage überrascht. Büroklatsch hatte sie immer kaltgelassen, und auch wenn sie sich für das Privatleben ihrer Teammitglieder interessierte, weil sie wissen musste, wie sie in speziellen Fällen reagieren würden, hielt sie sie auf Abstand.

»Also, Sian ist inzwischen ein Riesenfan von *The Great British Bake Off*. Wir dienen ihr als Versuchskaninchen – sie bringt ständig Muffins und Kuchen mit. Sie sind verdammt gut. Außerdem hat sie gerade ein Boot geerbt und redet seit Monaten von nichts anderem mehr.«

Ja, das hatte sie am Morgen erwähnt. Es war eines der ersten Dinge gewesen, die sie gesagt hatte. Matilda lächelte.

»Wir fürchten, Aaron steckt in der Midlife-Crisis. Seit seinem Vierunddreißigsten ist er ewig schlechter Laune. Vielleicht hat er Schwierigkeiten zu Hause. Seine Frau wünscht sich ein Kind, und ich fürchte, er schießt mit Platzpatronen.«

»Kreuzdonnerwetter, Rory. Sie sind ja schlimmer als eine Horde Schulmädchen.« Doch sie sagte nicht, dass er aufhören sollte.

»Ach ja, und große Neuigkeiten, was Scott betrifft. Wissen Sie noch, wie wir alle dachten, er wäre schwul? Ha! Er ist wochenlang mit der Blonden aus der Presseabteilung ausgegangen. Es hat zwar nicht gehalten, aber ich habe einen Fünfer von Aaron gewonnen, also will ich mich nicht beschweren.«

»Wie ist denn die Neue? Faith, nicht wahr?«

Er verdrehte die Augen. »Sie ist ein bisschen schwer einzuschätzen. Sie scheint zu glauben, sie wäre für das Team handverlesen worden, als wäre sie etwas Besonderes. Sie versucht nicht mal, sich einzufügen, und sie ist bei Sian ins Fettnäpfchen getreten, weil sie sich ungefragt aus der Schokoladenschublade bedient und alles, was sie genommen hatte, mit Nussriegeln und Körnerkram ersetzt hat.«

»Wie ist ihre Arbeit?«

»Sie ist gut. Da kann man nichts sagen. Sie ist nur keine Teamspielerin.«

»Vielleicht ist sie unsicher.« Matilda stellte fest, dass sie mit einer Frau sympathisierte, die sie nicht mal kannte. Jedenfalls konnte sie sich gut vorstellen, wie es war, als Neue in ein eingespieltes Team hineinzugeraten. Sie selbst war zwar von der Gründung der Mordkommission an dabei gewesen, aber heute fühlte auch sie sich wie eine Außenseiterin.

Doch darüber dachte sie lieber nicht zu lange nach. Ihre Stimmung verdüsterte sich wieder. »Hören Sie, machen Sie jetzt einfach Schluss. Ich räume hier noch auf. Morgen wird das Harkness-Haus abgerissen. Wir treffen uns dort um neun, sehen uns die Sache an, und dann überlegen wir im nächsten Pub, wie wir weiter vorgehen. Einverstanden?«

»Ist mir recht. Also bis morgen.«

Sobald er fort war, schloss Matilda die Augen und atmete mehrmals tief durch. Die verbrauchte Luft im Zimmer war nicht gerade angenehm. Sie steckte den Autopsiebericht, einen Stapel Tatortfotos und Zeugenaussagen in ihre Tasche. Selbst wenn sie sich nach sechzehn Uhr nicht mehr auf dem Revier aufhalten durfte, niemand hatte ihr verboten, sich Arbeit mit nach Hause zu nehmen.

KAPITEL 5

Jonathan Harkness machte einen schüchternen, fast zerbrechlichen Eindruck. Mit einer Größe von über einem Meter achtzig und einem Gewicht von nur etwa sechzig Kilo wirkte er gertenschlank. Die blauen Augen lagen tief in den Höhlen, und die Wangenknochen waren so ausgeprägt, dass sie fast die Gesichtshaut zu durchstoßen schienen. Er hatte schmale rote trockene Lippen. Seine Haut sah bleich und leblos aus, ebenso wie die störrischen Haare. Er hielt sich bolzengerade und blickte sich ständig um, als hätte er Angst vor der Welt. Seine Körpersprache war kühl und abweisend, und er zog die Schultern ein. Er gestattete es sich nie, sich zu entspannen, nicht einmal eine Sekunde lang. Er war immer auf der Hut.

Jonathan hatte schon als Kind kein Selbstvertrauen besessen und die eigene Gesellschaft der Gleichaltriger vorgezogen. Zwanzig Jahre war es her, dass seine Welt durch die brutale Ermordung seiner Eltern auseinandergebrochen war. Damals war er elf gewesen. Alles, was seit dieser Nacht passiert war, jede getroffene Entscheidung, war dem labilen Verstand eines jungen Mannes entsprungen. Er konnte sich nicht von jener Dezembernacht 1994 lösen, als er in der Tür zum Schlafzimmer seiner Eltern gestanden und sich vor seinen Augen ein Albtraum abgespielt hatte.

Er war Tante Clara dankbar gewesen, dass sie ihn von Sheffield weggebracht hatte. Aber sobald die Nachbarn und die Lokalpresse in Newcastle registriert hatten, wer er war, hatten die Telefonanrufe und das Gerede wieder begonnen, und alle waren hinter seiner Version der Ereignisse her gewesen.

Irgendwann hatte das aufgehört, und Jonathan hatte im Schatten aufwachsen können, genau wie er es vorzog. Doch jetzt kehrte der Albtraum zurück, und zwar mit dem steifen cremefarbenen Umschlag mit dem Logo eines Verlags, das er nur allzu gut kannte. Er hatte sich vor diesem Tag gefürchtet, aber nun, da es so weit war, registrierte er überrascht, dass er optimistisch war. Schließlich handelte es sich nur um einen Brief. Welchen Schaden konnte ein Brief schon anrichten?

Richards and Rigby Publishing

Floor Muse House, 3. Stock
Swansea Avenue
London
EC1 2BF
3. Dezember 2014

Lieber Jonathan,
ich hoffe, dieser Brief erreicht Sie bei bester Gesundheit. Wie Sie bestimmt gehört haben, soll das Haus, in dem Sie in Ihrer Kindheit gelebt haben, in den kommenden Tagen abgerissen werden. Ich bin von zahlreichen Journalisten angesprochen worden, ob ich einen Artikel über den Abriss und über die Ermordung Ihrer Eltern schreiben möchte.

Wie es der Zufall will, veröffentliche ich im nächsten Sommer ein neues Buch mit dem Titel Großbritanniens ungelöste Mordfälle, *in dem ich einige Fälle erneut aufgreifen werde, über die ich bereits in der Vergangenheit berichtet habe. Natürlich würde ich die Harkness-Morde gerne in den Mittelpunkt stellen.*

Ich habe online recherchiert und mit vielen Kollegen gesprochen, und wie ich sehe, haben Sie Ihre Geschichte nie jemandem erzählt. Es ist Ihnen gewiss klar, dass es sich um eine bemerkenswerte Story handelt und das ganze Land sicherlich immer noch daran interessiert ist, sie zu erfahren.

Wenn Sie wollen, kann ich gerne innerhalb von ein paar Stunden bei Ihnen in Sheffield sein, sodass wir Ihre Geschichte und Ihr Honorar persönlich besprechen können. Bitte sagen Sie mir so bald wie möglich Bescheid, damit wir den Ball ins Rollen bringen können.

Mit freundlichen Grüßen,
Charlie Johnson

Dieser verdammte Charlie Johnson! Würde er den Mann je loswerden? Woher zum Teufel wusste er überhaupt, dass er wieder in Sheffield war?

Jonathan nahm Charlies Brief mit in die Küche und setzte ihn über der Spüle in Brand. Er ließ das brennende Blatt Papier hineinfallen und sah zu, wie es sich zusammenrollte und gelbe Flammen den säuberlich gedruckten Text verschlangen. Er drehte den Kaltwasserhahn auf und spülte die verkohlten Fetzen weg. Es war ihm klar, dass dieser Brief nicht der letzte sein würde.

Er sah auf den Kalender an der Küchenwand und bemerkte den roten Kreis, mit dem er das morgige Datum eingekringelt hatte. Er holte tief Atem und spürte eine Enge in der Brust. Er war nicht sicher, ob er stark genug war, das durchzustehen.

Morgen war ein großer Tag. Das Haus, in dem er aufgewachsen war, würde abgerissen werden. Es war das Ende einer Ära und hoffentlich auch eine Chance, die Geister endlich ruhen zu lassen.

Er beabsichtigte, nach Whirlow zu fahren und zuzusehen, wie das Haus dem Erdboden gleichgemacht wurde. Den Rest musste er abwarten. Er war niemand, der seine Empfindungen offen zeigte, nicht einmal im Privatleben, und würde bestimmt keine Tränen vergießen. Es gab nur eine Frage, die ihn beschäftigte: ob sein Bruder Matthew zum Abriss des Hauses kommen würde. Er hoffte es nicht. Er war vollkommen sicher, dass er es nicht ertragen konnte, ihn wiederzusehen.

KAPITEL 6

Matilda Darke bemühte sich, das Revier unbemerkt zu verlassen. Sie befürchtete nicht, angesprochen und in eine Unterhaltung darüber verwickelt zu werden, wie es ihr ging. Sie wollte einfach nicht, dass jemand die Akten sah, die aus ihrer Tasche ragten.

Auf dem Weg zum Parkplatz schickte sie Adele eine kurze SMS, in der sie sich entschuldigte, nicht zum Lunch gekommen zu sein, und fragte, ob sie zusammen einen Kaffee trinken wollten. Die Antwort kam beinahe postwendend: COSTA IN DER DIVISION STREET. ZEHN MINUTEN. DU BEZAHLST. Matilda lächelte in sich hinein, als sie die Polizeistation verließ. Das Lächeln erlosch, sobald sie an dem Audi vorbeikam, der immer noch auf ihrem Parkplatz stand.

Costa in der Division Street lag im Zentrum von Sheffield, mitten im Studentenviertel. Es war ein großer Coffeeshop mit freundlichen Baristas und bequemen Stühlen. Adele erwartete sie bereits vor der Tür.

Adele Kean war genauso alt wie Matilda, also einundvierzig. Sie war alleinerziehende Mutter und hatte einen Sohn Anfang zwanzig. Ihr kurzes Haar mit der praktischen Frisur und die Augen waren dunkelbraun.

Sobald sie ihre beste Freundin sah, kam sie auf sie zu, breitete die Arme aus und zog Matilda in eine feste Umarmung. »Der erste Tag ist geschafft«, flüsterte sie ihr ins Ohr. »Ich wusste, dass du es hinkriegst.«

Matilda sah sie mit Tränen in den Augen an. »Da wusstest du mehr als ich. Ich habe aufgehört mitzuzählen, wie oft ich heute beinahe angefangen hätte zu heulen.«

»Und, hast du?«

»Kein einziges Mal.«

»Braves Mädchen.« Adele trat einen Schritt zurück und hielt Matilda auf Armeslänge von sich weg. »Du wirkst verändert. Fröhlicher, entspannter.«

»So fühle ich mich aber nicht. Ich bin vielmehr absolut ausgelaugt. Völlig erledigt.«

»Nein. Du siehst um Jahre jünger aus. Da ist ein Funkeln in deinen Augen, das ich ewig nicht mehr gesehen habe. Komm, holen wir uns Kaffee, und dann kannst du mir alles erzählen.«

Adele ging voraus und hakte sich bei Matilda unter, während sie in die Wärme des Coffeeshops traten. Sie suchte einen Tisch, während Matilda bestellte: zwei große Latte, Panini mit Mozzarella und Tomaten für Adele und eines mit Fleischbällchen für sich selbst. Vorsichtig schlängelte sie sich mit ihrer Last durch das Gewirr von Lehnstühlen zum hinteren Bereich des Lokals durch. Adele hatte ihren knielangen cremefarbenen Dufflecoat bereits abgestreift und rieb sich die Hände, um sie aufzuwärmen.

»Es ist eine Schande, dass es keinen Latte gibt, der groß genug ist, um darin zu baden«, sagte sie, während sie den Becher mit den zwei Henkeln vom Tablett nahm und die Finger darum legte.

»Ich weiß nicht, wie du so viel Koffein vertragen kannst. Ich würde an die Decke gehen und nicht mehr runterkommen.«

»Leider darf ich bei der Arbeit keinen Wodka trinken, also muss ich mich mit Koffein begnügen. Ich brauche etwas, das mich auf den Beinen hält, während ich bis zu den Ellbogen in Leichen stecke.«

Matilda schlüpfte aus ihrem Wintermantel und hängte ihn über die Lehne.

»Das sind neue Sachen«, sagte Adele mit einem Blick auf ihr Outfit.

»Na ja, ich wollte am ersten Tag einen guten Eindruck machen. Gefällt es dir?«

»Sehr professionell.«

»Also nicht.«

»Es ist nicht das, was ich mir ausgesucht hätte, aber dir steht es gut.«

Matilda beugte sich vor und senkte die Stimme. »Ich habe eine Kleidergröße zugelegt.«

»Jeder bekommt im Winter ein paar Pölsterchen. Die halten uns warm, wenn der Regierung das Gas ausgeht.«

»Im Frühjahr müssen sie jedenfalls wieder runter. Nichts in meinem Schrank passt mir mehr.«

»Komm doch mit zum Spinning. Das wird dir gefallen.«

»Das hast du schon bei Pilates gesagt, und ich habe es gehasst.«

»Das war bloß so eine Modeerscheinung. Niemand macht mehr Pilates. Los jetzt, ich will alle Einzelheiten von deinem ersten Tag hören.«

»Da gibt es nichts zu erzählen.«

»Das kann ich mir nicht vorstellen. Haben sich alle gefreut, dich wiederzusehen?«

»Die, die ich gesehen habe, schon. Die anderen sind mir aus dem Weg gegangen, schätze ich. Ben Hales meidet mich wohl.«

»Er scheint in deiner Abwesenheit gute Arbeit geleistet zu haben.«

»Das ist eigentlich nicht das, was ich gerne hören möchte, Adele.«

»Ich sage ja nicht, dass er besser ist als du, aber es ist nicht zu leugnen, dass er seinen Job gut erledigt. Er hat allerdings nicht dein Talent, mit Menschen umzugehen. Vor ein paar Wochen habe ich mit Sian gesprochen, als sie diese Leiche aus dem Don gefischt haben. Sie hat mir erzählt, dass die Stimmung kippt, sobald er den Raum betritt. Er kann einfach nicht mit Leuten.«

»Das konnte er nie. Er ist nicht in der Lage, Blickkontakt herzustellen. Ich hörte, er sei nur wegen seiner Frau DI geworden.«

»Mit wem ist er denn verheiratet?«

»Seine Frau Sara ist eine geborene Monroe. Ihr Vater war Chief Constable drunten in Southampton.«

»Verdammter Arschkriecher. Hast du den Wagen gesehen, den er fährt?«

»Es ist doch nicht etwa ein Audi?«

»Ein verflucht großer Audi.«

»Dachte ich mir. Er hat den ganzen Tag meinen Parkplatz blockiert.«

»Zweifellos eine Spende vom Chief-Constable-Schwiegervater.«

Sie unterbrachen ihr Geplauder, während ein junger Barista das Essen servierte. Er sah aus wie ein Student, der sich etwas dazuverdiente. Als er sich umdrehte und wegging, betrachtete Adele bewundernd seinen Hintern.

»Adele! Er ist jung genug, um dein Sohn zu sein.«

»Darf ich denn nicht mal mehr hingucken?«

Sie lachten beide. Es war fast wieder wie in alten Zeiten – bevor Matildas Leben in die Brüche gegangen war.

»Ich habe heute Nachmittag im Internet ein bisschen über die Harkness-Morde recherchiert«, sagte Adele, während sie in ihr Panini biss. »Es gab ja keinen Mangel an Verdächtigen.«

»Ich weiß. Der Fall war eine Mammutaufgabe. Stefan war Forscher, der mit Tierversuchen zu tun hatte. Er hatte Morddrohungen von Tierschutzgruppen erhalten, und ich muss eine Akte mit über dreißig Verhören durcharbeiten. Miranda war Allgemeinärztin und gerade dabei, eine Klinik einzurichten, in der Teenager alles über Safer Sex erfahren sollten. Das kam in der Gegend nicht besonders gut an. Wenn ich Poirot wäre und all meine Verdächtigen zusammenrufen wollte, müsste ich das Crucible Theater anmieten.«

»Ich beneide dich nicht um deine Aufgabe.«

»Ich mich auch nicht. Das Problem ist, ich habe das Gefühl, diesen Fall lösen zu müssen, um zu beweisen, dass ich noch für den Job geeignet bin. Es ist wie ein Initiationsritus.«

»Hat Masterson das wirklich gesagt?«

»Nicht ausdrücklich. Aber da das Haus morgen abgerissen wird und der Fall wieder in die Presse kommt, sieht es nicht gerade gut aus, dass die Polizei von Sheffield einen berühmten ungelösten Mordfall am Hals hat. Ich glaube einfach nicht, dass ich ihn aufklären kann.«

»Komm schon, Mat, sei nicht so negativ. Sieh dich doch an. Du bist zurück bei der Arbeit. Du hast es geschafft. Zeig ihnen, was ihnen mit dir gefehlt hat.«

Matilda ließ die Überreste ihres Paninis auf den Teller fallen. Plötzlich fühlte sie wieder die ganze Last der Aufgabe auf ihren Schultern. Sie hatte das Gefühl, dass der Raum sich um sie verengte, die Lichter sich verdunkelten und der Geräuschteppich aus zischenden Kaffeemaschinen und plaudernden Gästen sich zu einem weißen Rauschen vermischte. Sie schloss die Augen und holte langsam und tief Luft.

Adele hatte in den letzten neun Monaten viele dieser Panikanfälle mit Matilda durchgemacht. Sie beugte sich über den Tisch und legte ihre warme Hand auf Matildas kalte.

»Fangen wir im 19. Jahrhundert an. Arthur Balfour«, ermunterte sie sie.

Matilda sagte nichts. Sie kniff die Augen fest zusammen und holte noch tiefer Luft. Alles wurde dunkel. Die Hintergrundgeräusche, Kaffeetischunterhaltungen und Dampf spuckende Maschinen, vereinigten sich zu einem undefinierbaren Kreischen.

»Du musst den Kopf freibekommen, Matty. Komm schon. Arthur Balfour.«

»Arthur Balfour …«, begann Matilda langsam.

»Du kannst es, komm schon. Konzentrier dich. Arthur Balfour.«

»Arthur Balfour, Sir Henry Campbell-Bannerman, Herbert Henry Asquith, David Lloyd George.« Matildas Atmung wurde langsam ruhiger.

»Noch zwei.«

»Andrew Bonar Law und Stanley Baldwin.« Sie holte noch einmal tief durch die Nase Luft und atmete durch den Mund wieder aus. Es fühlte sich an, als hätte ihr jemand die Hände um den Hals gelegt und würgte sie zu Tode.

»Noch zwei. Atme weiter.«

»Ramsey Macdonald und Neville Chamberlain.«

»Geht's wieder?«

Matilda atmete ein letztes Mal durch und spürte, wie ihr

Körper sich entspannte. Sie öffnete langsam die Augen. »Ja, alles klar. Danke dir.«

»Keine Ursache. Deine Therapeutin ist vielleicht eine ziemlich dumme Kuh, aber sie versteht ihr Handwerk. Wer hätte gedacht, dass die Premierminister dieses Landes einen so wunderbaren Einfluss auf die geistige Gesundheit haben können?«

»Es hätten nicht die Premierminister sein müssen. Könige und Königinnen wären auch gegangen, amerikanische Bundesstaaten, egal was.«

»Doctor-Who-Darsteller?«

»Ich fürchte, die würden mir schnell ausgehen.«

»Wie wäre es dann mit James Bond?« Sie strahlte beinahe. »Obwohl ich aufhören würde, sobald ich geistig bei Sean Connery ankomme.«

Matilda sah an Adele vorbei aus dem Fenster. Wie sollte sie als Polizistin funktionieren, wenn sie jedes Mal in einen Strudel aus Panik versank, sobald ihr der geringste Zweifel kam? Dabei war das nicht einmal ein aktueller Fall. Er war so kalt, dass niemand damit rechnete, sie würde ihn lösen können. Wie sollte sie mit einer echten Mordermittlung im Hier und Jetzt zurechtkommen?

»Woran denkst du?«, fragte Adele.

»Ich mache mir nur Selbstvorwürfe. Ich bin wirklich noch nicht so weit.«

»Doch. Du bist mehr wert als zehn Ben Hales zusammen. Du bist wieder du selbst. Es wird mit der Zeit immer besser gehen, und ich helfe dir dabei.«

Matilda zuckte die Achseln. »Du hast dein eigenes Leben. Du hast Chris.«

»Chris kann sich um sich selbst kümmern. Er ist ein großer Junge.«

»Ja, und ich bin ein großes Mädchen ...«

»Das einen großen Verlust erlitten hat«, unterbrach Adele sie. »Es ist keine Schande, Hilfe anzunehmen. Ich unterstütze dich, und nicht nur, was die Panikattacken angeht«, fügte sie hinzu und senkte die Stimme, damit niemand sie belauschen konnte. »Ich helfe dir auch bei dem Harkness-Fall. Wir werden sein wie Cagney und Lacey.«

»Welche von beiden bist du?«

»Ich kann mich nie daran erinnern, welche welche ist. Ich bin jedenfalls die Gutaussehende. Kean und Darke, Sonderermittlungen.«

Matildas Lächeln erreichte ihre Augen nicht. »Du hast schon genug zu tun. Ich kann dich nicht ständig um Hilfe bitten.«

»Du bittest ja gar nicht. Hör mal, was genau macht dir Sorgen? Ist es Ben Hales?«

»Nein. Ich mache mir Sorgen, dass ich es wieder vermassle.«

»Du hast bis jetzt nichts vermasselt.«

»Ach nein? Himmelherrgott, ich habe ein Kind auf dem Gewissen, Adele!«

KAPITEL 7

Die Wintermonate bedeuteten dunkle Abende, dunkle Nächte und dunkle Morgen. Normalerweise sah Jonathan Harkness nur dann das Tageslicht, wenn er zum Schaufenster der Buchhandlung hinaussah, in der er arbeitete. Die übrige Zeit war er von Dunkelheit eingehüllt, und das genoss er. Auch außerhalb der Arbeit umgab er sich mit Büchern. Seine Wohnung war voll davon. Er lebte im Erdgeschoss eines kleinen Apartmentblocks. Er hatte zwei Schlafzimmer, ein großes Wohn-Esszimmer, Küche und Bad. Bücher füllten jede freie Fläche.

Tante Clara hatte immer zu ihm gesagt, es sei sehr wichtig, lesen und schreiben zu können. Während er sich von der Qual der Ermordung seiner Eltern erholte, flüchtete er sich in die Welt der Romane. Wenn er sich vor den Nachbarkindern und den Schulhofschlägern versteckte, suchte er Trost in der Literatur. Irgendwann waren die Bücher zu seiner Obsession geworden, und er verbrachte jeden wachen Augenblick seines Lebens mit ihnen.

Seine große Leidenschaft waren Krimis. Die lange Rückwand des Wohnzimmers war von oben bis unten mit maßgefertigten Regalen bedeckt, die vor Büchern überquollen. Es waren Hardcover und Taschenbücher aller Größen. Sie standen in alphabetischer Ordnung und außerdem in der Reihenfolge ihres Erscheinens. Er lebte in seiner eigenen kleinen Bibliothek. Schon bald nach seinem Einzug war ihm der Platz für seine Sammlung ausgegangen, sodass er die Abstellkammer zum Lesezimmer umgebaut hatte. Er hatte Regale installiert und sich einen teuren lederbezogenen Ohrensessel zugelegt. Das Fenster war abgedunkelt, damit kein Licht hereinfallen und die Farbe der Buchrücken ausbleichen konnte. Dieser Raum war seine Zuflucht. Jeden Abend nach der Arbeit aß er einen Bissen, meistens ein Sandwich, und zog sich anschließend in sein Lesezimmer zurück. Er schloss die Tür hinter sich, sperrte die Außenwelt aus – und verlor sich in der Welt der Fantasie.

Indem er die Abenteuer von Ermittlern wie Wexford, Jordan, Thorne, Banks, Dalziel und Pascoe, Dalgliesh, Frost, Grace, Rebus, Stanhope, Cooper und Fry, Serrailler und Morse teilte, konnte er sein eigenes Leben und seine Probleme hinter sich lassen und ein anderer sein.

Er las, bis ihm vor Müdigkeit die Augen zufielen. Dann ging er zu Bett und schlief in der Hoffnung ein, von seinen Lieblingsfiguren zu träumen und nicht von dem Schrecken, der sein reales Leben beherrschte.

Jonathan war ein Technikfeind. Er besaß kein Fernsehgerät und keinen Computer. Er hatte kein Handy und kein Interesse am Internet. Er hatte auch keine CDs und hörte nur die Musik, die im Radiowecker lief, wenn er am Morgen aufwachte. Sein Leben drehte sich ausschließlich um Bücher.

Als Jonathan nach Hause kam, war es stockfinster, und die Temperatur lag weit unter dem Gefrierpunkt. Er hatte sich in einen knielangen schwarzen Seemannsmantel gehüllt, einen schwarzen Schal mehrfach um den Hals geschlungen und trug schwarze Lederhandschuhe. Er hielt sich sehr aufrecht, und seine Körpersprache war spröde und abweisend.

Er hatte zwei Plastiktüten dabei. Die eine enthielt das Lebensnotwendigste vom Laden an der Ecke: Butter, Milch, Kaffee, Käse, Brot. In der anderen befanden sich drei Taschenbücher aus seiner Buchhandlung. Selbst an seinem freien Tag brachte er es nicht fertig, ihr fernzubleiben.

Er öffnete die Haustür zu dem gut beleuchteten gemeinsamen Treppenhaus. Seine Nachbarin Maun Barrington, die einen Stock höher wohnte, leerte soeben ihren Briefkasten. Ihre Augen leuchteten auf, als sie ihn sah, und sie lächelte.

»Hallo, Jonathan, Sie kommen heute aber spät«, sagte sie.

»Ich hatte frei und musste ein paar Dinge erledigen.« Er zog den Schal vom Mund, vermied jedoch den Blickkontakt und hielt den Kopf gesenkt. Schon vor langer Zeit hatte er sich angewöhnt, wahrzunehmen, was um ihn herum vorging, ohne aufzublicken und es tatsächlich zu sehen.

Ihr Lächeln flackerte. »Es sieht Ihnen gar nicht ähnlich, sich freizunehmen.« Sie wartete, dass er sich dazu äußerte, doch er tat ihr den Gefallen nicht. »Ganz schön kalt heute, nicht wahr?«, bemerkte sie in dem verzweifelten Versuch, das Gespräch in Gang zu halten.

»Das kann man sagen«, antwortete er, während er seinen Briefkasten aufschloss und einen einzelnen Werbebrief herausholte. Er betrachtete den Umschlag, sah, dass es sich um ein Angebot für einen billigen Breitbandanschluss handelte, zerriss ihn augenblicklich und warf ihn in den Papierkorb unter der Ablage.

»Ich fürchte, das wird ein langer Winter, glauben Sie nicht auch?«, meinte Maun und sah hinaus in die Dunkelheit. »Das ist so was von deprimierend.«

Jonathan war bereits dabei, die Tür zu dem Flur zu öffnen, von dem die Eingänge zu den beiden Wohnungen im Erdgeschoss abgingen, als sie ihn zurückhielt.

»Jonathan, ich will nicht aufdringlich sein, aber …«

»Ja?«

»Na ja, ich weiß, dass morgen der Abrisstermin ist. Das ist sicher eine schwere Zeit für Sie.«

»Nein. Das betrifft mich eigentlich gar nicht. Es ist ja nicht mein Haus.«

»Gehen Sie hin?«

Er überlegte, obwohl sein Entschluss bereits gefasst war. »Ja, mal kurz.«

»Möchten Sie, dass ich Sie begleite?«

Er schenkte ihr ein schwaches Lächeln. »Das ist nett von Ihnen, aber nein danke.«

»Es macht mir nichts aus.«

Darauf könnte ich wetten. »Nein, ehrlich, es ist schon in Ordnung. Ich gehe anschließend gleich weiter zur Arbeit. Ich will nur den Anfang sehen. Ich bleibe bestimmt nicht länger als zehn Minuten.«

»Sind Sie sicher?«

»Ganz sicher.« Er wich ein Stück auf den Flur zurück.

»Na, Sie wissen ja, wo Sie mich finden, falls Sie es sich anders überlegen.«

Er lächelte ihr noch einmal zu und entfernte sich dann rasch. Gespräch beendet.

Maun Barrington war Anfang sechzig und seit fast zwanzig Jahren verwitwet. Sie und Jonathan ähnelten einander, denn beide hatten praktisch weder Familie noch Freunde. Der einzige Unterschied bestand darin, dass Maun gerne Menschen um sich hatte und Jonathan nicht. Sie mochte Jonathan. Niemand sonst im Haus wollte etwas mit ihr zu tun haben, und sie freute sich immer auf die Unterhaltungen mit ihm. Sie wünschte sich, er würde länger mit ihr plaudern oder häufiger ihre Einladungen zum Abendessen annehmen.

Als Jonathan verschwunden war, stieg sie die Treppe zu ihrer Wohnung hoch und schloss die Tür hinter sich. Der Grundriss war derselbe wie einen Stock tiefer bei Jonathan. Sie stand stumm in der Diele und lauschte angestrengt. Sie vernahm Schritte von unten. Jonathan ging in die Küche. Sie betrat ihre eigene. Sie hörte Wasser laufen, vermutlich wusch er sich die Hände. Sie tat dasselbe.

Von der Küche ging Jonathan weiter ins Wohnzimmer und drehte die Heizung auf. Dann schloss er in einem Zimmer nach dem anderen die Vorhänge. Oben kopierte Maun seine Bewegungen.

KAPITEL 8

Es war ein seltsames Gefühl, in ein kaltes, leeres Haus heimzukommen, aber daran würde sich Matilda gewöhnen müssen.

Sie schaltete das Licht im Wohnzimmer und in der Küche an und goss sich ein kräftiges Glas Wodka aus dem Kühlschrank ein. Neben dem Teekessel lagen ihre Medikamente. Sie drückte zwei Tabletten Antidepressiva aus der Blisterpackung und spülte sie mit einem Schluck Alkohol hinunter. Dann ließ sie zwei pflanzliche Stimmungsaufheller folgen, die sie rezeptfrei bekam. Keines von beidem schien zu wirken. Sie ging ins Wohnzimmer und ließ sich aufs Sofa fallen. Matilda hatte ein Haus mit fünf Zimmern für sich allein. Es war viel zu groß. Ihr Mann hatte es gekauft, und sie hatten darin gemeinsam alt werden wollen. Er hatte die Innenausstattung entworfen und die Pläne für den Dachbodenausbau und den Wintergarten selbst gezeichnet. Alles trug seine Handschrift und seinen Stempel. Sie konnte hier einfach nicht weg.

Ohne das Glas abzustellen, zog sie mühsam die Akten und Fotos aus ihrer Tasche und klatschte sie auf den Kaffeetisch. Sie würde sie lesen und sich Notizen machen, bis ihr die Augen zufielen, und sich anschließend ins Bett schleppen. Dann musste sie wenigstens nicht an James und den Schmerz ihres Verlustes denken. Auf dem Kaminsims stand ein Hochzeitsfoto von ihnen beiden. James sah blendend aus in seinem dunkelgrauen Anzug. Ein unbekümmertes Lächeln lag auf seinem Gesicht, und er hatte die leuchtend blauen Augen eines jungen Paul Newman. Ein paar Lachfältchen verliehen ihm Charakter. Er war hinreißend. Es gab kein anderes Wort dafür. Neben ihm stand eine lächelnde Matilda in einem bodenlangen weißen Kleid. Es hatte einen einfachen und eleganten Schnitt. Sie hielt sich an ihrem Ehemann fest und strahlte in die Kamera. Sie war glücklich. Sie waren beide glücklich.

Inzwischen hatte Matilda jede Lebhaftigkeit verloren. Ihre Haut war grau, ihrem Haar fehlte der Glanz. Sie konnte sich nicht daran erinnern, wann sie zum letzten Mal gelächelt hatte wie auf dem Foto. Wenn sie es ansah, schmerzte ihr ganzer Körper. So sehr vermisste sie ihn.

Sie war lethargisch, doch es gab viel zu tun. Sie riss sich zusammen. Die Akten und Fotos, die sie mitgenommen hatte, lagen in einem unordentlichen Haufen auf dem Kaffeetisch. Wie passend, dachte sie. Der Fall war ein einziger Saustall, und in ihrem Kopf herrschte Unordnung. Sie schob die Akten beiseite, griff nach Charlie Johnsons Buch und schlug es an einer zufälligen Stelle auf. Sie lehnte sich im Sofa zurück und las laut, um das Ticken der Uhr zu übertönen. Dann kam sie sich nicht so allein vor.

»Kapitel 6: Bruderliebe?« Sie schaute noch einmal zu ihrem Hochzeitsfoto hoch, als läse sie ihrem toten Ehemann vor. *»Der Altersunterschied zwischen Matthew und Jonathan war offenbar nicht unproblematisch. Nachbarn berichteten, dass die Brüder kaum ein Wort miteinander wechselten und man sie nie zusammen sah. Ihre Eltern waren damit beschäftigt, Karriere zu machen, und obwohl sie für Matthew, als er klein war, eine Nanny eingestellt hatten, verzichteten sie bei Jonathan darauf.*

Jonathan wurde oft bei Nachbarn untergebracht, wenn seine Eltern lange arbeiten mussten, oder wurde zu verschiedenen außerschulischen Aktivitäten geschickt. Während der

Schulferien war er nie zu Hause. Man muss sich die Frage stellen, wie stark Stefan und Miranda Harkness sich überhaupt für Jonathans Erziehung interessierten.

Nicht einmal Aoife Quinn, eine Nachbarin und enge Freundin der Harkness', brach nach deren Erziehungskompetenz befragt eine Lanze für Stefan und Miranda. ›Sie waren ein brillantes Paar, das hart arbeitete und sich voll dem Beruf widmete. Ich fürchte jedoch, es war ein Fehler, Jonathan zu bekommen. Miranda drückte es nie so aus, doch man konnte zwischen den Zeilen lesen, dass er ein Unfall gewesen war. Aber eine Abtreibung hätte ihrer Karriere geschadet.‹«

»Ob Jonathan das gelesen hat?«, fragte sich Matilda laut. »Hoffentlich nicht. Man stelle sich vor, erfahren zu müssen, dass man nur ein ›Unfall‹ war. Armer Kerl.«

Sie goss sich noch einen doppelten Wodka ein und schüttete ihn in einem Zug hinunter. Dann wischte sie sich mit dem Handrücken über den Mund und schniefte. Tränen stiegen ihr in die Augen. Diesmal weinte sie nicht um ihren Ehemann, sondern um Jonathan Harkness, den sie noch nicht einmal kannte. Trotzdem empfand sie große Traurigkeit. Sie selbst hatten zwar nie Kinder gewollt, aber einen Sekundenbruchteil lang, während sie in das strahlende Gesicht ihres Mannes auf dem Foto starrte, fragte sie sich, ob sie wohl gute Eltern gewesen wären. Sie hatte sich nie als Mutterfigur gesehen. Doch wenn sie gewusst hätte, dass James schon fünf Jahre nach ihrer Hochzeit sterben würde, hätte sie lieber ihr ganzes Eheleben schwanger verbracht und dafür gesorgt, dass etwas von ihm zurückblieb, das sie lieben und hegen konnte.

Herrgott noch mal! Führte denn jeder Gedankengang zurück zu James und ihrem armseligen Abklatsch von einem

Leben? Sie blätterte weiter in dem Taschenbuch und landete bei Kapitel 8.

»Alternative Theorien«, las sie die Überschrift. *»Obwohl Stefan Harkness in der westlichen Welt eine führende Rolle beim Test von Krebsmedikamenten spielte, stand seine Arbeit unter intensiver Beobachtung und wurde kontrovers diskutiert. Mit dreißig hatte er bereits vor drei Regierungskommissionen aussagen müssen, um seine Methoden zu rechtfertigen.*

Zum Zeitpunkt seines Todes im Dezember 1994 waren seine Forschungen in der Wissenschaft und bei der Pharmaindustrie wohlbekannt. Dass er Tierversuche durchführte, war kein Geheimnis. Er hatte Drohungen mit der Forderung erhalten, seine Arbeit einzustellen oder ›die Konsequenzen für seine unseligen Taten zu tragen‹, wie es in einem ziemlich fantasielosen, mit Schweineblut geschriebenen Brief hieß.

In den Wochen vor seinem Tod hatte Stefan Harkness Schmähanrufe und anonyme Briefe erhalten, und eine Schachtel mit den verwesenden Körpern von drei Dutzend toten Mäusen wurde im Haus abgegeben, adressiert an die Kinder der Familie. Trotz umfangreicher Ermittlungen durch die Polizei kam jedoch keiner der Aktivisten, die schließlich zugeben mussten, die Hassbriefe geschickt zu haben, als Verdächtiger für den Doppelmord infrage.«

Matilda legte das Buch mit der aufgeschlagenen Seite nach unten neben sich aufs Sofa und sah zu ihrem Hochzeitsfoto hoch. »Tja, das wussten wir ja schon, nicht wahr, James? Dieser Charlie Johnson ist wirklich eine nie versiegende Quelle von Informationen. Ich frage mich, wer sein Informant war.«

Sollte sie weiterlesen oder sich noch einen Wodka genehmigen? Sie sah zwischen Flasche und Buch hin und her. Der Alkohol gewann.

Jonathan Harkness saß seit zwei Stunden in seinem Lesezimmer und las zum dritten Mal Reginald Hills *Das Dorf der verschwundenen Kinder*.

Neben sich auf einem Tischchen hatte er einen großen Becher Tee stehen, mit Milch und einem Löffel Zucker, dazu zwei Gesundheitskekse auf einem Stück Küchenrolle.

Die Zimmertür war geschlossen, nur eine schlanke Stehlampe, die hinter dem Ohrensessel aufragte, spendete Licht.

Als er am Ende des Kapitels angelangt war, sah er zu den zahllosen Büchern auf, die ihn umgaben. Hier ging es ihm gut. In diesem Raum fühlte er sich sicher. In der Realität litt er unter Verfolgungswahn und depressiven Gedanken, aber hier war er geborgen. Er konnte das Leben von Romanfiguren teilen, mit ihnen interagieren, er konnte Dalziel und Pascoe helfen, ihre Verbrechen aufzuklären. Seine Lippen verzogen sich zu einem Lächeln. Er wandte sich wieder dem Taschenbuch zu und las weiter.

Direkt über ihm studierte Maun Barrington zum wiederholten Mal einen Artikel in der Lokalzeitung, die am Mittag gekommen war. Es schockierte sie, wie viel Raum die Zeitung der Geschichte eingeräumt hatte. Eine ganze Seite war sie doch garantiert nicht wert – schließlich ging es nur um ein Haus, das abgerissen werden sollte.

Sie ließ das Gespräch mit Jonathan vor ein paar Stunden in der Diele Revue passieren. Er hatte gar nicht schnell genug von ihr wegkommen können. Warum? Sie zuckte die Achseln.

Es war sinnlos, darüber nachzugrübeln. Angesichts des bevorstehenden Ereignisses ging ihm sicher eine Menge im Kopf herum. Es verwirrte sie, dass er sie nicht dabeihaben wollte. Sonst suchte er stets ihren Rat. Sie beschloss, so oder so hinzugehen und sich im Hintergrund zu halten, sodass Jonathan sie nicht bemerkte. Sie wollte dabei sein. Sie wollte seine Emotionen sehen, die Qual, die Erleichterung, den Kummer und das Entsetzen, damit sie später für ihn da sein konnte, wenn er von der Arbeit kam. Sie hatte ein seltsam beunruhigendes Gefühl in der Magengrube, dass etwas geschehen würde. Veränderungen zeichneten sich ab. Was immer es sein mochte, sie hoffte, sie würde Jonathan dadurch nicht verlieren. Sie hätte es nicht ertragen können, noch jemanden zu verlieren.

KAPITEL 9

In der Nacht war die Temperatur auf abscheuliche minus fünf Grad gefallen. Um sechs Uhr früh lag auf allem eine Schicht eisigen weißen Nachtfrosts. Die Gehsteige waren glatt und rutschig. Eis knirschte unter den Reifen der Autos, und hinter einem Abfallcontainer im Zentrum von Sheffield wurde die gefrorene Leiche eines Mannes entdeckt.

Ein Passant, der auf dem Weg zur Arbeit eine Abkürzung zur Straßenbahnhaltestelle in der West Street genommen hatte, war neben einem auf 80er Jahre gestylten Nachtklub in der Holly Lane über den Toten gestolpert. Er hatte die 999 gewählt und ungeduldig auf die Polizei gewartet. Als die Streife endlich auftauchte, hopste der Zeuge vor Kälte von einem Fuß auf den anderen und war gründlich angepisst, weil er ausgerechnet am Mitarbeiter-Bewertungstag zu spät kam.

Ein hochgewachsener Constable hatte sich vorsichtig auf den Stahlcontainer zubewegt. Ein Beinpaar ragte dahinter hervor. Je näher er kam, desto mehr hatte er vom Körper erkennen können. Als er das Gesicht sah, hatte er sich schnell die in einem Lederhandschuh steckende Hand vor den Mund gehalten. Es hatte ausgesehen, als wäre der Schädel des Opfers explodiert.

Der Notruf wurde an die Mordkommission weitergeleitet, wo er bei Detective Sergeant Sian Mills landete. Als sie den amtierenden Chief Inspector Hales davon unterrichtete, machte der vor Begeisterung fast Luftsprünge.

»Schnappen Sie sich Ihren Mantel und einen DC, und dann geht es los«, sagte er zu Sian. Er war zur Tür hinaus, bevor er ausgeredet hatte.

Ben Hales war fünfzig und hatte sein Potenzial nie recht ausschöpfen können, ohne dass er gewusst hätte, woran das lag. Er hatte eine gute Figur mit reichlich Polstern um die Mitte und kurz geschnittenes grau meliertes Haar. Hales war reizbar, was man mit Härte verwechseln konnte, wenn man ihn nicht kannte – und bei der Arbeit kannte ihn niemand richtig. Aber das war ihm egal.

»Teufel noch mal, was ist denn in den gefahren?«, fragte Faith Easter. Ben Hales hätte sie beinahe umgerannt, als er zur Tür hinausstürmte.

»Ziehen Sie Ihren Mantel gar nicht erst aus. Die Streife hat eine Leiche gefunden. Kommen Sie.«

Es war nicht weit vom Polizeipräsidium zum Tatort, und sie hatten keine große Eile, doch Hales drückte kräftig aufs Gaspedal. Sian saß auf dem Beifahrersitz und teilte Sergeant Connolly per SMS mit, wohin sie unterwegs waren, während Faith sich auf dem Rücksitz am Haltegriff festklammerte.

Hales parkte den Audi schief am Straßenrand und sprang aus dem Auto. Zu den beiden ersten Streifenpolizisten hatten sich fünf weitere gesellt, die das Gebiet mit blau-weißem Flatterband absicherten. Es hatte sich bereits eine kleine Gruppe sensationslüsterner Gaffer gebildet. Das hier war genau das, worauf Hales gehofft hatte: Eine aktuelle Morduntersuchung, in die er sich verbeißen konnte, um den Chefs zu zeigen, wer der geeignetste Leiter der Mordkommission war. Er klatschte voller Tatendrang in die Hände, während er sich den Polizisten in Uniform näherte. »Na schön, wer war als Erster am Tatort?«

»Wir, Sir. Ich bin PC Ashcroft, und das ist PC Rutherford.«

»Was haben wir?«

»Ein Toter hinter dem Abfallcontainer. Er wurde sehr übel zugerichtet.«

»Wer hat ihn gefunden?«

»Ein Passant auf dem Weg zur Arbeit.« Er warf einen Blick in sein Notizbuch. »Jason Patterson. Ich habe Adresse und Telefonnummer aufgenommen.«

»Pathologie?«

»Unterwegs, Sir.«

»Spurensicherung?«

»Auch unterwegs, Sir.«

»Ausgezeichnet. Machen Sie Aufzeichnungen über alle Personen, die am Tatort auftauchen, und lassen Sie niemanden in die Nähe, der hier nichts zu suchen hat. Das schließt die Presseleute und jeden, der nicht direkt mit der Untersuchung der Leiche zu tun hat, ein. Haben Sie das verstanden?«

»Ja, Sir«, erwiderte der Constable mit klappernden Zähnen.

»Guter Mann. Riegeln Sie die gesamte Umgebung ab, nicht nur die Gasse. Drängen Sie die Gaffer weiter zurück.«

»Ja, Sir«, wiederholte er.

Hales drehte sich mit einem Lächeln zu Sian und Faith um. »Dann sehen wir ihn uns mal an.« Die Frauen wechselten einen erstaunten Blick.

Die Holly Lane war eine schmale Gasse hinter der City Hall. Sie diente hauptsächlich als Abkürzung auf dem Weg zur Straßenbahnhaltestelle und den Einkaufsmöglichkeiten der West Street. Zur Linken lag ein großer Parkplatz, zur Rechten ein Nachtklub.

Die Leiche war unberührt geblieben. Hales hatte nicht vor, daran etwas zu ändern, jedenfalls nicht, bis die Pathologie und die Spurensicherung dagewesen waren. Wenn er die ACC beeindrucken wollte, musste er nach Lehrbuch vorgehen. Das war nicht der richtige Zeitpunkt für Pfusch oder Fehler.

Hales bückte sich, um sich das Opfer genauer anzusehen. Er verzog das Gesicht, als er sah, in welcher Verfassung es war. Die Augen waren zugeschwollen, das Gesicht war zerschlagen, die Nase gebrochen, der Kiefer zerschmettert. In den Haaren klebte getrocknetes Blut. Der Täter war mit äußerster Brutalität vorgegangen. Es handelte sich um ein abscheuliches Verbrechen. Hales hätte zufriedener nicht sein können.

»Faith, finden Sie heraus, wer den Nachtklub betreibt. Ich will die Überwachungsvideos, und ich will wissen, wie lange er gestern geöffnet hatte und ob es Probleme gab. Außerdem liegt gegenüber ein Parkplatz. Auch von dem will ich die Überwachungsbilder. Und erkundigen Sie sich bei der City Hall, welches Programm lief, wann es endete, und besorgen Sie die Überwachungsvideos vor und hinter dem Gebäude. Lassen Sie sich von den Beamten in Uniform helfen.«

»Ja, Sir.« Sie drehte sich so schnell um, dass sie Sian beinahe ihren Pferdeschwanz durchs Gesicht gezogen hätte.

»Das dürfte nicht allzu schwierig werden«, sagte Hales zu Sian. Er lächelte. »Wir sind exakt in der Stadtmitte, umgeben von Nachtklubs und einer großen Konzerthalle. Mit den Überwachungsvideos sollten wir den Fall mit etwas Glück aufgeklärt haben, bevor es Mittag ist. Ein übel zusammengeschlagener Mann vor einem Klub. Nicht schwer zu erraten, woher er kam.«

Sian hatte die Arme um sich geschlungen und war starr vor Kälte. Sie sah ihren Boss stirnrunzelnd an.

»Wir warten, bis die Spurensicherung fertig ist, und überprüfen seine Fingerabdrücke. Falls er nicht im System ist, möchte ich, dass Sie sich die Vermisstenanzeigen vornehmen. Und rufen Sie auf dem Revier an. Fragen Sie, ob gestern jemand als vermisst gemeldet wurde.«

»Ist es dafür nicht ein bisschen früh?«, fragte Sian mit klappernden Zähnen.

»Es ist Eile geboten, Sian. Übrigens, an Ihrer Stelle würde ich mir mal einen anständigen Wintermantel zulegen.«

Sian wandte sich ab. Ein energiegeladener stellvertretender DCI Hales war ein beängstigender Anblick. Normalerweise blieb er einsilbig und statuenhaft. Wo kam nur dieser unvermittelte Energieschub her?

Ein dunkelroter Vauxhall Astra fuhr vor, und die Pathologin Dr. Adele Kean stieg aus. Sie stellten sofort Blickkontakt her. »Morgen, Sian. Was für eine Saukälte!«, sagte sie, während sie rasch ihren Mantel auszog, den Kofferraum öffnete und einen blauen Schutzoverall herausholte.

»An Tagen wie diesem möchte man sich am liebsten unter die Bettdecke verkriechen und die Arbeit Arbeit sein lassen.«

Adele lächelte. »Was haben Sie für mich?«

»Eine Leiche, männlich, zu Tode geprügelt, wie es aussieht. Ich hoffe, Sie haben nicht allzu fett gefrühstückt, denn es wird Ihnen gleich wieder hochkommen.«

»Ich bin ein braves Mädchen. Griechischen Joghurt mit Blaubeeren.«

»Echt?«

»Ach was. Zwei Tassen Kaffee und eine Scheibe Toast. Ich habe morgens keinen Appetit, aber irgendetwas muss ich runterwürgen. Mit leerem Magen kann ich nicht aus dem Haus.«

»Mein Mann ist genauso. Ohne Frühstück würde er glatt in den Wagen kotzen.«

»Wer leitet den Fall?«

»Der stellvertretende DCI, Ben Hales«, sagte Sian mit Betonung auf dem »stellvertretend«.

»Haben Sie gestern Matilda gesehen?«

»Ja, kurz. Es ist schön, dass sie zurück ist. Ein Jammer, dass sie nicht gleich wieder die Mordkommission leitet. Es wäre besser, wenn sie die Sache hier übernommen hätte.«

»Na ja, lange kann es nicht mehr dauern. Sie kriegen sie bald zurück.«

»Ich hoffe es.«

»Kein großer Fan Ihres derzeitigen Chefs?«, fragte Adele, während sie sich mühte, den blauen Einweg-Schutzanzug und die Überschuhe aus Plastik überzustreifen.

»Ich weiß nicht, was heute Morgen in ihn gefahren ist, aber er hüpft durch die Gegend wie ein Fünfjähriger.«

»Na toll, das hat uns gerade noch gefehlt.«

Adele nahm ihre Tasche aus dem Kofferraum und trat zu Hales, der immer noch die Leiche betrachtete.

»Guten Morgen«, sagte sie in ihrer üblichen fröhlichen Art.

Er schreckte hoch und drehte sich rasch zu ihr um. »Ach, guten Morgen, Adele. Sie waren aber schnell.«

»Der Anruf kam, als ich auf dem Weg zur Arbeit war, also bin ich gleich hergefahren.«

»Machen Sie sich auf einen schlimmen Anblick gefasst. Ich kann lediglich sagen, dass es eine männliche Leiche ist. Er ist so zugerichtet, dass eine Beschreibung oder eine Alterseinschätzung unmöglich sind.«

»Wenn Sie dabei sein wollen, brauchen Sie auch Schutzkleidung. Sian«, rief sie der schlotternden DS zu, »könnten Sie mir ein paar Trittplatten aus dem Kofferraum bringen?«

»Ich schätze, der Designer dieser Overalls entwirft sonst Umstandsmode«, vermutete Sian, als sie der Pathologin die Trittplatten aus Aluminium reichte.

Adele legte sie so in der Gasse aus, dass sie bis zum Opfer hinführten.

»Bitte bleiben Sie auf den Platten«, sagte sie zu Hales, der, inzwischen in Schutzkleidung, an der Einmündung der Gasse auftauchte.

Sie näherte sich vorsichtig dem Opfer und sah sich dabei aufmerksam um. Mit einem tiefen Atemzug zog sie die Maske über Mund und Nase hoch. Hales hatte nicht übertrieben. Der Mann sah aus, als hätte man ihn durch den Fleischwolf gedreht.

»Ich denke, wir können davon ausgehen, dass er hier getötet wurde«, meinte sie und zeigte auf die gefrorenen Blutstropfen an der Wand. Sie hob die linke Hand der Leiche an und untersuchte die Fingernägel. »Sie sind gut gepflegt, also hat er auf sich geachtet. Es befinden sich ein paar größere Hautfetzen darunter. Ob sie von ihm selbst oder von seinem Angreifer stammen, kann ich noch nicht beurteilen, aber wir haben auf jeden Fall genug für eine DNA-Analyse.«

»Ausgezeichnet«, sagte Hales wie zu sich selbst. »Todeszeitpunkt?«

»Der wird schwer zu bestimmen sein, weil es vergangene Nacht verdammt kalt war. Ich glaube nicht, dass die Temperatur während des letzten Tages einmal über den Gefrierpunkt gestiegen ist. Er könnte seit gestern Abend um zweiundzwanzig Uhr hier liegen, aber auch erst seit einer Stunde.«

»Genauer können Sie es nicht sagen?«

»Im Augenblick nicht. Das Wetter hat die Totenstarre beschleunigt. Ich werde die Körpertemperatur messen, aber er ist eiskalt.« Sie zitterte vor Kälte. Der dünne Plastikoverall, den sie über ihrer Kleidung trug, war nicht dazu gedacht, solchen Temperaturen zu widerstehen. Sie konnte es kaum erwarten, ins Büro zu kommen und die Heizung aufzudrehen. »Meine Assistentin ist schon unterwegs. Sie wird Fotos machen, anschließend tüten wir ihn ein, fahren ins Labor und nehmen Proben. Geben Sie mir ein paar Stunden Zeit, dann können Sie den Autopsiebericht abholen.«

»Danke, Adele.«

Hales kehrte dem Tatort den Rücken zu und ging zu seinem Audi. Er hatte Mühe, ein Grinsen zu unterdrücken. Er fand, dass es gar nicht besser hätte laufen können. Letzte Nacht hatte er kaum ein Auge zugetan. Während er neben seiner schnarchenden Frau gelegen hatte, waren die Gedanken unaufhörlich durch seinen Kopf gewirbelt. Er machte sich Sorgen, was jetzt, da Matilda Darke zurück war, aus ihm und seiner Karriere werden sollte. Beim Frühstück hatte er das Gefühl nicht abschütteln können, dass die Assistant Chief Constable gleich anrufen und ihn wieder in die niederen Ränge zurückversetzen würde. Doch nun konnte er sich erst einmal entspannen. Dies war eine aktuelle Mordermittlung, und wenn man den Gerüchten trauen durfte, die gestern im Revier die Runde gemacht hatten, war Matilda derzeit nicht in der Lage, eine solche zu leiten. Der Fall gehörte ihm. Ganz ihm. Und mit ein wenig Glück auch jeder weitere verdächtige Todesfall, der sich in South Yorkshire ereignete.

KAPITEL 10

Matilda erwachte mit einem Brummschädel von zu viel Wodka und musste sich aus dem Bett quälen. Es war erst ihr zweiter Arbeitstag, und schon kam es ihr so vor, als wäre sie nie weg gewesen – auf unschöne Art und Weise. Während sie sich unter die Dusche schleppte, wünschte sie sich, sie wäre zu Hause geblieben. Der scharfe Strahl des Wassers traf heiß auf die empfindliche Haut, und jeder Muskel schien vor Schmerz aufzuschreien. Sie ignorierte den dringenden Wunsch, wieder ins Bett zu schlüpfen, und ließ sich das Wasser über den Körper strömen. Um die Tortur noch zu verstärken, drehte sie die Temperatur von heiß auf eiskalt, damit die Wassernadeln noch spitzer zustachen. Nach kurzer Zeit war sie richtig wach, und ihr Gehirn nahm die Arbeit auf.

Wie am Vortag gelang es ihr nur mit Mühe, ihr Frühstück aus zwei Tassen extrastarkem Kaffee und einer Scheibe Toast hinunterzuwürgen, bevor sie sich ankleidete und das Haus verließ. Sie hatte am Abend zuvor noch eine Textnachricht an Constable Fleming geschickt, dass sie ihn abholen und direkt zum Harkness-Haus in Whirlow fahren würde, um sich den Abriss anzusehen. Es wäre sinnlos gewesen, sich auf dem Revier zu treffen. Vielleicht wollte sie auch nur vermeiden, ihrem Nachfolger, dem amtierenden Chief Inspector Ben Hales, zu begegnen.

Als sie Rorys Reihenhaus in Woodseats erreichte, hupte sie, um ihm Bescheid zu geben. Nach kurzer Zeit öffnete sich die Tür, und er kam aus dem Haus gelaufen wie ein junger Hund zum Morgenspaziergang. Sie hörte ihn ein fröhliches »Auf Wiedersehen« über die Schulter rufen, und dann stieg er mit einem einfältigen Grinsen im Gesicht in den Wagen. Sie versuchte, sich zu erinnern, wann sie selbst das letzte Mal so gut gelaunt zur Arbeit gegangen war, doch dieses Bild schien aus ihrem Gedächtnis gelöscht zu sein.

»Sie sind ja ganz schön aufgekratzt heute Morgen«, sagte sie, blinkte und fädelte sich wieder in den Verkehr ein, bevor Rory sich angeschnallt hatte.

»Na ja, zum ersten Mal seit was-weiß-ich-wie-lange konnte ich gestern früher Schluss machen«, erwiderte er. »Ich habe uns was Nettes gekocht, und wir haben uns aufs Sofa gekuschelt und zusammen eine DVD angesehen.«

Sie warf ihm einen Seitenblick zu und stellte fest, dass sein Lächeln noch breiter geworden war. Sie nahm an, dass der nette Abend im Schlafzimmer geendet hatte. Sie hätte wetten mögen, dass die beiden das Ende des Films nicht gesehen hatten.

Unter seinem Jonathan-Creek-Dufflecoat trug er einen eleganten dunkelblauen Anzug mit weißem Hemd und hellblauer Krawatte. Matilda hatte denselben blauen Hosenanzug an wie gestern. Die Hose war schon zerknittert, und der Aufschlag hatte einen Fleck, von dem sie sich nicht entsinnen konnte, wie er da hingekommen war. Im Vergleich zu ihrem Untergebenen kam sie sich vor wie eine Vagabundin.

»Wieder ganz schön kalt heute Morgen«, bemerkte Rory nach ein paar Minuten, um das Schweigen zu brechen. »Der Wetterbericht sagt, am Wochenende könnte es Schnee geben.«

Matilda antwortete nicht. Sie hatte nicht das Gefühl, zu diesem belanglosen Dialog etwas beitragen zu können.

»Wie sieht denn der Plan für heute aus? Nach dem Abriss, meine ich?«

»Ich dachte, wir könnten Jonathan Harkness aufsuchen. Schließlich wohnt er in der Gegend. Wir teilen ihm mit, dass wir den Fall wieder aufnehmen. Mal sehen, was er dazu meint.«

»Was ist, wenn er nichts Neues zu berichten hat?«

»Dann nehmen wir uns die Akte vor. Irgendetwas muss darin stehen, das übersehen wurde.«

»Glauben Sie, er erinnert sich nach zwanzig Jahren noch an etwas von Bedeutung?«

»Keine Ahnung. Das Gehirn ist ein kompliziertes Organ. Es blendet Dinge aus, um uns vor Erlebnissen zu schützen, die allzu entsetzlich waren, oder es kann uns quälen, indem es sie ständig wiederholt.«

»Dann hoffen wir mal auf Letzteres und darauf, dass er dadurch nicht zu sonderbar geworden ist.«

»Tja, ich rechne eher damit, dass er ein hoffnungsloser Fall ist. Alles andere wäre eine glückliche Fügung.«

Als sie am Schauplatz in Whirlow eintrafen, fuhr gerade ein Hydraulikbagger langsam von einem Tieflader. Ein Team von mehr als einem halben Dutzend Arbeitern in spezieller, reflektierender Warnschutzkleidung war mit den Vorbereitungen zum Abriss beschäftigt.

Das Haus war mit großen Sperrholztafeln vernagelt, um potenzielle Diebe oder Hausbesetzer abzuschrecken, und diese wurden jetzt abgebaut. Zwei Mitglieder des Teams setzten Schutzhelme auf und betraten das Gebäude durch die Hintertür. Sie sollten ein letztes Mal durch die Räume gehen, bevor das Haus eingerissen wurde, um sicherzugehen, dass nicht etwa ein Obdachloser hier Unterschlupf gesucht hatte.

Matilda hielt ein paar Hundert Meter entfernt am Straßenrand an. Sie griff nach einem Bündel Papiere auf dem Rücksitz. Es waren die Berichte, die sie mit nach Hause genommen hatte, und Charlie Johnsons Buch, das sie bereits halb durchgelesen hatte. Sie blätterte darin.

»Ich habe gestern Abend mit meiner Verlobten über den Harkness-Fall gesprochen, und sie hat im Internet recherchiert, während ich unter der Dusche war. Sie denkt, Matthew könnte etwas mit den Morden zu tun haben.«

»Ach ja?«, erwiderte Matilda ohne besonderes Interesse.

»Es klingt nachvollziehbar, wenn man es recht bedenkt. Niemand weiß, wo er sich zum Tatzeitpunkt aufhielt, weil er da schon verschwunden war. Es dauerte Tage, bis man ihn fand, und er hatte kein Alibi.«

»Aber auch kein Motiv.«

»Alle Kinder haben ein Motiv, ihre Eltern umzubringen, egal wie fadenscheinig es sein mag.«

Sie fragte sich, ob das Rorys Ansicht war oder die seiner Verlobten. Sie sagte nichts dazu.

»Möglicherweise gab es Streit. Vielleicht war er eifersüchtig auf die Aufmerksamkeit, die die Eltern seinem kleinen Bruder schenkten.«

»Es war ein brutaler Angriff. Wer immer sie getötet hat, empfand nichts als blanken Hass. Da müsste schon ein sehr heftiger Streit vorausgegangen sein. Außerdem, wenn er eifersüchtig auf seinen Bruder war, warum brachte er den nicht auch gleich um?«

Rory zuckte die Achseln.

»Lesen Sie Kapitel zehn«, schlug Matilda vor und reichte Rory das Taschenbuch. »Anscheinend war sein Bruder Jonathan ein ›Unfall‹. Das steht zumindest in Kapitel sechs. Seine Eltern hatten kaum Zeit für ihn übrig. Matthew hatte keinen Grund zur Eifersucht.«

Auszug aus *Ein Weihnachtsmord* von Charlie Johnson

KAPITEL 10: WO IST MATTHEW?

Die Polizei traf bald am Tatort ein und brachte Jonathan gehüllt in eine große Decke weg, um ihm den Anblick seiner übel zugerichteten Eltern zu ersparen. Er kam ins Kinderkrankenhaus von Sheffield, wo man ihn auf Verletzungen untersuchte. Zu diesem Zeitpunkt hatte er noch kein Wort gesagt, und die Polizei vermutete, dass er unter Schock stand. Eine weitere Person wurde vermisst, der fünfzehn Jahre alte Matthew Harkness. Er war nach der Schule nicht nach Hause gekommen, sondern zu seinem besten Freund Philip Clayton gefahren, um mit ihm am Computer zu spielen. Er blieb länger als gewöhnlich und lieh sich Philips Mountainbike aus, um heimzufahren. Das hätte nur zehn Minuten dauern dürfen, aber er war nicht dort aufgetaucht, und von dem Fahrrad war keine Spur zu finden. Nachdem die Polizei mit den Nachbarn gesprochen hatte, gab sie eine Suchmeldung nach Matthew heraus. Niemand hatte ihn gesehen, seit er den Nachhauseweg angetreten hatte. Die Hinterhöfe und Gärten aller Häuser in der Straße sowie die umgebenden Parks wurden umgehend durchsucht, doch wegen der Dunkelheit ohne Erfolg. Eine groß angelegte Suche wurde für den folgenden Morgen angesetzt, sobald es hell genug dafür war. Die Polizei befürchtete, Matthew könnte von dem Mörder oder den Mördern entführt worden sein, obwohl das nie öffentlich zugegeben wurde. Dicker Raureif und frostige Temperaturen behinderten die Suche. Die Polizei schwärmte abermals aus, um die Gärten und Hinterhöfe zu durchkämmen, und die Anwohner halfen dabei, so gut sie konnten. Den ganzen Tag lang wurde das dichte Waldstück Ecclesall Woods durchforstet, und anschließend auch Ran Woods. Man fand nichts. Die Suche wurde auf weitere nahe gelegene Parks ausgeweitet, darunter Abbeydale Park, Millhouses Park und der Golfplatz von Abbeydale. Auch hier war von dem vermissten Teenager und dem rot-schwarzen Mountainbike seines Freundes keine Spur zu entdecken. Als die Dunkelheit nach dem ersten vollständigen Tag der Ermittlungen einsetzte, war Matthew weiterhin verschwunden, und es gab keine Lösegeldforderungen. Die Temperatur war den ganzen Tag nicht über null Grad gestiegen. Die Polizei fürchtete um sein Leben. Wo immer er war, offensichtlich drohte ihm Gefahr, entweder von seinen Entführern oder dem eiskalten Wetter.

»Ich finde es seltsam, dass er abgehauen ist«, sagte Rory. »Ich meine, das würde man doch nicht tun, es sei denn, man hätte etwas zu verbergen.«

»Laut Matthews Aussage, nachdem man ihn schließlich gefunden hatte«, begann sie und senkte den Blick auf das entsprechende Transkript, »kam er nach Hause und sah die Streifenwagen mit Blaulicht vor dem Haus stehen. Er dachte, seine

Eltern hätten die Polizei alarmiert, weil er zu spät heimkam, geriet in Panik und radelte einfach weiter.«

»Aber seine Eltern waren doch nicht dumm. Sie hätten nur bei den Eltern von dem Freund anrufen müssen, den er besucht hatte. Es wäre völlig unnötig gewesen, die Polizei zu rufen.«

»Seine Eltern waren nicht dumm, aber er vielleicht.«

»Tut mir leid, das kann ich mir nicht vorstellen. Er war drei Tage lang verschwunden, ehe er wie aus dem Nichts wieder auftauchte. Wenn er Angst hatte, Schwierigkeiten zu bekommen, weil er zu spät nach Hause kam, wäre er doch höchstens eine Nacht weggeblieben, nicht gleich drei, vor allem nicht mitten im Winter.«

»Leider«, sagte Matilda, während sie die dreiseitige Aussage überflog, »lese ich hier kaum etwas von Bedeutung. Nicht einmal, wo genau er sich verborgen hielt. Himmelherrgott noch mal! Da steht nur, dass er sich im Wald versteckte. Sheffield ist eine der grünsten Städte im Land. Sie ist von verdammten Wäldern umzingelt!«

»Lebt Matthew noch in Sheffield?«

»Nein. Er zog weg, sobald er die Schule hinter sich hatte. Ich habe keine Ahnung, wo er jetzt ist. Wir werden versuchen müssen, ihn aufzuspüren. Diese Fallberichte sind eine absolute Schande!«

Sie knallte die Aktenmappe frustriert zu und sah auf, als der Bagger sich mit aufheulendem Motor langsam auf das Grundstück des Harkness-Hauses vorschob. Zeit für den Abriss.

Ein paar naseweise Anwohner hatten sich versammelt. Sie trugen dem Wetter angemessene lange Mäntel, Hüte und Schals. Sie steckten die Hände tief in die Taschen oder schlangen die Arme eng um den Körper, um sich warm zu halten. Sie nahmen die Kälte in Kauf, um Zeugen eines Ereignisses zu werden, das in die örtlichen Geschichtsbücher eingehen würde. Aus einem in der Nähe parkenden Mondeo stieg ein junger Mann Anfang dreißig aus. Er trug ein am Kragen offenes Hemd, ausgeblichene Bluejeans und abgewetzte schwarze Schuhe. Vom Beifahrersitz hievte sich ein schroff wirkender älterer Mann, der schon auf die Rente zuging. Eine große Kamera hing um seinen Hals.

»Die verdammte Presse«, sagte Matilda unterdrückt.

»Steigen wir aus?«, fragte Rory.

»Nein, ich …« Sie verstummte, als ihr Blick an etwas Interessantem hängen blieb. Sie blätterte rasch noch einmal die Berichte auf ihrem Schoß durch und fand, wonach sie gesucht hatte – eine Fotografie. Sie sah durch die Windschutzscheibe und senkte den Blick wieder auf das Foto.

»Glauben Sie, das könnte Jonathan Harkness sein?« Sie zeigte Rory die Aufnahme des elfjährigen Jonathan in seiner Schuluniform. Darauf sah er direkt in die Kamera und lächelte bemüht. Es war anscheinend ein offizielles Schulfoto, und es schien ihm keinen besonderen Spaß gemacht zu haben.

Rory betrachtete das Foto und dann den jungen Mann im schwarzen Mantel, der allein ein Stück entfernt von den Gaffern stand. »Könnte gut sein. Derselbe Körperbau, dasselbe Haar.«

»Dann kommen Sie.« Sie ließ den Gurt aufschnappen und sprang aus dem Wagen.

Gleich nach seinem Eintreffen sah Jonathan, wie der Journalist und der Fotograf aus ihrem Auto stiegen. Er hoffte, sie würden ihn nicht erkennen, und schlug den Mantelkragen hoch. Er stand ein Stück abseits der sensationslüsternen Zuschauer und fragte sich, ob gerade das die Aufmerksamkeit des Reporters erregen könnte. Also schob er sich unauffällig auf die Menge zu.

Der große Hydraulikbagger erreichte den zugewachsenen Garten, in dem er als Kind gespielt hatte, und er betrachtete das Haus seiner Geburt. Er hörte seinen eigenen Herzschlag in den Ohren pochen und holte tief Luft. Obwohl er passend zur Witterung gekleidet war, Handschuhe trug und sich einen Schal um den Hals geschlungen hatte, zitterte er unter dem dicken Wintermantel. Sein Mund war wie ausgedörrt, und er schluckte mehrfach schmerzhaft. Der Arm des Baggers hob sich langsam über das Dach. Die Grabschaufel war angewinkelt, und als sie das Haus berührte, kniff Jonathan die Lider fest zusammen. Das knirschende Geräusch ließ ihn zusammenzucken. Er öffnete die Augen wieder und sah ein riesiges Loch an der Stelle, wo sich einmal sein Schlafzimmer befunden hatte.

Schnell war ein großes Stück von der Vorderseite des Hauses aufgerissen, und zum ersten Mal seit zwanzig Jahren drang Tageslicht in die Räume. Jonathan hob den Blick zu der blau-weiß gestreiften Tapete seines einstigen Refugiums. Er hatte nicht geahnt, dass es ihn so hart treffen würde. Bei diesem Anblick spürte er einen Kloß in der Kehle, und Tränen stiegen ihm in die Augen. Er hatte auf eine reinigende Erfahrung gehofft, eine Art Erlösung, doch das hier war zu viel für ihn. Er hielt es nicht aus. Die Menge der Gaffer um ihn herum plapperte aufgeregt und machte dem Lärm der Abrissarbeiten Konkurrenz.

»Das war mal so ein schönes Haus. Was für eine Schande.«

»Also mir war es immer unheimlich. Man hätte es schon vor Jahren abreißen sollen.«

»Man muss sich mal vorstellen, was da drinnen passiert ist!«

»Ich frage mich, was aus den armen Kindern geworden ist.«

»Dieselbe Tapete hatte ich im Gästeschlafzimmer.«

Als Jonathan sich abwandte und davonging, trat ihm eine müde wirkende Frau in den Weg, hinter der er einen elegant gekleideten jungen Mann erblickte. Er überlegte, ob das auch Reporter waren. Verdammte Aasgeier!

»Sind Sie Jonathan Harkness?«, fragte Matilda.

»Wer?« Seine Stimme klang schroff, seine Kehle war wie ausgetrocknet.

»Das sind Sie doch, nicht wahr? Keine Sorge, ich bin nicht von der Presse.« Sie fischte ihren Ausweis aus der Innentasche. »Ich bin Chief Inspector Matilda Darke, und das hier ist Constable Rory Fleming. Wir sind von der Mordkommission der Polizei von South Sheffield. Könnten wir Sie kurz sprechen?«

Jonathan sah von Matilda zu Rory und dann wieder zurück. »Tut mir leid, ich muss zur Arbeit.«

Das Geräusch einer einstürzenden Mauer hinter ihnen übertönte ihre Worte. Matilda und Rory sahen zum Haus hinüber, während Jonathan die Augen schloss. Qualvolle Trauer und Schmerz gruben sich tief in seine Züge.

»Ich verstehe, dass das ein schwerer Tag für Sie ist, Mr. Harkness, aber wir möchten wirklich nur ein paar Worte mit Ihnen wechseln.«

»Ich habe nichts zu sagen.«

Er sah traurig aus, war blass, und seine blauen Augen blickten trübe. Er sah aus, als werde er gleich in Tränen ausbrechen.

»Wir rollen den Fall wieder auf.«

»Was?« Jetzt hatte Matilda seine volle Aufmerksamkeit. Er wirkte ehrlich schockiert. »Warum?«

»Wir nehmen uns alte, ungelöste Fälle regelmäßig vor, und aufgrund des Abrisses haben wir beschlossen, diesen neu zu bearbeiten.«

»Sind neue Beweise aufgetaucht?«

»Das wissen wir noch nicht.«

»Hören Sie, mit Ihren Akten und dem Buch wissen Sie so ziemlich alles, was es zu wissen gibt.«

»Sie haben recht, es existiert eine Fülle von Informationen, aber eines fehlt uns jedoch: Ihre Aussage.«

Jonathan hob den Blick und sah Matilda in die Augen. »Meine Aussage?«

»Ich weiß, dass Sie nach den Ereignissen zunächst stumm waren, das ist ja auch nachvollziehbar. Aber Ihre Aussage ist äußerst wichtig, um die Wahrheit herauszufinden.«

»Ich glaube wirklich nicht …«

»Mr. Harkness.« Matildas Stimme wurde schärfer. »Es handelt sich um eine offizielle polizeiliche Untersuchung. Wir benötigen Ihre Aussage. Möchten Sie vielleicht gleich mit aufs Revier kommen?«

Bei der Erwähnung des Polizeireviers verriet Jonathans Miene nacktes Entsetzen. Seine Augen weiteten sich, er öffnete den Mund ein wenig, und seine Unterlippe zitterte. Er holte tief Luft, wie um seine Nerven zu beruhigen.

»Wenn Ihnen ein Gespräch auf dem Revier unangenehm ist, können wir uns auch bei Ihnen zu Hause unterhalten. Wie Sie wollen.«

Hinter ihm brach die Seitenwand des Hauses in sich zusammen und gab das Wohnzimmer frei. Jonathan drehte sich um, warf einen Blick auf das Bild der Zerstörung und schloss schnell wieder die Augen.

»Wir gehen zu mir.«

Die Menge der Zuschauer war angewachsen. Einige filmten die Ereignisse mit ihren Smartphones. Eine Frau fiel dadurch auf, dass sie die einzige Person war, die dem Abriss keine Beachtung schenkte. Sie trat einen Schritt zurück und betrachtete Jonathan. Er sprach mit einem gut aussehenden jungen Mann mit glänzenden Haaren und einer zerzausten Frau, die bei einem Doppelgängerwettbewerb für die Detektivin Vera Stanhope den ersten Preis hätte gewinnen können. Sie hatte früher genügend Erfahrungen mit der Polizei gesammelt, um die beiden als Polizeibeamte zu erkennen. Was hatten sie hier zu suchen? Was interessierte sie der Abriss eines Hauses? Das Gespräch zwischen den dreien schien angespannt zu verlaufen. Sie hätte zu gern gewusst, was gesagt wurde, wagte es aber nicht, näher zu treten, weil sie nicht bemerkt werden wollte. Maun wartete, bis die kleine Gruppe um die Ecke verschwunden war, bevor sie ihr folgte.

KAPITEL 11

Die kurze Fahrt von Whirlow zu Jonathans Wohnung verlief in Schweigen. Als sie das Gebäude erreichten, war Matilda schockiert, wie nah er bei dem Haus wohnte, in dem man seine Eltern bestialisch ermordet hatte. Anscheinend war es ihm nach zwanzig Jahren noch nicht gelungen, die Dämonen seiner Vergangenheit zum Verstummen zu bringen. Würde sie selbst in zwei Jahrzehnten auch noch um ihren Ehemann trauern?

Jonathan brachte seine Gäste ins Wohnzimmer und eilte in die Küche, um Kaffee zu kochen.

»Er hat keinen Fernseher«, stellte Rory sofort gedämpft fest.

»Das musste Ihnen ja auffallen«, erwiderte Matilda lächelnd.

»Sehen Sie sich all die Bücher an!«

Matilda und Rory verstummten angesichts der riesigen Sammlung. Noch überraschter registrierten sie die präzise Anordnung der Bände.

»Glauben Sie, er hat die alle gelesen?«

»Ich bezweifle, dass er sie nur zur Zierde aufgestellt hat.«

»Ich habe außerhalb einer Waterstones-Filiale noch nie so viele auf einem Haufen gesehen.«

»Hören Sie auf, Rory – wann haben Sie denn das letzte Mal einen Fuß in einen Buchladen gesetzt?«

Ein verdutzter Ausdruck glitt über sein glattes Gesicht, und er dachte nach. Matilda meinte fast, den Rauch aufsteigen zu sehen, während die Rädchen in seinem hübschen kleinen Kopf sich drehten.

»Ich habe letztes Jahr das Guinness-Buch der Rekorde gekauft.«

»Nicht gerade ein Booker-Preisträger«, stellte sie fest.

»Ein was?«

Jonathan kam mit einem Tablett mit drei nicht zusammenpassenden Tassen und einer Kanne schwarzen Kaffees herein. Er steuerte die Mitte des Raums an, drehte dann aber unvermittelt ab und stellte das Tablett auf einen kleinen Ecktisch. Er sah auf den Teppich und griff sich unbewusst an den Hals. Matilda folgte seinem Blick und sah vier Vertiefungen, wo ein Möbelstück gestanden hatte, wahrscheinlich ein Kaffeetisch.

»Wir bewundern gerade Ihre Sammlung.« Matilda wies auf die Regale, als ob das nötig gewesen wäre. Sie beherrschten das gesamte Zimmer.

»Danke.«

»Haben Sie die alle gelesen?«, fragte Rory immer noch fassungslos ob der schieren Menge an Büchern.

»Selbstverständlich«, erwiderte Jonathan brüsk.

»Wo ist Ihr Fernseher?«

»Ich habe keinen.«

»Warum nicht?«

»Es kommt nichts, was mich interessieren würde. Ich finde, wenn man kein Fan von Seifenopern oder Realityshows ist, hat man nicht viel Auswahl.«

»Da muss ich Ihnen zustimmen«, sagte Matilda. »Ich zahle meine Fernsehgebühren und ein Sky-Abonnement, aber ich bekomme definitiv sehr wenig für mein Geld.«

»Ich vermute, als Detective bleibt Ihnen auch nicht viel Zeit.«

»Wem sagen Sie das«, antwortete Matilda. Sie nickte lächelnd mit einem Blick auf die Krimisammlung.

»Möchten Sie sich setzen?« Jonathan erwiderte ihr Lächeln.

Matilda und Rory knöpften ihre Mäntel auf und nahmen auf dem Ledersofa Platz. Jonathan blieb ausgehfertig: den Mantel zugeknöpft, den Schal um den Hals gewickelt.

Mit leicht zitternden Händen schenkte er ihnen Kaffee ein. Er bat sie, sich selbst Milch und Zucker zu nehmen, während er seinen schwarz trank. Rory blickte enttäuscht auf den kleinen Teller mit einem halben Dutzend fader Vollkornkekse. Er hatte auf etwas Schokoladiges gehofft, zum Beispiel einen Hobnob- oder Bourbon-Keks. Jonathan setzte sich auf einen zum Sofa passenden Lehnsessel neben einem kleinen Holztisch, auf dem sich etwa zwanzig Taschenbücher stapelten.

»Warum stehen die nicht in den Regalen?«, fragte Rory.

»Weil ich sie noch nicht gelesen habe.«

»Wo arbeiten Sie denn?«, erkundigte sich Matilda und schnupperte anerkennend an ihrem Kaffee.

»Waterstones am Orchard Square.«

»Im Ernst?«, sagte Rory lachend.

»Ja.« Jonathan runzelte die Stirn.

»Hätten Sie etwas dagegen, wenn ich die Unterhaltung aufzeichne?«, fragte Matilda. Sie zog ein digitales Diktiergerät aus der Tasche. Jonathan schüttelte den Kopf, also drückte sie ein paar Knöpfe und legte es auf das Tischchen zwischen ihnen. »Ich möchte, dass Sie uns Ihre Geschichte erzählen.«

Jonathan seufzte. »Warum?«

»Wie gesagt, wir nehmen uns den Fall noch einmal vor, und ich bin die Vernehmungsprotokolle, Berichte und sonstigen Dokumente durchgegangen, aber es scheint von Ihnen keine Aussage zu geben. Haben Sie je eine gemacht?«

Jonathan schloss die Augen und holte tief Luft. Unbewusst tippte er sich nacheinander mit den Fingerspitzen der linken Hand an den Daumen. Als er mit jedem Finger zweimal durch war, hielt er eine Sekunde lang inne, ehe er wieder von vorne anfing.

Matilda erkannte die Anzeichen von Angst sofort. Sie war ihr ständiger Begleiter. Sie warf einen Blick zu Rory, aber der starrte immer noch die Bücher an. Sie fragte sich, ob ihre eigenen Ticks ebenso offenkundig waren.

»Nachdem es passiert war«, begann er. Seine Stimme brach. »Nachdem es passiert war, befand ich mich in einer Art Schockstarre. Ich sprach lange Zeit kein Wort mehr. Die Polizei hat mich oft aufgesucht. Sie brachten alle möglichen Spezialisten mit. Jeder versuchte auf seine eigene Art, mich zum Reden zu bringen, nur funktionierte es nie. Wenn ich mich recht entsinne, gab es sogar eine Frau, die es mit Handpuppen probierte.« Er lächelte angespannt bei der Erinnerung.

»Wie lange dauerte es, bis Sie wieder sprachen?«

»Etwa achtzehn Monate.«

»Hatten Sie Sheffield da bereits verlassen?«

»Ja. Ich wohnte bei meiner Tante, droben in Newcastle.«

»Wann sind Sie wieder nach Sheffield gezogen?«

»Vor etwa fünf Jahren, schätze ich.«

»Warum haben Sie beschlossen zurückzukommen?«

Jonathan senkte den Kopf. »Meine Tante ist gestorben, und sosehr es mir auch in Newcastle gefiel, es war doch mehr ihr Zuhause als meines. Sheffield ist mir vertrauter.«

Matilda nickte und wechselte das Thema. »In der Nacht, als Ihre Eltern starben …«

»Sie wurden ermordet«, unterbrach Jonathan mit energischer, beinahe strenger Stimme. »Sie sind nicht gestorben, sie wurden getötet.«

»Verzeihen Sie. In der Nacht, als sie getötet wurden, machten Sie sich doch alle gerade fertig für ein Weihnachtskonzert, nicht wahr?«

Jonathan verdrehte die Augen. »Müssen wir das wirklich noch einmal durchkauen? In Ihren Berichten und Charlie Johnsons Buch können Sie das alles nachlesen.«

»Kennen Sie Charlie Johnsons Buch?«

»Ja. Meine Tante hat es gekauft. Sie wollte wissen, wie genau es war.«

»Wie genau ist es denn?«

»An manchen Stellen trifft es so präzise zu, als wäre er persönlich dabei gewesen und hätte sich Notizen gemacht.«

»Haben Sie mit Mr. Johnson gesprochen, als er das Buch schrieb?«

»Nein. Er hatte mich in Newcastle aufgespürt und ein paar Mal Briefe geschickt und telefoniert. Einmal war sogar ein Blankoscheck in der Post, und er forderte uns auf, unseren eigenen Preis festzulegen.«

»Haben Sie das getan?«

»Nein. Tante Clara zerriss den Scheck und schickte ihm die Fetzen zurück.« Jonathan lächelte bei der Erinnerung daran. »Vor einigen Tagen habe ich erneut einen Brief von ihm bekommen. Er arbeitet an einer aktualisierten Version und will mich interviewen. Es ist mir ein Rätsel, wie er herausgefunden hat, dass ich wieder in Sheffield wohne.«

»Haben Sie geantwortet?«

»Warum sollte ich?«

Matilda nippte erneut an ihrem Kaffee. Er schmeckte köstlich. »Kommen wir zurück zur Mordnacht. Wo im Haus hielten Sie sich zu dem Zeitpunkt auf?«

»Ich war in meinem Zimmer«, antwortete er und holte tief Luft, während er sich dafür rüstete, das Entsetzliche noch einmal zu durchleben.

»Was hat Sie dazu gebracht, Ihr Zimmer zu verlassen?«

»Gar nichts. Ich zog mich an, und mein Vater sollte mir die Fliege zubinden. Ich ging über den Treppenflur zum Schlafzimmer meiner Eltern und fand ihn über dem Schreibtisch zusammengesunken vor.«

»War er tot?«

»Ich glaube schon.«

»Was taten Sie dann?«

»Ich bin nicht sicher. Ich erinnere mich, dass meine Mutter die Treppe heraufkam und mich ausschimpfte, weil ich noch nicht ausgehfertig war. Ich hatte mir die Hände blutig gemacht. Sie bemerkte es und fragte, ob ich mich geschnitten hätte, aber ich gab keine Antwort. Sie sah mich an und muss an meinem Gesichtsausdruck gemerkt haben, dass etwas nicht stimmte. Sie schickte mich zurück in mein Zimmer.«

»Sind Sie gegangen?«

»Natürlich. Sie sagte, ich solle die Tür hinter mir zumachen und nicht wieder herauskommen, bis sie mich holte.«

»Wie ging es weiter?«

»In meinem Schlafzimmer gab es einen Wandschrank mit passender Kommode. Dahinter versteckte ich mich oft vor meinem Bruder. Ich machte die Zimmertür hinter mir zu, verkroch mich dort und wartete darauf, dass meine Mum mich holen kam.«

»Wie lange blieben Sie da drin?«

»Keine Ahnung. Ich kam heraus, weil mir kalt wurde.«

»Haben Sie etwas gehört?«

»Nein.«

»Gar nichts aus dem Schlafzimmer Ihrer Eltern?«

»Nein.«

»Ich habe die Fotos vom Tatort gesehen, und demnach hat sich Ihre Mutter verzweifelt gegen den Angreifer gewehrt. Sie muss geschrien und gerufen haben. Haben Sie davon nichts mitbekommen?«

»Nein. Gar nichts.« Jonathans Antworten kamen kalt und emotionslos.

Matilda und Rory wechselten einen Blick.

»Nun gut. Was passierte, als Sie Ihr Zimmer verließen?«, fragte Matilda.

Jonathan holte abermals tief Luft. Es klang, als mache er sich bereit, noch einmal über diesen Treppenabsatz zu gehen, voll Angst vor dem Schrecken, der ihn im Elternschlafzimmer erwartete. »Ehrlich gesagt kann ich mich danach nicht an viel erinnern. Ich weiß, dass ich ins Krankenhaus gebracht wurde, jedoch nicht, wie lange ich dort war. Irgendwann kam meine Tante, aber auch in dem Fall weiß ich nicht genau, wie viel Zeit seit den Ereignissen vergangen war.«

»Wo war Matthew in der Mordnacht? Wo war Ihr Bruder?«

Allein die Erwähnung des Namens seines Bruders traf Jonathan wie ein Schlag. Er hob ruckartig den Blick vom Boden, den er während seines Berichts angestarrt hatte. Seine Miene verriet Traurigkeit. Er runzelte leicht die Stirn, und seine Augen füllten sich mit Tränen.

»Er war bei einem Freund«, sagte er schließlich, und seine Stimme klang noch leiser als zuvor.

»Wissen Sie noch, welcher Freund das war?«

»Nein«, antwortete er, ohne nachzudenken. »Ich kannte seine Freunde nicht.«

»Wieso nicht?«

»Der Altersunterschied zwischen uns beträgt vier Jahre. Wir hatten nicht viel gemeinsam.«

»Seinen Angaben nach sah er, als er später als erwartet nach Hause kam, Polizeiautos vor der Tür stehen. Er nahm an, Ihre Eltern hätten sie gerufen und ihn als vermisst gemeldet. Hätten sie so etwas getan, wenn er sich nur um eine Stunde verspätete?«

»Ich weiß nicht. Mein Bruder war ihr Ein und Alles. Sie hätten die Küstenwache, die Armee und den MI5 zusammengetrommelt, um ihn zu suchen, wenn er verschwunden war.«

»Ihr Bruder tauchte drei Tage lang unter. Warum hat er das getan?«

»Das kann ich nicht beantworten. Da müssten Sie schon ihn fragen.«

»Sehen Sie einander gelegentlich?«

»Nein, nie.«

»Wann haben Sie ihn zum letzten Mal getroffen?«

»Keine Ahnung. Das weiß ich nicht mehr.«

»Als Sie Sheffield verließen, hat man Sie getrennt, nicht wahr? Weshalb? Wieso ist Matthew nicht mit Ihnen und Ihrer Tante nach Newcastle gezogen?«

Er schauderte bei der Erwähnung von Matthews Namen, worauf Matilda und Rory einen weiteren erstaunten Blick wechselten. Was war zwischen den Brüdern vorgefallen, dass er so heftig reagierte?

»Nun, mein Bruder war im letzten Schuljahr. Es wäre unklug gewesen, ihn da herauszureißen. Ich dagegen war gerade erst in die weiterführende Schule gekommen, da spielte ein Umzug keine große Rolle. Außerdem kamen wir nicht gut miteinander aus, und meine Tante wollte mich nicht noch mehr beunruhigen.«

»Normalerweise bemüht man sich doch, zwei Brüder nach dem Verlust der Eltern nicht zu trennen.«

»Das hängt wohl von den Brüdern ab«, sagte Jonathan und sah Matilda dabei zum ersten Mal direkt in die Augen.

»Bei wem hat Matthew gelebt?«

»Bei der Familie des Freundes, den er am Mordabend besucht hatte. Sie hat ihn aufgenommen.«

»Das war sehr großzügig. Haben Sie Matthew noch oft getroffen, nachdem Sie weggezogen waren?«

»Nein. Wir haben uns ein paar Jahre lang in der Weihnachtszeit getroffen, aber wir vertrugen uns nicht. Die Stimmung war mies.«

»Also haben Sie einander aus den Augen verloren.«

»Ja.«

»Wissen Sie, was aus ihm geworden ist?«

»Na ja, meine Tante hielt immer Kontakt mit der Familie, und sie haben sie auf dem Laufenden gehalten, was sein Leben und seine schulische Laufbahn anging. Er war ein guter Schüler und studierte später in Manchester.«

»Und nach der Universität?«

»Ich habe nicht die geringste Ahnung. Soweit ich weiß, könnte er noch in Manchester sein.«

»Warum haben Sie sich nicht vertragen? Das kann nicht nur am Altersunterschied gelegen haben. Sie sind Blutsverwandte. Irgendetwas müssen Sie gemeinsam haben.«

»Mein Bruder war kein sehr angenehmer Mensch. Genauer gesagt war er ein Mistkerl. Wir waren wie Feuer und Wasser.«

»In welcher Hinsicht?«

»Er war selbstbewusst, kontaktfreudig, beliebt, und ich … nun, ich war nichts dergleichen. Man erlebt das häufig in der Schule. Die gut aussehenden, populären, selbstsicheren Jungen hacken auf den Schwächeren herum. Ich war leichte Beute.«

Matilda bemerkte, dass er sich heftig den linken Handrücken kratzte. Er war gerötet, und es konnte nicht mehr lange dauern, bis Blut floss. »Wussten Ihre Eltern, was vor sich ging?«

Jonathan meinte höhnisch: »Es wäre schwer gewesen, das nicht zu bemerken. Ein einziges Mal bekam er Ärger. Als er mich die Treppe hinunterstieß und ich mir den linken Arm brach.«

»Wie haben sie reagiert?«

»Mein Dad beobachtete ihn sogar dabei. Das konnte er ihm unmöglich durchgehen lassen. Er bekam ein Wochenende Hausarrest, während ich den ganzen Sommer lang Mühe hatte, mich mit dem Arm in einer Plastiktüte zu waschen.«

»Warum hat er Sie die Treppe hinuntergestoßen?«, fragte Rory. Es waren seine ersten Worte, seit die Befragung begonnen hatte.

»Weil ich da war«, erwiderte Jonathan, als läge das auf der Hand.

»Was hat er sonst noch getan?«

»Wie viel Zeit haben Sie mitgebracht?« Jonathan setzte sich in seinem Lehnsessel zurecht. Die Fragen bezüglich seines Bruders waren ihm sichtlich unangenehm. »Aber verzeihen Sie, ich dachte, Sie wollten über meine Eltern reden.«

»Wir versuchen, ein Motiv für die Morde zu finden. Nach den Berichten und Zeugenaussagen zu schließen scheint niemand einen Grund gehabt zu haben, Ihre Eltern zu töten.«

»Also denken Sie an meinen Bruder?« Er runzelte die Stirn.

»Halten Sie das für möglich?«

»Ich weiß nicht. Er hat mich tyrannisiert, aber macht ihn das zu einem Mörder?«

»Sagen Sie es mir«, forderte Matilda ihn mit der Spur eines Lächelns auf. »Sie lesen viele Krimis. Werden Gewaltmenschen oft zu Mördern, vor allem, wenn sie damit durchkommen können?«

»Ich schätze, das hängt von der Art der Gewalt ab.«

»Welcher Art war sie bei Ihrem Bruder?«

»Sowohl physisch als auch psychisch. Nach dem Vorfall mit dem gebrochenen Arm sorgte er dafür, dass meine Eltern nie mehr irgendwelche blauen Flecken sehen konnten. Er wurde einfallsreicher, hinterlistiger.«

»Was hat er getan?«

»Er spuckte oft in mein Frühstück und zwang mich, es zu essen. Er stahl Sachen und versteckte sie in meinem Zimmer, sodass ich als der Dieb dastand, wenn sie gefunden wurden. Einmal wachte ich mitten in der Nacht auf, und da stand er vor dem Bett und urinierte auf mich.«

»Oh mein Gott. Das ist doch Misshandlung!«, sagte Rory.

»Das fand ich auch.«

»Haben Sie Ihren Eltern davon erzählt?«

»Wozu? Sie ergriffen immer seine Partei. Ich war nicht gewollt. Meine Mutter stellte erst fest, dass sie mit mir schwanger war, als es schon zu spät war. Aber selbst wenn sie es früher gewusst hätte, hätte sie mich schlecht abtreiben können. Wie hätte das denn ausgesehen, eine auf Familienplanung spezialisierte Ärztin, die ihr eigenes ungeborenes Kind tötet?«

Matilda beugte sich vor. »Jonathan«, sagte sie und benutzte zum ersten Mal seinen Vornamen. »Glauben Sie, Ihr Bruder hat Ihre Eltern getötet?«

»Ich habe keine Ahnung«, antwortete er nach langem Schweigen.

»Sie haben doch sicher in den letzten zwanzig Jahren ein oder zwei Mal darüber nachgedacht.«

»Was für ein Motiv hätte er haben sollen? Sie haben ihn vergöttert. Er bekam alles, was er wollte, und mehr. Warum hätte er sich das verderben sollen? Wenn er ein Mörder gewesen wäre, hätte er eher mich umgebracht, um mich aus dem Weg zu schaffen und unsere Eltern ganz für sich zu haben.«

»Weiß Matthew, dass Sie wieder in Sheffield sind?«

»Das bezweifle ich sehr.«

»Haben Sie eine Ahnung, wo wir ihn finden können?«

»Nein.«

»Dachten Sie, er würde sich den Abriss des Hauses ansehen?«

»Um ehrlich zu sein, ich hatte eine Todesangst davor, ihm dort zu begegnen. Ich glaube nicht, dass ich ihn wiedersehen will.«

»Aber er ist Ihr Bruder.«

»Nur der Abstammung nach. Hören Sie, ich will nicht unhöflich sein, aber gibt es noch etwas, das Sie wissen wollen? Ich müsste längst bei der Arbeit sein.«

»Nein. Ich denke, wir haben die meisten Fragen abgehakt. Es könnte jedoch sein, dass wir noch einmal mit Ihnen sprechen müssen, wenn es Ihnen nichts ausmacht.«

»Ich habe nicht vor zu verreisen.«

Matilda schaltete den Rekorder aus und verstaute ihn in ihrer Innentasche. Sie stand auf. »Dürfte ich Ihre Toilette benutzen, ehe wir gehen?«

»Sicher. Die erste Tür links.«

»Danke.«

Matilda schloss die Badezimmertür hinter sich ab, hatte aber nicht die geringste Absicht, die Toilette zu benutzen. Stattdessen öffnete sie den Badezimmerschrank. Neben den üblichen Utensilien, Zahnbürste, Gesichtscreme und Mittelchen gegen Magenverstimmung, die es im Überfluss zu geben schien, fand Matilda nicht ganz unerwartet eine Schachtel Antidepressiva. Er nahm dasselbe Mittel wie sie, Venlafaxin. Während sie nur zweimal täglich 25 mg nahm, waren es bei Jonathan anscheinend insgesamt 300 mg pro Tag. Rechtfertigten seine düstere Vergangenheit und der Missbrauch vonseiten des Bruders vor Jahrzehnten eine so hohe Dosis? Realistisch betrachtet gab es nur eine Person, die sie danach fragen konnte, und zwar ihre Therapeutin Dr. Warminster. Doch die wollte sie nicht mehr als unbedingt nötig in ihr Berufsleben hereinlassen. Sie fragte sich, wie viel Adele von verschreibungspflichtigen Medikamenten verstand.

Sie spülte und wusch sich die Hände, bevor sie das Bad verließ. Sie hatte jede Menge Arbeit, aber aus irgendwelchen

Gründen ließ sie Jonathan ungern mit seinen Gedanken allein. Ihr Besuch hatte offensichtlich eine Büchse der Pandora an Erinnerungen geöffnet, und sie befürchtete schlimme Folgen, wenn er sich in den Kokon seiner selbst auferlegten Isolation zurückzog.

KAPITEL 12

Matilda und Rory wechselten kein Wort, als sie Jonathans Wohnung verließen. Sie waren beide erledigt, fühlten sich erschöpft und körperlich ausgelaugt. Sie gingen zum Wagen, und Matilda setzte sich ans Steuer. Sie schlug die Tür zu, schnallte sich an und ließ den Motor an, in Zeitlupe, wie ihr schien. Dann saß sie schweigend da, die Hände ums Lenkrad gelegt, bereit loszufahren. Doch sie tat es nicht. Endlich stellte sie den Motor wieder ab.

»Alles in Ordnung?«, fragte Rory.

»Was halten Sie von Jonathan und seiner Geschichte?«

Rory seufzte tief. »Keine Ahnung. Er hat ein Scheißleben gehabt, oder?«

»Das kann man sagen. Was denken Sie über seinen Bruder?«

»Abgesehen davon, dass er ein totaler Drecksack ist? Ist Ihnen aufgefallen, dass Jonathan immer als ›mein Bruder‹ von ihm gesprochen hat? Er hat kein einziges Mal seinen Namen ausgesprochen, und als Sie es taten, wäre er fast ohnmächtig geworden.«

»Ich weiß. Seine Eltern scheinen auch komplette Arschlöcher gewesen zu sein.«

»Man hätte nicht zulassen dürfen, dass sie ihn behalten.«

»Wer hätte ihn da rausholen sollen, wenn niemand wusste, was vor sich ging? Sieht aus, als wollten sie die perfekte Familie spielen, nicht nur ein erfolgreiches Paar sein. Als Jonathan sich ankündigte, hatten sie Matthew bereits an eine Nanny abgeschoben und konnten sich auf ihre jeweilige Karriere konzentrieren. Jonathan war Sand im Getriebe.«

»Also haben sie ihn sich selbst überlassen«, vervollständigte Rory Matildas Gedankengang.

»Vielleicht hatten sie auch erwartet, Matthew würde sich um ihn kümmern, und das war der Grund, warum er ihn schikaniert hat. Es könnte ihm lästig gefallen sein, ewig den Babysitter spielen zu müssen, während er lieber mit Freunden herumgezogen wäre.«

»Stimmt. Manchmal, in den Ferien, hatte ich es auch satt, auf meinen kleinen Bruder aufzupassen.«

»Das geht den meisten Kindern so. Aber was muss passieren, um einen Jungen vom rebellischen Teenager zum Doppelmörder werden zu lassen?«, fragte Matilda sich laut.

»Ich schätze, das hängt davon ab, wie oft Matthew auf Jonathan aufpassen musste. Wenn das wirklich täglich geschah, hat er vielleicht seine Eltern deswegen gehasst, und eines Nachts drehte er einfach durch und wurde mit einem Tranchiermesser zum Berserker.«

»Das wäre eine Möglichkeit«, sinnierte Matilda.

»Fällt Ihnen eine bessere ein?«

»Nicht aus dem Stegreif.«

Ohne Vorwarnung rannen Matilda plötzlich Tränen übers Gesicht. Sie fluchte unterdrückt und wühlte in den Taschen ihrer Jacke, bis sie endlich ein zerknittertes Taschentuch fand.

Das hatte Matilda gerade noch gefehlt. Sie wusste, dass sie ein emotionales Wrack war, hatte aber geglaubt, bei der Arbeit damit umgehen zu können. Mit Dr. Warminsters Übungen und ihren Medikamenten sollten sich Weinkrämpfe vermeiden lassen. Doch offensichtlich funktionierte es nicht. Sie hoffte, Rory würde die Episode nicht im Revier herumposaunen. Gerüchte über ihre Labilität konnte sie gar nicht brauchen.

»Alles in Ordnung?«, fragte er.

»Tut mir wirklich leid, Rory«, sagte sie zwischen Schluchzern und wischte sich die Augen. »Ich weine aus keinem besonderen Grund. Na ja, eigentlich schon. Ich musste an den fünfjährigen Jonathan denken, wie er fest schlafend und gemütlich im Bett steckt, und dann kommt sein Bruder, sein Beschützer, und pisst ihn voll. Ich finde das unbeschreiblich traurig.«

»Ich begreife das nicht. Mein jüngerer Bruder war manchmal ein echter Scheißkerl, aber etwas Derartiges wäre mir nie in den Sinn gekommen. Ich meine, da kann doch in seinem Kopf nicht alles gestimmt haben.«

»Genau das werden wir herausfinden müssen.« Matilda trocknete sich die Augen. Die Gefühlsaufwallung flaute langsam ab. »Kommen Sie, ich glaube, wir können jetzt einen kräftigen Drink vertragen. Den haben wir uns verdient.«

KAPITEL 13

Detective Constable Faith Easter war in Panik. Sie hatte die letzte Stunde mit dem Versuch verbracht, Videos von Überwachungskameras aus der City Hall, dem Nachtklub und dem Parkplatz aufzutreiben, die die Holly Lane im Blick hatten. Unglücklicherweise reichten die Kameras der City Hall nicht weit genug, die vom Nachtklub deckten nur dessen Eingänge ab, und bei denen an den vier Ecken des Parkplatzes handelte es sich um Attrappen.

»Scheiße.« Sie knallte das Telefon auf den Tisch und fuhr sich mit den Fingern durchs lange Haar.

»Probleme?«, fragte Sian, ohne von ihrem Computer aufzuschauen. Sie hatte keine Ahnung, warum, aber sie kam mit Faith nicht besonders gut aus. Das hatte natürlich nichts mit deren makelloser kaffeebrauner Haut zu tun, ihrem glänzenden dunklen Haar oder dem angeborenen Schmollmund, auch nicht mit ihren geradezu lachhaft langen Beinen und der schlanken Figur.

»Die Holly Lane ist absolutes Niemandsland.«

»Keine Videos?«

»Nicht die Spur. Hales bringt mich um.«

»Das ist doch nicht Ihre Schuld. Sie haben die Kameras ja nicht installiert.«

Hales betrat federnden Schrittes den Raum. Der Mordfall hatte seine Laune entschieden verbessert. Er trank einen Schluck kalten Kaffee aus einem angestoßenen Becher und verzog das Gesicht.

»Machen Sie frischen Kaffee, Sian?«

»Ich hatte eigentlich nicht die Absicht.« Wieder sah Sian

nicht auf. *Bin ich denn hier der Kaffeeaugust?*

»Hätten Sie Lust, es jetzt zu tun?«

»Nicht besonders.«

»Sir, ich habe schlechte Neuigkeiten«, platzte Faith heraus. Sie atmete tief durch und stieß hervor: »Es gibt keinerlei Überwachungsvideos, auf denen die Holly Lane zu sehen ist.«

»Was?« Hales hob die Stimme und knallte den Becher auf den Tisch. »Wie kann das sein? Das ist die Stadtmitte! Die Gasse führt zur West Street. Wir leben in einem Land, in dem an jeder Straßenecke Kameras hängen! Der Große Bruder beobachtet dich und all der Scheiß.«

»Ich habe mit dem Manager des Nachtklubs gesprochen«, sagte Faith. »Es gab vor etwa einem Jahr Probleme mit Drogen, und er dachte daran, zusätzlich noch eine Kamera mit Blick auf die Gasse anzubringen, konnte es sich aber nicht leisten. Stattdessen hat er Attrappen montiert, und das scheint auch gewirkt zu haben.«

»Herrgott noch mal«, stieß Hales mit zusammengebissenen Zähnen hervor. »Sie wollen mir ernsthaft weismachen, dass keine einzige Kamera auf die Holly Lane gerichtet ist?«

»Das ist richtig, Sir.« Sie sah Sian an, die den Wortwechsel aus dem Augenwinkel verfolgte. Die hob die Brauen und lächelte mitfühlend.

Hales wollte gerade zu einer Standpauke ansetzen, als sein Telefon klingelte. Er schnappte sich den Hörer und bellte einen zornigen Gruß hinein, bevor er die Stimme senkte und sich setzte. »Oh, tut mir leid, Ma'am.« Offenbar war Assistant Chief Constable Masterson am Apparat. »Ja, natürlich. Ich komme sofort.« Er legte auf, räusperte sich, atmete ein paar

Mal tief durch und stand auf. »Die ACC möchte mich sehen.« Er klang beinahe zufrieden.

»Wollten Sie nicht in die Pathologie?«, fragte Sian.

»Gehen Sie schon voraus. Nehmen Sie Connolly mit«, rief er über die Schulter, während er hinausrauschte.

»Arschloch«, brummte Sian unterdrückt.

Sian Mills und Sergeant Aaron Connolly kamen zehn Minuten zu spät in die Pathologie, wofür sie von Adele Kean einen Rüffel erhielten. Sie war ein pünktlicher Mensch und fand es den Gipfel der schlechten Manieren, wenn andere sich verspäteten, vor allem bei einer Obduktion. Adele war nicht gerade erfreut, dass der stellvertretende Chief Inspector Hales nicht mitgekommen war. Er war zwar beruflich nicht zur Anwesenheit verpflichtet, hatte jedoch zugesagt.

Der Leichnam lag nackt auf dem Obduktionstisch aus Edelstahl. Sein Gesicht war angeschwollen und von Prellungen übersät, ebenso Brust und Bauch. Adeles Assistentin fotografierte die Leiche aus verschiedenen Blickwinkeln, und Adele deutete auf einzelne Stellen, von denen sie Nahaufnahmen haben wollte.

Die Hände des Toten steckten in Papiertüten, damit keine Fasern oder Hautfetzen unter den Fingernägeln verloren gingen.

»Wie läuft die Ermittlung?«, fragte Adele.

»Langsam.« Aaron verkraftete Autopsien nicht besonders gut. Er hatte schon viele erlebt, aber es wurde einfach nicht leichter. Er fand es unnatürlich, ein anderes menschliches Wesen so zu entweihen. Natürlich war es zweckdienlich und vereinfachte ihm die Arbeit, doch er brachte es nicht fertig, ungerührt zuzusehen, wie eine kalte tote Person aufgeschnitten wurde. Sein Blick war immer ein paar Zentimeter neben den Punkt gerichtet, den er eigentlich im Auge behalten sollte.

»Haben Sie ihn schon identifiziert?«

»Noch nicht. Er trug keine Brieftasche bei sich. Hoffen wir, dass wir seine Fingerabdrücke in der Datenbank finden.«

»Ich glaube, die Identifizierung wird nicht allzu schwierig sein«, meinte Adele.

Sian und Aaron wechselten einen neugierigen Blick. »Wie kommen Sie darauf?«, fragte Sian.

»Ihm fehlen links zwei Zehen.«

Sie wich ein Stück zurück, sodass sie es selbst sehen konnten. Die beiden kleinsten Zehen am linken Fuß fehlten tatsächlich.

»Verdammt. Wie passiert denn so etwas?«, fragte Aaron.

»Na ja, das ist eine alte Verletzung. Außerdem ein sauberer Schnitt. Ich nehme an, eine Amputation, als er noch jung war. Es existieren sicher Aufzeichnungen darüber.«

»Warum amputiert man jemandem die Zehen?«

»Das kann viele Gründe haben. Vielleicht hatte er einen Unfall, und sie waren nicht mehr zu retten, aber sie könnten auch infiziert oder erfroren gewesen sein.«

»Ich bin hier fertig, Adele, wenn Sie anfangen wollen«, sagte die junge Kriminaltechnikerin und trat vom Tisch zurück.

»Also gut, alle bereit, einen Blick in diesen armen jungen Mann zu werfen und nachzuschauen, woran er gestorben ist?«

»Moment noch.«

Alle Blicke richteten sich auf Aaron, der so bleich geworden war, dass er selbst fast wie eine Röntgenaufnahme aussah. »Ich glaube, ich muss mich mal kurz hinsetzen.«

KAPITEL 14

Die Temperatur schien stündlich weiter zu fallen. Während des Abrisses am Morgen war es frisch gewesen, aber nicht so kalt, dass ein flotter Spaziergang einen nicht wieder aufgewärmt hätte. Als Jonathan in der Waterstones-Buchhandlung am Orchard Square eintraf, zitterte er vor Kälte. Er hatte sich in einen dicken Wintermantel gehüllt und einen gestrickten Wollschal zweimal um den Hals geschlungen. Trotzdem schlotterte er fast. Tags zuvor hatte er seinem Chef Stephen Egan mitgeteilt, dass er höchstens eine Stunde zu spät zur Arbeit kommen würde, aber als er jetzt auf die Uhr sah, war es beinahe Mittag.

Stephen bediente gerade einen Kunden, also formte Jonathan nur »tut mir leid« mit den Lippen und ging nach oben in den Aufenthaltsraum, um Tasche und Mantel abzulegen, ehe er in den Laden zurückkehrte. Er wärmte sich eben am Heizkörper auf, als Stephen eintrat.

»Wie ist es gelaufen? Alles klar?«

»Es ging … na ja, ganz gut so weit, schätze ich.«

»Alles in Ordnung mit dir?«

»Ja, kein Problem.«

»Komm mal her.« Stephen trat auf Jonathan zu und glättete den Kragen seines Polohemds, den der schwere Mantel zerknittert hatte. Als er ihm die Hände um den Hals legte, um das Hemd zu straffen, sah er Jonathan in die Augen und lächelte ihn an. »So, das wär's. Alles wieder ordentlich und gepflegt.«

»Danke.«

»Bist du wirklich sicher, dass es dir gut geht? Du hättest nicht unbedingt danach noch zur Arbeit kommen müssen.«

»Ja, ich bin sicher. Danke. Ich bin nicht lange geblieben. Ich wusste gar nicht, wie einfach das ist. Das Ding ist beinahe von selbst zusammengebrochen, sobald der Bagger angefangen hatte.«

»Gab es viele Schaulustige?«

»Die üblichen Gaffer und ein Journalist vom *Star.*«

»Jonathan, wenn du reden willst …«

»Also, ich sollte nicht so untätig herumstehen«, unterbrach ihn Jonathan, der auf weitere Diskussionen darüber verzichten konnte, ob er eine Schulter zum Ausweinen brauchte. »Ich mache die Mittagspause durch, um die Zeit wieder reinzuholen.« Er strebte zur Tür. Stephen musste abrupt zur Seite treten, um ihn vorbeizulassen.

Stephen seufzte und rieb sich das Gesicht. Die große Buchhandlung hatte zahlreiche Angestellte, alle auf ihre eigene Art höflich und freundlich, aber Jonathan war speziell.

Er hatte etwas an sich, das Stephen nicht genau definieren konnte. Er war intelligent, belesen und strahlte eine Aura von Tristesse aus. Stephen wusste, dass seine Eltern ermordet worden waren, und hatte das Buch von Charlie Johnson gelesen. Er spürte jedoch, dass unter der Oberfläche noch etwas anderes lag, das Jonathan belastete. Eine weitere Tragödie, die er in sich hineinfraß, statt sich der Bürde zu entledigen.

Stephen verließ den überheizten Aufenthaltsraum und machte sich auf die Suche nach Jonathan. Er fand ihn an der Kasse im Erdgeschoss, wo er gerade eine ältere Dame bediente, die vier Taschenbücher gekauft hatte. Stephen hörte nicht, was sie sagten, doch Jonathan wirkte entspannt, und sein Lächeln war echt. Vermutlich kannte er ein paar der Bücher, die die Frau erstanden hatte, und erzählte ihr jetzt, wie sie ihm gefallen hatten. Jonathan war der perfekte Buchhändler. Als die Kundin gegangen war, trat Stephen an die Kasse.

»Bist du sicher, dass es dir gut geht?«, fragte er stirnrunzelnd.

»Ja, bestens!« Jonathan blaffte ihn fast an. »Wieso?«

»Du bist sehr blass.«

»Na ja, es ist kalt draußen.«

»Und du hast einen roten Streifen um den Hals.«

»Echt?« Jonathan betastete seinen Hals.

»Ja. Es sieht wund aus.«

»Wahrscheinlich habe ich den Schal zu fest geknotet. Die blöde Wolle wird gescheuert haben. Wie gesagt, es ist kalt draußen.« Er entfernte sich von der Kasse und ließ Stephen stehen.

Als dieser aufsah, bemerkte er, dass die Angestellte an der nächsten Kasse ihn süffisant anschaute.

»Was denn?«, fragte er.

»Keine Chance.«

»Mach einfach weiter mit deiner Arbeit, Claire.« Er ging davon, während ihm die Röte in die Wangen stieg.

Es war kurz vor der Mittagszeit, und Lloyds Bar am Barker's Pool füllte sich rasch. Matilda saß am Fenster zur Straße und betrachtete das tiefgefrorene Stadtzentrum. Die Menschen bewegten sich in ihren eigenen kleinen Welten, eingepackt gegen die Elemente, und trugen Einkaufstüten mit Weihnachtsgeschenken. Die automatischen Türen des John-Lewis-Kaufhauses glitten pausenlos auf und zu. Die Einkaufsbummler gingen mit leeren Händen hinein und kamen mit schweren Tüten beladen wieder heraus.

»Kaum zu glauben, dass die Leute sich immer noch mit diesem Briefkasten aufnehmen lassen. Nach all der Zeit«, sagte sie zu Rory.

Er drehte sich um und sah aus dem Fenster. Ein Trio japanischer Touristen fotografierte sich gerade gegenseitig neben dem golden bemalten Postkasten zu Ehren von Jessica Ennis-Hills triumphaler Goldmedaille bei den olympischen Spielen 2012 in London.

»Amelia und ich haben auch ein Foto von uns damit«, erwiderte er strahlend. »Es steht eingerahmt über dem Kamin.«

Matilda verdrehte die Augen. »Waren Sie etwa auch zu ihrer Siegesparade hier?«

»Klar. In Sheffield gibt es ja nicht oft etwas zu feiern. Unsere Fußballvereine machen uns wenig Freude.«

Die Kellnerin brachte das Essen, Shepherd's Pie mit gemischtem Gemüse für Rory und einen Käsetoast für Matilda. Nicht, dass sie hungrig gewesen wäre. Sie lächelte dankend, senkte dann den Blick auf das schlaffe braune Sandwich und stieß den Teller weg.

»Kein Hunger?«, fragte Rory, während er sich eine große Gabel voll Hackfleisch und Kartoffelbrei in den Mund schob.

»Nicht wirklich.«

»Ich habe über Jonathan nachgedacht«, sagte er zwischen zwei Bissen. »Glauben Sie, er hat diese Krankheit …?«

»Zwangsneurose?«, fiel ihm Matilda ins Wort.

»Nein. Die, wo man keine Kontakte knüpfen kann, wie heißt die gleich wieder?«

»Asperger-Syndrom.«

»Genau.«

»Ich weiß nicht recht«, sagte sie stirnrunzelnd.

Eine psychische Störung hätte jedenfalls einiges erklärt. Angesichts seiner tragischen Vergangenheit wäre das kaum überraschend. Sie blickte durch Rory hindurch zum Fenster hinaus in die Ferne. Sie hatte überhaupt nicht an Weihnachten gedacht, an diesen Albtraum aus Geschenke kaufen, Festessen kochen und was sonst noch dazugehörte.

Sie hatte keinen Mann mehr, dem sie etwas schenken konnte, und ein aufwendiges Weihnachtsmenü brauchte sie auch nicht. Sie war allein. Es wäre komplette Geldverschwendung gewesen, einen Baum, einen Truthahn, einen Christmas Pudding und das ganze Drumherum zu kaufen. Sie musste plötzlich an ihre Mutter denken. Wie lange würde es noch dauern, bis das Telefon klingelte und sie mit ihrer kehligen Stimme auf ihre jüngste Tochter einredete?

»Matilda, meine Süße, es ist Weihnachten. Du solltest das erste Weihnachten ohne James nicht allein verbringen. Komm mich und deinen Vater besuchen. Deine Schwester und ihr Mann werden auch da sein, sie bringen die Kinder mit. Wir essen eine Gans, und dein Vater hat seinen berühmten Pudding gemacht. Das willst du doch sicher nicht verpassen, nicht wahr?« Der Gedanke, Menschen, die sie liebte, aber nicht wirklich kannte, Freude vortäuschen zu müssen, überforderte sie. Sie hätte am liebsten eine Gesetzesvorlage eingebracht, alle Festlichkeiten abzuschaffen.

»Oder ist es Autismus?«, fragte Rory mit verwirrtem Gesichtsausdruck und einem Klecks Kartoffelbrei am Kinn.

»Was?«, fragte Matilda, die jäh aus ihrer Grübelei gerissen wurde.

»Autismus und Asperger ist das dasselbe?«

»Keine Ahnung, Rory. Hören Sie, wir sollten nicht zu viel über Jonathans Geisteszustand spekulieren, bevor wir mehr wissen. Stempeln wir ihn nicht ab. Wenn Sie gegessen und sich das Gesicht gewaschen haben«, sagte sie und deutete auf sein Kinn, »dann möchte ich, dass wir mit Pat Campbell sprechen.«

»Wer ist das?«

»Sie ist die DS, die damals mit dem Harkness-Fall betraut war. Ich hätte gerne, dass sie …«

Matilda verstummte, als ihr Blick auf einen Mann fiel, der an einem kleinen Kiosk den *Star* verkaufte. Die Schlagzeile auf einem der Plakate, die er im Kampf gegen heftige Böen am Verkaufsstand zu befestigen versuchte, war ihr aufgefallen. Rory folgte ihrem Blick und verstand, warum sie auf einmal totenblass geworden war.

»Herrgott noch mal«, sagte er und hätte sich beinahe an seinem Shepherd's Pie verschluckt.

»UNGELÄRTE« RÜCKKEHR FÜR IN UNGNADE GEFALLENE POLIZISTIN

von Jonas Hamilton

Die in Ungnade gefallene Detective Matilda Darke bearbeitet wieder einen Fall – neun Monate nach ihrer fatalen Fehleinschätzung, die zur missglückten Rettungsaktion des gekidnappten Carl Meagan führte.

Detective Chief Inspector Darke, 41, steht nicht länger an der Spitze der prestigeträchtigen Mordkommission, sondern wurde der Abteilung für »kalte Fälle« zugeteilt.

Am Morgen wurde sie in Whirlow beim Abriss des Wohnhauses gesehen, in dem Stefan und Miranda Harkness 1994 ermordet wurden.

Wie wir bereits in der vergangenen Woche berichteten, wird der Harkness-Fall erneut aufgerollt, seit er durch den Abriss des Mordhauses wieder in die Schlagzeilen geriet. Laut einer Quelle bei der Polizei, die ungenannt bleiben wollte, gibt es keine neuen Beweise, die eine Wiederaufnahme der Ermittlung rechtfertigen würden.

DCI Darke war nur ein Schatten ihrer selbst, als man sie am Schauplatz im Gespräch mit dem einzigen Tatzeugen, Jonathan Harkness, 31, sah.

Auf die Frage, ob die Wiederaufnahme eine Publicitymaßnahme sei oder nur Beschäftigungstherapie für DCI Darke, während über ihre Zukunft entschieden wird, gab Assistant Chief Constable Valerie Masterson folgende Erklärung ab: »Wir missbrauchen Kriminalfälle nie zu Publicityzwecken. Der Harkness-Fall war ein großer Einschnitt in der Stadtgeschichte Sheffields. Die Tatsache, dass er ungelöst blieb, liegt bis heute wie ein Schatten über uns, und ich würde es begrüßen, wenn der brutale Mörder seiner gerechten Strafe zugeführt wird.

DCI Matilda Darke ist ein angesehenes Mitglied der Polizei von South Yorkshire, und ich möchte sie nach einer schweren persönlichen Krise wieder bei der Arbeit willkommen heißen. Matilda ist ebenfalls der Meinung, dass dieser Fall aufgeklärt werden muss, und widmet sich ihm mit aller Energie. Dabei genießt sie meine volle Unterstützung.«

Vor zehn Monaten wurde der siebenjährige Carl Meagan aus seinem Elternhaus gekidnappt. Die Großmutter passte auf ihn auf, weil seine Eltern über Nacht nicht zu Hause waren. Die Großmutter, Annabel Meagan, 72, wurde bei der Entführung ermordet. Von Carl Meagan fehlt seitdem jede Spur.

ACC Masterson wollte nicht kommentieren, ob DCI Clarke in den kommenden Monaten auch den Fall Meagan wieder aufrollen wird.

KAPITEL 15

Matilda brauchte länger als sonst, um die Fassung wiederzugewinnen. Als sie im Kopf die gesamte Liste der britischen Premierminister aufgesagt hatte, atmete sie immer noch schwer. Sie schwitzte und spürte, wie ihr die Bluse am Rücken klebte. Doch als sie das Jackett auszog, zitterte sie vor Kälte. Sie senkte den Blick auf das Exemplar von *The Star*, das neben ihr auf dem Beifahrersitz lag, und las ein weiteres Mal die Schlagzeile: »Ungeklärte« Rückkehr für in Ungnade gefallene Polizistin. Die Worte waren wie Dolchstöße in ihre Brust.

Nach der Lektüre des Artikels hatte sie beschlossen, den Rest des Tages freizunehmen. Pat Campbell konnte noch einen Tag warten. Sie hatte Rory im Pub zurückgelassen, ihm befohlen, bis zum nächsten Tag Charlie Johnsons Buch durchzulesen, und sich von ihm verabschiedet. Sie wollte allein sein.

Die Fahrt nach Hause verlief wie in einem Nebel. Sie fragte sich, wie viele rote Ampeln sie übersehen, wie viele Einbahnstraßen sie in der falschen Richtung durchfahren hatte. Sie war mit den Gedanken ganz woanders. Schlimm genug, dass ihre Vorgesetzten an ihren Fähigkeiten zu zweifeln schienen. Aber jetzt würde sich auch noch die gesamte Bevölkerung von Sheffield den Mund über die Inkompetenz von Chief Inspector Matilda Darke zerreißen.

»Ich verdiene diesen Titel nicht mehr«, sagte sie zu sich selbst. Es war der erste Satz des Tages, den sie im Brustton der Überzeugung aussprach.

Sie schloss die Haustür auf, kickte die Post von der Fußmatte und knallte die Tür hinter sich zu. Es war kalt, doch sie merkte es kaum. Der Anrufbeantworter auf dem Dielentisch zeigte drei neue Nachrichten an. Ob das die gefürchtete Weihnachtseinladung ihrer Mutter war? Sie ging direkt in die Küche, warf die Lokalzeitung auf die Arbeitsplatte und öffnete den Kühlschrank, wo eine halbe Flasche Wein auf sie wartete. Die Zeitung zog sie magisch an, und sie konnte nicht widerstehen, den Artikel noch einmal zu lesen. Und noch einmal.

Irgendwann merkte Matilda, dass sie in der Kälte bibberte. Es war finster geworden. Wie lange hatte sie in Gedanken verloren am Küchentisch gesessen? Sie machte Licht und blinzelte im grellen Aufflackern der Leuchtstoffröhre. Abermals fiel ihr Blick auf die bösartige Schlagzeile.

»Scheiße«, sagte sie frustriert. Sie drückte zwei Venlafaxin aus der Blisterpackung, spülte sie mit Wein hinunter, schnappte sich die Zeitung und ging aus dem Haus.

Als sie kurz darauf vor dem Wohnblock, in dem Jonathan Harkness zu Hause war, anhielt und noch eine Weile am Steuer sitzen blieb, zitterte sie, und ihr Kopf hämmerte. Die Wut und die Anspannung, die sich in ihr aufgebaut hatten, waren unerträglich geworden.

Jonathan hatte inzwischen eine schnelle Mahlzeit zu sich genommen, ein Käsebrot und eine Tüte Kartoffelchips. Dann hatte er sich mit einer großen Tasse schwarzen Kaffees in seine Bibliothek zurückgezogen. In weniger als einer Stunde hatte er *Das Dorf der verschwundenen Kinder* fertig gelesen und kehrte ins Wohnzimmer zurück, um ein neues Buch auszuwählen.

Er griff nach der gebundenen Ausgabe des aktuellen Ian Rankin und wollte gerade die Tür zu seinem Allerheiligsten hinter sich schließen, als das scharfe Summen der Türsprechanlage die lastende Stille seines Heims durchbrach.

Einen Augenblick lang stand er wie erstarrt. Er bekam nie Besuch aus der Außenwelt. Nur Maun sah gelegentlich vorbei, und sie wohnte gleich über ihm. Dreimal sanft an die Tür zu klopfen war ihr Markenzeichen. Diesmal war es ein unerwarteter Gast.

Er beschloss, ihn zu ignorieren, und schob sich langsam in sein Lesezimmer. Kaum hatte er sich im Ohrensessel niedergelassen, ertönte der Summer erneut. Diesmal kam er ihm lauter vor, obwohl das unmöglich war. Es blieb ihm wohl nichts anderes übrig, als an die Tür zu gehen.

»Hallo?«, fragte er, den Mund zu dicht an der Gegensprechanlage. Seine Stimme klang belegt und hatte einen nervösen Unterton. Er war es nicht gewohnt, Fremde zu empfangen, und ehrlich gesagt verspürte er auch kein Verlangen danach.

»Mr. Harkness? Hier ist DCI Clarke von der South Yorkshire Police. Dürfte ich Sie kurz sprechen?«

Jonathan entspannte sich ein wenig, als er hörte, wer die Besucherin war. Wenigstens kein Wildfremder. Er hatte sich zwar nur widerwillig mit Chief Inspector Darke über seine Vergangenheit unterhalten, aber es war nicht das traumatische Erlebnis gewesen, das er befürchtet hatte. Sie besaß ein farbloses Gesicht, und es lag eine Traurigkeit in ihren Augen, die ihn anzog. Nach ihrem Gespräch hatte er den größten Teil des Nachmittags darüber nachgedacht, ob sie einmal eine ähnliche Tragödie erlebt hatte wie er und das der Auslöser ihres in sich gekehrten, verlorenen Ausdrucks gewesen war.

»Ja, klar. Drücken Sie gegen die Tür.«

Er betätigte den Türsummer, wartete, bis er ein Klicken

hörte, und nahm dann den Finger von der Taste. Er trug den Ian-Rankin-Roman ins Lesezimmer, legte ihn auf den kleinen Tisch neben dem Sessel, ging wieder hinaus und schloss die Tür hinter sich. Er warf einen schnellen Blick ins Wohnzimmer, ob alles ordentlich und aufgeräumt war. Das war es selbstverständlich, wie immer. Er betrachtete sein ausdrucksloses Spiegelbild. Die Augen waren groß und blau. Er musterte die roten Streifen an seinem Hals. Klangen die denn nie ab?

Er öffnete die Tür, bevor Matilda anklopfen konnte, und bat sie herein. Noch in der Diele bot er ihr Kaffee an, und sie nahm dankend an. Er führte sie ins Wohnzimmer und verschwand dann in der Küche.

Sie trat vor die Bücherwand. »Sie haben wirklich eine eindrucksvolle Sammlung, Mr. Harkness«, rief sie.

Jonathan lächelte in sich hinein, während er den Kaffee kochte. Er war stolz auf seine Kollektion, und es freute ihn, wenn andere sich beeindruckt zeigten.

»Ich wünschte, ich hätte mehr Zeit zum Lesen«, fuhr sie fort. »Leider hat man in meinem Job nicht viel Freizeit.«

Jonathan kam mit zwei großen schwarzen Bechern herein. Er reichte ihr einen und bat sie, Platz zu nehmen.

»Lesen Sie denn ausschließlich Krimis?« Matilda nickte lächelnd zu den Bücherregalen hin.

»Ja.«

Er musterte seine Sammlung, als würde er sie zum ersten Mal sehen. Es hatte Jahre gedauert, sie aufzubauen, und er war unglaublich stolz auf die Bibliothek. Jonathan besaß sämtliche Romane von Minette Walters, Val McDermid, Peter Robinson, Mark Billingham, Reginald Hill, Ian Rankin, M. R. Hall, Stuart MacBride und vielen anderen – die Liste war endlos.

»Ich fürchte, die meisten dieser Autoren sagen mir nichts.« Matilda überflog die Regale von rechts nach links und hielt inne, wenn sie einen Namen entdeckte, den sie kannte. »Simon Kernick. Den hat mein Mann gerne gelesen. Sobald er einmal angefangen hatte, bekam ich kein Wort mehr aus ihm heraus, bis er das Buch ausgelesen hatte.«

Das Gespräch erstarb. Jonathan lächelte und betrachtete seine Bücher. Von ihnen umgeben ging es ihm gut. Allein die Titel und Namen der Autoren zu lesen entspannte ihn. Es war, als befände er sich unter Freunden. Er musste nur die Romane ansehen, und schon breitete sich wohliges Behagen in ihm aus. Ein Lächeln überzog sein Gesicht. Behutsam streckte er die Hand aus und ließ die Fingerspitzen sanft über die Rücken der Bücher gleiten. Sie fühlten sich warm und tröstlich an. Sie urteilten nicht über ihn, sie hassten ihn nicht. Sie boten ihm Erlösung von seiner Qual, und dafür liebte er jedes einzelne von ihnen.

»Ich wollte wegen der Lokalzeitung mit Ihnen sprechen. Haben Sie die Abendausgabe gelesen?«, fragte Matilda.

»Ja, im Aufenthaltsraum bei der Arbeit.«

»Ah. Nun, ich wollte Ihnen das erklären, damit Sie nicht denken, der Mord an Ihren Eltern wäre nur ein Vehikel, um mich langsam wieder einzuarbeiten.«

»Das dachte ich nicht. Ich fand den Artikel sehr unfair.«

»Danke«, sagte sie.

»Ich erinnere mich an den Fall Carl Meagan. Sie dürfen sich nicht die Schuld an dem geben, was geschehen ist. Leute, die um des Geldes willen jemanden entführen, stehen immer vor demselben Problem. Bei der Geldübergabe machen sie sich angreifbar. Ich bin sicher, dass sie dort waren. Aber wahrscheinlich haben sie erkannt, dass sie mit der Sache nicht durchkommen würden, und sind abgehauen. Egal, wie viel Geld es war, es würde sie nicht vor der Festnahme bewahren. Und wenn ihnen die Flucht dennoch gelungen wäre, hätten sie für den Rest ihres Lebens über die Schulter blicken müssen. Es war leichter für sie, mit leeren Händen zu flüchten.«

»Mit leeren Händen kann man nicht direkt sagen. Sie hatten Carl. Sie haben ihn immer noch.«

»Ich glaube, man muss davon ausgehen, dass Carl Meagan tot ist«, sagte Jonathan sachlich. Er zeigte keinerlei Mitgefühl mit dem Jungen.

»Das klingt, als wüssten Sie, wovon Sie sprechen.«

»Zu viele Krimis vermutlich«, sagte er.

»Nun, ich wollte nur vermeiden, dass Sie befürchten, die Wiederaufnahme des Falls Ihrer Eltern wäre ein PR-Gag.«

»Danke. Ich weiß zu schätzen, dass Sie sich die Mühe machen, mir das zu sagen.«

Ein längeres, unbehagliches Schweigen machte sich breit, während sie Kaffee tranken und ihre Blicke durch den Raum schweifen ließen. Außer den Büchern gab es nicht viel zu sehen.

»Darf ich Ihnen eine persönliche Frage stellen?«, brach Matilda das Schweigen.

Jonathan sah sie über den Rand seines Kaffeebechers hinweg an. Diese Entwicklung gefiel ihm nicht. »Natürlich«, antwortete er mit zusammengebissenen Zähnen. Er straffte sich.

»Hatten Sie nach dem Mord an Ihren Eltern je psychologische Betreuung oder eine Therapie?«

»Ich hatte vom ersten Augenblick an eine Therapeutin. Sie kam an mein Bett, als ich noch im Krankenhaus lag. Sie wiederholte immer wieder, es sei nicht meine Schuld, und wollte, dass ich mich ihr öffnete und erzählte, was ich gesehen hatte. Ich traute ihr nicht.«

»Warum nicht?«

»Ich bin nicht sicher. Sie hatte etwas an sich, das mir nicht gefiel. Sie behauptete, alles, was ich ihr sagte, sei vertraulich, aber ich wusste genau, dass sie sofort damit zur Polizei gerannt wäre. Sie hatte so einen verschlagenen Ausdruck.«

»Waren Sie in Therapie, während Sie bei Ihrer Tante lebten?«

»Meine Tante schleppte mich andauernd zum Arzt. Sie hatte eine Heidenangst davor, dass ich nie mehr ein Wort sprechen würde. Ich landete bei einem Quacksalber, der hundert Pfund pro Stunde nahm. Ich war alleine mit ihm, meine Tante musste im Wartezimmer bleiben. Er schloss die Jalousien, machte das Licht aus und sagte, ich solle die Hände ausstrecken und die Augen schließen. Dann tat er etwas Kaltes und Schleimiges hinein. Er wollte wissen, was ich dabei empfand.«

Jonathan hatte keine Ahnung, warum er sich Matilda so öffnete. Er hatte noch nie jemandem von seinen Besuchen bei den zahlreichen Therapeuten erzählt, nicht einmal Maun, die ihn mehrfach danach gefragt hatte. Mit Matilda zu reden fiel ihm leichter. Er hatte nicht das Gefühl, dass sie den Stab über ihn brechen würde.

»Was haben Sie geantwortet?«

»Gar nichts. Er fragte mich, ob das irgendwelche Erinnerungen auslöste. Er nahm das Zeug wieder weg, das er mir in die Hände gelegt hatte, und befahl mir, die Augen zu öffnen. Ich sah, dass meine Hände blutüberströmt waren. Ich schrie und schrie und schrie. Dann kam meine Tante hereingestürmt.«

»Was hat er Ihnen in die Hände gelegt?«

»Fleisch. Kaltes, rohes Fleisch, ganz blutig und klebrig. Ich konnte es riechen.« Er holte tief Luft, um seine Beklemmung zu unterdrücken.

»Das muss abscheulich gewesen sein.«

»Ja. Meine Tante tobte. Sie hat Ewigkeiten lang auf ihn eingeschrien. Ich glaube, sie hat sogar mit ihrer Handtasche auf ihn eingeschlagen.« Bei diesem Bild lächelte er. »Ich mag seit damals kein Fleisch mehr.«

»Nehmen Sie noch Medikamente?«

»Nein«, log er rasch. Er wusste nicht, warum er sich plötzlich entschlossen hatte, ihr nicht die Wahrheit zu sagen. Es gefiel ihm nicht, wenn die Leute dachten, er könnte das Leben ohne Arzneimittel nicht bewältigen. »Als Teenager ja, aber dann las ich einmal, dass man abhängig werden kann, und das schreckte mich ab. Ich mochte den Gedanken nicht, dass Drogen mein Denken bestimmten.« Das war tatsächlich Jonathans Überzeugung, doch sie hielt ihn nicht davon ab, ein paar Pillen einzuwerfen, wenn er Angstzustände bekam.

»Taten sie das denn?«

»Ich glaube schon.« Er hob den Blick zu ihr und stellte zum ersten Mal Blickkontakt her. Schnell sah er wieder weg.

»Ist bei Ihnen je Autismus oder eine andere psychische Störung diagnostiziert worden?«

»Warum stellen Sie mir all diese Fragen?«

»Sie scheinen extrem nervös zu sein und haben Schwierigkeiten, Blickkontakt herzustellen. Sie wirken alles andere als entspannt, obwohl dies Ihr Zuhause ist. Ich möchte einfach ein bisschen mehr darüber erfahren, wie Sie zurechtkommen.«

Jonathan atmete tief durch. »Wenn Sie wissen wollen, wie ich klarkomme, das kann ich Ihnen sagen. Gar nicht. Man muss kein Psychologe sein, um zu erkennen, dass ich mich in Fantasiewelten flüchte, weil ich Angst habe, mich meiner Wirklichkeit zu stellen. Ich lese viel zu viel, aber der Grund dafür ist, dass ich sonst zu viel nachdenke, und dann befinde ich mich wieder als Elfjähriger in dem Haus, in dem meine Eltern reglos und blutüberströmt daliegen.«

Matilda stellte ihren Kaffee ab und legte die Hand vor den Mund. »Sie sollten professionelle Hilfe suchen«, stieß sie mit bebender Stimme hervor.

»Nein danke«, sagte er stoisch. »Ich mache lieber so weiter wie jetzt. Mir ist klar, dass ich nicht wirklich lebe oder mein volles Potenzial ausschöpfe, aber ich gehe mit der Situation auf die beste Art um, die ich kenne.«

»Wie haben Sie das all die Jahre durchgehalten, ständig im Fokus der Presse zu sein, während der Fall jedes Mal beim Thema ungelöste Morde zur Sprache kommt?«

»Ich lese selten Zeitung, deshalb weiß ich auch nicht, was darüber geschrieben wird. Eigentlich werde ich nur dann daran erinnert, wenn Johnson wieder einmal Kontakt aufnimmt.«

»Falls er sich meldet und Ihnen zur Last fällt, sagen Sie mir Bescheid. Ich kann ein Wörtchen mit ihm reden, oder Sie erwirken eine einstweilige Verfügung gegen ihn.«

»Das wäre ein bisschen übertrieben, oder?«

»Nicht, wenn er Ihnen zur Last fällt.«

Jonathan schenkte ihr ein leichtes, dankbares Lächeln.

»Ich würde mich gerne mit Matthew unterhalten«, sagte Matilda. »Kennen Sie jemanden, der mir seine Adresse nennen könnte, auch wenn Sie selbst sie nicht wissen?«

»Nein, tut mir leid. Wie gesagt, wir sind absolute Gegenpole. Ich weiß nicht das Geringste von ihm.« Er überlegte eine Sekunde lang, und eine Erinnerung blitzte in seinen Augen auf. »Die Krankenhausunterlagen könnten Ihnen weiterhelfen. Als er damals verschwunden war, versteckte er sich für einige Tage in einem selbst gebauten Unterschlupf in den Wäldern. Als man ihn fand, war er stark unterkühlt, und sie mussten ihm ein paar erfrorene Zehen abnehmen. Das steht bestimmt in seinen medizinischen Unterlagen. Ich wette, es gibt nicht viele Personen in diesem Land, denen zwei Zehen fehlen.«

KAPITEL 16

Als die Krankheit ihres Ehemanns das Endstadium erreicht hatte, hatte Matilda Adele Kean einen Hausschlüssel gegeben, um nach James zu sehen, wenn sie selbst nicht rechtzeitig von der Arbeit wegkam. Sie hatte gewusst, dass ihr Mann sterben musste, aber nicht gewollt, dass er alleine starb.

Wenn Matilda Überstunden machte, war Adele bei James geblieben, bis sie nach Hause kam. Nach seinem Tod, als Matilda in tiefe Trauer und Depressionen versank, hatte Adele den Schlüssel behalten und noch häufiger vorbeigeschaut. Inzwischen schloss sie sich einfach selbst auf, wenn sie zu Besuch kam. Es war knapp nach acht Uhr morgens, als sie diesmal Matildas Haustür öffnete. Eine Welle der Hitze schlug ihr entgegen. Die Zentralheizung lief auf Hochtouren, und obwohl es draußen reichlich unter null Grad hatte, war das Haus völlig überheizt.

Adele fand Matilda im Wohnzimmer, wo sie in den Kleidern vom Vortag auf dem Sofa schlief. Auf dem Kaffeetisch lagen alle möglichen Papiere durcheinander. Am Boden stand eine leere Wodkaflasche, und in der rechten Hand hielt sie ein noch halb volles Glas mit dem klaren Schnaps fest umschlossen.

Adele verdrehte angesichts dieser Szene der Selbstzerstörung die Augen zum Himmel. So konnte es nicht weitergehen, wenn Matilda ihren Job behalten wollte.

»Matilda, komm, wach auf!«

Matilda rührte sich nicht einmal. Adele nahm ihr das Glas aus der Hand und sammelte die leere Flasche und ein paar Dokumente, die aus der Harkness-Akte gerutscht waren, vom Boden auf.

»Matilda, es ist Morgen. Aufstehen!«, forderte sie laut. Matilda gab ein Brummen von sich und legte sich bequemer zurecht.

Adele beugte sich über ihre Freundin. Sie hätte sie fast nicht erkannt. Ihre Frisur war zerzaust, die Haut trocken und schuppig, und unter den Augen lagen tiefe, dunkle Ringe. Adele blickte traurig auf sie hinab. Es war schrecklich mit anzusehen, wie diese einst lebensfrohe und in sich ruhende Frau zu einem Schatten ihrer selbst wurde, aber es gab nichts, was Adele dagegen tun konnte. Der Anstoß musste von Matilda selbst kommen.

Sie packte sie bei den Schultern und schüttelte sie grob. »Matilda, wach auf. Es ist Zeit, zur Arbeit zu gehen. Komm schon.« Sie schüttelte heftiger, bis Matilda die blutunterlaufenen Augen aufschlug.

»Mein Gott, du siehst aus wie ein Basset.«

Matilda versuchte, etwas zu sagen, doch ihr Mund war wie ausgedörrt. Sie hustete ein paar Mal und tastete nach der Wodkaflasche, aber sie war verschwunden. »Wie spät ist es?«

»Es ist schon acht.«

»Echt?« Sie bemühte sich, sich vom Sofa hochzurappeln, und zuckte zusammen. Jeder Muskel tat ihr weh. »Ich muss sofort zur Arbeit.«

»Das bezweifle ich.«

»Was? Warum nicht? Ist heute Sonntag?«

»Du gehst nirgendwohin, bevor du geduscht und gefrühstückt hast und wir ein Wörtchen miteinander geredet haben.«

»Dafür habe ich keine Zeit.«

»Mir egal. Du wirst sie dir nehmen.«

»Adele, nicht jetzt.«

Adele ging hinaus und kam mit dem Dielenspiegel zurück. Sie hielt ihn so, dass Matilda sich darin sehen konnte.

Sie blinzelte ein paar Mal, um ihren verschwommenen Blick zu klären, und seufzte beim Anblick des müden Gesichts, das ihr entgegenstarrte. »Ja und?«

»Das bist nicht du, Matilda.«

»Sieht mir aber ähnlich.«

»Nein.« Sie stellte den Spiegel weg und griff nach dem silbergerahmten Hochzeitsfoto von Matilda und James auf dem Kaminsims. »*Das* bist du. Das ist Matilda Darke. Gepflegte Haare, hübsch zurechtgemacht, zuversichtlich und lächelnd.«

»Diese Matilda ist tot.«

»Nein. Sie hat sich nur in ein Loch verkrochen. Sie fühlt sich schlecht, weil ihr im letzten Jahr zu viele schlimme Dinge zugstoßen sind, aber sie ist noch da. Du musst dir nur Mühe geben.«

»Dazu fehlt mir die Energie.«

»Wofür hast du dann bitte Energie?«

»Zum Schlafen.« Matilda wollte sich aufs Sofa zurücksinken lassen, doch Adele packte sie an den Schultern und richtete sie wieder auf. »Glaubst du im Ernst, ich lasse dich hier in diesem Saustall allein? Was für eine Freundin wäre ich dann? Jede Nacht trinkst du, bis du auf dem Sofa umkippst, du isst nichts und suhlst dich in Selbstmitleid!« Sie wartete auf eine Erwiderung, es kam jedoch keine. »Was würde James sagen, wenn er dich so sehen könnte?«

»Er ist nicht hier, nicht wahr? Sonst wäre ich nicht so, wie ich jetzt bin«, schnappte Matilda.

»Meinst du, er würde wollen, dass du so um ihn trauerst? Das ist nicht die Matilda, die er geheiratet hat.«

Matildas Unterlippe zitterte, und eine Träne rollte aus ihrem linken Auge. »Ich vermisse ihn so sehr.«

Adele setzte sich und legte den Arm um sie. Sie spürte, wie ihre Freundin sich an sie lehnte. Bald merkte sie, wie Matildas Körper sich entspannte und die Tränen frei zu fließen begannen. »Das weiß ich doch, meine Süße. Er war ein guter Mann, einer der besten. Aber du bist noch hier, und du darfst dich nicht vor Trauer so gehen lassen.«

»Ich weiß, aber ich kann einfach nicht anders.«

»Und ob du kannst. Du gehst da raus und nimmst den Kampf auf. Wie du es immer getan hast, mit hoch erhobenem Kopf. Du lässt dir von niemandem etwas gefallen.«

»Ich glaube nicht, dass ich die Kraft dazu habe.«

»Natürlich. Du stellst dich jetzt unter die heiße Dusche, isst ein gutes Frühstück, nimmst einen kräftigen Zug von der giftigen Luft da draußen und zeigst der Welt das V-Zeichen. Wir sind vom selben Schlag, du und ich. Wir kriegen vielleicht einen Tritt in die Magengrube, aber wir stehen wieder auf und zeigen dem großen Oberboss da oben, dass er uns so leicht nicht kleinkriegt. Wir machen trotzdem weiter.«

Eine längere Stille trat ein, während Matilda Adeles Worte auf sich wirken ließ.

»Ich war gestern Abend bei Jonathan Harkness«, sagte Matilda. »Der lebt auch nicht, er existiert bloß. Du solltest mal seine Wohnung sehen, Adele. Nichts als Bücher. Er verbringt jede wache Stunde mit Lesen und stürzt sich in die Fantasie, um das eigene Leben zu vergessen. Er besitzt kein einziges Foto von Freunden oder Angehörigen, kaum Möbel, nur Bücher. Er wartet auf den Tod.«

»So willst du doch bestimmt nicht enden.«

»Ich bin schon so.« Matilda zuckte die Achseln.

»Nein. Noch nicht. Es ist noch nicht zu spät.«

»Aber was ist mit Jonathan?«

»Ich will nicht herzlos klingen, aber das ist nicht dein Problem. Was ihm zugestoßen ist, ist traurig, vielleicht sogar tragisch. Trotzdem ist es nur ein Fall, den du bearbeitest. Man hat ihm damals, als seine Eltern ermordet wurden, sicher viele Therapiemöglichkeiten angeboten. Auch als Erwachsener hätte er noch einen Psychiater aufsuchen und seinen Problemen auf den Grund gehen können. Offensichtlich hat er jedoch beschlossen, dass seine Art zu leben der beste Weg ist, damit umzugehen.«

»Er lebt gar nicht wirklich.«

Adele zuckte die Achseln. »Dann bestraft er sich eben dafür, was geschehen ist. Vielleicht glaubt er, er hätte zusammen mit seiner Mutter und seinem Vater sterben sollen, und indem er in einem selbst auferlegten Exil lebt, verwehrt er sich das Leben, von dem er meint, er hätte es schon längst verwirkt.«

Matilda sah Adele mit feuchten Augen an und runzelte heftig die Stirn. »Woher nimmst du nur all diese bescheuerten Weisheiten?«

»Die fliegen mir so zu«, sagte sie lächelnd.

»Ein Glück, dass du nur mit Toten arbeitest, die können dich wenigstens nicht hören.« Matilda kicherte.

»Hör zu, geh jetzt rauf und stell dich unter die heiße Dusche. Ich räume inzwischen auf und mache Frühstück. Es spielt keine Rolle, wenn du ein bisschen zu spät zur Arbeit kommst. Auf geht's.«

Sie stieß Matilda mit dem Ellbogen an, bis sie endlich aufstand. Adele sah ihr nach. Sie musste sich an der Wand festhalten, um nicht zu taumeln. Erst als sie aus dem Zimmer hinaus war und langsam die Treppe hinauftappte, wandte Adele sich dem Chaos im Wohnzimmer zu und begann aufzuräumen.

Nach DCI Darkes Besuch am Abend zuvor war Jonathan nicht mehr in sein Lesezimmer zurückgekehrt, sondern direkt zu Bett gegangen. Dort hatte er viele Stunden wach gelegen, während seine Gedanken durch die Vergangenheit wanderten. Er erinnerte sich an seine zahlreichen Therapeuten, die vergeblich versucht hatten, Zugang zu seinen versiegelten Erinnerungen zu finden. Er hatte an ihren Motiven dafür gezweifelt, warum er sich ihnen öffnen sollte. Er traute jedem Einzelnen zu, dass er seine Geschichte an eine Zeitung verkaufte, sobald sich die Tür zum Sprechzimmer hinter ihm geschlossen hatte.

Das gehörte zu Jonathans Problemen: Er vertraute niemandem. Selbst als seine Eltern noch gelebt hatten, hatte er ihre Liebe nicht für echt gehalten. Sie hatten Matthew die schlimmsten Missetaten durchgehen lassen und ihn trotzdem mit Geschenken überhäuft, obwohl er ihre Regeln gebrochen hatte. Solange sie hinsahen, hatte Matthew wie ein Engel gelächelt, doch hinter ihrem Rücken hatte sich sein Lächeln in ein hinterhältiges Grinsen verwandelt.

Jonathan hatte sozusagen vom Spielfeldrand aus beobachtet, wie er sich entwickelte. Wenn Matthews Liebe zu seinen Eltern nur gespielt war, galt das dann umgekehrt genauso? Hatten Stefan und Miranda ihre Kinder ehrlich geliebt, oder waren sie nur Staffage gewesen, um der Welt die perfekte Familie vorzuspiegeln? Wie dem auch sei, Jonathan hatte nie einem Menschen getraut, und das setzte sich in seinem Leben als Erwachsener fort.

Die Einzige, auf die er sich je verlassen hatte, war seine Tante Clara gewesen. Es hatte eine Weile gedauert, bis ihm klar geworden war, dass sie ihn ohne Hintergedanken zu sich genommen hatte. Sie hatte die Presse von ihm ferngehalten und die Polizei daran gehindert, Druck auszuüben, damit er ihre ewig gleichbleibenden Fragen beantwortete. Sie hatte sogar eine falsche Aussage gemacht, indem sie behauptete, Jonathan hätte ihr alles berichtet, was in der fraglichen Nacht geschehen sei, während er in Wahrheit noch kein einziges Wort gesprochen hatte. Sie hatte versucht, ihm eine normale Kindheit zu ermöglichen, so normal, wie es unter den Umständen eben ging. Als sie sah, wie Jonathan sich von den anderen Kindern absonderte, hatte sie ihm erlaubt zu leben, wie er wollte. Dass sie ihm diese Freiheit gewährte, hatte ihr sein Vertrauen verschafft.

Während er jetzt in den frühen Morgenstunden zu schlafen versuchte, rekapitulierte Jonathan sein Leben. Es war nur ein Existieren, aber es genügte ihm. Er wünschte sich nur, die Leute würden ihn in Ruhe lassen und nicht immer wieder in der Vergangenheit herumstochern.

Obwohl er am Ende nur eine Stunde geschlafen hatte, war er um acht Uhr bereit, zur Arbeit zu gehen. Wie üblich hatte er sich elegant angezogen, schwarze Hose, schwarze Schuhe und ein frisch gewaschenes Waterstones-Hemd. Die Haare waren unauffällig, aber gut geschnitten und nach vorne gekämmt. Er benutzte keine speziellen Pflegeprodukte. Er nahm sich Zeit, Schal, Handschuhe und seinen Mantel anzuziehen, den er von oben bis unten sorgfältig zuknöpfte, um gegen den bitterkalten Wind draußen geschützt zu sein.

Ehe er aufbrach, drehte er noch eine Runde durch die Zimmer. Er vergewisserte sich, dass alle Fenster geschlossen und verriegelt, alle Stecker gezogen waren und ein Stück entfernt von den Steckdosen lagen, der Kamin ausgeschaltet und die Zentralheizung so programmiert war, dass sie eine Stunde vor seiner Rückkehr wieder ansprang. Als er zufrieden war, ging er aus dem Haus.

Er war gerade aus der Eingangshalle ins kalte Licht des Tages hinausgetreten, als ein Wagen anhielt.

»Jonathan«, rief der Fahrer ihm zu. »Jonathan!«, wiederholte er, als er ihn beim ersten Mal ignorierte.

Wer rief da seinen Namen? Niemand kannte Jonathan gut genug, um ihn auf der Straße anzusprechen und mit ihm zu plaudern. Er stand stocksteif da und suchte die Umgebung mit Blicken ab. Er war schon zu weit von der Haustür entfernt, um sich nach drinnen zu flüchten, und es gab keine Gasse oder Seitenstraße, durch die er hätte davonlaufen können. Er fühlte, wie ihm der kalte Schweiß über den Rücken lief. Er holte tief Luft, um sich zu sammeln, und versuchte, seinen rasenden Pulsschlag zu beruhigen. Voll Beklommenheit drehte er sich um. Er bückte sich, um zum Autofenster hineinzusehen, und sah das lächelnde Gesicht seines Chefs Stephen Egan.

»Steigen Sie ein«, forderte er ihn lächelnd auf.

»Was tun Sie denn hier?«, fragte Jonathan, ohne sich dem Wagen weiter zu nähern. Obwohl er den Fahrer kannte, blieb er angespannt. Stephen außerhalb der gewohnten Umgebung zu sehen war irgendwie beunruhigend.

»Ich biete Ihnen eine Mitfahrgelegenheit zur Arbeit an.«

»Aber Sie wohnen doch gar nicht hier.«

»Ich musste etwas bei einer Freundin abgeben. Sie wohnt nur ein paar Straßen weiter. Ich dachte, ich schaue einfach mal vorbei und nehme Sie mit.«

»Das ist sehr nett, vielen Dank. Aber ich habe eine Wochenkarte für den Bus.«

»Wollen Sie mir erzählen, Sie steigen lieber in einen Bus voller frierender Menschen, als in einem Auto mit Sitzheizung mitzufahren?« Er lächelte und beugte sich zur Seite, um die Beifahrertür zu öffnen. »Kommen Sie.«

Jonathan überlegte kurz. Dann kam er zu dem Schluss, dass keine Gefahr bestand. Er musste unwillkürlich lächeln, als er einstieg. Stephen hatte recht, die Sitze waren beheizt und überdies ausgesprochen bequem.

»Vor ein paar Jahren hätte ich beinahe ein Haus hier in der Nähe gekauft«, bemerkte Stephen, als sie ein paar Minuten schweigend dahingefahren waren.

»Tatsächlich? Was hat Sie davon abgehalten?«

»Nach den Besichtigungsterminen und nachdem ich meines renoviert und zum Verkauf angeboten hatte, fiel der Kauf ins Wasser. Danach hatte ich es satt. Eigentlich ein Jammer, sonst hätte ich Sie jeden Tag mit zur Arbeit nehmen können.«

»Ich glaube, daran hätte ich mich gewöhnen können, vor allem bei diesen Sitzen.«

»Ich sagte ja, dass sie angenehm sind. Wie kommt es, dass Sie keinen Führerschein haben?«

»Ich bin nicht sicher. Ich bin einfach nie auf die Idee gekommen. Außerdem, was ist falsch am öffentlichen Nahverkehr?«

»Jede Menge«, spottete Stephen. »Zunächst mal kommen die Busse nie pünktlich, die Fahrer sind ständig mies gelaunt, und die Fahrgäste teilen sich in zwei Kategorien auf. Die einen haben ein Problem mit Körpergeruch, und die anderen tragen zu viel Deo. In jedem Fall sind sie eine Beleidigung für die Sinne.«

Jonathan lachte. »Das beschreibt meine Erfahrungen beim Busfahren sehr genau.«

Aus einem Fenster des Wohnblocks beobachtete Maun, wie Jonathan mit einem offenen Lächeln auf den Lippen zu seinem Chef ins Auto stieg. Sie sah ihm nach, bis es um die nächste Ecke gebogen war, ehe sie sich abwandte. Sie trug noch ihren Morgenmantel, da sie keinen Grund gesehen hatte, auszugehen. Bis jetzt.

KAPITEL 17

Der stellvertretende DCI Ben Hales wirkte gehetzt. Er saß allein im Büro der Mordkommission und beugte sich über seinen Laptop. Gestern hatte er Charlie Johnson dreiundzwanzig E-Mails geschickt und keine einzige Antwort bekommen. Er fragte sich, ob es eine Möglichkeit gab, zu erkennen, ob eine E-Mail gelesen worden war. Vermutlich wussten das die Kollegen von der Abteilung für Computerbetrug, doch dann würde herauskommen, dass er mit Charlie Johnson Kontakt aufzunehmen versuchte, obwohl ihn das nicht das Geringste anging. Er startete sein E-Mail-Programm und setzte eine weitere Nachricht auf.

> ***VON:*** *»Ben Hales«*
> *(BHales@SYPolice.gov.uk)*
> ***AN:*** *»Charlie Johnson«*
> *(CJohnson37@hotmail.com)*
> ***BETREFF:*** *DRINGEND!!!!!!!*
>
> ***Text:*** *Charlie, nehmen Sie umgehend per E-Mail, SMS oder Telefon Kontakt mit mir auf. Lassen Sie mich nicht hängen, ich brauche dringend Informationen von Ihnen. Wie soll ich Ihnen helfen, wenn Sie mir nicht helfen? Bitte melden Sie sich noch heute. Es ist wirklich verdammt wichtig, Charlie. Ben*

Die Tür zum Büro ging auf, und er klappte hastig den Laptop zu. Es war Sian. Sie hatte sich fest in ihre Wintersachen gewickelt.

»Verflixt, ist das kalt hier. Ist die Scheiß-Heizung wieder nicht angesprungen?«, fragte sie, streifte einen Handschuh ab und legte die Hand auf den lauwarmen Heizkörper. »Ich habe die Dinger doch erst vor ein paar Wochen entlüftet. Ist Ihnen nicht kalt?«

»Ist mir gar nicht aufgefallen.« Er schaute in die Ferne, als ob die Last der Welt auf seinen Schultern ruhte.

»Ich werde uns mal Kaffee kochen. Wollen Sie einen?«

»Ja bitte.«

»Also, wie sieht der heutige Aktionsplan aus?«, fragte Sian. Sie füllte den Kessel und schaltete ihn ein. Sie umfing ihn vorsichtig mit beiden Händen, um sie zu wärmen, während das Wasser aufkochte.

»Ich will wissen, wer unser Toter ist und wer ihn umgebracht hat«, antwortete Ben. Vor Frustration spuckte er die Worte praktisch aus. »Kein Mensch hat angerufen, dass er einen Verwandten, Freund oder Kollegen vermisst. Kein Mensch hat gesehen, wie er totgeschlagen wurde. Es erweckt fast den Eindruck, als wäre er vom Himmel gefallen.«

»Vielleicht ist er das. Die Leute haben viel zu tun. Sie wollen nicht in Dinge verwickelt werden, die sie nicht direkt betreffen.«

»Sehr beruhigend. Seit wann sind Sie denn so zynisch, Sian?«

»Das bringt der Job mit sich.« Sie lächelte und reichte ihm seinen Kaffeebecher, bevor sie eine Packung Bourbon-Kekse aus ihrer untersten Schublade zog und vor ihn hinstellte, sodass er sich selbst bedienen konnte. Das Koffein und die Schokolade schienen ihn aufzubauen – zumindest ein wenig. »Wir schaffen es heute bestimmt, ihn zu identifizieren. Irgendwo muss es Aufzeichnungen über ihn geben, und mit den fehlenden Zehen sollte es nicht allzu schwer sein, ihn aufzuspüren. Sobald wir wissen, wer er ist, finden wir auch heraus, wer ihn getötet hat.«

Ben wirkte nicht überzeugt. Er setzte dazu an, etwas zu sagen, überlegte es sich dann anders und seufzte stattdessen.

»Stimmt etwas nicht?«, fragte Sian.

»Wieso?«

»Sie sehen aus, als säßen Sie auf einer Rasierklinge. Was ist denn los?«

»Nichts.«

»Ich sehe doch, dass das nicht stimmt. Kommen Sie, Ben, es ist sonst niemand hier. Spucken Sie es aus. Es ist wegen Matildas Rückkehr, nicht wahr?«

Allein die Erwähnung ihres Namens ließ ihn zusammenzucken. »Ich kann nichts dagegen tun. Ich weiß, ich sollte nicht wütend auf sie sein. Aber es ist fast so, als könnte sie nichts falsch machen. Es ist mir egal, zu welchem Schluss die Untersuchungskommission gekommen ist, sie hat den Carl-Meagan-Fall gründlich vermasselt und hätte gefeuert oder wenigstens degradiert werden müssen. Aber was passiert? Sie leitet immer noch die Mordkommission, und ich bin immer noch ein billiger DI, der schmierige Drogendealer und prügelnde Ehemänner verhaftet.«

Sian starrte tief in ihren Kaffeebecher. Ben schaute auf, und ihm fiel ein, wie nahe Sian und Matilda sich gestanden hatten. Würde sie ihr berichten, was er gerade gesagt hatte?

»Haben Sie gestern mit ihr gesprochen?«, fragte Sian.

»Nein. Ich habe sie nicht einmal gesehen.«

»Was? Wieso nicht? Hören Sie, warum machen Sie nicht

den ersten Schritt? Gehen Sie hin und heißen Sie sie zu ihrer Rückkehr willkommen. Egal, ob es Ihnen ernst ist oder nicht, es würde helfen.«

Er zuckte die Achseln. Das überzeugte ihn nicht. »Ich brauche frische Luft. Danke für die Kekse«, brummte er und ging hinaus, bevor sie noch etwas hinzufügen konnte.

Als Matilda die Treppe herunterkam, fühlte sie sich wie neugeboren. Ihre Haare waren noch nass von der Dusche, doch sorgfältig gebürstet. Ihr Gesicht war sauber und von der Hitze gerötet, und ihre Augen blickten klar.

Sie betrat die Küche, und Adele sah auf. Matilda breitete die Arme aus, um ihr Matilda Darke 2.0 vorzuführen. Sie trug eine schwarze Hose und eine weiße Bluse. Frisch, unternehmungslustig, professionell.

»Wie sehe ich aus?«

»Wie ein schlecht eingeschenktes Glas Guinness mit einer Menge Schaum drauf.«

»Hervorragend. Genau den Eindruck wollte ich erwecken.«

Adele drückte den Stempel einer French Press herunter. Unter dem Grill rösteten zwei Brötchen vor sich hin. »Okay, die Brötchen sind schon einige Tage über dem Verfallsdatum, aber aufgebacken gehen sie noch. Du musst echt mal einkaufen.«

»Ich weiß. Ich kann mich gar nicht erinnern, wann ich das zum letzten Mal getan habe.«

»Ich sage dir was. Ich bestelle dir ein paar Sachen im Internet, nur die Grundausstattung, und Chris kann herüberkommen und sie für dich in Empfang nehmen.«

»Danke, aber ich gehe am Wochenende zu Tesco.«

»Nein, das wirst du doch eh nicht tun. Außerdem hat Chris sicher nichts dagegen. Er ist leicht zu bestechen.«

»Danke«, sagte Matilda und senkte den Kopf. Es war ihr peinlich, dass man sich so um sie kümmern musste.

»Also, was willst du auf die Bagel? Den Streichkäse habe ich weggeschmissen. Er sah schon ein bisschen grau aus, nicht gerade appetitlich. Sonst hast du nur Butter und Marmelade.«

»Butter reicht.«

»Gut, denn Aprikosenmarmelade sollte nicht riechen wie ungewaschene Füße. Ich glaube, die werfe ich auch weg.«

Adele beschäftigte sich mit dem Frühstück, während Matilda sich an den Tisch in der Küchenecke setzte. Zum ersten Mal an diesem Morgen blickte sie aus dem Fenster auf ihren ungepflegten Garten hinter dem Haus. Die Bäume mussten beschnitten werden, die Büsche wucherten in alle Richtungen, und das Gras war beinahe kniehoch. Es wirkte völlig vernachlässigt, aber unter der dicken Schicht Raureif nach einer frostigen Nacht sah es wunderschön aus.

»Das scheint ein langer Winter zu werden.«

»Es ist erst Dezember«, bemerkte Adele und kam mit Kaffee und Brötchen an den Tisch. Sie setzte sich ihr gegenüber und schnupperte beifällig an ihrem Kaffee. »Es kommen noch ein paar solche Monate auf uns zu.«

»Ich hätte erwartet, dass inzwischen schon Schnee liegt. Kalt genug ist es.«

»Ich liebe diese Jahreszeit. Ich habe ein Vermögen für meinen Wintermantel ausgegeben, deshalb macht mir ein langer kalter Winter nichts aus. Iss dein Frühstück.«

Matilda begann langsam zu essen. Nach jedem Bissen

kaute sie ausgiebig, bevor sie schluckte. Sie starrte durch Adele hindurch wie in eine andere Dimension hinein.

»Woran denkst du?«

»An nichts«, antwortete Matilda.

»Es geht um Jonathan Harkness, nicht wahr?«

»Bist du Telepathin?«

»Ja. Was glaubst du, wieso Chris mir ständig aus dem Weg geht?« Sie grinste. »Also, sprich weiter. Warum geht dir Jonathan Harkness so unter die Haut?«

»Ich weiß nicht. Er ist so traurig. Man sieht es ihm deutlich an.«

»Dir sehe ich es manchmal auch an. Du kriegst dann so einen seltsamen Ausdruck. Als wärst du gleichzeitig hier und doch nicht hier.«

»Genau den Blick hat er.«

»Deswegen geht er dir nicht aus dem Kopf. Er ist seit zwanzig Jahren so, und du bist es seit fast einem Jahr. Du denkst, du wirst so enden wie er.«

»Vielleicht.«

»Aber das wirst du nicht. Du hast mich, und du hast Chris und deine Eltern und deine Schwester, jedenfalls wenn sie mal dran denkt, dich anzurufen.«

»Jonathan ist Anfang dreißig, weißt du, und ich glaube nicht, dass er einen einzigen Tag in seinem Leben glücklich war.«

»Das kann nicht sein«, schnaubte Adele. »Er muss als Kind auch glückliche Zeiten erlebt haben. Er hat eine traumatische Erfahrung gemacht und das Schöne einfach ausgeblendet.«

Sie verfielen in Schweigen, während Matilda Bröckchen von ihrem altbackenen Brötchen abbiss und mühsam hinunterschluckte. Adele trank ihren Kaffee und musterte ihre Freundin über den Rand des Bechers hinweg. »Du kannst ihn nicht retten, das ist dir doch klar?«

»Bitte?«

»Jonathan Harkness. Du kannst ihn nicht retten.«

»Ich weiß nicht, was du meinst.«

»Ich wusste, dass so etwas passieren würde. Du machst dich für Carl Meagan verantwortlich, und jetzt klammerst du dich als eine Art Buße an Jonathan Harkness.«

»Das ist doch lächerlich.«

»Tatsächlich?«

Matilda lenkte ein. »Na ja, kannst du mir das vorwerfen? Wo ich auch hinsehe, sehe ich Carl Meagan. Ich habe ihn umgebracht.«

»Carl Meagan ist nicht tot. Er wird nur vermisst.«

»Ich hätte ihn finden müssen.«

»Klar, und Scotland Yard hätte Jack the Ripper finden müssen. Haben sie aber nicht. Du kannst dir nicht die Schuld geben an dem, was passiert ist. Der Kleine wurde entführt, die Lösegeldübergabe ging schief, und die Kidnapper flüchteten mit dem Kind. Solange keine Leiche gefunden wird, ist er noch am Leben und könnte jederzeit wieder auftauchen.« Sie verstummte kurz, damit Matilda dem Gedankengang folgen konnte. »Jonathan Harkness ist ein völlig anderer Mensch. Also hör auf, Phantome zu jagen.«

»Jonathans Bruder hat ihn regelmäßig gequält. Ich habe das Gefühl, seine Eltern wussten Bescheid, waren aber zu beschäftigt oder zu gleichgültig, um etwas dagegen zu unternehmen.«

»Das ist traurig, aber es ist nur ein Fall, an dem du arbeitest«, meinte Adele und sah zu Boden. »Was wurde aus dem Bruder, nachdem man sie getrennt hatte?«

»Ich habe keine Ahnung. Jonathan scheint zu glauben, dass er in Manchester studierte. Danach weiß er nichts.«

»Sie haben einander aus den Augen verloren?«

»Ich denke, Jonathan war froh, von Matthew wegzukommen, nach allem, was der ihm angetan hatte. In den Akten findet sich kein Hinweis darauf, wo er jetzt lebt.«

»Vielleicht hat er das Land verlassen.«

»Vielleicht. Hör mal, ist es möglich, Leute über ihre Patientenakten aufzuspüren?«

»Wie meinst du das?«

»Na ja, wenn man mal eine Operation oder so hatte, wird das doch in einer Patientenakte festgehalten, oder?«

»Ja.«

»Dann könnten wir Matthew über seine Patientenakten ausfindig machen?«

»Vermutlich schon. Sollte der Typ allerdings nur eine Blinddarmoperation oder etwas Vergleichbares gehabt haben, müsstest du eine verdammt lange Liste abarbeiten.«

»Es ist mehr als das. Als ihre Eltern starben, verschwand Matthew für einige Tage. Es stellte sich heraus, dass er sich in den umliegenden Wäldern in einem selbst gebauten Unterschlupf versteckt hatte. Als er wieder auftauchte, hatte er schwere Erfrierungen. Ein paar Zehen mussten ihm abgenommen werden.«

»Machst du Witze?«

»Nein. Warum?«

»Gestern wurde in der Innenstadt eine Leiche gefunden, in der Holly Lane. Ich war am Tatort und traf dort deinen

Stellvertreter, DCI Hales. Der Tote war Mitte dreißig, totgeschlagen und bis zur Unkenntlichkeit zugerichtet. Seine Leber war regelrecht explodiert, und ihm fehlten zwei Zehen am linken Fuß.«

»Matthew Harkness?«

»Bis gestern Nachmittag hatten sie ihn noch nicht identifiziert.«

»Er muss es sein. Ganz klar.«

»Ich weiß nicht.«

»Ach komm schon, Adele, wie viele Leute kennst du, denen Zehen fehlen?«

»Das ist bestimmt nur ein Zufall.«

»Die Polizei glaubt nicht an Zufälle. Er muss es sein.«

Plötzlich kam Leben in Matilda. Die Müdigkeit wich aus ihren Augen, und Energie durchströmte sie, genug, um einen weiteren Tag zu überstehen. Falls Matthew tot war, ermordet, dann konnte der Täter etwas mit ihrem kalten Fall zu tun haben, mit den Harkness-Morden.

KAPITEL 18

Matilda war gar nicht unglücklich darüber, im Stau zu stecken. Zum ersten Mal, seit sie zur Arbeit zurückgekehrt war, fühlte sie sich so energiegeladen, dass sie sogar Ben Hales' Scheiß-Audi von ihrem angestammten Parkplatz hätte wegpusten können.

Die Information, dass Adeles neuestem Logiergast in der Leichenhalle ebenso wie Jonathans Bruder ein paar Zehen fehlten, zauberte ein Lächeln auf ihr Gesicht. Sie spürte richtiggehenden Arbeitseifer. Falls es sich um ein und dieselbe Person handelte, konnte es möglich sein, dass die Wiederaufnahme des Harkness-Falls den Mörder aus seinem Versteck gelockt hatte? Wenn ja, warum Matthew töten? Er war in der Nacht, als seine Eltern ermordet wurden, nicht einmal zu Hause gewesen. Wusste er trotzdem etwas über den Täter?

Sie trommelte mit den Fingern aufs Lenkrad. Sie war seit fünf Minuten keinen Zentimeter weitergekommen. Die Verkehrsprobleme in der Chesterfield Road schienen von Tag zu Tag schlimmer zu werden. Der Stadtrat hatte Tausende von Pfund für Parkbuchten und ein neues Ampelsystem ausgegeben, aber der Verkehrsfluss hatte sich nicht verbessert.

Sie biss sich in Vorfreude auf einen produktiven Arbeitstag auf die Unterlippe. Ein erregtes Prickeln lief ihr über den Rücken, und es war kein unangenehmes Gefühl. Sie war aufgeregt, weil sie mit der Arbeit loslegen wollte. Sie war beinahe gespannt auf den Tag.

Als sie die Tür zu ihrem winzigen Wandschrankbüro aufstieß, wartete Constable Rory Fleming bereits auf sie. Er trug einen hellgrauen Anzug, ein weißes Hemd und eine graue

Krawatte. Er wirkte elegant, frisch und scharrte in den Startlöchern. Matilda war erhitzt, gerötet und schwitzte.

»Wie lange sind Sie schon da?«, fragte sie und versuchte, wieder zu Atem zu kommen.

»Etwa eine halbe Stunde.«

»Sie haben dieselbe Strecke wie ich. Sind Sie nicht in den Stau auf der Chesterfield Road geraten?«

»Nein.« Achselzuckend wandte er sich wieder dem Sportteil der *Sun* zu.

»Die können Sie weglegen. Es hat eine interessante Entwicklung gegeben.« Sie setzte sich und sah ihn unverwandt an. Sie konnte es kaum erwarten loszulegen. »Haben Sie von dem neuen Fall der Mordkommission gehört?«

Rory verdrehte die Augen. »Nein. Ich habe von dem Spaß nichts mitgekriegt. Seit ich an diesem ungelösten Fall arbeite, schneiden sie mich. Heute Morgen habe ich zu Sian Hallo gesagt, und sie hat mich angestarrt, als könnte sie sich kaum an meinen Namen erinnern.«

Matilda musste lächeln. »Tja, vielleicht sind Sie früher zurück im Team, als Sie glauben.«

»Wirklich?«

»Gestern Morgen wurde in der Holly Lane eine Leiche gefunden, in der Innenstadt, direkt neben einem 80er-Jahre-Nachtklub.«

»Den kenne ich«, unterbrach Rory sie. »Der ist gleich bei der West Street. In der Gegend kann man sich gut amüsieren.«

»Wie dem auch sei«, fuhr sie fort, ohne seinen Einwurf zu beachten, »dem Toten fehlten ein paar Zehen am linken Fuß, und gestern Abend, als ich Jonathan Harkness besuchte …«

»Sie haben gestern Abend Jonathan Harkness besucht? Was ist mit der Sperrstunde?«

Matilda seufzte. »Wollen Sie hören, was ich zu sagen habe, oder nicht?«

»Reden Sie weiter.«

»Ich sprach mit Jonathan über seinen Bruder. Nach der Ermordung ihrer Eltern blieb Matthew für einige Tage verschwunden. Es war Dezember und bitterkalt. Er versteckte sich in einem selbst gebauten Unterschlupf im Wald. Als man ihn fand, litt er an Unterkühlung – und jetzt kommt es: Man musste ihm am linken Fuß zwei erfrorene Zehen abnehmen.«

»Ernsthaft?«

»Ja«, sagte sie und lehnte sich lächelnd zurück.

»Also ist der Tote Matthew Harkness?«

»Er ist noch nicht eindeutig identifiziert, aber es müsste schon ein außergewöhnlicher Zufall sein, meinen Sie nicht? Wie viele Leute kennen Sie, denen ein paar Zehen fehlen?«

»Haben Sie den stellvertretenden DCI informiert?«

Matildas Lächeln erlosch schlagartig, und sie spürte, wie ihr das Blut gefror. Nur weil der Mann ihr den Parkplatz geklaut hatte, war er noch lange keine Ausgeburt der Hölle. Warum war sie so von Feindseligkeit ihm gegenüber erfüllt?

»Nein. Ich wollte die Sache erst gründlich abklopfen und sichergehen, dass ich keine voreiligen Schlüsse ziehe.«

»Nun, wie Sie schon sagten, es wäre ein gewaltiger Zufall, und Sie kennen ja die Regel Nummer eins aus dem Polizeihandbuch: Es gibt keine Zufälle.«

»Dann sollte ich ihn wahrscheinlich aufsuchen.«

»Wahrscheinlich.«

Sie blieben beide reglos sitzen.

»Hat Sheffield United gestern Abend gewonnen?« Sie nickte zu seinem aufgeschlagenen Sportteil hin.

Die Strecke von ihrem kleinen Büro zu den Räumen der Mordkommission kam ihr endlos vor. Mit jedem Meter schienen ihre Schritte auf dem Linoleumboden lauter zu hallen, als wollten sie sie ankündigen. Sobald sie um die Ecke bog und die Doppeltür vor sich sah, legte sich eine zentnerschwere Last auf ihre Schultern. Sie kam sich vor wie eine Außenseiterin.

Vor der Glastür blieb Matilda stehen und sah hinein. Das war nicht mehr ihr Revier. Sie fühlte sich wie eine Fremde. Als sie endlich die Türen aufstieß, verstummten alle Anwesenden augenblicklich und starrten die Besucherin an. Das Ticken der Wanduhr war der einzige Laut. Wenn irgendwo in der Ecke ein Mann am Klavier gesessen hätte, hätte er sich schleunigst hinter der Bar in Sicherheit gebracht.

Sian rührte sich als Erste und winkte ihr zu. Ihr Lächeln war strahlend. Ben Hales sah von seinem Laptop auf, und ihre Blicke trafen sich. Matilda blieb wie angewurzelt stehen. Ihre Hand krampfte sich um den Türknauf, und ihre Knöchel verfärbten sich weiß, als wollten sie nie mehr loslassen. Die Stille zog sich in die Länge.

Die beiden Cowboys waren zum Showdown angetreten, und jeder wartete darauf, dass der andere zuerst zog.

Walpole, Compton, Pelham, Pelham-Holles, Cavendish.

Wie aus dem Nichts schob sich Rory Fleming an Matilda vorbei in den Raum. »Aaron, du schuldest mir einen Fünfer.«

Sein Spruch durchbrach das Schweigen, und die Detectives waren plötzlich keine Schaufensterpuppen mehr, kamen in

Bewegung und wandten sich wieder ihrer Arbeit zu.

»Das sehe ich anders!«, sagte DS Aaron Connolly. »Es war unentschieden. Das Tor wurde nicht gegeben.«

»Der Ball war eindeutig über der Linie. Unübersehbar.«

»Der Schiedsrichter hat etwas anderes gesagt«, erklärte Aaron.

»Der Schiedsrichter und seine Linienrichter waren Nulpen. Der Ball war definitiv hinter der Linie, das sagen alle. Du schuldest mir einen Fünfer.«

»Offiziell war der Ball nicht im Tor. Deshalb bleibt der Fünfer in meiner Tasche. Vielleicht hast du nächstes Mal mehr Glück«, sagte Aaron. Sein Grinsen war breit und unverschämt.

Matilda arbeitete sich zögernd zu Bens Tisch vor.

»Hallo, Ben«, sagte sie mit leiser, verzagter Stimme.

»Matilda. Schön, dass Sie wieder da sind.« Die Lüge war unüberhörbar.

Sie versuchte, sich zu erinnern, ob Hales sie früher schon geduzt hatte, doch ihre Gedanken waren ein einziger Nebel. Es war eigenartig, dass er ihren Rang wegließ.

»Es ist gut, wieder hier zu sein. Wie ist der Stand der Dinge?«, fragte sie und sah sich um. Nichts hatte sich verändert. Trotzdem wirkte der Raum irgendwie kleiner.

»Alles bestens.«

»Gut. Wie ich höre, haben Sie einen Toten, dem ein paar Zehen fehlen«, begann sie, um die Sache schnell hinter sich zu bringen. Plötzlich war ihr speiübel, und sie wusste nicht, warum.

»Stimmt.« Er sah Sian an, und sein Stirnrunzeln vertiefte sich.

Fragte er sich etwa, ob Sian Matilda mit Informationen versorgte? Egal, Sian konnte auf sich selbst aufpassen. »Haben Sie ihn schon identifiziert?«

»Nein, noch nicht, aber wir stehen ja noch ganz am Anfang.«

»Sie wissen sicher, dass ich an dem ungelösten Harkness-Fall arbeite.« Ben nickte, und seine Lippen verzogen sich zum Ansatz eines Grinsens. »Ich habe gestern mit Jonathan Harkness gesprochen, und er erwähnte zufällig, dass seinem Bruder am linken Fuß ein paar Zehen fehlten.«

»Wirklich?« Hales verschränkte abweisend die Arme.

»Ja. Ich frage mich, ob wir Jonathan Harkness einen Blick auf die Leiche werfen lassen sollten. Vielleicht kann er sie identifizieren.«

Ben biss sich auf die Unterlippe. »Ich denke, das besprechen wir besser mit der ACC.«

»Dazu brauchen wir wohl kaum die ACC. Wenn sich herausstellt, dass es sich nicht um Matthew handelt, haben wir nur die Zeit aller Beteiligten verschwendet.«

»Das ist mein Fall, Matilda. Ich will, dass die ACC ständig über alles informiert ist.«

KAPITEL 19

Maun Barrington hatte sich zum Schutz gegen die Elemente dick eingemummelt. Es war der sechste Tag in Folge, an dem die Temperaturen kaum an den Plusgraden kratzten, und die Wettervorhersage machte wenig Hoffnung auf Besserung. Anscheinend war Schnee unterwegs. Wann genau er kommen würde, konnten die Wetterfrösche noch nicht sagen, aber Sheffield lag am Fuß der Penninen, die die meisten heftigen Schneefälle aus dem Westen abbekamen.

Maun wollte kein Risiko eingehen. 2010 hatte sie mehrere Tage das Haus nicht verlassen können, um sich mit dem Lebensnotwendigsten zu versorgen. Daher hatte sie ihren Einkaufswagen bei Morrison's prall gefüllt. Unschlüssig fügte sie noch ein paar Büchsen Trockenmilch hinzu. Sie hasste das Zeug, denn egal wie oft man es umrührte, es schwammen immer kleine Flocken im Kaffee, aber in der Not …

Auf dem Weg zur Kasse blieb sie am Zeitungsständer stehen und legte ein paar Tageszeitungen zu ihrem Einkauf, den *Sheffield Star*, den *Sheffield Telegraph* und die *Yorkshire Post.*

Sie musste dreimal gehen, um ihre Vorräte aus dem Auto in die Wohnung zu schaffen. Bei der letzten Etappe begegnete sie im Treppenhaus zwei ihrer Nachbarn. Sie drehten ihr den Rücken zu, als sie zur Tür hereinkam, senkten die Stimmen und warteten, bis Maun um den ersten Treppenabsatz verschwunden war, ehe sie normal weiterredeten.

Es machte Maun nichts mehr aus, dass ihre albernen Nachbarn sie auf diese Weise schnitten. Sie wurde seit fast fünfundzwanzig Jahren ignoriert und hatte sich daran gewöhnt.

Jonathans Gesellschaft genügte ihr, mit ihm konnte sie plaudern. Doch die Dinge schienen sich zu verändern. Jonathan ließ sich nur noch widerstrebend auf Gespräche ein. Er hatte sie zurückgewiesen, als das Haus seiner Kindheit eingerissen wurde, und sie nahm an, er würde mit ihr auch nicht über die Zeitungsartikel sprechen wollen. Außerdem hatte er in letzter Zeit immer öfter den Namen Stephen Egan fallen lassen. Sie vermutete, dass es sich dabei um jemanden aus dem Geschäft handelte. Aber wer war der Mann, und warum machte er solchen Eindruck auf Jonathan?

Sie holte die Zutaten für eine Moussaka, Jonathans Lieblingsgericht, aus einer Einkaufstüte und legte sie auf die Arbeitsplatte in der Küche. Wenn er von der Arbeit kam, würde es fertig sein, und wenn der Duft die Treppe hinabwehte, konnte er gewiss nicht widerstehen.

In der überregionalen Zeitung war der Abriss des Hauses kein Thema. Es gab lediglich ein Foto, das es mitten im Einsturz zeigte, dazu ein paar Zeilen Text. Sie schienen sich nicht weiter für die Wiederaufnahme des Falls zu interessieren. Das war bei den drei Lokalzeitungen anders. Sie brachten Farbfotos von dem Moment, als die Schaufel des Bulldozers durchs Dach krachte, kleine Schwarz-Weiß-Bilder des Hauses zu seiner Blütezeit und passfotoartige Aufnahmen von Stefan und Miranda Harkness. Einer kurzen Zusammenfassung des historischen Falls folgte ein Absatz über die Inspektorin, die die Ermittlungen leitete. Sie wirkte auf dem Foto so ausgebrannt, dass Maun ihr keine großen Chancen einräumte, den Fall zu lösen. Der Frau fehlte die professionelle Ausstrahlung einer zielstrebigen Kriminalbeamtin.

Der Tenor in allen drei Lokalblättern war der gleiche.

Maun fragte sich, ob die Artikel von einem einzigen Autor stammten, der ihn an mehrere Zeitungen verkauft hatte. Einzelne Adjektive klangen anders, doch der Haupttext war identisch.

Sie schnitt die drei Artikel sorgfältig aus und ging zur Anrichte in der Ecke ihres Wohnzimmers, aus der sie ein dickes, in rotes Leder gebundenes Fotoalbum zum Vorschein brachte. Nur ein paar Seiten waren noch leer. Auf den ersten fünf befanden sich Fotos von ihrem Hochzeitstag. Früher hatte sie sie mit einem Lächeln betrachtet, aber das war vorbei. Je weiter sie blätterte, desto weniger Bilder gab es. Sie wurden ersetzt durch Zeitungsausschnitte. Ihr Blick glitt über die Schlagzeilen: Örtlicher Geschäftsmann findet auf berüchtigter Landstraße den Tod, Augenzeuge: Barrington fuhr zu schnell, Barringtons Beifahrerin nicht angeschnallt.

Sie blätterte rasch weiter. Sie war nicht in der Stimmung, an diese zwei Jahrzehnte zurückliegenden Ereignisse zu denken, als ihr Mann und seine junge Sekretärin Dawn Edwards auf dem Weg zu einem Termin in Manchester einem tragischen Autounfall zum Opfer gefallen waren. Die Fotos des Autowracks und ihres lächelnden Ehemanns, mit dem sie dreizehn Jahre lang verheiratet gewesen war, ließen sie kalt. Sie empfand nichts mehr für ihn.

Weitere Schlagzeilen sprangen ihr entgegen: *Einzelheiten der Beziehung zwischen Barrington und Sekretärin enthüllt, War Dawn Edwards schwanger?, Edwards' Mutter bezichtigt Maun Barrington der Lüge.*

Maun schloss die Augen. Auch wenn ihr ehebrecherischer Mann ihr schon lange gleichgültig war, sah sie ihren eigenen Namen nicht gern gedruckt. Irgendwann hörten die Schlagzeilen über den Tod ihres Ehemanns auf, und die Ausschnitte wandten sich von ihrem eigenen Leben dem Jonathan Harkness' zu. Die ersten düsteren Artikel über den Mord an Jonathans Eltern tauchten auf: *Ehepaar bestialisch abgeschlachtet, Elfjähriger Sohn Augenzeuge der Ermordung seiner Eltern, Teenager immer noch vermisst, Junge wird vielleicht nie wieder sprechen, Matthew gefunden!* So ging es das ganze Album hindurch weiter, von Einzelheiten der polizeilichen Ermittlungen, falschen Sichtungen Matthews bis zu Interviews mit Tierrechtsaktivisten. Sie hatte alle Artikel in makellosem Zustand aufbewahrt. Eine makabre Sammlung des Harkness-Horrors.

Es war lange her, dass sie einen neuen Ausschnitt hinzugefügt hatte. Der bisher letzte las sich wie ein passender Abschluss: *Drei Jahre später: Werden die Harkness-Mörder je gefasst werden?* Seit damals war nichts mehr hinzugekommen, alle Spuren waren kalt. Doch jetzt wurde der Fall langsam wieder aufgewärmt. Die Jagd auf den Mörder war eröffnet. Sie fragte sich, ob sie ein dickeres Album kaufen musste.

KAPITEL 20

Matilda musste sich sputen, um Ben folgen zu können, während er den Korridor entlangstürmte. Seine Schritte waren lang, schwer und entschlossen. Sie schüttelte den Kopf und verdrehte die Augen. Das hier war absolut sinnlos. Sie benötigten die Zustimmung der Assistant Chief Constable nicht. Matilda verfügte über Informationen, die zur Identifizierung eines Toten führen konnten. So einfach war das. Warum einen höherrangigen Beamten hinzuziehen? Was für ein Spiel spielte Ben?

Zu Matildas Glück gab es eine längere Pause zwischen Bens Klopfen und dem Ruf, der sie hereinbat. So konnte sie Ben einholen und wieder zu Atem kommen.

Valerie Masterson saß an ihrem Schreibtisch. Sie hielt ein iPhone in der Hand und hämmerte mit einer kabellosen Maus auf dem Mousepad neben ihrer ebenfalls kabellosen Tatstatur herum. Als sie sah, wer die Besucher waren, legte sie das Telefon weg.

»Ist Ihnen schon mal aufgefallen, dass Computer ständig dann schlapp machen, wenn man sie am dringendsten braucht? Mistding!«

»Wissen Sie«, begann Ben, ehe Matilda etwas sagen konnte, »manchmal hilft es, ihn einfach aus- und einzuschalten. Bei mir funktioniert das eigentlich immer. Soll ich der Technik Bescheid geben, damit sie sich darum kümmern?«

»Nicht nötig, ich habe schon angerufen. Sie schicken jemanden rauf. Nun«, sagte sie, legte die Maus weg und schob die Tastatur zur Seite, »was verschafft mir das Vergnügen?«

Matilda ergriff rasch das Wort, sodass Ben sich nicht wieder in Szene setzen konnte, und gab Masterson eine kurze Zusammenfassung der Ereignisse: Man hatte Matthew Harkness nach seinem Verschwinden zwei Zehen wegen Erfrierungen amputieren müssen, und auch der jüngst aufgefundenen Leiche fehlten Zehen.

»Das klingt, als würden Vergangenheit und Gegenwart verschmelzen«, sagte Masterson. »Wie sieht Ihr Plan aus?«

»Ich will diesen Jonathan vernehmen«, warf Hales ein.

»Moment mal«, rief Matilda aus. Sie wollte Jonathan vor Hales und dessen Einschüchterungspraktiken schützen. »Sie kennen ihn nicht. Ich schon. Jonathan ist extrem labil. Ich glaube, wir müssen behutsam vorgehen.« Sie konnte Hales nicht sehen, da sie nebeneinander standen, doch sie war sicher, dass er soeben die Augen zum Himmel verdrehte. »Ich schlage vor, ich suche ihn noch einmal auf. Ich nehme Rory mit. Wir werden ihm von der Leiche berichten und Jonathan bitten, sie zu identifizieren. Sollte es sich um seinen Bruder Matthew handeln, bringen wir ihn mit aufs Revier und befragen ihn.«

Masterson zuckte die Achseln. »Soll mir nur recht sein.«

»Sollte es sich bei der Leiche um Matthew handeln, will ich bei der Vernehmung dabei sein«, sagte Ben.

»Natürlich. Es ist Ihr Fall. Matilda, dieser Jonathan Harkness, ist er depressiv? Hat er psychische Probleme?«

»Ich bin nicht sicher. Ich habe ihn danach gefragt, aber er ist nicht besonders aufgeschlossen. Ich wäre nicht überrascht, wenn er depressiv wäre oder sonstige psychische Störungen hätte. Auf jeden Fall nimmt er Antidepressiva.«

Ihre Blicke trafen sich. Sie schienen beide in den Kopf der anderen hineinzusehen. Wenn es jemanden gab, der die Symptome einer schweren Depression erkannte, dann eine Frau, die selbst eine durchgemacht hatte.

»Na schön, Sie werden Folgendes tun. Matilda, Sie suchen Jonathan auf, nehmen ihn mit zur Identifizierung und bringen ihn her, falls sich herausstellt, dass der Tote sein Bruder ist. Wir müssen behutsam vorgehen. Sollten wir ihn als Zeugen vor Gericht brauchen, würde es nicht gut aussehen, wenn er hier schlecht behandelt worden wäre. Ben, alles, was Sie von Jonathan wissen wollen, läuft über Matilda. Verstanden?«

Die plötzliche Veränderung in Bens Haltung war mit Händen greifbar. Er ballte die Fäuste und lief rot an. Es fehlte nur noch, dass ihm wie in einem Trickfilm der Dampf aus den Ohren schoss. Er erklärte sich mit zusammengebissenen Zähnen einverstanden und ging mit langen Schritten hinaus. Matilda blieb vor Mastersons Schreibtisch stehen. Ihre Hände, die sie auf dem Rücken verschränkt hielt, waren feucht und juckten. Sie blinzelte, als die Tür hinter ihr zuknallte.

»Ich glaube, er ist nicht gerade froh, dass ich wieder zurück bin.«

Masterson lächelte. »Er ist ein Mann, und die sind nicht besonders anpassungsfähig. Er wird sich daran gewöhnen. Wie läuft es denn sonst so?«

»Alles in Ordnung. Es wird wieder.« Ihr gekünsteltes Lächeln war bitter und kalt.

»Gut. Sollten Sie etwas brauchen, wissen Sie ja, wo Sie mich finden.«

»Vielen Dank.« *Wie wär's, wenn Sie den Wichser dazu bringen, sein Schwanzmobil von meinem Parkplatz zu entfernen?*

Erst in den Räumen der Mordkommission holte Matilda Ben wieder ein. Diesmal zauderte sie nicht. Sie riss die Tür energisch auf und marschierte hinein.

»Auf ein Wort«, rief sie ihm nach. »Unter vier Augen«, fügte sie hinzu, als sie merkte, dass alle im Raum sie anstarrten.

»Natürlich. Gehen wir in *mein* Büro«, sagte er mit übertriebener Betonung auf dem »mein«, um sie spüren zu lassen, dass er ihr altes Büro übernommen hatte.

Sie holte tief Luft und folgte ihm mit schweren Schritten. Sie knallte die Tür mit dem Fuß hinter sich zu. »Was zum Teufel ist los mit Ihnen?« Sie versuchte, die Stimme nicht zu heben, aber es funktionierte nicht. Sie kochte. Das würde keine besonders private Unterredung werden. Man konnte sie im Hauptteil des Großraumbüros ausgezeichnet hören.

»Gar nichts.«

Er wirkte jetzt ruhiger und entspannter, und sein leichtes, aufgesetztes Lächeln brachte Matilda zur Weißglut. Er machte das mit Absicht, wollte sie provozieren, damit sie ihn anfauchte und anschrie, ihm vielleicht sogar eine scheuerte.

»Sie sind wie ein trotziges Kind aus dem Büro der ACC gestürmt. Haben Sie ein Problem mit mir?«

»Nein.« Er senkte den Kopf. Er hatte ganz offensichtlich ein Problem.

»Warum glaube ich Ihnen das nur nicht? Hören Sie, ich weiß, dass Sie in meiner Abwesenheit stellvertretender DCI waren, und solange ich an dem Harkness-Fall arbeite, gehört diese Abteilung Ihnen. Wenn Sie sich einbilden, ich wollte Ihnen auf die Zehen treten, liegen Sie komplett falsch.«

»Ich weiß nicht, wovon Sie reden.«

»Ich glaube doch. Ich weiß, es stinkt Ihnen, dass ich wieder da bin. Sie sind der Ansicht, dass die Mordkommission von Anfang an Ihnen hätte gehören sollen. Als ich fort war, konnten Sie es gar nicht erwarten, die Füße unter meinen Schreibtisch zu stellen. Nun, es tut mir leid, Ihnen das mitteilen zu müssen, *stellvertretender* DCI Hales.« Sie überbetonte das »stellvertretender«. »Aber ich bin zurück und werde meinen Schreibtisch sehr bald wieder in Besitz nehmen.«

Sie machte auf dem Absatz kehrt und wollte gehen.

»Einen Moment.« Ben richtete sich zu seiner vollen Größe auf. »Ihre Rückkehr in diese Abteilung ist keineswegs ausgemachte Sache. Ich hatte in Ihrer Abwesenheit eine hundertprozentige Erfolgsquote. Können Sie das von sich auch behaupten?«

Ein hörbares Aufkeuchen lief durch den Rest des Großraumbüros. Matilda und Ben bemerkten gleichzeitig, dass man sie belauschte. Die Trennwände waren nicht besonders dick, und sie sprachen ja nicht im Flüsterton. Ihr fiel keine Erwiderung ein. Plötzlich tauchte das Bild von Carl Meagan vor ihrem geistigen Auge auf, seine flauschigen blonden Haare, die leuchtend blauen Augen, die glatte weiße Haut. Sie hatte versagt und seine ganze Familie ins Unglück gestürzt.

»Nein, nicht wahr? Sie haben es vermasselt, DCI Darke. Es ist mir egal, was passiert, sobald Sie mit dem Harkness-Fall fertig sind, hierher kommen Sie jedenfalls nicht zurück. Nicht, wenn ich ein Wörtchen mitzureden habe.«

Matilda biss sich auf die Unterlippe. Sie hatte Hales eine Menge zu entgegnen, fürchtete sich jedoch davor, den Mund aufzumachen und eine Flut von Emotionen freizusetzen. Sie versuchte, ihn kalt und eisig niederzustarren, bevor sie sich abwandte und den Raum verließ. Sie hätte am liebsten die Tür geknallt, wollte ihm aber diese Befriedigung nicht geben.

Draußen herrschte gespanntes Schweigen. Niemand äußerte ein Wort. Am Ende war es Aaron Connolly, der die Stille mit einem Niesen unterbrach. Sian wünschte ihm Gesundheit, und die gewohnte Arbeitsatmosphäre hielt wieder Einzug.

»Sian«, rief Faith. »Haben die da über einen Matthew Harkness gesprochen?«

»Nein, über Jonathan. Warum?«

»Scheiße.«

»Was ist denn los?«

»Auf dem Parkplatz neben dem Nachtklub, vor dem die Leiche gefunden wurde, standen fünf Autos. Ich habe die Kennzeichen in den Computer eingegeben, und eines davon gehört einem gewissen Matthew Harkness. Glaubst du, er könnte ein Verwandter sein?«

Sian verdrehte die Augen. »Jonathans Bruder heißt Matthew.«

Sie ging zu Hales' Büro und tippte sachte ans Glas. Sie öffnete die Tür einen Spalt weit und steckte den Kopf hindurch. Faith lehnte sich im Stuhl so weit zurück, dass sie fast umkippte, um zu hören, was gesagt wurde, aber es gelang ihr nicht.

»Was?«, schrie Ben und knallte die flachen Hände auf den Tisch. Er war praktisch in einem Satz aus dem Stuhl gesprungen und stürmte an Sian vorbei zu Faith. »Wie lange sitzen Sie schon auf dieser Information?«

»Ich ... na ja. Ich wusste nicht, dass der Name Harkness wichtig ist.«

»Wie können Sie so etwas nicht wissen? Bringt man Ihnen denn auf der Polizeischule überhaupt nichts mehr bei? Vor zwanzig Jahren schaute das ganze Land auf Sheffield und wollte erfahren, wer Stefan und Miranda Harkness ermordet hatte!«

»Vor zwanzig Jahren war ich erst vier.«

Sian kicherte und fing sich einen bösen Blick von Hales ein.

Mit zitternden Fingern durchwühlte Faith den Haufen Papierkram auf ihrem Schreibtisch. Sie fand Zeugenaussagen von Angestellten des Nachtklubs und der City Hall. Sie fand Namen und Adressen der Personen, die in der Nähe arbeiteten und die sie noch nicht kontaktiert hatte. Nur den Computerausdruck fand sie nicht. Endlich entdeckte sie ihn unter ihrem Laptop und blätterte die Seiten durch.

»Was haben wir?«, fragte Hales ungeduldig.

»Silberner Audi TT. Zugelassen auf Matthew Harkness. Er wohnt in Manchester.«

»Haben Sie schon mit ihm Kontakt aufgenommen?«

»Noch nicht, ich hatte sehr viel zu tun. Vermutlich ist er geschäftlich hier und in einem Hotel abgestiegen.«

»Oder er liegt in der Leichenhalle. Das da hätten Sie mir schon längst geben müssen.«

»Tut mir leid. Das wusste ich nicht«, erwiderte sie mit gesenktem Kopf.

»Räumen Sie Ihren verdammten Schreibtisch auf. Das ist die reinste Müllkippe«, rief er über die Schulter zurück.

Faith fühlte sich wie ein von einem strengen Lehrer gemaßregeltes Schulkind, doch sie setzte sich und begann langsam, die Papiere zusammenzuraffen und ordentlich zusammenzulegen.

Am Tisch hinter ihr wechselten Sian und Aaron einen Blick. Sian war nach einem Grinsen zumute. Hales' Zuckerpüppchen war in Ungnade gefallen. Trotzdem hatte sie unwillkürlich Mitleid mit ihr. Sie würde ihr ein paar Minuten Zeit lassen, um sich wieder zu fangen, und ihr dann eine Tasse Tee und einen von ihren eigenen Tunnock's Tea Cakes bringen, die sie in der untersten Schublade aufbewahrte.

KAPITEL 21

Matilda brauchte nur Minuten, um ihre Besenkammer von Büro zu erreichen, aber die Nachricht von ihrer öffentlichen Auseinandersetzung mit Hales hatte Fleming bereits erreicht.

»Wie ich höre, haben Sie unserem allseits beliebten stellvertretenden DCI gerade die Leviten gelesen«, sagte er mit süffisantem Grinsen.

»Haben Sie gelauscht?«

Er winkte ihr mit seinem iPhone zu. »Man nennt es SMS. Aaron hat mir alles berichtet.«

»Kein Wunder, dass so viele Fälle ungelöst bleiben, wenn die Leute mehr am Bürotratsch interessiert sind. Wir könnten genauso gut in einem Callcenter arbeiten.«

»Nein, hier macht es viel mehr Spaß. Wollen Sie mir nicht die blutigen Details schildern?«

»Warum loggen Sie sich nicht gleich bei YouTube ein? Vielleicht hat Aaron unsere Auseinandersetzung gefilmt und hochgeladen. Kommen Sie mit«, befahl sie, schnappte sich ihren Mantel von der Stuhllehne und rauschte mit Rory auf den Fersen hinaus.

Es wäre einfacher und schneller gegangen, vom Revier zur Waterstones-Buchhandlung am Orchard Square zu laufen, doch sie brauchten den Wagen, um Jonathan zur Identifizierung des Toten zu fahren. Der Verkehr war zäh, und durch die vielen Einbahnstraßen, Baustellen und Fußgängerüberwege wurden aus fünf Minuten fünfundzwanzig.

Doch Matilda nutzte die Zeit, um Rorys Neugier bezüglich ihres Streits mit Ben zu befriedigen. Er saugte alles auf wie ein Schwamm. Irgendwann verlor sie den Überblick, wie oft er schon gesagt hatte: »Ich wünschte, ich wäre dabei gewesen.« Als sie zum Ende kam, piepste ihr Handy mit einer Nachricht von Sian: *Ich bezweifle, dass Hales es Ihnen sagen wird, aber ein Audi TT auf dem Parkplatz neben der Leiche gehört Matthew Harkness aus Manchester.* Matilda schickte rasch eine Antwort, bevor sie die Information an Rory weitergab.

»Es sieht so aus, als wäre der Tote Jonathans Bruder.«

»Ja, scheint so.«

»Das kann kein Zufall sein, oder? Ich meine, Matthew ist ein gängiger Name, aber Harkness?«, fragte Matilda.

»Ich bin nicht sicher. Ich hatte in der Schule eine Lehrerin namens Mrs. Harkness. Eine echte Schreckschraube.«

»Hatte sie einen Sohn namens Matthew?«

»Ich glaube nicht.«

»Jonathan behauptet, nicht zu wissen, wo sein Bruder lebt. Er wusste vermutlich ebenfalls nicht, dass Jonathan wieder in Sheffield war.«

»Vielleicht wollte er sich den Abriss ansehen.«

»Hätten Sie an seiner Stelle dann nicht auch Ihren Bruder besucht?«

»Doch, ja.«

»Was wohl passiert ist, dass ihn jemand in den paar Stunden, in denen er hier war, ermordete?« Sie wurde plötzlich unruhig. »Oh verdammt, das dauert ja ewig«, stöhnte sie, als es wieder nicht weiterging. Sie löste ihren Gurt. »Suchen Sie einen Parkplatz und kommen Sie nach. Ich gehe den Rest zu Fuß. Von hier aus kann man den verflixten Laden schon fast sehen.«

Der Schwall warmer Luft aus dem Laden war wie eine

freundliche Umarmung, und Matilda lächelte. Der Duft nach frisch gemahlenem Kaffee aus dem Café im ersten Stock wirkte einladend. Was konnte an einem frostklirrenden Tag schöner sein als ein heißer Kaffee und ein gutes Buch? Am besten mit einem Muffin mit extra viel Schokolade dazu.

Klassische Weihnachtslieder klangen leise aus den Lautsprechern, und die Kunden unterhielten sich gedämpft miteinander, während sie nach Büchern stöberten. In der Biografieabteilung und der Krimiecke schien am meisten los zu sein. Im vergangenen Jahr hatte sie ihrem Mann ein paar Sportlerbiografien und den neuesten John Grisham als Teil der großen Weihnachtsinszenierung gekauft. Das war vorbei. Sie beschloss, Adele und Chris etwas Teures zu schenken, um ihnen für all ihre Hilfe im letzten Jahr zu danken. Ihrer Schwester und ihren Eltern würde sie Weihnachtsgrüße schicken, mehr nicht. Matilda konnte verstehen, dass Jonathan keinen Kontakt zu seinem Bruder Matthew gehalten hatte. Auch Matilda und ihre Schwester Harriet waren völlig unterschiedliche Menschen. Trotz lediglich zwei Jahren Altersunterschied hatten sie kaum Gemeinsamkeiten. Matilda war seit ihrem hervorragenden Schulabschluss ganz auf ihre Karriere fixiert gewesen und hatte schon sehr früh gewusst, dass sie zur Polizei gehen wollte. Harriet dagegen hatte sich nie etwas anderes gewünscht, als sich in einen großen, gut aussehenden, reichen Mann zu verlieben und Kinder zu bekommen. Als sie schließlich mit fünfundzwanzig geheiratet hatte, war ihr Göttergatte allerdings nicht übermäßig groß und bestimmt nicht gut aussehend gewesen, und reich wäre er höchstens geworden, wenn er nicht Matildas Schwester geheiratet hätte. Harriet lebte heute in einer langweiligen

Vorstadtstraße in Grimsby in der Nähe der Küste, war Hausfrau und arbeitete drei Tage in der Woche in einer Boutique. Sehr konservativ.

Matildas Eltern hatten ihre Töchter ständig miteinander verglichen, und bevor Matilda James kennenlernte, hatte ihre Mutter sie immer wieder mit Anrufen bombardiert, warum sie nicht endlich den richtigen Mann fände. Bei ihrer Arbeitsbelastung, ihrem Ehrgeiz, Karriere zu machen, und dem ewigen Gedrängel ihrer Eltern hatte es irgendwann zum Bruch kommen müssen. Schließlich hatte Matilda die Telefonate ihrer Mutter blockiert und sie nur einmal im Monat angerufen. Der Kontakt zu ihrer Schwester beschränkte sich inzwischen auf Geburtstags- und Weihnachtsglückwünsche. Sie hatten ebenso wenige Gemeinsamkeiten wie Jonathan und Matthew Harkness.

»Kann ich Ihnen behilflich sein?«

Eine Angestellte mit Weihnachtsmannmütze hatte Matildas Gedankengang unterbrochen. »Wie bitte?«

»Sie wirken ein wenig unsicher. Suchen Sie etwas Bestimmtes?«

»Nein. Ich meine, doch – können Sie mir sagen, wo ich Jonathan Harkness finde?«

»Jonathan?« Stephen Egan hatte den Namen gehört und mischte sich nun in das Gespräch ein. »Kann *ich* Ihnen vielleicht helfen?«

»Wer sind Sie?«

»Ich bin Stephen Egan, der Manager – und Sie?«

»Detective Chief Inspector Matilda Darke, South Yorkshire Police. Ich hätte gerne mit Jonathan gesprochen, wenn es Ihnen nichts ausmacht.«

»Ich glaube, er ist im Lager. Wendy, würden Sie ihn bitte holen?«

Die Angestellte sah mit fragendem Blick zwischen ihrem Chef und der Kriminalbeamtin hin und her, ehe sie in Richtung Lager ging.

»Stimmt etwas nicht?«, fragte Stephen, nachdem er sich vergewissert hatte, dass niemand in Hörweite war.

»So kann man das nicht sagen. Ja und nein. Darf ich Ihnen ein paar Fragen über Jonathan stellen?«

»Was wollen Sie denn wissen?«

»Geht es ihm gut?«

Stephen runzelte die Stirn. »Gut? Ja, ich denke schon. Warum?«

»Ich meine nicht, ob er krank ist. Macht ihm vielleicht etwas Sorgen? Na ja, nicht direkt Sorgen.« Sie geriet ins Schwimmen. »Hat er irgendein Leiden?«

»Ich bin nicht sicher, worauf Sie hinauswollen.«

»Tut mir leid. Können wir irgendwo weitersprechen, wo wir ungestörter sind?«

Stephen führte sie die Treppe hinauf in sein Büro. Rory betrat das Geschäft, als sie oben ankamen, und folgte ihnen rasch. Stephens Büro war nicht groß, ähnlich klein wie das, das Matilda zu benutzen gezwungen war, aber hell und hübsch eingerichtet. Das Fenster war sauber geputzt, und die Jalousie schien zu funktionieren. Stephen räumte die Bücherstapel von zwei Stühlen weg und bat sie, Platz zu nehmen. Er selbst setzte sich hinter den Schreibtisch. Drei Personen in dem winzigen Raum erzeugten eine leicht klaustrophobische Atmosphäre. Matilda fragte sich, wie Jonathan darauf reagieren würde.

»Worum geht es denn nun?«

»Ich kann im Augenblick nicht zu viel verraten, aber was wissen Sie von Jonathan, vor allem von seiner Vergangenheit?«

»Sie meinen die Ermordung seiner Eltern?«

»Ja.«

»Ich kenne die Grundzüge von Jonathans Lebensgeschichte. Ich weiß, was er mir erzählt hat, und leider hat mich dann die Neugier gepackt, und ich habe Charlie Johnsons Buch gelesen.«

»Wussten Sie, dass wir den Fall wieder aufrollen?«

»Ja. Ich habe es gestern Abend in der Zeitung gelesen.«

»Wie nimmt Jonathan das auf?«

Stephen dachte einen Augenblick nach. »Er ist wie immer. In gewisser Weise hat er wohl damit gerechnet, denke ich.«

»Wie meinen Sie das?«

»Na ja, er wusste schon seit einer ganzen Weile, dass das Haus abgerissen werden sollte. Es war ihm sicher klar, dass es das Interesse erneut anfachen würde.«

»Aber das stört ihn nicht?«

»Nicht, dass ich wüsste.«

»Ich habe ein paar Mal mit Jonathan gesprochen, er wirkt ein wenig … wie soll ich es ausdrücken, ohne taktlos zu klingen …?«

Stephen lächelte schief. »Sie wollen wissen, ob er psychische Probleme hat.«

»Ja«, sagte sie und nickte leicht.

»Nicht, dass ich wüsste. Sicher, er hat wohl Depressionen, aber ich glaube nicht, dass er deshalb ärztlichen Rat gesucht hat. Jonathan ist ein Einzelgänger. Er will nur seine Arbeit tun und wieder nach Hause gehen.«

»Wissen Sie etwas über sein Privatleben?«

»Wie meinen Sie das?«

»Beziehungen.«

»Ich kenne Jonathan seit etwa fünf Jahren. Ich kann mich nicht erinnern, dass er in all der Zeit jemals eine Beziehung erwähnt hätte, auch keine Freunde. Nur seine Nachbarin Maun Barrington.«

»Leidet er unter Asperger?«, ergriff Rory zum ersten Mal das Wort.

»Bitte?« Die Frage schien Stephen ziemlich fassungslos zu machen.

»Menschen mit Asperger-Syndrom haben Schwierigkeiten, Freundschaften zu schließen und Beziehungen zu knüpfen.«

»Ich glaube, da geheimnissen Sie zu viel hinein«, begann Stephen. »Mit Jonathan ist alles in Ordnung. Was ihm als Kind zugestoßen ist, hat ihn natürlich geprägt. Jeder Mensch geht mit einer solchen Situation anders um, und Jonathans Reaktion war, sich in seinem eigenen Leben mit einer Nebenrolle zufrieden zu geben.«

»Das ist aber keine allzu gesunde Lebensweise, nicht wahr?«

»Nein, das nicht, aber Jonathan scheint sie zu liegen. Es ist seine Sache, wie er sein Leben gestalten will.«

»Wer kennt Jonathan am besten?«

»Ich nehme an, ich.«

»Ich meine nicht bei der Arbeit, sondern überhaupt. Gibt es jemanden, der ihm besonders nahesteht?«

»Nein. Wie gesagt, er hat diese Nachbarin. Sie ist schon

über sechzig, glaube ich, deshalb bezweifle ich, dass sie viele Gemeinsamkeiten haben.«

»Ich muss Jonathan eine heikle Mitteilung machen und bin nicht sicher, wie er sie aufnehmen wird. Wäre es vielleicht besser, wenn Sie dabei sind?«

»Geht es um die Leiche, die in der Holly Lane gefunden wurde?«

»Woher wissen Sie davon?«, fragte Matilda beinahe anklagend.

»Das ist nur einen Steinwurf von hier entfernt. Die Leute reden.«

Matilda seufzte. Verdammte Klatschmäuler. »Wir vermuten, dass es sich um seinen Bruder handeln könnte.«

»Oh mein Gott.« Stephen schlug sich die Hand vor den Mund. »Sind Sie sicher?«

»Nein, nicht hundertprozentig. Darum sind wir hier. Er muss den Toten identifizieren.«

»Oh Gott«, wiederholte er.

»Was denken Sie, wie Jonathan reagieren wird, wenn wir es ihm sagen?«

»Um ehrlich zu sein, ich bezweifle, dass Sie ihm eine Reaktion entlocken können. Ich habe ihn nie gefühlsbetont erlebt. Ich weiß nicht, ob er sich zu Hause in den Schlaf weint, aber bei der Arbeit hat er noch nie Emotionen gezeigt.«

»Gibt es jemanden, der Jonathan zur Identifizierung der Leiche begleiten könnte?«

»Ich könnte mitkommen«, antwortete er ziemlich schnell. »Ich meine, wenn er nichts dagegen hat.«

Matilda fragte sich, wie Stephen glauben konnte, Jonathan nahe genug zu stehen, um ihm bei der Identifizierung des

Toten beizustehen, wenn er gleichzeitig so wenig über den Mann wusste. Und Matilda hatte sich eingebildet, *sie* würde mit ihren Gefühlen hinter dem Berg halten!

In den Tiefen der Buchhandlung ging Jonathan Harkness seiner Arbeit mit der üblichen professionellen Gründlichkeit nach. Er liebte alles, was mit Büchern zu tun hatte, wie sie sich anfühlten, wie sie rochen, ihr Gewicht. Er öffnete eine Plastikkiste mit einer kürzlich eingetroffenen Lieferung und holte eine Handvoll Kochbücher von einem prominenten Koch heraus, von dem er noch nie gehört hatte. Er war kein Kochfan. Er kannte die Grundlagen und würde sicher nie verhungern, aber mit Kräutern und Gewürzen gab er sich nicht ab. Er hätte nicht gewusst, was er mit einem Mörser und einem Stößel anfangen sollte. Aber auch wenn ihn das Thema Kochen nicht interessierte, es war trotz allem ein Buch und hatte darum Respekt verdient.

Er ließ sein fachmännisches Auge über jeden einzelnen Band gleiten und vergewisserte sich, dass der Umschlag nirgends eingerissen war und es keine Druckstellen, Knicke oder Flecken gab. Die Lieferung bestand seine Prüfung, und er legte sie auf einen Rollwagen, um sie mit nach oben in die Kochbuchabteilung zu nehmen.

»Jonathan, Sie haben Besuch.«

Er hörte Wendys Stimme von irgendwoher, sah sie jedoch nicht. Er war beunruhigt. Er empfing zu Hause niemanden, wer wollte also bei der Arbeit etwas von ihm?

»Wer ist es denn?«

»Die Polizei«, erwiderte sie mit finsterer Stimme, als hätte er sich irgendetwas zuschulden kommen lassen.

Er schloss die Augen und versetzte sich in Gedanken in sein Lesezimmer, seinen Ort des Glücks. Allein in seinem Ohrensessel, die Füße hochgelegt, während er die gebundene Ausgabe eines Krimis las. Wieso konnte das Leben nicht immer so sein? Warum musste ihm die reale Welt in die Quere kommen?

»Ich bin gleich da«, antwortete er mit brüchiger Stimme.

KAPITEL 22

Ben Hales starrte auf das Display seines Blackberrys, während er den Korridor entlangschritt. Vier entgangene Anrufe von seiner Frau. Er zog ein zerknittertes Päckchen Zigaretten aus der Brusttasche. Drei waren noch übrig. Er hatte vor Jahren das Rauchen aufgegeben, aber im Büro lag stets irgendwo eine herrenlose Schachtel herum. Es war ein stressiger Job, und selbst die Nichtraucher gaben manchmal einem spontanen Nikotinverlangen nach. Ab einem gewissen Punkt brauchte jeder Entspannung. Sobald er das Gebäude verlassen hatte, zündete er sich eine der Filterzigaretten an und nahm einen kräftigen Zug. Er spürte, wie der Rauch sich in der Lunge ausbreitete und sein Körper auf die suchtbildende Wirkung der Droge reagierte. Er tat einen noch tieferen Zug und merkte, wie ihm leicht schwindelig wurde. Es war ein gutes Gefühl.

»Du hast angerufen«, sagte er ins Handy, als seine Frau beim zweiten Klingeln abnahm. Er stellte sich vor, dass sie mit untergeschlagenen Beinen auf dem Sofa saß und irgendwelchen hirnlosen Mist im Fernsehen sah.

»Ja, etwa ein halbes Dutzend mal.«

»Viermal, um genau zu sein. Was gibt es?«

»Nichts. Ich wollte nur hören, was du so treibst.«

»Man nennt es Arbeit.« *Solltest du mal ausprobieren.* Er nahm einen weiteren kräftigen Zug von der Zigarette und spürte, wie seine Nerven sich beruhigten. Manchmal hasste er seine Frau.

»Kein Grund, gleich patzig zu werden. Ich habe ja bloß gefragt.«

»Entschuldige«, sagte er, ohne es ernst zu meinen. »Ich war heute Morgen bei der ACC. Sie meinte, ich sollte mich darauf vorbereiten, die Leitung wieder an Matilda abzugeben.«

»Das ist doch wohl ein Witz?«

»Nein.«

»Sie zieht nicht einmal in Erwägung, dir die Stelle auf Dauer zu übertragen?«

»Nein«, sagte er mit zusammengebissenen Zähnen.

»Hinterlistige Schlange. Soll ich mal ein Wörtchen mit Daddy reden?«

Er schloss die Augen und zählte bis zehn. Er war nahe daran, ins Handy zu brüllen: »Du bist sechsundvierzig Jahre alt, zum Henker! Hör endlich auf, ihn Daddy zu nennen!«

»Ben, bist du noch dran?«

»Ja, ich bin noch dran, und nein, ich will nicht, dass du deinen Daddy anrufst«, sagte er mit so viel Sarkasmus, wie er aufbringen konnte.

»Du kuschst doch wohl nicht einfach vor ihr und lässt es dir gefallen, oder?«

»Ich habe keine andere Wahl.«

»Oh, und ob du eine Wahl hast. Die Frau hat praktisch Carl Meagans Todesurteil unterzeichnet, und jetzt soll sie damit durchkommen? Was ist mit dem Fall, an dem du im Moment arbeitest, wie läuft der? Du kriegst bestimmt ein paar Pluspunkte, wenn du ihn löst.«

»Wie es scheint, hängt mein Fall mit Matildas zusammen. Es ist noch unbestätigt, aber es sieht so aus, als könnte es sich bei dem Opfer um Matthew Harkness handeln.«

»Wer ist das?«

Er krampfte die linke Hand fester um das Telefon, sog

heftiger an der Zigarette und inhalierte so viele Giftstoffe, wie in einem Atemzug möglich war. Haltsuchend lehnte er sich an die kalte Steinwand des Gebäudes. Wie konnte es sein, dass sie keinen Schimmer hatte, wer Matthew Harkness war? Wahrscheinlich, weil er nie zu Gast in der Sendung *Frauenzimmer* gewesen war.

»Jonathans Bruder. Erinnerst du dich, vor zwanzig Jahren, als seine Eltern abgeschlachtet wurden? Er war der Junge, der verschwand.«

»Und man hat die Leiche erst jetzt gefunden?«

Er seufzte hörbar über ihre Ahnungslosigkeit. »Ich muss auflegen, es gibt viel zu tun. Ich komme heute spät nach Hause.« Er legte auf, ohne darauf zu warten, dass sie sich verabschiedete. Warum hatte es ihm nicht alle Türen geöffnet, mit der Tochter eines Chief Constable verheiratet zu sein? Was musste er denn noch machen, um endlich befördert zu werden? Er war ein guter Detective, ein brillanter sogar, jedenfalls seiner eigenen Meinung nach. Er blieb sauber, erzielte Ergebnisse und hatte seinem Schwiegervater zwei verzogene Schlampen als Enkelkinder geschenkt. Konnte man mehr tun? Und dennoch wurde er wieder übergangen. Er betrachtete sein müdes Spiegelbild in der schmutzigen Fensterscheibe. Er war fünfzig Jahre alt und auf dem besten Weg, die Kontrolle über sein Leben zu verlieren. Was für einen Sinn hatte es, anständig zu bleiben, wenn es zu nichts führte? Er scrollte durch sein Handy bis zu einer bestimmten Nummer, die er in letzter Zeit oft angerufen hatte, und drückte die grüne Taste. Es klingelte dreimal, dann meldete sich die Mailbox. Er seufzte frustriert. Er sehnte sich danach, zur Abwechslung mal mit jemandem zu sprechen, der Verstand besaß, den Fall kannte und ihm sagen konnte, was er als Nächstes tun sollte. Er hinterließ eine Nachricht:

»Ich bin es. Wo zum Teufel stecken Sie? Matthew Harkness wurde ermordet in Sheffield aufgefunden. Rufen Sie mich so bald wie möglich zurück. Ich brauche Ihre Hilfe.«

»Wo sind denn alle hin?« Faith sah überrascht, dass außer Sian niemand da war, als sie den Raum betrat. Sie stand an der Küchenzeile und wartete darauf, dass das Wasser kochte.

»Das willst du gar nicht wissen«, erwiderte sie, ohne aufzublicken. Sie hatte Faiths kräftiges Parfüm schon erkannt, bevor sie sie gesehen hatte. Aus dem Augenwinkel musterte sie die junge Constable und sah, dass ihre Augen gerötet waren. Sie hatte anscheinend geweint. »Soll ich dir eine Tasse Tee kochen?«, fragte Sian mitfühlend.

»Ich hätte lieber einen Kaffee, wenn es dir nichts ausmacht. Stark, mit einem Schuss Milch.«

Sian lächelte in sich hinein. Sie überlegte, wie lange es noch dauern würde, bis die aromatisierten Tees zum Fenster hinausflogen und der Lockruf des Koffeins auch sie wieder auf die dunkle Seite zog. Bewusst und mit einem Hauch von Schadenfreude bereitete Sian den Kaffee in einem Standardbecher für Besucher zu statt in Faiths eigener Porzellantasse mit dem Schmetterlingsmotiv.

Faith nahm den Kaffee, ohne sich zu beschweren, und trank einen Schluck. Das Koffein schien sofort zu wirken, und sie entspannte sich sichtlich. Es war, als rase ein Schuss Heroin durch ihre Adern.

»Alles in Ordnung mit dir?«

»Das musst du nicht fragen, Sian. Ich weiß sehr gut, dass mich hier keiner leiden kann.«

»Ich hätte nicht gefragt, wenn es mich nicht interessieren würde.«

Faiths Beliebtheit kommentierte sie nicht.

»Ich glaube, mir wächst alles über den Kopf. Dass DCI Hales mich vor versammelter Mannschaft heruntergeputzt hat, war auch keine Hilfe. Ich versuche doch nur, mein Bestes zu geben.« Sie warf den Kopf zurück, und ihr Pferdeschwanz zischte durch die Luft.

Sian fragte sich, ob das nur eine Masche war, Menschen dazu zu bringen, sie sympathisch zu finden. Die Kleinmädchen-Nummer.

»Ich gebe mir ehrlich Mühe, nichts falsch zu machen, aber da waren derart viele Leute am Tatort, die alle überprüft werden mussten, und es hat ewig gedauert, bis mich endlich jemand aus der City Hall wegen der Überwachungsvideos zurückgerufen hat.«

»Hör mal.« Sian ging zu Faiths Tisch und lehnte sich mit der Hüfte daran. »Ignoriere Hales einfach. Er ist beleidigt, weil Matilda wieder da ist, und er fürchtet, dass sie seinen Posten übernehmen wird.«

»Wird sie das denn?«

»Das muss die ACC entscheiden.«

»Wie ist es, für Matilda zu arbeiten?«

»Viel angenehmer als für Hales«, spottete Sian, bis ihr einfiel, dass sie ja mit dessen Protegé sprach. »Versteh mich nicht falsch. Hales ist ein guter Detective, aber Matilda kann besser mit Menschen umgehen. Sie versteht es, das Beste aus ihren Leuten herauszuholen. Na ja, jedenfalls war das früher so«, fügte sie wie zu sich selbst hinzu.

Faith trank noch einen Schluck Kaffee und legte die Stirn in tiefe Falten. »Sian, glaubst du, ich tauge für die Mordkommission?«

Das war der Moment, an dem Sian Faith zum ersten Mal so sah, wie sie tatsächlich war. Keine hirnlose Tussi, die eine Folge *CSI: New York* zu viel gesehen hatte und sich ein glamouröses Leben im ewigen Kampf gegen das Böse erträumte. Nein, eine fast verängstigte junge Frau, die gefallen, beeindrucken und sich die Finger wund arbeiten wollte.

»Das kann ich nicht entscheiden«, erwiderte Sian so großmütig wie möglich. Sie machte sich auf den Rückweg zu ihrem eigenen Schreibtisch.

»Ich weiß, aber ich wüsste deine Meinung wirklich zu schätzen.«

»Um ehrlich zu sein, Faith, du bist noch nicht lange genug hier, um zu entscheiden, ob die Mordkommission etwas für dich ist, und andere können das schon gar nicht.«

»Du glaubst es also nicht, nicht wahr?«

»Das habe ich nicht gesagt. Hör mal, warte doch erst einmal ab, bis dieser Fall vorbei ist, und überlege anschließend, wie viel du zur Aufklärung beigetragen hast. Wenn du mit dir zufrieden bist, prima. Dann gehst du im nächsten Fall einen Schritt weiter und bringst dich noch mehr ein.«

»Ich bin so unerfahren. Ich hatte keine Ahnung, wie viel stupide Plackerei dazugehört. Diesen Zeugen befragen, jenen Zeugen vernehmen, die Adressen und Telefonnummern aller Beteiligten organisieren, jeden einzelnen Wagen auf dem Parkplatz überprüfen. Bevor man sich's versieht, ist der Tag vorbei, und man hat nur im Zentralcomputer herumgesucht.«

»Ich weiß. Das kenne ich gut. Hör mal, der Tag hat nun mal nur eine gewisse Anzahl von Stunden, und man kann einen Mord nicht im Alleingang aufklären, ganz egal, was Columbo sagt.« Sie fragte sich, ob Faith je von Columbo gehört hatte. »Jetzt trink deinen Kaffee aus, und dann sehen wir mal, was noch zu tun bleibt, ja?«

Faith lächelte und schien sich ein wenig zu entspannen. »Danke, Sian.«

»Schon gut. Ich habe übrigens die Polizei in Manchester angerufen. Sie schicken eine Streife zu Matthew Harkness' Wohnung, um festzustellen, ob er unsere Leiche sein kann. In der Zwischenzeit lassen Matilda und Rory den Toten von Jonathan identifizieren. Wo ist überhaupt Aaron? Ich muss mal ein Wörtchen mit ihm reden, er ist heute ein bisschen launisch, finde ich. Männer! Ich habe auch keinen Schimmer, wo Hales ist.« Sie verdrehte die Augen. Wo Hales war, war ihr im Grunde völlig egal.

Die Tür flog auf, und DC Scott Andrews stürmte herein. Sein Gesicht war vor Zorn rot angelaufen, und seine weit aufgerissenen blauen Augen wirkten kalt wie Stahl. Er war groß und muskulös. Die schwere Tür aufzustoßen war für ihn eine Kleinigkeit, und sie zitterte hinter ihm in den Angeln. »Zwei Tage lungere ich in diesem gottverdammten Gerichtssaal herum, und dann bekennt der Arsch sich in letzter Sekunde schuldig!«

»Was?«, fragte Sian.

»Dieser verfluchte Daniel Bishop. Er hat zwei Tage lang mit angesehen, wie sich die Beweise gegen ihn auftürmen, bis er gemerkt hat, dass er am Arsch ist, und dann hat er lieber auf schuldig plädiert. Ich hätte den kleinen Schwanzlutscher umbringen können.«

Sian grinste. Sie hatte sich auch schon oft in dieser Situation befunden. Faith freute sich, dass Scott wieder da war, weil sie jetzt nicht mehr alleine arbeiten musste und endlich jemandem von der Standpauke erzählen konnte, die Hales ihr vor versammelter Mannschaft gehalten hatte. Plötzlich hatte sie ein besseres Gefühl, wenn sie an ihre Zukunft bei der Mordkommission dachte.

KAPITEL 23

Jonathans Reaktion war anders, als Matilda erwartet hatte. Sie hatte sich davor gefürchtet, ihm die schreckliche Nachricht von der brutalen Ermordung seines Bruders überbringen zu müssen, doch er nickte nur und sagte nüchtern: »Ich verstehe.« Er hörte aufmerksam zu, als sie ihn bat, die Leiche zu identifizieren, und begleitete sie aus der Buchhandlung, als wären sie auf dem Weg zu einem netten Sonntagsausflug.

Als sie nun vor der Doppeltür zur Leichenhalle standen, musterte Matilda Jonathan noch einmal von der Seite. Er wirkte gelassen, aber er hatte sich ja auch mindestens ein Jahrzehnt lang in die grausige Welt der Krimis vertieft. Er wusste, was sich hinter diesen Türen abspielte.

In der Leichenhalle schrubbte Adeles Assistentin energisch einen Obduktionstisch aus Edelstahl. Sie hatte seinen letzten »Inhaber« weggeschafft und brachte den Stahl wieder auf Hochglanz.

Adele Kean sah aus ihrem Eckbüro, dass die Besucher eingetroffen waren. Sie sprang auf, schluckte den letzten Bissen eines Sandwichs mit Thunfischsalat hinunter und ging ihnen zur Begrüßung entgegen. Ihr übliches freundliches Lächeln hatte sie gegen eines ausgetauscht, das Mitgefühl und Bedauern ausdrückte. Sie nickte Matilda und Rory zu, sprach Jonathan ihr Beileid aus und führte sie in den Kühlraum, wo die Toten aufbewahrt wurden. In der Mitte lag auf einem einzelnen Tisch eine mit einem weißen Tuch zugedeckte Leiche.

»Ich möchte, dass Sie sich ihn genau ansehen«, sagte Matilda. »Lassen Sie sich Zeit. Es besteht keine Eile. Ich muss

Sie bitten, mir klar und deutlich zu sagen, ob es sich um Ihren Bruder handelt oder nicht. Verstehen Sie?«

»Ja«, antwortete Jonathan mit fester, ausdrucksloser Stimme.

Er holte tief Luft und straffte sich. Seine Arme hingen herab, und er tippte sich wieder mit den übrigen Fingern nacheinander an die Daumenspitze. Matilda trat einen Schritt nach hinten und nickte Adele zu. Sie rollte das weiße Laken zurück, um Kopf und Schultern des Toten zu enthüllen.

Sein dunkelbraunes Haar war gewaschen und gekämmt. Jede Strähne lag an ihrem Platz. Ein Auge war von einer kleinen, mit Pflasterstreifen festgeklebten Mullkompresse bedeckt. Auf der Unterlippe sah man eine violett angelaufene Schwellung, und am Hals war eine weitere Mullkompresse befestigt. Seine Haut war bleich und kalt, und sein Mund schien beinahe zu lächeln. Er wirkte friedlich, wie in tiefem Schlaf.

Jonathan sah den Toten an. Langsam trat er näher und beugte sich über ihn, um ihn besser betrachten zu können.

So, wie sie standen, konnte nur Adele sein Gesicht sehen, und sie bemerkte, dass sein Ausdruck völlig unverändert blieb.

Sekunden verstrichen, dann eine Minute, während Totenstille sie umgab.

»Jonathan«, mahnte Matilda. Ihre leise Stimme hallte vom Edelstahl der Einschubtüren wider.

»Ja. Ja, das ist Matthew.« Seine Stimme klang spröde.

»Sind Sie sicher?«

»Ja. Dieses Gesicht würde ich überall wiedererkennen.«

Jonathan starrte unverwandt die Leiche seines Bruders an.

Matilda nickte Adele zu, die den Toten wieder mit dem weißen Laken bedeckte, doch Jonathan blieb immer noch regungslos stehen.

Seine Augen waren weit aufgerissen, und er konnte den Blick nicht von der verhüllten Gestalt auf dem Tisch abwenden.

»Wir müssen Ihnen noch ein paar Fragen stellen, Jonathan. Diesmal auf dem Revier. Das ist reine Routine. Stephen kann Sie begleiten, wenn Sie wollen.«

Er hörte sie nicht. Er war in seinem eigenen Kopf gefangen und vollkommen auf seinen toten Bruder fixiert. Ein leerer Ausdruck überzog sein blasses Gesicht. Sein Blick huschte hin und her, während sein Gehirn zu verarbeiten suchte, was er vor sich sah.

Matilda sah ihn an und bemühte sich, in ihn zu dringen, seine Gedanken zu erraten, aber es gelang ihr nicht. Hatte er so hart daran gearbeitet, die Menschen nicht an sich heranzulassen, dass selbst sein Unterbewusstsein sich weigerte, etwas von sich preiszugeben?

»Es muss nicht gleich sein. Vielleicht möchten Sie lieber morgen früh aufs Revier kommen.«

Abermals Stille. Sie sah Adele an und warf einen Blick zu Rory hinüber, doch die beiden waren Jonathans Schweigen gegenüber ebenso ratlos wie sie.

Stephen trat vor und legte Jonathan sanft die Hand auf die Schulter.

»Ich sorge dafür, dass er morgen bei Ihnen vorbeikommt. Ich glaube, das war ein wenig zu viel für ihn.«

»Ich verstehe.«

»Jonathan, kommen Sie, lassen Sie uns ein bisschen frische Luft schnappen.«

Es dauerte eine Weile, bis Jonathan sich in Bewegung setzte, und am Ende musste Stephen sanften Druck ausüben, um ihn aus der Leichenhalle zu schieben.

»Mein lieber Schwan, der war ja wie gelähmt, was?«, bemerkte Rory, als die Türen sich hinter ihnen geschlossen hatten.

»Kann man ihm das vorwerfen? Matthew hat ihn jahrelang gequält, und beim ersten Wiedersehen nach Ewigkeiten ist er eine Leiche. Ich habe fast befürchtet, dass Jonathan sich auf den Tisch wirft und anfängt, auf ihn einzuschlagen.«

»Der Gedanke ist mir auch durch den Kopf geschossen.« Rory lächelte. »Ich glaube, ich hätte mich nicht besonders beeilt, ihn aufzuhalten.«

»Jonathan wirkt ziemlich labil, nicht?«, meinte Adele. »Man hat den Eindruck, ein Windstoß könnte ihn entzweibrechen.«

»Was hat die Autopsie ergeben, Adele?«, erkundigte sich Matilda nach ein paar Sekunden des Grübelns.

»Eigentlich das, was ich nach den Verletzungen erwartet hatte. Ich hatte einen kurzen Hoffnungsschimmer, als ich Hautfetzen unter seinen Fingernägeln entdeckte, aber wie sich herausstellte, waren es seine eigenen.«

»Wie gibt es denn so etwas?«, fragte Rory.

»Na ja, stellen Sie sich vor, Sie liegen auf dem Boden, und jemand tritt Sie grün und blau. Sie heben die Arme, um den empfindlichsten Teil des Körpers zu schützen – den Kopf. Das ist ein Reflex. Er hat sich die Hände so fest um den Kopf gekrallt, dass er die Kopfhaut aufgekratzt hat. Man sieht noch die Abdrücke der Nägel.«

Adele zog das weiße Tuch wieder weg und teilte Matthews sauber gekämmtes Haar mit den Fingern. Sie zeigte den Detectives die kleinen halbmondförmigen Male, die der Verstorbene mit den Nägeln hinterlassen hatte. »Er musste eine Menge Schläge auf den Kopf, die Brust und den ganzen Oberkörper einstecken. Seine Leber war beinahe auf doppelte Größe angeschwollen – sie ist praktisch explodiert. Alle Rippen sind gebrochen, doppelter Schädelbruch, sein rechter Lungenflügel ist durchbohrt und die Magenwand eingerissen.«

»Großer Gott.«

»Vielleicht ein professioneller Schläger?«, mutmaßte Rory.

»Oder ein sehr enthusiastischer Amateur.«

»Gibt es bereits einen toxikologischen Befund?«

»Dazu ist es noch ein bisschen zu früh. Ich hoffe, der Bericht wird ergeben, dass er so weggetreten war, dass er nicht viel gespürt hat. Ach ja, seine letzte Mahlzeit hat er bei KFC gegessen, falls euch das interessiert.«

»Nicht gerade lecker«, sagte Rory.

»Wie laufen die Ermittlungen? Habt ihr schon einen Verdächtigen?«, fragte Adele. Sie trat von der Leiche zurück, und Rory folgte ihrem Beispiel.

»Bisher nicht. Die Polizei in Manchester durchsucht seine Wohnung und führt eine Tür-zu-Tür-Befragung durch. Sobald wir wissen, was er für ein Mensch war und was er in Sheffield zu suchen hatte, sollten sich die Puzzleteile zusammenfügen. Ich denke, Jonathan könnte uns ein oder zwei Dinge verraten.«

»Was?« Matilda schreckte aus ihren Überlegungen hoch und trat zu den beiden in den Hauptraum der Pathologie.

»Ich meine ja nur – sie waren Brüder, da ist es doch fast undenkbar, dass Jonathan überhaupt nichts über Matthew weiß.«

»Hast du denn die Vernehmungsprotokolle und Berichte nicht gelesen? Sie haben einander seit fast zwanzig Jahren nicht mehr gesehen ...«

»Dafür haben wir nur sein Wort«, unterbrach Rory sie.

»Jonathan ist ein gequälter Mensch voller Angst, ein Nervenbündel. Er hat gar nicht die Energie, einer anderen Person derartig Gewalt anzutun. Bewerten Sie erst die Fakten, bevor Sie Vermutungen anstellen. James ist kein Mörder.«

»James? Wer ist James?«

Der Freud'sche Versprecher ließ Matilda das Blut aus dem Gesicht weichen, und plötzlich wirkte sie leichenblass wie Matthew. Sie warf Adele einen schnellen Blick zu. Ihr Gesichtsausdruck sprach Bände. Matilda vermisste ihren Mann, das war nicht zu übersehen. Das Schicksal hatte ihn ihr brutal entrissen, und sie hätte alles gegeben, um ihn wiederzuhaben. Da das nicht möglich war, übertrug sie ihre Gefühle, ihren Beschützerinstinkt, ihre liebevolle Fürsorge auf Jonathan. Sie konnte James keine loyale und treue Frau mehr sein, also spielte sie die loyale und treue Mutterfigur für Jonathan.

Adele nahm Rory beim Arm und führte ihn zum Tisch. »Ich will Ihnen etwas zeigen.«

Sie schlug rasch das Laken zurück. Das Ausmaß von Matthew Harkness' Verletzungen war furchtbar. Er war mit Prellungen in verschiedenen Lilatönen übersät, je nachdem, wie hart die Schläge gewesen und wie dicht nebeneinander sie erfolgt waren. Sein Körper zeigte wie aus dem Lehrbuch jede Form und Schwere von Quetschungen.

Rory sog scharf die Luft ein, als er den Zustand der Leiche sah. Es war fast nicht nachvollziehbar, wie ein einziger Körper so viele Traumata erleiden konnte. Das waren wahrhaftig mörderische Schläge gewesen, keine zufällige Prügelei unter Fremden.

»Wissen Sie, was eine Quetschung auslöst?«, fragte Adele.

»Ein fester Tritt?«

»Es ist eine Beschädigung der Kapillargefäße durch ein Trauma, sodass Blut in das umgebende Gewebe einsickern kann. Ein Bluterguss definiert sich nach seiner Größe. Wie Sie hier sehen, hat man den Mann so heftig geschlagen, dass man kaum entscheiden kann, wo der eine Bluterguss aufhört und der nächste anfängt.«

»Herrgott! Was für ein Mensch ist zu solcher Brutalität fähig?«

»Tja, Sie sind der Detective. Diese Frage können nur Sie beantworten. Obwohl es natürlich von den Umständen abhängt. War er betrunken, hat man ihn von hinten überfallen, gab es mehr als einen Angreifer? Wenn man sich ihn allerdings so ansieht, über eins achtzig und offenbar durchtrainiert … wenn er den Angriff kommen sah, müssen Sie nach jemandem suchen, der wesentlich größer und stärker ist als er. Andernfalls könnte es praktisch jeder gewesen sein.«

»Einschließlich seines Bruders«, sagte Rory mit einem Anflug von Dramatik in der Stimme.

»Rory, in dem Zusammenhang sollten Sie auf Matilda hören. Sie weiß, wovon sie redet. Jonathan hat vermutlich Angst vor seinem eigenen Schatten, und ich kann mir kaum vorstellen, dass er nach Einbruch der Nacht noch auf die Straße geht, geschweige denn jemanden zusammenschlägt.«

»Ich denke, wir sind uns alle einig, dass sein psychisches Gleichgewicht schwer gestört ist. Ich persönlich finde, dass jeder zu allem fähig ist, wenn er nur will.«

»So jung und schon so zynisch«, sagte Adele lächelnd und versetzte ihm einen leichten Klaps auf die Wange.

KAPITEL 24

Mauns Wohnung war vom Grundriss her ein Ebenbild von Jonathans, allerdings völlig anders eingerichtet. Wo Jonathan sich mit minimalistischem Mobiliar begnügte und den Rest seines Zuhauses mit Büchern füllte, füllte Maun alles mit Sofas, Sesseln, Antiquitäten und Krimskrams. Sie musste dringend mal wieder ein bisschen Platz schaffen, und da Jonathan ihr einziger Besucher war, konnte sie leicht auf ein paar Sitzgelegenheiten verzichten. In der Wohnung war es immer einschläfernd heiß.

Um fünfzehn Uhr wurde es langsam dunkel. Sie vermutete, dass Jonathan kurz vor Weihnachten länger arbeiten musste, beschloss jedoch, trotzdem schon mit dem Moussaka anzufangen.

In Mauns Küche sah es ähnlich aus wie im Wohnzimmer. Alles war zugestellt, und auf den Arbeitsflächen gab es kaum genug Platz, um eine Mahlzeit zuzubereiten. Sie besaß ein altes, handschriftliches Kochbuch, das ihre Mutter ihr vermacht hatte. Die Seiten waren vergilbt, und die Schrift verblasste allmählich, doch es war brauchbar und eines ihrer wenigen Andenken.

Tränen strömten ihr übers Gesicht, als sie die Zwiebeln schnitt. Sie streckte die Zunge heraus, wie ihre Mutter es sie gelehrt hatte, aber es half nichts, die Tränen flossen weiter. Sie fügte das Lammhack und den Knoblauch hinzu, vielleicht ein bisschen zu viel davon, denn sie merkte, dass die Dämpfe ihr in die Kehle stiegen. Dann kippte sie die Dose Tomaten und die Kräuter dazu und ließ alles aufkochen.

Nach einem altmodischen Rezept wie diesem zubereitet,

dauerten die Vorarbeiten zum Moussaka lange, und noch länger musste es im Ofen garen. Egal, es war eines von Jonathans Lieblingsessen, und sie wusste, dass er sich nicht gut ernährte. Sie hatte nie Küchendüfte wahrgenommen, wenn sie an seiner Wohnungstür vorbeikam. An einem kalten Abend wie diesem würde er ihre Einladung zu schätzen wissen. Natürlich würde bestimmt eine Menge übrig bleiben. Das konnte er mitnehmen und sich morgen aufwärmen.

Sogar wenn Jonathan länger arbeiten musste, hätte er inzwischen längst zu Hause sein müssen. Maun sah auf die Uhr auf dem mit Zierrat übersäten Kaminsims. Es war neunzehn Uhr. Die Buchhandlung hatte seit mehr als einer Stunde geschlossen. Das Wetter war schrecklich. Die Straßen waren vereist, und ein tief hängender Nebel zwang die Fahrer zu besonderer Vorsicht. Dennoch war es unmöglich, dass er sich derart verspätete. Sie öffnete die Herdklappe und warf einen Blick auf das Moussaka. Es war schon seit einer Stunde fertig, und sie hielt es auf kleiner Stufe warm. Der zunächst Blasen schlagende Käse war zu einer dicken braunen Kruste eingetrocknet. Sie knallte die Klappe zu, packte die Schüssel mit dem schlapp werdenden Salat und warf sie förmlich in den Kühlschrank.

Maun wusste nicht genau, ob sie sich mehr über das vergeudete Essen ärgerte, über Jonathans spätes Kommen oder darüber, dass sie keinerlei Ahnung mehr hatte, was in seinem Leben vorging. Seit der Nachricht, dass das Haus seiner Kindheit abgerissen werden sollte, war er noch zurückgezogener und geheimniskrämerischer als sonst. Er kam nicht mehr zu ihr und wollte nicht, dass sie ihn in seiner Wohnung besuchte. Es schien fast, als hätten die anderen Bewohner des Hauses ihn auf ihre Seite gezogen und er würde ihr mit Absicht die kalte Schulter zeigen. War das der Grund? Hatte das Getuschel über sie und ihren Ehemann am Ende Wirkung gezeigt und er glaubte jetzt, sie wäre ein krankes, kaltherziges Miststück, wie alle behaupteten? »Die haben doch keinen Schimmer, wer ich bin«, sagte sie zu ihrem müden Abbild im Spiegel über dem Kamin. Ihre Stimme klang giftig, und sie spuckte jedes Wort aus, als hätte es einen bitteren Nachgeschmack.

Menschen urteilten viel zu schnell, vor allem, wenn sie nicht alle Fakten kannten. Nur weil sie beim Tod ihres Mannes keine Gefühlsausbrüche gezeigt und den Zeitungen nicht ihre Seite der Geschichte erzählt hatte, als eine Enthüllung der nächsten folgte, reimte sich jeder seine Version der Ereignisse zusammen. Gab es denn gar keine Privatsphäre mehr? Warum mussten die Leute immer alles voneinander wissen?

Die Geschichten: Maun hätte ihrem Ehemann seinen Erfolg geneidet. Sie könne keine Kinder bekommen. Sie hätte sich durch seine zahlreichen Affären gedemütigt gefühlt. Sie habe ihm die Scheidung verweigert. Sie hätte ihn mit Psychospielchen buchstäblich in den Tod getrieben.

Nicht jede davon war erfunden, doch es ärgerte sie, dass die Leute ständig voreilige Schlüsse zogen, und falls ihre verlogenen Nachbarn Jonathan auf ihre Seite gezogen hatten, würde das das Fass zum Überlaufen bringen. Dann waren drastische Maßnahmen angesagt.

KAPITEL 25

Erst als Jonathan und Stephen die Leichenhalle verließen, dämmerte ihnen, dass sie ja keinen fahrbaren Untersatz hatten, um zur Buchhandlung zurückzukommen. Zögernd machten sie sich zu Fuß auf den Weg. Glücklicherweise waren sie beide gegen die Eiseskälte nach dem Zwiebelprinzip warm angezogen. Jonathan ging in flottem Tempo dahin. Seine Schritte waren schwer und ungleichmäßig und spiegelten das Chaos der Gedanken wider, die ihm durch den Kopf schossen.

»Jonathan, würden Sie bitte ein bisschen langsamer gehen? Ich bin nicht so groß wie Sie. Ich komme nicht mit«, rief Stephen.

Jonathan hörte ihn gar nicht. Er war in seine eigene Welt versunken. Das kam nicht nur von dem Schock, die Leiche seines Bruders gesehen zu haben. Es hatte auch mit der unvermittelten Erkenntnis zu tun, dass er der letzte lebende Harkness war. Er hatte sich um Familienangelegenheiten nie gekümmert, und das Wissen, dass sein Bruder irgendwo da draußen war, hatte ihm eher Angst und Schrecken eingejagt. Schließlich hätte er jederzeit vor der Tür stehen können. Aber jetzt, da das keine Rolle mehr spielte, fühlte er sich plötzlich mutterseelenallein auf der Welt. Er fragte sich, wer wohl zu seiner Beerdigung kommen, wer sie organisieren würde.

»Jonathan, halt!«, rief Stephen.

Jonathan blieb stehen und fuhr herum. »Was denn?«

»Mir ist kalt, und ich brauche einen Drink. Suchen wir uns ein Pub.«

»Ich trinke nicht.«

»Ich schon. Kommen Sie, ich zeige Ihnen, wie es geht. Es ist nicht schwer.« Er lächelte, und ein Funkeln lag in seinen Augen, als er die Straße überquerte, ohne auf Jonathan zu warten.

Offiziell war der Arbeitstag noch nicht vorbei, und Stephen und Jonathan wurden in der Buchhandlung gebraucht. Doch das hielt Stephen nicht davon ab, ein Guinness für sich selbst und einen J2O-Fruchtsaft mit Mango und Passionsfrucht für Jonathan zu bestellen. Er bat Jonathan, ihnen einen Tisch zu suchen, während er die Getränke holte.

Natürlich wählte er einen Platz in der dunkelsten Ecke, möglichst weit entfernt von den anderen Zechern.

»Wie fühlen Sie sich?« Stephen wartete, bis Jonathan sich gesetzt hatte, machte es sich bequem und trank einen tiefen Schluck von seinem Bier.

»Mir geht es gut«, log Jonathan, seine Standardantwort auf solche Fragen. Das knappe »Mir geht es gut« verhinderte normalerweise weitere Nachfragen.

»Es ist auch in Ordnung, wenn es einem nicht gut geht.«

»Ist es auch in Ordnung, wenn es einem einfach gut geht?«

»Ja, nur haben Sie eben eine Leiche identifiziert, bei der es sich, wie sich herausgestellt hat, um Ihren eigenen Bruder handelt …«

»Einen Bruder, der mir fremd war«, unterbrach Jonathan.

»Aber trotzdem Ihr Bruder.«

»Ich habe ihn seit Jahren nicht gesehen. Ich erinnere mich nicht einmal mehr an das letzte Mal.«

»Wie geht es Ihnen damit?«

Jonathan überlegte eine Weile, ehe er antwortete. »Ich weiß

nicht. Ich weiß es ehrlich nicht. Irgendwie fühle ich mich … leer.«

»Leer?«

»Hören Sie, Stephen, ich weiß, Sie erwarten jetzt, dass ich traurig, aufgeregt oder zornig bin, dass ich schreie und in Tränen ausbreche. Das kann ich nicht. Er war lediglich dem Namen nach mein Bruder. Er war ein schrecklicher Mensch, und sein Tod bedeutet mir absolut gar nichts. Ich weiß, das klingt unbarmherzig und lässt mich kalt und hart erscheinen. Aber entschuldigen Sie, wie soll ich mich denn fühlen? Ich weiß genauso viel oder wenig von ihm wie Sie.«

Es war das erste Mal, dass Stephen Jonathan so offen und leidenschaftlich über etwas anderes als Bücher sprechen hörte. Die Unerbittlichkeit seiner Abneigung gegen den ermordeten Bruder bestürzte ihn.

»Tut mir leid.«

»Nein, das muss es nicht. Mir tut es leid. Ich hätte Sie nicht in all das mit hineinziehen sollen. Vielen Dank, dass Sie mich begleitet haben. Das weiß ich zu schätzen.«

»Keine Ursache, und warum hätten Sie mich nicht hineinziehen sollen? Jeder braucht jemanden, einen Freund, dem er sich anvertrauen kann.«

Stephen beugte sich vor und legte die Hand mitfühlend auf Jonathans. Als dieser zurückzuckte, zog er sie rasch wieder weg.

»Ich komme gut allein zurecht.« Aber das war gelogen. Jonathan wandte den Blick ab und trank von seinem eiskalten Fruchtsaft.

»Man kann doch nicht ganz allein durchs Leben gehen.«

»Warum nicht? Ich schade niemandem. Ich bleibe für mich.

Ich arbeite, zahle meine Steuern und mache nichts Unrechtes. Wieso lässt man mich nicht in Ruhe? Wem tue ich denn etwas zuleide?«

»Sich selbst.«

»Was?«

»Es ist unnatürlich, allein zu sein, das Leben im eigenen Kopf eingesperrt zu verbringen.«

»Wie kommen Sie auf die Idee, es mache das Leben schöner, wenn man sich mit Menschen umgibt? Lesen Sie keine Zeitung? Die Mehrzahl aller Verbrechen wird von Personen aus dem engsten Umfeld des Opfers verübt. Vergewaltigung, Missbrauch, Körperverletzung, Mord. Fast immer weiß das Opfer genau, wer ihm das antut.«

»Was ist mit Freundschaft, Glück und Beziehungen?«

»Liebe und Glück halten nicht ewig. Man kann nicht das ganze Leben mit einem Dauerlächeln verbringen. Wenn in der Zeitung mal eine positive Nachricht als Schlagzeile steht, denken die Leute, dass an dem Tag nicht viel passiert ist. Wir sind an den Schrecken gewöhnt, die Kriege, die Verbrechen und die Korruption. Das ist Alltag.«

»Das sollte aber nicht so sein.«

»So ist es aber, und es spielt keine Rolle, ob man verliebt ist, ob man viele Freunde hat. Eines Tages geschieht etwas, das das Leben völlig aus der Bahn wirft und auf den Kopf stellt. Weshalb diesen Schmerz riskieren?«

»Das ist alles Teil des Lebens. Die Höhen und Tiefen sind es, die uns formen. Sie machen uns zu dem, der wir sind.«

»Ich wurde im Alter von elf Jahren zu dem, der ich bin. Meine Welt brach zusammen. Wieso sollte ich sie zusammenflicken, nur damit sie wieder zu Bruch geht?«

»Wer sagt denn, dass sie wieder zu Bruch gehen wird?«

»Das ist der Lauf der Welt. Wir werden allein geboren, und wir sterben allein.«

Jonathans pessimistische Haltung dem Leben gegenüber erwies sich oft als ansteckend. Stephen, der intensiv zugehört hatte, sah nun selbst niedergeschlagen aus. »Das Leben ist nicht nur schwarz und weiß, Jonathan. So darf man nicht denken, ehrlich nicht. Die Menschen brauchen einander, um zu überleben. Erlauben Sie jemandem, Ihnen zu helfen. Lassen Sie mich in Ihr Leben.« Er trank noch einen großen Schluck Guinness. Falls er jemals daran gezweifelt hätte, dass Alkohol mutig machte, wäre dieser Zweifel jetzt ausgeräumt worden.

»Sie?«

»Warum nicht?«

»Sehen Sie mich doch an. Ich bin eine wandelnde Katastrophe. Mein Verstand ist vergiftet. Weshalb sollten Sie mir helfen wollen?«

»Weil ich Sie mag«, sagte Stephen. Er lächelte.

»Was gibt es da zu mögen?«

»Sie sind intelligent, belesen und voller Leidenschaft, wenn Sie an etwas glauben. Sie sind ordentlich, höflich, Sie sind unangepasst, indem Sie nicht nach jeder neuen Technologie schnappen, die gerade in Mode ist. Sie sind Individualist und gehören nicht zu der Herde, die ein Facebook- oder Twitter-Konto hat. Ein Mensch, der kein Handy besitzt, hat etwas Erfrischendes an sich.« Stephen lachte. Er trank noch einen Schluck Guinness und holte tief Luft. »Außerdem haben Sie bei den seltenen Gelegenheiten, in denen Sie es benutzen, ein unglaubliches Lächeln, und Sie sind sehr gut aussehend.«

»Was?«

»Sie sind gut aussehend.«

»Warum sagen Sie das?«

»Weil es wahr ist.«

»Stephen, ich …«

»Jonathan, wir arbeiten seit Jahren Seite an Seite. Sie sind ein freundlicher, großzügiger Mensch, und mit jedem Tag habe ich Sie mehr lieb gewonnen. Sie quälen sich, das sehe ich, und ich möchte helfen. Ich möchte mich um Sie kümmern. Ich will Sie in den Armen halten und vor Ihren Dämonen beschützen.«

»Stephen …«

»Ich liebe Sie, Jonathan.«

Mauns Ärger wuchs mit jeder Minute. Es war lange her, dass sie eine Mahlzeit persönlich zubereitet hatte, und nun wurde ihr die gute Absicht mit Gleichgültigkeit vergolten. Ein solches Benehmen hatte sie nicht verdient. Sie wollte doch nur Jonathan gegenübersitzen und an einem kalten Winterabend mit ihm zusammen essen und plaudern. War das zu viel verlangt? Anscheinend ja. Sie stürmte in die Küche und riss die Klappe des Backofens auf. Mit einem Geschirrtuch, um sich nicht die Finger zu verbrennen, zerrte sie das verdorbene Moussaka heraus und trat die Klappe zu. Das Essen war ausgedörrt und ungenießbar geworden. Sie betätigte das Fußpedal des Mülleimers in der Ecke und warf das komplette Ding mit einem heftigen Scheppern hinein, einschließlich der Keramik-Auflaufform.

Ihre Nasenflügel blähten sich, während sie vor Empörung tief schnaufte. Es war unverzeihlich, wie Jonathan sie behandelte. Sie war aufgebracht, frustriert, sie kochte vor Wut. Sie spürte den Drang, etwas an die Wand zu werfen, zu zerschmettern, vollständig zu vernichten.

Die Bombe von Stephens Erklärung war für Jonathan aus völlig heiterem Himmel geplatzt. Er hatte keine Ahnung gehabt, was sein Chef für ihn empfand. Sie arbeiteten seit Jahren zusammen, wie hatte er das übersehen können? Andererseits, wie hätte er Liebe erkennen sollen, wenn er sie nie gekannt hatte? Wusste das Personal bei Waterstones von Stephens Gefühlen? Falls ja, warum hatte ihm nie einer etwas gesagt? Jonathan hoffte inständig, dass sie nicht alle hinter seinem Rücken getuschelt hatten. Er wollte nicht im Mittelpunkt von Klatsch und Tratsch stehen. Wieso konnten die Leute ihn nicht einfach in Ruhe lassen?

Niemand hatte ihm je zuvor gesagt, dass er ihn liebte. Nicht einmal seine Tante Clara, die ihn bei sich aufgenommen und sich um ihn gekümmert hatte.

Nun aber saß er jemandem gegenüber, der ihm eben eine Liebeserklärung gemacht hatte. Wie sollte er darauf reagieren? War es ehrlich gemeint, oder spielte Stephen ein grausames Spiel mit ihm, um ihn in falscher Sicherheit zu wiegen, bevor er zuschlug und ihn vernichtete?

Das Schweigen dehnte sich in die Länge.

Stephen starrte in sein fast leeres Glas Guinness.

Jonathan merkte, dass er gerne den Blick gehoben hätte, aber zu nervös dazu war. Jetzt musste er selbst die Zügel in die Hand nehmen.

»Wollen wir einen Spaziergang machen?«, fragte er Stephen.

KAPITEL 26

Nicht zum ersten Mal musste Sergeant Sian Mills feststellen, dass sie ganz allein in den Büros der Mordkommission saß. Der amtierende Chief Inspector Hales galt seit Stunden als im Einsatz vermisst, und Faith Easter war vor einer halben Stunde zur Toilette verschwunden. Sie machte eine Magenverstimmung für ihre plötzliche und wiederholte Abwesenheit verantwortlich, doch Sian hörte, wie ihr die Stimme wegblieb, wenn sie versuchte, nach ihrem jüngsten Zusammenstoß mit Hales die Tränen hinunterzuschlucken.

Sie wollte gerade ihren Mann anrufen, als ihr Telefon das übliche irritierende blecherne Klingeln von sich gab. Sie seufzte, hob ab und meldete sich.

Vor einer Weile hatte sie der Polizei in Manchester die Adresse durchgegeben, unter der Matthew Harkness' Audi TT zugelassen war. Jetzt, drei Stunden später, riefen die Kollegen zurück, um zu berichten, was sie herausgefunden hatten.

»Ihr Toter besaß einige wirklich teure Gegenstände. Ich dachte schon, mein Constable würde sich in seiner Wohnung häuslich niederlassen.« DS Richard Bellamy sprach mit schroffem Manchester-Akzent.

»Also stilvoll eingerichtet?«

»Ich glaube, man nennt es minimalistisch. Alles war ordentlich aufgeräumt in Schubladen und Schränken. Zeitschriften lagen säuberlich gestapelt auf dem Kaffeetisch. Ich weiß nicht, wer bei ihm putzt, aber sie hätte einen Orden verdient.«

»Bekommt man einen Orden fürs Saubermachen?«

»Höchstwahrscheinlich. Die kriegt man doch heute für alles.«

Sian spürte, dass er zu einer Schimpftirade ansetzen wollte, daher fragte sie rasch dazwischen, wie sein Team in die Wohnung gelangt sei.

»Seine Nachbarin eine Tür weiter hatte einen Schlüssel. Hübsche Frau, blond, blaue Augen, tolle …«

»Danke, die Einzelheiten muss ich nicht hören. Haben Sie etwas gefunden?«

»Das Übliche. Er hatte eine gut geordnete Dokumentenmappe im Gästeschlafzimmer, die uns viele Informationen lieferte: Mitgliedschaften im Fitnessstudio, im Rugbyverein, Casino, Bars et cetera. Arbeitsvertrag mit allen Details, was ebenfalls recht nützlich war. Ich habe ein paar Kollegen in Uniform zum Fitnessstudio und in seine Klubs geschickt, um mehr über ihn herauszufinden. Ach ja, und ich habe die Versicherungspapiere entdeckt, die zu dem Kennzeichen gehörten, das Sie mir genannt hatten. Sein Pass lag im Nachtkästchen. Ich scanne ihn gerade ein und schicke ihn Ihnen umgehend zu.«

»Irgendwelche persönlicheren Dinge?«

»Eigentlich nicht. Es hingen keine Fotos an den Wänden. Er hatte nur schöne, teure Möbel und einen Fernseher mit Heimkinosystem, für den ich töten würde.«

»Ist das ein Geständnis?«

»Scheiße. Jetzt haben Sie mich erwischt«, sagte er mit dem rauen Lachen eines starken Rauchers. »Auch in der Küche besaß er allen Komfort. Meine Frau wäre ganz begeistert von so einer Küche. Nicht, dass sie bei uns lange so sauber bleiben würde, wenn ich an unsere Kinder denke, diese kleinen Monster.«

»Haben Sie ein Adressbuch oder so etwas gefunden?«

»In seinem Nachtkästchen lag ein schwarzes Büchlein mit Telefonnummern. Das scanne ich ebenfalls für Sie ein.«

»Ist die eines gewissen Jonathan Harkness dabei?«

»Bleiben Sie dran.«

Sian hörte das Rascheln von Seiten.

»Nein. Weder unter H noch unter J. Aber hinten drin steckte ein Zeitungsausschnitt. Er stammt aus einer überregionalen Zeitung. Über ein Haus in Sheffield, das abgerissen werden sollte. Das dürfte das berüchtigte Harkness-Anwesen sein, oder?«

»Ganz bestimmt. Können Sie mir den Ausschnitt auch mailen?«

»Kein Problem.«

»Haben Sie etwas von der Nachbarin in Erfahrung gebracht, der mit dem Schlüssel?«

»Ja. Sie ist verheiratet, und ihr Mann ist bei der Armee.«

Sian lachte. Sie fragte sich, wie es wohl wäre, mit DS Bellamy zu arbeiten. So einen im Büro zu haben machte sicher Spaß und hellte trübe und schwierige Tage auf. Obwohl seine ewigen Witzeleien sich vermutlich mit der Zeit abnutzten.

»Die Nachbarin mit dem Schlüssel sagte, sie habe ihn kaum zu Gesicht bekommen, und ein paar andere Nachbarn haben das bestätigt. Anscheinend ist er beruflich ständig unterwegs. Den Schlüssel hatte sie nur für Notfälle, und gelegentlich holte sie seine Post aus dem Briefkasten.«

»Was arbeitet er?«

»In seinem Arbeitsvertrag steht, dass er technisch-finanzieller … es muss hier irgendwo stehen. Na egal, die Nachbarn meinten, es hätte etwas mit Buchhaltung zu tun, aber er ist kein Buchhalter. Irgendwann konnte ich nicht mehr folgen. Ich habe keine Ahnung, wie man Geld für sich arbeiten lässt, nur, dass meine Frau es gerne ausgibt. Das Hauptbüro seiner Firma ist in London, deshalb verbringt er dort viel Zeit.«

»Ich frage mich, ob er wohl auch eine Wohnung in London hatte«, sagte Sian mehr zu sich selbst.

»Nein. Ich habe mich erkundigt, die Firma bringt ihn im Hotel unter.«

»Gab es Fotoalben oder Notizbücher?«

»Ja. Er hatte ein Album im Schrank, in dem er alle Zeitungsausschnitte über den Fall seiner Eltern aufbewahrte.«

»Interessant«, sagte Sian nachdenklich. »Gab es etwas, das Ihnen irgendwie seltsam vorkam?«

»Ja. Er besaß acht Exemplare von *Ein Weihnachtsmord* von Charlie Johnson.«

»Acht?«

»Ja.«

»Was wollte er denn damit?«

»Keine Ahnung. Vielleicht hat er sie an Freundinnen verteilt und das arme, bedauernswerte Opfer gespielt, um sie ins Bett zu kriegen«, vermutete er mit einem Lachen, das tief aus dem Bauch kam.

»So würden Sie das machen, was?«

»Warum nicht? So ist die persönliche Tragödie wenigstens zu etwas nutze.«

Sian lachte. »Vielen Dank für alles, Richard. Sie waren eine große Hilfe.«

»Kein Problem. Sollten Sie noch Wünsche haben, rufen Sie einfach an.«

»Wird gemacht, und wenn ich das nächste Mal in Manchester bin, gebe ich Ihnen ein Bier aus.«

»Sie scheinen zu wissen, dass der Weg zum Herzen eines Mannes direkt über seine Leber führt.«

Als Sian auflegte, kam Rory mit der Grazie eines hungrigen Elefanten hereingetrampelt. Sian begann sich zu fragen, ob sie irgendwann noch zu dem Telefonat mit ihrem Mann kommen würde.

»Wo sind denn alle?«

»Da weißt du genauso viel wie ich. Hales hat sich vermutlich in den Schmollwinkel verkrochen, Aaron sieht Zeugenaussagen durch, und Faith ist auf der Toilette. Schon wieder.«

»Schon wieder? Geht es ihr nicht gut?«

»Ich glaube, sie ist allergisch gegen brüllende Vorgesetzte.«

»Schade. Ich hatte gehofft, alle wären da, wenn ich mit meinen supertollen Neuigkeiten hereinplatze.«

»Tut mir leid, dich zu enttäuschen, aber du wirst mit mir vorliebnehmen müssen. Was ist denn die tolle Neuigkeit? Hast du die Morde aufgeklärt, und wir können alle früher nach Hause gehen?«

»Früher?« Er sah auf die Uhr und stellte fest, dass es nach neunzehn Uhr dreißig war. »Das nennst du früh?«

»Tatsächlich ja. Komm schon, erzähl mir die Neuigkeiten, und sollten sie es wert sein, spendiere ich dir einen Schokokeks.«

»Jonathan hat die Leiche als die seines Bruders Matthew Harkness identifiziert. Wir sind also hundertprozentig sicher, dass unser Toter der älteste Sohn von Stefan und Miranda

Harkness ist. Er starb letzte Nacht, noch bevor das Haus abgerissen wurde. Es passt alles zusammen«, sagte er und rieb sich die Hände.

»Ich hatte gerade Manchester am Telefon. Sie haben seine Wohnung durchsucht und mailen uns seine ganzen persönlichen Unterlagen, seinen Arbeitsvertrag und den Pass. Er ist es definitiv.«

»Wo arbeitete er denn?«

»Für eine Buchhaltungsfirma in London.«

»Dann hatte er sicher reichlich Kohle. Kriege ich jetzt meinen Keks?«

Sian lächelte, zog die unterste Schublade ihres Schreibtischs auf und warf ihm einen kleinen Tea Cake in Folienverpackung zu. Manchmal lief es im Büro ganz ähnlich wie zu Hause bei ihren Kindern.

»Ach, bevor ich es vergesse, DCI Darke hat mir aufgetragen, Sie zu bitten, Charlie Johnson aufzuspüren. Sie will von ihm erfahren, wer seine Quellen für das Buch waren und so weiter«, sagte er.

»Okay. Haben Sie es schon gelesen?«

»Ungefähr zur Hälfte. Ich bin kein besonders schneller Leser.«

»Laut der Polizei in Manchester besaß Matthew Harkness acht Exemplare davon.«

»Acht? So gut ist es nicht. Was passiert jetzt eigentlich, da euer Fall mit dem alten Harkness-Fall zusammenhängt?«

»Ich weiß nicht genau. Matilda wird dabei sein wollen. Die Annahme liegt nahe, dass wer auch immer Matthew getötet hat, auch etwas mit den Harkness-Morden vor zwanzig Jahren zu tun hatte.«

Sie saßen ein paar Sekunden schweigend da und dachten darüber nach, was Sian gerade gesagt hatte.

»Vielleicht wusste Matthew, wer seine Eltern ermordet hatte, und nun, da der Fall wieder ins Rampenlicht geraten ist, bekam der Mörder Angst und wollte ihn zum Schweigen bringen«, tippte Rory.

»Aber hätte Matthew gewusst, wer der Täter war, hätte er ihn doch schon vor Jahren entlarvt. Man würde doch wollen, dass der Kerl hinter Gitter kommt, der die eigenen Eltern ermordet hat, oder?«

»Na schön. Möglicherweise hat der Mörder ja befürchtet, Matthew würde zwei und zwei zusammenzählen, jetzt, wo der Fall wieder aufgenommen wird. Deshalb musste er schnell handeln und ihm zuvorkommen.«

»Was, wenn Jonathan zwei und zwei zusammenzählt?«

»Der Mörder könnte Matthew und Jonathan über die Jahre hinweg im Auge behalten haben. Er weiß, dass Jonathan ein paranoides Wrack ist, und Matthew, der geistig gesund und fit ist, stellte die größere Bedrohung dar.«

»Das wäre möglich«, gab Sian zu.

»Vielleicht lockte ihn der Mörder anlässlich des Abrisses des Hauses in eine Falle und tötete ihn.«

»Falls der Mörder von Stefan und Miranda Harkness auch Matthew getötet hat, könnte sich Jonathan jedenfalls in größter Gefahr befinden.«

KAPITEL 27

Jonathan und Stephen schlenderten seit einer halben Stunde schweigend nebeneinander her. Sie hatten kein bestimmtes Ziel. Jonathan ließ währenddessen wiederholt das Gespräch im Pub Revue passieren und fragte sich, was er tun und sagen sollte. Irgendwann zweifelte er an sich selbst, weil er alles zu ernst nahm. Stephen warf Jonathan Seitenblicke zu und versuchte, seine Miene zu deuten, aber sie war wie üblich versteinert.

Sie überquerten die Straße an der Ampel vor dem Kinderkrankenhaus, und Jonathan steuerte auf die offenen Tore des Weston Parks zu.

Links von ihnen ragte das Weston Park Museum auf. Jonathan hatte es oft besucht, stets allein. Der Park war ein beliebter Treffpunkt mit Tennisplätzen, einer Konzertbühne und zahlreichen Bänken, auf denen die Angestellten des nahe gelegenen Krankenhauses ihre Lunchpakete verzehrten. Nachts wirkte der Ort eher düster. Der Himmel war klar, und im hellen Schein des Vollmonds warfen die Bäume lange Schatten. Es war noch nicht besonders spät, doch die Wege waren fast menschenleer. Wer wollte schon nachts bei eisigen Temperaturen durch einen Park spazieren?

»Kein Mensch hat mir je gesagt, dass er mich liebt«, sagte Jonathan schließlich, als sie am Museum entlanggingen.

»Das kann ich kaum glauben«, erwiderte Stephen.

»Na ja, meine Tante Clara hat es auf meine Geburtstagskarten geschrieben, und wenn ich mich richtig erinnere, hat sie es mal am Todestag meiner Eltern zu mir gesagt. Aber das ist nicht das, was du meinst, nicht wahr?«

»Nein.« Er lächelte und fragte sich, wie es möglich war, dass ein Mann mit Anfang dreißig keine Ahnung von Gefühlen hatte. »Hör zu, Jonathan, ich weiß, dass du kein einfaches Leben gehabt hast. Ich kann mir nicht annähernd vorstellen, wie schwer es für dich gewesen sein muss. Ich glaube, das kann niemand, der es nicht selbst durchgemacht hat. Ich *kann* allerdings nachvollziehen, warum du so geworden bist.«

»Was meinst du damit?«

»Du kapselst dich ab. Du lässt keinen an dich heran. Du hast mir von deiner Nachbarin Maun erzählt, die dir geholfen hat, doch ich bezweifle, dass du dich selbst ihr vollständig geöffnet hast. Du solltest nicht alles in dich hineinfressen. Das ist ungesund.«

Die Tennisplätze waren natürlich menschenleer, und die Netze schwangen leicht im kalten Wind. Der Ort wirkte unheimlich. Wäre Jonathan allein gewesen, hätte er Todesängste ausgestanden, sogar vor seinem eigenen Schatten. Sie verließen den Weston Park wieder, überquerten die Winter Street und betraten den Crooks Valley Park. Ein ausgetretener Pfad führte zwischen ein paar Bäumen hindurch zu einem der Wege. Obwohl es tiefster Winter war und die Bäume keine Blätter trugen, schirmten ihre dicken Äste den Mond ab, und Dunkelheit umgab sie. Es war totenstill.

»Stephen, alle, die mir nahegestanden haben, sind tot. Meine Eltern, die beiden Menschen, auf die man sich verlassen können und die man bedingungslos lieben sollte, wurden aus meinem Leben gerissen. Meine Tante Clara ist tot. Matthew ist weggezogen, und jetzt ist auch er tot.«

»Ich weiß ehrlich nicht, was ich sagen könnte, damit du dich besser fühlst.«

»Warum passiert das ausgerechnet mir?« Jonathan sah seinen Chef an, als suchte er tatsächlich eine Antwort auf die nicht beantwortbare Frage.

»Keine Ahnung. Wieso stößt irgendetwas irgendjemandem zu? Das ist eine dieser Fragen nach dem Schicksal und dem ›Sinn des Lebens‹.«

»Willst du damit sagen, ich habe einfach Pech gehabt?«

»Scheint so. Ich wünschte, ich hätte die Antwort, nach der du suchst.«

»Ich kenne nicht mal die richtige Frage.«

Sie erreichten das Ende des bewaldeten Bereichs und betraten den lichteren Teil des Parks. Im Mondschein konnten sie einander wieder sehen.

»Jonathan, du hast Schreckliches erlebt, aber du solltest das alles nicht alleine durchstehen müssen. Ich weiß, dass du Bedenken hast, dich zu öffnen, und das ist absolut verständlich. Ich finde aber, du bist ein wunderbarer Mensch, und ich möchte für dich da sein. Ich will dir helfen, mich um dich kümmern, dich ab und zu zum Lächeln bringen. Bitte, Jonathan, lass mich an dich ran.«

Jonathan war überwältigt. In dieser korrupten und kaputten Welt gab es tatsächlich ein menschliches Wesen, das ihn nur in seinem Leben haben wollte, um ihn glücklich zu machen.

Selbst Maun, der einzigen anderen Person, der er seine Lebensgeschichte erzählt hatte, unterstellte er insgeheim, sich aus nicht ganz uneigennützigen Motiven mit ihm angefreundet zu haben. Er wusste von ihrer Vergangenheit, ihrer Ehe, dem Tod ihres Mannes und sah, wie die anderen Nachbarn im Haus ihr die kalte Schulter zeigten. Er vermutete, dass sie sich nur mit ihm abgab, weil sie sonst niemanden hatte.

Jonathan hatte in Stephen immer nur den Chef gesehen. Als er in diesem Augenblick darüber nachdachte, wurde ihm bewusst, dass Stephen ihm weit mehr bedeutete. Er mochte ihn. Er war ein guter Mensch, freundlich, großzügig, intelligent, humorvoll und herzlich. Er sprach mit einem schwachen südirischen Akzent, hatte tiefe, dunkelbraune Augen, glatte Haut, volle Lippen ... was war das für ein Gefühl? Wie lange sah er seinen Boss schon mit diesen Augen?

»Darf ich eine Nacht darüber schlafen?«, fragte Jonathan.

»Was? Aber sicher, selbstverständlich. Nimm dir so viel Zeit, wie du brauchst.«

»Es war ein langer Tag. Ich möchte nach Hause, um nachzudenken.«

»Klar. Kein Problem. Soll ich dich hinfahren?«

»Nein, nicht nötig. Hör mal, Stephen, ich möchte dir für alles danken, was du heute getan hast. Dass du mich in die Leichenhalle begleitet hast und auch für das, was du vorhin gesagt hast. Ich weiß es wirklich zu schätzen, ehrlich. Können wir uns morgen vor der Arbeit unterhalten?«

»Natürlich. Ich hole dich ab, wenn du willst.«

»Danke, das wäre nett.«

Jonathan lächelte. Das kam nicht allzu oft vor, doch wenn er es tat, hellte sich seine Miene auf. Das Lächeln erreichte seine Augen, und sie strahlten.

»Dann bis morgen.«

Sie verabschiedeten sich und gingen in entgegengesetzte Richtungen davon. Jonathan hielt auf die hellen Lichter der

Albion Street zu, während Stephen sich auf den Weg durch die enge und düstere Oxford Street machte.

Jonathan war noch keine zehn Schritte weit gekommen, als er merkte, dass er sich anders fühlte als sonst. Er trug den Kopf hoch, statt ständig zu Boden zu starren. Er ließ die Schultern nicht mehr hängen und war entspannt. Einem anderen Menschen lag etwas an ihm, er liebte ihn und machte ihn glücklich.

Er war so in Gedanken an den kommenden Morgen versunken, an das, was er sagen würde, wenn Stephen ihn abholte, dass er die quietschenden Bremsen hinter sich kaum wahrnahm. Erst als er einen heftigen Aufprall hörte, fuhr er herum. Stephen lag auf der eisigen Straße wie eine zerknüllte Stoffpuppe.

Jonathan riss den Mund auf, er wollte schreien, ihn rufen, aber er brachte keinen Ton heraus. Zum zweiten Mal in seinem Leben war er sprachlos vor Entsetzen.

Sein Herz stockte. Das war unmöglich. Es konnte doch nicht schon wieder geschehen. Nicht Stephen. Er war einer der Guten. Jonathan rannte zu seinem zusammengesunkenen Chef und fiel auf die Knie. Ihm wurde ganz elend, als er zusah, wie ihm ein weiteres Leben viel zu früh entrissen wurde.

Stephen hatte keinerlei äußerliche Verletzungen. Seine Frisur war unversehrt, doch seine Gliedmaßen schienen schmerzhaft verdreht zu sein. Seine Augen waren geschlossen. Er sah aus, als hätte er sich auf die Straße gelegt, um ein Nickerchen zu halten.

Jonathan griff nach Stephens kalter linker Hand und drückte sie fest. Er reagierte nicht. Die Welt schien für einen

Moment stillzustehen, und es gab nur noch sie beide, getrennt und doch zusammen, ein letztes Mal.

»Stephen.« Jonathans Stimme war ein Wimmern. Fast unhörbar kam der Name über seine Lippen und wurde ungehört von der eisigen Brise davongetragen. »Stephen … bitte …«

Der wütende Ton eines aufheulenden Motors ließ Jonathan mit tränenfeuchten Augen aufblicken. Der Wagen, der den einzigen Menschen umgefahren hatte, der ihn je zum Lächeln gebracht und einigermaßen glücklich gemacht hatte, hatte zurückgesetzt und wurde langsam schneller.

KAPITEL 28

Auf den unwissenden Betrachter und damit jeden zufälligen Passanten wirkte das frei stehende viktorianische Haus mit den beiden Erkern in der Manchester Road wie ein durchschnittliches Einfamilienhaus. Erst wenn man die Tür öffnete und sah, dass einer der vorderen Räume zu einem weitläufigen, offenen Wartezimmer umgebaut worden war, erkannte man die wahre Funktion.

Sobald Matilda den Blick zu der hohen, imposanten Fassade hob, fühlte sie, wie ihr das Herz schwer wurde. Sie hatte gehofft, die Rückkehr zur Arbeit würde das Ende ihrer vierzehntägigen Besuche bei der herablassenden und langweiligen Dr. Warminster bedeuten. Als die ACC ihr mitgeteilt hatte, dass sie ihren Job nur wieder antreten durfte, wenn sie weiter zur Therapie ging, hätte sie am liebsten geschrien. Würde sie je von dieser unsäglichen Frau mit ihren hässlichen knöchellangen Röcken und pastellfarbenen Strickjacken loskommen?

Die zierliche junge Blondine an der Anmeldung schaute auf, als Matilda eintrat. Machte sie sich Gedanken über den Geisteszustand der Menschen, die hierherkamen, oder war das für sie nur ein Job wie jeder andere? Als Matilda die anderen Patienten im Wartezimmer musterte, denen man ihre Beklemmungen ansah, fragte sie sich, ob die Dame am Empfang sie mit dem Mann mit dem Gesichtsmuskelzucken in einen Topf warf, mit der Frau, die sich sachte hin und her wiegte, oder mit dem älteren Herrn, der so aussah, als würde er jeden Augenblick in Tränen ausbrechen.

Matildas erste Sitzung lag sechs Monate zurück. Warum

kam sie immer noch her? Entgegen Dr. Warminsters Diagnose war sie nicht depressiv. Sicher, sie vermisste ihren Ehemann. Ja, sie zweifelte daran, ihrem Beruf gerecht zu werden. Notfalls hätte sie sogar zugegeben, dass sie den Schmerz über ihren Verlust mit Alkohol betäubte. Aber depressiv? So ein Unsinn.

Matilda sah auf die Uhr. Ihre Sitzung hätte schon vor fünf Minuten beginnen sollen. Sie wurde jedes Mal zu spät eingelassen. Manchmal glaubte sie, Therapeuten machten das mit Absicht, um ihre Patienten in Unruhe zu versetzen und sie in ihrer schlimmsten Verfassung zu erleben. Endlich ging die Tür auf, und sie wurde hereingebeten. Sie atmete durch und stand auf.

Dr. Sheila Warminster trug tatsächlich einen knöchellangen Faltenrock, eine billige weiße Bluse und eine blassblaue Strickjacke. Sie war eine große, drahtige Frau mit einem wilden Schopf rot gefärbter Haare. Ihr Gesicht war gerötet, als hätte sie sich gerade heftig mit einem Scheuerschwamm geschrubbt. Sie hatte irgendein schweres französisches Parfüm aufgelegt und sprach mit tiefer Stimme und einem Akzent aus dem Südwesten.

Matilda konnte Therapeuten nicht leiden. Sie hielt sie für Schnüffler und vermutete, dass sie sich jede Woche im Kollegenkreis trafen und vor Lachen auf Kosten ihrer Patienten ausschütteten. Manchmal war Matilda machtlos gegen ihre Paranoia.

Als sie Dr. Warminster kennengelernt hatte, hatte Matilda sich größte Mühe gegeben, sie zu mögen, war aber kläglich gescheitert. Es war nicht die Frau selbst, die sie mit Abneigung erfüllte, sondern ihr Beruf. Wäre Sheila Verkäuferin oder

Bankangestellte gewesen, hätte sie sich vielleicht ganz nett mit ihr unterhalten können. Nach den ersten paar Sitzungen erkannte Matilda, dass Sheila nicht so schlimm war, wie sie zunächst geglaubt hatte. Doch es fiel ihr schwer, sich für ihren fehlgeleiteten Modegeschmack und das kränkliche Lächeln zu erwärmen. Sie war erträglich. Aber eine volle Stunde lang? Matilda setzte sich auf das Ledersofa, während Sheila in ihrem großen lederbezogenen Bürostuhl Platz nahm. Zwischen ihnen stand ein niedriger Kaffeetisch mit der üblichen Schachtel Papiertaschentücher und eine kleine Digitaluhr, die Sheila zugewandt war.

»Sie gehen seit ein paar Tagen wieder zur Arbeit. Wie läuft es denn?« Sheila schlug die Beine übereinander und balancierte eine Schreibunterlage auf dem Knie. Mit einem silbernen Kugelschreiber in der rechten Hand wartete sie darauf, dass Matilda ihr das Herz ausschüttete. Da konnte sie lange warten.

»Sehr gut, danke«, erwiderte Matilda. Sie lächelte. Sie hatte lauter gesprochen als beabsichtigt. Wem versuchte sie eigentlich etwas vorzumachen, Sheila oder sich selbst? Sie hatte vorgehabt, sich munter und fröhlich zu präsentieren. Sie war wieder bei der Arbeit, es machte ihr Spaß, und es gab keinen Grund mehr für weitere Sitzungen. Leider gelang es ihr nicht, das auch auszustrahlen.

»Ist es für Sie in Ordnung, um sechzehn Uhr Schluss zu machen?«

»Eigentlich nicht, aber wenn das Ihre Bedingung ist, muss ich mich daran halten. Außerdem ist es ja nicht für lange.« Jetzt war Matilda diejenige mit dem kränklichen, falschen Lächeln.

»Wie haben Ihre Kollegen Ihre Rückkehr aufgenommen?«

»Sehr gut.«

»Gut. Also keine Feindseligkeit?«

»Natürlich nicht. Warum auch?«, fragte sie stirnrunzelnd. Sie hatte sich vorgenommen, Sheilas Fragen gelassen und so knapp wie möglich zu beantworten und keine Gegenfragen zu stellen. Sie war noch keine fünf Minuten in diesem Raum, und schon hatte sie diesen Vorsatz gebrochen.

»Sie waren sehr lange weg. Die Dinge verändern sich, Menschen ändern sich, ebenso wie ihre Einstellungen.«

»Ich habe ein sehr loyales Team.« Sie legte den Kopf schief und lächelte.

»Dann sind Sie also mit offenen Armen empfangen worden?«

»Ja.«

»Das ist gut.«

Matilda sah sich um. Der Raum war in beruhigenden Farbtönen gehalten. Er sollte einem Wohnzimmer ähneln und eine entspannte Atmosphäre ausstrahlen, doch das wollte nicht recht gelingen. Der Geruch von Luftauffrischern war penetrant, die Sitzmöbel waren zu weich, um wirklich bequem zu sein, und die gerahmten Bilder an den Wänden wirkten leblos und blass.

»Wie kommen Sie mit der Arbeit zurecht?«

»Sehr gut.«

»Macht es Sie nicht mürbe, dass alles so zäh vorangeht?«

»Aber nein. Ich mache diesen Job ja schon seit Jahren.«

»Hinter Ihnen liegt ein schweres Trauma, da dauert es eine Weile, sich wieder einzugewöhnen.«

»Ein Trauma? Bei Ihnen klingt das, als wäre ich die einzige Überlebende eines Flugzeugabsturzes.«

»Ihre Karriere ist Ihnen wichtig, Matilda. Sie haben Ihr Leben lang auf die Position hingearbeitet, die Sie jetzt innehaben. Vor beinahe einem Jahr ist etwas geschehen, das all das zerstört hat. Ihr Ehegatte, der Mann, den Sie mehr liebten als alles andere auf der Welt, wurde ihnen auf die entsetzlichste denkbare Weise entrissen. Das nennt man Trauma.«

Wäre es auch ein Trauma, wenn ich dir die Nase einschlage?

»So ist das Leben.« Sie zuckte mit den Schultern und versuchte, die Tränen zu unterdrücken. »Solche Dinge stoßen täglich Menschen auf der ganzen Welt zu. Es wirft einen um, aber man steht wieder auf und geht weiter. Das ist alles verkraftbar.«

»Haben Sie an Ihrem Arbeitsplatz über Carl gesprochen?«

Matildas Herz setzte einen Schlag aus. »Ja.«

»Wer hat das Thema aufgebracht?«

»Ich selbst.« *Du bist eine miese Lügnerin, Matilda.*

»Tatsächlich?«

»Ja.« Eine Sekunde lang fragte sie sich, ob die ACC von diesem Gespräch erfahren und sie mit ihren Lügen konfrontieren würde. Mit einem Achselzucken wischte sie den Gedanken weg. Es war ihr egal.

»Wie haben Sie sich dabei gefühlt?«

»Ich bin nicht in Tränen ausgebrochen, falls Sie darauf gehofft hatten.«

»Sie kommen nicht gerne hierher, nicht wahr?« Wie ein Hund, der um ein Leckerli bettelt, legte Sheila den Kopf zur Seite.

Gib Pfötchen, dann beantworte ich dir deine Frage.

»Nein.« Matilda gelang es nicht mehr, den Schein zu wahren. Trotz aller Vorsätze konnte sie der überheblichen, selbstgerechten Dr. Warminster nicht länger etwas vormachen. Sie spürte, wie die erzwungene Fröhlichkeit aus ihr wich.

»Warum nicht?«

»Weil ich es für Zeitverschwendung halte. Ich gebe zu, als James starb und der Fall Carl Meagan platzte, hatte ich zunächst Schwierigkeiten. Aber ich habe mich durchgebissen und bin auf der anderen Seite des Tunnels wieder herausgekommen. Jetzt ist alles in Ordnung.«

»Sind Sie sicher?«

»Ja.« Diesmal war es ihr sogar ernst damit. Jedenfalls bis zum nächsten Zusammenbruch.

»Wie sieht es bei Ihnen mit der berühmten Work-Life-Balance aus?«

»Wie meinen Sie das?«

»In früheren Sitzungen haben Sie gesagt, Sie hielten Ihre Arbeitskollegen streng aus Ihrem Privatleben heraus. Ich frage mich, wie Sie es schaffen, diese beiden Lebensbereiche strikt getrennt zu halten.«

»Meine Kollegen sind meine Kollegen. Wir arbeiten zusammen. Wir befassen uns mit den Abgründen der Gesellschaft, den Gräueltaten, die Menschen aneinander verüben. Daran will ich in meiner Freizeit nicht denken.«

»Was ist mit Ihrer besten Freundin, Adele Kean?«

Matilda rutschte auf dem Sofa herum. Es kam ihr unbequem vor. Vielleicht war sie auch nur gereizt. »Was soll mit ihr sein?«

»Würden Sie sie als Kollegin beschreiben?«

»Ja, sicher. Sie ist eine sehr fähige Kollegin und außerdem eine ausgesprochen loyale Freundin.«

»Was ist das Besondere an Adele, dass sie die Grenze zwischen Kollegin und Freundin überschreiten durfte?«

»Adele ist ein herzlicher, warmherziger Mensch. Ich kenne sie bereits seit vielen Jahren und kann darauf vertrauen, dass sie für sich behält, was ich ihr erzähle. Sie hat selbst schon eine Menge durchgemacht. Sie weiß, wie man sich wieder fängt und von vorne beginnt.«

»Dann hat sie Ihnen mit ihrer Lebenserfahrung geholfen, die Krise durchzustehen?«

»Ja.«

»Sie haben Glück, Adele zu kennen.«

»Ich weiß.«

»Aber es ist wichtig, dass Sie sich nicht ausschließlich auf eine Person verlassen. Sie müssen sich öffnen und auch andere Menschen in Ihr Leben lassen. Würden Sie das einem Ihrer Kollegen gestatten?«

Warum soll ich mich unbedingt mit meinen Kollegen anfreunden?

»Ich bin nicht sicher. Das ist schwierig. Ich arbeite jeden Tag mit ihnen zusammen. Sie tratschen, es werden Gerüchte weitergegeben, und wie beim Buschfunk üblich ändert sich der Inhalt von Mal zu Mal.«

»Glauben Sie, dass sie über Sie klatschen und hinter Ihrem Rücken über Sie herziehen?«

»Dass wir Polizeibeamte sind, ändert nichts am Alltag in Großraumbüros. Die Leute reden, sie lästern über andere, machen sich über eine neue Frisur lustig. Das tun Menschen, damit ihre Arbeitszeit schneller vergeht. Ich möchte das nicht.«

»Andererseits haben Sie Ihr Team soeben als loyal beschrieben. Ihre Kollegen würden das doch mit Ihnen sicher nicht machen?«

Matilda holte tief Luft. Sie spürte, wie sich ihr die Nackenhaare sträubten. Alles, was sie sagte, wurde ihr im Mund herumgedreht und fehlinterpretiert. Sie hasste es so, hier sitzen zu müssen.

»Ich bin DCI und damit ihre Chefin«, erwiderte sie gezwungen ruhig. »Es ist nicht gut, wenn eine Führungsperson privat Umgang mit ihren Untergebenen pflegt. Ich bin ja auch nicht mit der Assistant Chief Constable befreundet, warum sollte diese Regel nicht für meine Sergeants und Constables gelten?«

»Aber Sie gehen gelegentlich mit ihnen ins Pub?«

»Ja, natürlich. Nach einem harten Arbeitstag oder zur Feier eines gelösten Falls gehe ich gerne mal ein Glas mit ihnen trinken. Als Dankeschön für die harte Arbeit. Ich bin ja kein Roboter. Von Ihnen würde ich nicht erwarten, dass Sie mich zum Abendessen zu sich nach Hause einladen. Berufliche Beziehungen sind etwas völlig anderes.«

Wieder blieb Sheila eine Weile still und legte den Kopf schief. »Nehmen Sie noch Ihre Medikamente, Matilda?«

»Ja.«

»Haben Sie sie mal vergessen?«

»Nein. Warum fragen Sie?«

»Weil Sie ein bisschen gereizt wirken. Sie sind unruhig.«

»Mir geht es gut.«

»Sind Sie sicher?«

»Ja.«

»Ich habe den Eindruck, Sie erzählen mir nicht die ganze Wahrheit. Sie wollen mich beschwichtigen, nicht wahr? Sie geben mir die Antworten, die ich hören will, damit ich Sie zufriedenlasse.«

»Ich bin sehr beschäftigt und muss einen zwanzig Jahre alten Mordfall lösen.«

»Aber es ist schon nach sechzehn Uhr. Sie wären ohnehin nicht mehr bei der Arbeit, selbst wenn Sie nicht hier bei mir säßen.«

Diesmal unterbrach Matilda das Gespräch mit ihrem Schweigen. Sie holte abermals tief Luft, schlug die Beine nach der anderen Seite übereinander und versuchte vergeblich, sich zu entspannen. Ihre Schultern schmerzten von der Anspannung. »Nur weil ich nicht mehr im Büro bin, höre ich nicht automatisch auf, mich mit dem Fall zu befassen.«

»Haben Sie Schwierigkeiten, am Ende des Arbeitstags abzuschalten?«

»Sie interpretieren da zu viel hinein. Wenn Ihnen ein Patient davon erzählt, wie er als Kind missbraucht wurde, können Sie dann nach Feierabend einfach abschalten?«

»Natürlich nicht.«

»Na sehen Sie. Ich versuche, den Doppelmord an einem Ehepaar aufzuklären, das vor den Augen seines elfjährigen Sohnes erstochen wurde. Ein solcher Fall lässt einen nicht einfach los.«

»Wollen Sie darüber reden?«

»Nein.«

»Kann er aufgeklärt werden?«

»Jeder Fall kann gelöst werden.« *Nein, dieser nicht.*

»Werden Sie ihn lösen?«

»Ja«, antwortete Matilda zweifelnd. *Ein Wunder, dass meine Nase nicht schon um zehn Zentimeter gewachsen ist.*

Sheila blätterte in ihrem Notizblock eine Seite weiter. Matilda bemerkte erst jetzt, dass sie eine komplette A4-Seite vollgekritzelt hatte. Sie fragte sich, was sie wohl notiert hatte und ob sie irgendwann ihre eigene Patientenakte würde lesen dürfen.

»Ich möchte Sie gerne hier wiedersehen. Besser schon nächste Woche als in vierzehn Tagen.«

»Warum?«

»Ich muss mich vergewissern, wie Ihnen die Wiedereingliederung bekommt und welche Fortschritte Sie bei Ihrer Arbeit machen.«

»ACC Masterson behält mich ständig im Auge. Ich habe regelmäßige Meetings mit ihr.«

»Ich muss Ihr psychisches Wohlbefinden beurteilen.«

»Mit meinem psychischen Wohlbefinden ist alles in bester Ordnung!« Sie schrie jetzt fast. »Mir geht es gut. Ich will nur endlich wieder meine Arbeit tun. Wieso legen mir dabei alle Steine in den Weg?«

»Weil Sie ein schweres ...«

»Weil ich ein schweres Trauma erlitten habe, ich weiß«, fiel sie der Ärztin ins Wort. Sie musste unbedingt hier raus. Die erstickende Hitze aus dem einzelnen Heizkörper machte sie krank. Sie spürte, wie ihr Schweißtropfen über den Rücken liefen. Sie brauchte einen Drink. »Wie sieht es nächsten Mittwoch bei Ihnen aus?«, fragte Matilda und stand auf, bereit, die Flucht durch die Tür anzutreten.

»Ist mir recht. Dieselbe Zeit?«

»Ich weiß ja sonst nichts Besseres mit meinen Abenden anzufangen.«

Im Normalfall sollten sich Patienten erleichtert fühlen, wenn sie das Büro ihres Therapeuten verließen, als hätte man ihnen eine Last von den Schultern genommen. Sie hätten ihre tiefsten, dunkelsten Geheimnisse enthüllt und darüber gesprochen, welche Probleme und Hürden sie nicht aus eigener Kraft überwinden konnten. Vielleicht hatten sie Lösungsvorschläge erhalten und durchgesprochen und sahen die Welt nicht mehr so sehr als einen Ort, vor dem man sich fürchten musste, sondern an dem es sich durchaus leben ließ.

Als Matilda jedoch aus Dr. Warminsters Behandlungszimmer kam, kochte sie vor überschäumender Frustration. Sie konnte die Therapie nicht ausstehen. Sie sprach ungern über sich selbst, und sie hasste es, in jeder einzelnen Sitzung wieder dieselben altbekannten Dinge durchzukauen.

Als sie sich ans Steuer setzte, fragte sie sich, ob sie noch Wodka im Haus hatte. Da stimmte doch etwas ganz und gar nicht, wenn man nach einer Therapiesitzung nach Alkohol gierte!

KAPITEL 29

Als der Krankenwagen am Schauplatz eintraf, kauerte Jonathan am Straßenrand und hatte die Knie mit den Armen umschlungen. Er starrte ins Leere und zitterte sichtlich. Er fror, und das Klappern seiner Zähne hallte in der stillen Straße wider. Sein Blick war unverwandt auf den leblosen Körper von Stephen Egan gerichtet, der keinen Meter weit weg lag. Aber sein Verstand hatte ihn in die Zeit zurückversetzt, in jene Nacht, in der seine Eltern ermordet worden waren.

Er saß wieder am oberen Treppenabsatz, die dünnen weißen Arme fest um das Treppengeländer geschlungen. Ihm war kalt, und sein Atem ging schnell und flach. Sein weißes Hemd war für immer besudelt mit dem angetrockneten Blut seiner Eltern, die im Zimmer nebenan lagen. Ihm war schlecht, doch er konnte sich nicht rühren, er war wie festgefroren. Im Haus war es totenstill. Er hörte das entfernte Ticken der Tischuhr im Wohnzimmer, das Summen des Kühlschranks in der Küche und die krächzenden, qualvollen Atemzüge seiner sterbenden Mutter.

Als der Schock ein wenig abgeklungen war und Jonathan aus seiner Trance erwachte, entließ ihn der Assistenzarzt im Northern General Hospital aus der Notaufnahme. Er machte sich sofort auf die Suche nach Stephen.

Anfangs wollte die Dame an der Anmeldung Jonathan nicht verraten, wie es ihm ging, nicht einmal, auf welcher Station er lag. Erst als Jonathan darauf bestand, dass er – abgesehen von Verwandten in Irland – Stephen am nächsten stand, gab sie nach. Beim Aufprall des Wagens hatte er sich das linke Bein gebrochen, aber die gefährlichste Verletzung hatte er sich durch den Sturz auf den Asphalt zugezogen: ein subdurales Hämatom. Die Brückenvenen im Kopf waren eingerissen, und die so entstandene Blutung erhöhte den Druck auf das Gehirn und musste unbedingt gestoppt werden. Als Jonathan endlich herausbekommen hatte, wo Stephen lag, hatte man ihn bereits in den Operationssaal gebracht.

Es blieb ihm nichts anderes übrig, als zu warten. Er entdeckte einen unbequemen Plastikstuhl nicht weit vom OP und setzte sich.

Matilda fuhr durch Sheffields dunkle Straßen und ließ dabei das Gespräch mit Dr. Warminster noch einmal Revue passieren. Selbst wenn Matilda ungern zu ihr ging und das Benehmen der Therapeutin herablassend fand, gute Ideen hatte sie. Das Aufzählen der britischen Premierminister war ja auch ein erprobtes Mittel gegen ihre Angst- und Panikattacken. Es konnte nicht schaden, ein paar mehr soziale Kontakte zu pflegen. Sian war bereits mehr als eine Arbeitskollegin. Es war gewiss nicht das Ende der Welt, wenn sie sich gelegentlich nach Dienstschluss mit Aaron Connolly oder sogar Rory Fleming verabredete. Na ja, Rory musste es vielleicht nicht unbedingt sein.

Sie stand gerade an einer roten Ampel, als ihr Handy aufleuchtete und eine Textnachricht von Sergeant Sian Mills anzeigte. Matilda las sie, während es gelb wurde und sie den ersten Gang einlegte: *Stephen Egan im NGH. Unfall m. Fahrerflucht. Sieht schlecht aus.* Bei der nächsten Gelegenheit machte Matilda einen verbotenen U-Turn und fuhr zum Northern General Hospital.

Sie zückte ihren Dienstausweis und ließ sich von derselben

Dame an der Anmeldung ins Bild setzen, mit der Jonathan seine liebe Mühe gehabt hatte. Binnen Sekunden stürmte sie den Korridor entlang und blieb stocksteif sehen, als sie des einsamen, niedergeschlagenen Jonathan Harkness ansichtig wurde. Er saß auf der Kante seines Stuhls und schien in seiner eigenen Welt verloren zu sein.

»Jonathan.«

Zunächst reagierte er nicht. Sie konnte sich die Bilder vorstellen, die ihm durch den Kopf schossen: die Ermordung seiner Eltern, der leblose Körper seiner Tante Carla, die zerschlagene Leiche des ihm fremd gewordenen Bruders und jetzt auch noch sein Chef Stephen Egan. Das hier war kein labiler junger Mann am Rand eines Nervenzusammenbruchs mehr. Jonathan war ein gebrochener junger Mann.

Matilda rief seinen Namen ein zweites Mal, und diesmal sah er auf. Er wirkte noch bleicher als sonst, wenn das überhaupt möglich war, und seine Augen lagen tief in den Höhlen. Grenzenloser Schrecken zeichnete sein Gesicht.

»Was ist passiert?«

Seine Stimme war kaum lauter als ein Flüstern. »Ein Auto kam aus dem Nichts.«

»Sind Sie verletzt?« Sie zog sich einen Stuhl heran und setzte sich zu ihm.

»Nein. Ich ging in die entgegengesetzte Richtung. Wir hatten uns eben verabschiedet, und ich war auf dem Nachhauseweg. Ich hörte ein Geräusch und drehte mich um. Es war das Geräusch, als er auf die Straße krachte.«

»Konnten Sie den Wagen deutlich sehen?«

»Ja.«

»Konnten Sie das Kennzeichen erkennen?«

Jonathan kniete neben dem Mann, der ihm soeben eine Liebeserklärung gemacht hatte. Eine Sekunde lang hatte er zum ersten Mal in seinem Leben echtes Glück verspürt, und nun war es ihm wieder genommen worden. Er blickte auf. Im grellen roten Schein der Rückfahrleuchten musste er blinzeln. Der Wagen setzte sich in Bewegung und schoss direkt auf Jonathan zu. Es kam ihm gar nicht in den Sinn, sich in Sicherheit zu bringen. Er hatte noch nicht begriffen, was gerade geschehen war. Er sah auf Stephen hinab, der bewusstlos dalag, besaß aber nicht die Kraft, ihn beiseite zu zerren. Es wäre auch zu spät gewesen. Das Auto beschleunigte. Jonathan hatte zwei Möglichkeiten. Er konnte aus dem Weg springen und zulassen, dass der Wagen Stephen ein zweites Mal überfuhr und endgültig erledigte. Oder er blieb, wo er war, und wurde ebenfalls ein Opfer dieses Verrückten. In Sekundenbruchteilen fiel die Entscheidung. Weglaufen kam nicht infrage. Er hielt Stephens kalte Hand ganz fest, schloss die Augen und wartete auf den Aufprall. Lose Steine spritzten unter den Reifen weg. Zehn Sekunden vergingen, dann zwanzig. Jonathan roch die Abgase aus dem Auspuff und spürte die Hitze, die er ausstrahlte. Der Wagen musste ihn fast erreicht haben. Schließlich schlug er die Augen auf. Das Auto hatte weniger als einen Meter entfernt angehalten. Er starrte direkt auf das Nummernschild: YS08 DPT.

»Jonathan«, wiederholte Matilda. »Ich weiß, Sie haben heute viel durchgemacht, aber ich muss Ihnen diese Fragen stellen, solange Ihnen die Ereignisse frisch im Gedächtnis sind. Nur so haben wir eine Chance, die Person zu finden, die das getan hat. Konnten Sie das Kennzeichen erkennen?«

»Nein. Es geschah viel zu schnell. In einem Augenblick stand er noch da, und im nächsten ... Ich hatte ihm vorausgesagt, dass es so kommen würde.«

»Was?«

»Ich sagte ihm, was passiert, wenn mir jemand zu nahe kommt. Die Menschen, die mich gut kennen, werden nicht alt. Meine Eltern, meine Tante Clara, mein Bruder und jetzt Stephen. Es ist ein Fluch.«

»Das ist lächerlich. Sie sind nicht verflucht. Solche Dinge geschehen eben.«

»Nein. Solche Dinge geschehen vielleicht ein oder zwei Mal. Nicht so oft. Meine ganze Familie ist getötet worden. So etwas stößt keinem einzelnen Menschen einfach so zu.« Er sah Matilda mit feuchten Augen an.

»Hören Sie, Jonathan, nichts, was ich sage, kann es ungeschehen machen, und ich werde gar nicht erst versuchen, Sie zu trösten. Sie dürfen nicht so viel grübeln. Sie sind durch die Hölle gegangen, das verstehe ich, aber Sie können nicht aufhören, Ihr Leben zu leben. Es ist nicht gut, in der Vergangenheit zu verharren.«

Jonathan schwieg länger als eine Minute. Er schniefte ein paar Mal, bevor er aufsah. »Meinen Sie damit mich oder eher sich selbst?«

»Wie bitte?«, fragte sie betroffen.

»Ich habe nachgelesen, was Ihnen zugestoßen ist. Ich weiß, dass Sie eine persönliche Krise bewältigen mussten, während der Fall Carl Meagan aktuell war. Deshalb geben Sie sich die Schuld an allem, was dabei schiefgegangen ist. Sie waren nicht hundertprozentig konzentriert. Ich wette, Sie fühlen sich im Augenblick ebenso verhext wie ich.«

»Immerhin mache ich weiter. Ich bin wieder bei der Arbeit. Ich habe Freunde um mich. Es geht mir zusehends besser. Es ist ein langwieriger Prozess, doch er ist notwendig.«

»Fahren Sie Auto?«

»Bitte?« Der plötzliche Themawechsel verblüffte sie. Sie lehnte sich zurück, stellte Distanz zwischen sich und Jonathan her.

»Fahren Sie Auto?«

»Ja.«

»Haben Sie die Prüfung beim ersten Versuch bestanden?«

»Nein. Erst beim dritten«, erwiderte sie stirnrunzelnd und fragte sich, worauf er hinauswollte.

»Was war der Grund dafür, dass Sie die ersten beiden Male durchgefallen sind?«

Sie lächelte bei der Erinnerung. »Rückwärts um eine Kurve zu fahren hat mich schon immer überfordert.«

»Was hätten Sie getan, wenn Sie es nie geschafft hätten? Hätten Sie weiter Fahrstunden genommen und die Prüfung ein ums andere Mal wiederholt?«

»Wahrscheinlich nicht. Ehrlich gesagt hätte ich aufgegeben. Ich bin kein besonders geduldiger Mensch.«

»Sehen Sie? Ich habe versucht zu leben. Ich habe das Leben ausprobiert, und ich kann es nicht. Darum lasse ich niemanden an mich heran.«

»Und was war bei Stephen anders?«

»Er hat gesagt, er liebt mich.« Jonathan lächelte. »Das hat noch nie jemand getan. Es fühlte sich … gut an. Ich habe ihm geglaubt. Er hat dafür gesorgt, dass ich glücklich war.« Er verstummte kurz. »Und ich denke, ich habe ihn auch glücklich gemacht.«

»Also wartet da draußen doch ein Leben auf Sie.«

»Nein. Sehen Sie doch, was passiert ist. Der erste Anflug von Glück, und schon wird es mir entrissen.«

»Sie dürfen nicht aufgeben, Jonathan.«

»Warum nicht?«

Darauf wusste sie keine Antwort. »Das geht eben nicht«, sagte sie leise, ohne es selbst zu glauben.

Eine gehetzt wirkende Ärztin kam aus dem OP. Ein Schweißfilm glänzte auf ihrer Stirn. Sie lächelte schwach und fragte Jonathan, ob er ein Angehöriger sei. Er erklärte ihr, dass Stephens Familie in Irland lebte und er die Person sei, die ihm am nächsten stand. Die Ärztin wirkte nicht überzeugt und zögerte, bis Matilda ihren Rang ausspielte und die Dienstmarke zückte.

»Mr. Egan hat ein subdurales Hämatom erlitten. Wir mussten eine Kraniotomie durchführen, um den Druck aufs Gehirn zu lindern und die Blutung zum Stillstand zu bringen. Unglücklicherweise war die Blutung zu stark und das gerissene Blutgefäß schwer zu finden. Er hatte schon sehr viel Blut verloren, als wir die Stelle endlich lokalisierten. Bei Mr. Egan hatte sich ein Hirnödem entwickelt. Das bedeutet, dass das Gehirn aufgrund des Traumas anschwillt. Ich fürchte, wir konnten nichts mehr für ihn tun.«

»Was heißt das?«, fragte Jonathan.

Matilda legte ihm die Hand auf den Arm und drehte ihn zu sich herum. »Jonathan, Stephen ist tot.«

KAPITEL 30

Jonathan hatte jegliches Zeitgefühl verloren. Wenn man ihn gefragt hätte, wäre es ihm schwergefallen zu sagen, welcher Wochentag war. Er lehnte Matildas Angebot ab, ihn nach Hause zu fahren. Er wollte lieber zu Fuß gehen, um einen klaren Kopf zu bekommen und nachzudenken. Er war schon eine halbe Stunde lang gelaufen, als er stehen blieb und sich umsah. Es war dunkel, und er hatte keine Ahnung, wo er sich befand.

Während er durch die Straßen Sheffields irrte, rekapitulierte Jonathan seine Vergangenheit. Das war eines seiner Probleme, er konnte sich nie entspannen, sein Hirn war ständig auf Hochtouren. Er erinnerte sich an stumpfsinnige Gespräche und Busreisen, Leute, die er bei der Arbeit kennengelernt hatte und nie wiedersehen würde. Warum nahmen sie so viel Raum in seinem Kopf ein?

Seine Gedanken schweiften ab zu Tante Clara, dem einzigen Menschen in seinem Leben, den er geliebt und dem er vertraut hatte. Ihr Tod war unvermittelt gekommen, ein Schock, wie bei Stephen. Sie war eine wunderbare Frau gewesen, stark, entschlossen, witzig und voller Liebe und Herzlichkeit.

Zunächst hatte Clara versucht, Jonathan dazu zu bewegen, mit den Kindern aus der Nachbarschaft Freundschaft zu schließen. Sie hatte sie in ihr großes Haus eingeladen und Spiele veranstaltet, aber Jonathan hatte Distanz gewahrt, und irgendwann waren die anderen Kinder nicht mehr zu Besuch gekommen. Am Ende hatte Clara Jonathan sich selbst überlassen. Er hatte den Großteil seiner Kindheit in seinem Zimmer verbracht und Dickens gelesen. Die einzige Möglichkeit, die schrecklichen Erinnerungen an Sheffield und die scheinbar endlosen Schreie in seinem Kopf zum Schweigen zu bringen, war gewesen, in viktorianische Romane einzutauchen.

Achtzehn Monate nach der Ankunft in Newcastle hatte Jonathan schließlich wieder zu sprechen begonnen. Es geschah an einem Sonntagabend Mitte Juni, und der Sommer hatte so hoch oben im Nordosten natürlich noch auf sich warten lassen. Es hatte heftig geregnet, und ein starker Wind hatte Äste gegen das Wohnzimmerfenster gepeitscht. Das Fernsehgerät war lauter als normal eingestellt gewesen, um den Lärm zu übertönen.

»Kannst du bitte etwas leiser machen?«, hatte Jonathan gefragt.

Hatte er gerade gesprochen? Das konnte doch nicht sein! Sicher war es der Fernseher gewesen, oder sie war eingedöst und hatte es geträumt. Clara hatte zu Jonathan hingesehen, der in seinem üblichen Sessel saß und ihre zerlesene Taschenbuchausgabe von *Bleakhaus* von Charles Dickens aufgeschlagen hatte.

»Hast du etwas gesagt?«

»Ich habe nur gefragt, ob du den Fernseher leiser stellen könntest.« Seine Stimme hatte gepresst und brüchig geklungen, war kaum mehr als ein Flüstern gewesen. »Er ist ein bisschen laut.«

»Du sprichst. Mein Gott, du sprichst tatsächlich!«, hatte Clara gesagt. Sie war aufgesprungen und hatte den Fernseher stumm geschaltet.

Jonathan hatte gelächelt. Der Ausdruck im Gesicht seiner Tante, diese weit aufgerissenen Augen und das strahlende Lächeln waren ansteckend gewesen.

Clara war aufgesprungen und hatte Jonathan fest an ihre Brust gezogen. »Mein lieber Junge, du sprichst wirklich!« Ihre Stimme hatte gezittert, und es waren Tränen geflossen.

Von diesem Abend an hatte Jonathan wie ein normaler Teenager geredet, und sie hatten viel Zeit damit verbracht, sich über die Familie zu unterhalten. Clara hatte Geschichten von ihrem Mann, der schon lange verstorben war, und seinen Erlebnissen als Feuerwehrmann erzählt. Sie hatte von ihrem Bruder, seinem Vater, berichtet und davon, wie die beiden als Kinder gewesen waren. Sie war wieder lebhafter geworden, jetzt, da sie jemanden hatte, der ihr Leben teilte. Sie hatte ihn nie gedrängt zu erzählen, was in jener Nacht geschehen war. Kein einziges Mal hatte sie das Gespräch darüber gesucht, sondern hatte gewartet, bis Jonathan das Thema ansprach. Doch es sollte weitere sechs Jahre dauern, bevor er es tat.

Jonathan war mit den Jahren immer unbeholfener geworden, was ihn selbst, die Gesellschaft und das Leben im Allgemeinen betraf. Er scherzte oft, er sei hundert Jahre zu spät geboren worden und sehne sich nach einer Welt, die nicht so abhängig von moderner Technologie war. Er weigerte sich, sich ein Handy zuzulegen, und konnte zwar mit einem Computer umgehen, wollte aber zu Hause nie einen haben.

In Claras Gesellschaft war er entspannt gewesen und hatte sie oft auf Wochenendausflüge zu ihrem Wohnwagen begleitet, der in der Whitley Bay stand. Abgesehen davon fiel es ihm schwer, Beziehungen zu knüpfen. Sie waren ihm ein Rätsel. Jonathan vertrat den Standpunkt, dass er sehr gut alleine funktionierte. Das Entsetzliche, das er in Sheffield durchgemacht hatte, hatte seine düstere, depressive Persönlichkeit geformt, und er empfand es als unfair, sie anderen Menschen aufzudrängen. Solange die Dinge so blieben, wie sie waren, fühlte er sich in seinem selbst gewählten Kokon ganz wohl.

Leider waren sie damals nicht so geblieben. Vier Tage nach ihrem sechzigsten Geburtstag war Tante Clara friedlich im Schlaf an einem Herzanfall gestorben. Das war nicht überraschend gekommen. Im Gegensatz zu ihrem fitten und athletischen Bruder Stefan war Clara sehr dick gewesen. Ihre Ernährung hatte aus Frittiertem, Kartoffelchips und Schokoriegeln bestanden. Dazu hatte sie esslöffelweise Zucker in ihren Tee oder Kaffee geschaufelt und vierzig Zigaretten am Tag geraucht.

Clara hatte ihren ganzen Besitz testamentarisch Jonathan vermacht und gehofft, er würde in der stabilen Umgebung bleiben, die sie für ihn geschaffen hatte. Doch nach kurzer Trauerzeit hatte er das Haus in Blaydon-on-Tyne und den Wohnwagen verkauft. Es hatte ihn zurück nach Sheffield gezogen. Newcastle gehörte zu Clara, und dieses Leben war für immer vorbei. Sheffield hatte ihn heimgerufen.

Jonathan stand in der Mitte einer Straße mit Reihenhäusern zu beiden Seiten. Sie wies keine besonderen Merkmale auf, es hätte überall sein können. In regelmäßigen Abständen ragten kahle Bäume aus dem Gehsteig auf. Die meisten Familien besaßen zwei oder sogar drei Autos, und die Parkplätze schienen hart umkämpft zu sein. Mitten in der Nacht, wenn alle zu Hause waren, blieb nur eine einzelne Fahrspur frei.

Im Erdgeschoss brannte nirgends noch Licht, nur einige Fenster in den oberen Stockwerken waren erleuchtet. Wahrscheinlich lasen die Leute vor dem Schlafengehen noch ein paar Zeilen. Jonathan beneidete sie um ihr Leben. Sie kamen von einer echten Arbeit nach Hause, aßen mit ihren Familien zu Abend, besprachen die Ereignisse des Tages und gingen dann zu Bett, um die Batterien wieder aufzuladen. Am Morgen erwachten sie mit frischer Energie, und ein neuer Tag in ihrem banalen Leben brach an. Banal mochte es sein, aber wenigstens hatten sie jemanden, der es in diesen alten viktorianischen Häusern mit ihnen teilte.

Jonathan hatte seinen einzelgängerischen Lebensstil selbst gewählt. Diesbezüglich hatte er Matilda die Wahrheit gesagt. Er blieb allein, damit er niemandem das Leben zerstörte. Was sollte er nur tun, um die Menschen von sich fernzuhalten? Musste er etwa wegziehen?

Er bog in eine andere Straße ein. Auch die hätte zu jeder beliebigen Stadt im Land gehören können. Vor ihm an der Ecke lag allerdings ein hell beleuchteter Laden, den er wiedererkannte. Er war schon einmal hier gewesen. Er wusste wieder, wo er sich befand, gar nicht weit von zu Hause entfernt.

Zu Hause. Eine einsame Wohnung in einem Betonkasten mit acht Einheiten. Es hieß ja, wo das Herz war, sei man zu Hause, aber was, wenn man kein Herz besaß? Wenn das Herz so kalt und zerbrochen war, dass es keinen Ort des Trostes kannte? Seine Wohnung war für ihn kein Heim. Sie war ein Ort, an dem er sich vor der Welt zurückziehen konnte. Er fühlte sich dort nicht wohl, lediglich sicher.

Als er auf seinen Wohnblock zusteuerte, überholte ihn ein Wagen und hielt vor ihm an. Nach allem, was gerade passiert war, hätte Jonathan vielleicht ein bisschen besser auf fremde Autos aufpassen sollen, doch er ging in seine eigene kleine Welt versunken weiter. »Jonathan Harkness.« Der Fahrer war ausgestiegen und blockierte jetzt den Gehsteig.

Jonathan drehte sich um. Der Fremde war groß und muskulös. Er trug dunkle Kleidung, und sein Gesicht lag im Schatten eines Baums. Normalerweise geriet Jonathan in Panik, wenn er mit dem Unbekannten konfrontiert wurde. Allerdings hatten die Ereignisse der vergangenen Tage seine Empfindungen abgestumpft. Wenn dieser Mann sein Mörder werden sollte, dann sollte es eben so sein. Hoffentlich ging es wenigstens schnell und schmerzlos.

»Sind Sie Jonathan Harkness?«

»Ja«, erwiderte er fest und trotzig. Auf zum letzten Gefecht.

Der Fremde griff langsam in die Manteltasche. Was war da drin? Eine Pistole? Ein Messer? Was er zum Vorschein brachte, war eine Dienstmarke, und er hielt sie in die Höhe.

»Ich bin DCI Ben Hales, South Yorkshire Police. Jonathan Harkness, ich verhafte Sie wegen Mordes an Ihrem Bruder Matthew Harkness. Sie können die Aussage verweigern, doch es könnte Ihrer Verteidigung schaden, sollten Sie im Verhör etwas verschweigen, auf das sie sich später vor Gericht berufen. Alles, was Sie sagen, kann gegen Sie verwendet werden. Haben Sie das verstanden?«

KAPITEL 31

Der stellvertretende DCI Ben Hales machte alles falsch. Er war gerade dabei, die Vernehmung solo durchzuführen, und er hatte dem Sergeant vom Dienst befohlen, ein Auge zuzudrücken, als er Jonathan Harkness in Verhörraum zwei führte. Falls irgendetwas schiefging, hatte Ben versprochen, die Verantwortung auf sich zu nehmen. Da es innerhalb des Reviers Überwachungskameras gab, ging der Sergeant zur Toilette, damit Ben Gelegenheit hatte, seinen Gefangenen ungesehen einzuliefern.

Hales ließ Jonathan über eine Stunde im Vernehmungszimmer schmoren. Die meiste Zeit behielt er ihn aus dem Beobachtungsraum nebenan im Blick. Jonathans Körpersprache würde aufschlussreicher sein als das, was er sagte. Hales kannte diesen Verbrechertyp. Er hielt beim Verhör eisern den Mund, doch wenn man ihn alleine ließ, verriet ihn sein Unterbewusstsein.

Jonathan merkte nicht, dass er beobachtet wurde. Auf dem Höhepunkt seiner Angstattacke, als das Bedürfnis, die Spannung abzubauen, übermächtig wurde, krempelte er den Ärmel hoch und biss sich fest in den Arm. Ben Hales zuckte bei dem Anblick zusammen.

Jonathans rechter Arm war von verheilten Bisswunden übersät. Der plötzliche Schmerz bewirkte, dass er sich wieder konzentrieren konnte. Adrenalin schoss durch seinen Körper. Er atmete langsam aus und entspannte sich. Der einzige Vergleich, der Hales dazu einfiel, war ein Drogenabhängiger, der sich den nächsten Schuss setzte. Die unmittelbare Wirkung war dieselbe. Jonathan wirkte sichtlich gelöster.

Der Detective betrat den Verhörraum mit einer Aktenmappe in der Hand. Er teilte Jonathan mit, dass das Gespräch in Bild und Ton aufgezeichnet werde, und las ihm nochmals seine Rechte vor.

»Ich war in den letzten paar Tagen sehr beschäftigt«, sagte Hales und lehnte sich in seinem Stuhl zurück. »Da bin ich nicht der Einzige, nicht wahr?«

»Ich weiß nicht, was Sie damit sagen wollen«, erwiderte Jonathan.

Ben Hales machte einen ruhelosen Eindruck, als lasteten alle Probleme der Welt auf seinen Schultern. Sein Gesicht war abgespannt, und die Augenlider hingen herab, als hätte er seit Wochen keinen Schlaf gefunden.

»Wo waren Sie am Montagabend?«

»Zu Hause.«

»Die ganze Nacht?«

»Ja.«

»Kann das jemand bezeugen?«

»Nein. Ich lebe allein.«

»Hatten Sie Besuch?«

»Nein.«

»Sie kamen also von der Arbeit nach Hause und haben keine Menschenseele gesehen, bis Sie am nächsten Morgen wieder zur Arbeit gingen?«

»Am folgenden Morgen ging ich nicht direkt zur Arbeit. Das Haus, in dem ich meine Kindheit verbracht habe, wurde abgerissen. Ich habe mir das angesehen.«

»Wussten Sie, dass Ihr Bruder sich in Sheffield aufhielt?«

»Nein.«

»Er hat Sie nicht im Voraus oder wenigstens am Tag seiner Ankunft verständigt, dass er nach Sheffield kommen wollte?«

»Nein.«

»Es fällt mir sehr schwer, das zu glauben.«

»Tut mir leid. Ich weiß nicht, was ich Ihnen sonst sagen soll. Ich kann mich ehrlich nicht erinnern, wann ich zuletzt von meinem Bruder gehört habe. Ich hatte keine Ahnung, dass er in Sheffield war.«

Ben lehnte sich zurück und verschränkte die Arme. Er musterte Jonathan eine Weile lang schweigend. »Was ich nicht verstehe, ist, wie zwei Brüder sich nach einem so schrecklichen Ereignis derart entfremden können. Ihre Eltern wurden brutal ermordet, und doch schweißte Sie das Erlebnis nicht zusammen. Es gab keine brüderliche Liebe. Sie gingen einfach getrennte Wege. Warum das?«

»Keine Ahnung«, antwortete Jonathan.

»Sie müssen doch zugeben, dass das seltsam ist. Die letzten beiden Mitglieder der Familie Harkness trennen sich lieber, als in gemeinsamer Trauer zusammenzustehen.«

Jonathan antwortete nicht. Er ließ den Kopf hängen. Er wollte sich keinerlei Form von Beziehung zu seinem Bruder vorstellen müssen.

»Sagt Ihnen der Name Aoife Quinn etwas?«, fragte Ben plötzlich.

Jonathan runzelte die Stirn. »Nein. Sollte er?«

»Oder Andrea Bickerstaff?«

»Nein.«

»Das überrascht mich. Sie erinnern sich nicht mehr an die Namen der Frauen, die Sie in der Nacht der Ermordung Ihrer Eltern aus dem Haus retteten?«

»Oh.«

Jonathan senkte den Blick auf die zerkratzte Tischplatte. Er überlegte, wie viele Menschen hier schon zum Verhör gesessen hatten und wie viele von ihnen unschuldig gewesen waren. Die Platte war mit einem Muster aus Kaffeeringen überzogen, einige davon relativ frisch, andere längst verblasst.

»Ja, oh. Erinnern Sie sich jetzt an sie?«

»Ja«, sagte er zur Tischplatte.

Ihre Gesichter drangen wieder an die Oberfläche seines Gedächtnisses. Er erinnerte sich, dass ihn eine Frau mit freundlichem Lächeln aufgelesen hatte, obwohl in ihren Augen das Entsetzen stand. An den kräftigen Geruch eines billigen Parfüms, während er von jemandem an die Brust gedrückt und sanft die Treppe hinuntergebracht wurde. Er hatte sich an seine Retterin geklammert, bis man ihn in eine rote Decke gehüllt und dieselbe Frau ihn in den Krankenwagen getragen hatte.

»Würde es Sie interessieren, dass beide noch jedes einzelne Detail jener Nacht wissen? Ich habe sie aufgesucht und mit ihnen gesprochen, genau wie mit anderen Menschen aus Ihrem damaligen Umfeld. Mit Ihrer Schulleiterin, der Babysitterin. Sie alle erinnern sich deutlich und in Technicolor an Sie.«

Er klappte seinen braunen Ordner auf und nahm ein paar maschinengeschriebene Seiten heraus. »Aoife Quinn nannte Sie ein merkwürdiges Kind. Sie sagte, dass Sie einfach durch die Menschen hindurchsahen. Sie spielten mit ihrem Sohn, aber sie musste es verbieten, nachdem Sie ihn bis aufs Blut in den Arm gebissen hatten.« Er sah zu Jonathan auf, als wollte er seine Reaktion beobachten.

»Andrea Bickerstaff berichtete, es habe in der Schule einen

Vorfall gegeben, bei dem Sie einem kleineren Jungen den Kopf unter Wasser drückten. Ist Ihnen das noch im Gedächtnis?«

Jonathan antwortete nicht. Er starrte ins Leere. Er wünschte sich, Matilda Darke wäre hier. Er mochte diesen Mann mit dem wilden Blick und dem ständigen Herumgezappel nicht. Er machte den Eindruck eines Tiers im Käfig, das nur darauf wartete zuzubeißen. Jonathan begann wieder, sich an der Hand zu kratzen.

Ben fuhr fort: »Ihre Schulleiterin wollte Sie sogar der Schule verweisen, weil Sie Unruhe stifteten und die anderen Kinder Angst vor Ihnen hatten.«

»Was hat das mit meinem Bruder zu tun?«, fragte Jonathan.

»Sie sind nie mit ihm ausgekommen, nicht wahr? Er konnte Sie nicht ausstehen, und Sie hassten ihn. Vermutlich ist es reiner Zufall, dass ich jetzt mit Ihnen und nicht Ihrem Bruder spreche. Ich glaube, Sie haben ihn umgebracht, ehe er Gelegenheit hatte, Sie zu töten.«

»Was?« Jonathan wirkte ehrlich schockiert, dass man ihn des Mordes beschuldigte. »Das ist doch lächerlich. Ich hatte nicht die geringste Ahnung, dass mein Bruder überhaupt in Sheffield war. Ich wusste nicht mal, wo er wohnte.«

»Kennen Sie die Holly Lane?«

»Natürlich. Sie liegt ganz in der Nähe meines Arbeitsplatzes.«

»Genau.«

»Eine Menge Leute arbeiten dort. Hören Sie, ich habe meinen Bruder nicht getötet.«

»Tatsächlich? Da habe ich aber einen Bericht, in dem etwas anderes steht.« Er schob die Zeugenaussagen beiseite und Jonathan das Dokument zum Lesen hin.

Persönlichkeitsanalyse von Jonathan Harkness

von Charlie Johnson

Ich habe im Lauf der Jahre sehr viel über Jonathan Harkness geschrieben, und ich glaube, er leidet an einer Reihe von Persönlichkeitsstörungen, die ich weiter unten beschreiben werde. Meiner persönlichen Überzeugung nach frisst Jonathan seine Gefühle in sich hinein, statt ein Ventil dafür zu suchen. Er lebt in seiner eigenen Welt, sicher und zufrieden, aber höchst labil. Er steht am Rande der Selbstzerstörung. Wenn man ihn in Ruhe ließ, konnte er bis zu einem gewissen Grad normal funktionieren. Sobald man ihm jedoch in die Quere kam, ihn aufregte oder in irgendeiner Weise negativ gegenübertrat, besaß er ein außerordentliches Gefahrenpotenzial.

Persönlichkeitsstörung

Der Begriff Persönlichkeitsstörung bezeichnet einen bestimmten Persönlichkeitstypus und das entsprechende Verhalten mit signifikantem Leidens- und Versagensdruck, außerdem eine Abweichung von sozialen Erwartungen, vor allem in der Beziehung zu anderen Personen.

Die Verhaltensmuster einer Persönlichkeitsstörung treten typischerweise in Verbindung mit einer substanziellen Beeinträchtigung der Lebenstüchtigkeit einer Person auf. Betroffen sind im Allgemeinen mehrere Bereiche der Persönlichkeit zugleich. Beinahe immer kommt es zu einer erheblichen persönlichen und sozialen Zerrissenheit.

Von einer Persönlichkeitsstörung spricht man, wenn das abnormale Verhalten eines Menschen ihn in seinem sozialen Funktionieren einschränkt. Man beobachtet häufig fehlangepasste Bewältigungsmuster, die wiederum persönliche Probleme zur Folge haben, die in extreme Angstzustände, Leidensdruck und Depressionen münden. Die Entwicklung solcher Verhaltensmuster lässt sich zumeist bis in die Kindheit, Adoleszenz und das frühe Erwachsenenalter zurückverfolgen. Es ist naheliegend, dass Jonathans schreckliche Kindheitserlebnisse die Grundlage für die Ausformung seines späteren Charakters bildeten. Die Tatsache, dass er sich Gesprächen verweigerte und keine signifikante Therapie erhielt, könnte bedeuten, dass seine Bewältigungsmechanismen ernsthaft eingeschränkt sind. Dies beeinträchtigt das alltägliche Funktionieren eines Individuums erheblich.

Masochistische Persönlichkeitsstörung

Die betroffene Person vermeidet oder torpediert häufig angenehme Erfahrungen, fühlt sich zu Situationen oder Beziehungen hingezogen, in denen neues Leiden vorprogrammiert ist, und hindert andere mit verschiedenen Taktiken daran, ihr zu helfen:

- *Es werden Menschen und Situationen gewählt, die zu Enttäuschungen, Fehlschlägen oder zu Missbrauch führen, selbst wenn bessere Alternativen vorhanden sind.*

- *Der Betroffene weist Hilfeversuche durch andere Personen zurück oder vereitelt sie.*
- *Auf positive Erlebnisse im persönlichen Bereich wird mit Depression, Schuldgefühlen oder einem Verhalten reagiert, das Schmerzen hervorruft.*
- *Die Person provoziert zornige oder ablehnende Reaktionen von anderen und fühlt sich dann verletzt, niedergeschlagen und herabgesetzt.*
- *Sie weist Gelegenheiten zurück, sich zu vergnügen, oder leugnet ab, sich zu vergnügen, obwohl sie durchaus Freude empfinden kann.*
- *Der Betroffene lässt Aufgaben liegen, die für seine persönlichen Ziele wichtig sind, obschon er deutlich erkennbar die Fähigkeit besitzt, sie zu lösen.*
- *Er demonstriert Desinteresse an Menschen, die ihn stets gut behandeln, oder er lehnt diese ab.*

Ich weiß nicht, ob Jonathan gegenwärtig Medikamente gegen Depressionen oder Angstzustände einnimmt, und ich bezweifle, dass er nach all der Zeit plötzlich versucht hat, eine Therapie zu beginnen. In diesem Fall blieben seine Persönlichkeitsstörungen entscheidend für seinen Charakter. Was Jonathan als Kind erlebt hat, verfolgt ihn bis heute, und es gelingt ihm nicht, damit umzugehen. Er ist immer noch in der Persönlichkeit des verängstigten Kindes gefangen. Er hat den Übergang zu einem gut angepassten Erwachsenen nicht geschafft.

DCI Hales wartete, bis Jonathan zu Ende gelesen hatte, bevor er das Verhör fortsetzte. Er sah auf die Uhr. Es war schon unglaublich spät. Im Revier herrschte Totenstille. Nachts war nur eine Notbesetzung anwesend. Er hatte seine Frau seit dem Mittag des Vortags nicht mehr angerufen und nicht einmal eine SMS geschickt, dass er nicht nach Hause kam. Nicht, dass ihr das auffallen würde.

»Nun?«, fragte Hales. Er lehnte sich zurück und verschränkte die Arme.

»Also das ist einfach … es ist … wie können Sie sich auf das Wort eines Mannes verlassen, der mich nicht einmal kennt? Ich habe nie mit Charlie Johnson gesprochen. Meine Tante weigerte sich bereits, als ich ein Kind war, ihn zu mir zu lassen, und ich habe seitdem alle Interviewanfragen abgelehnt. Was er schreibt, ist unwahr und entbehrt jeder Grundlage. Er ist nicht mal ausgebildeter Psychologe. Das ist nur das Geschreibsel eines Sensationsreporters.«

»Aber in der Schule waren Sie nicht gerade ein braver Junge, nicht wahr?« Hales schob den psychologischen Bericht beiseite und legte die Zeugenaussagen darauf.

»Aus dem Zusammenhang gerissen kann man alles schlimmer darstellen, als es war. Ja, ich habe Joseph Quinn in den Arm gebissen, allerdings nur, weil er mich zu Boden geworfen hatte und mich würgte. Das Einzige, was ich noch tun konnte, um freizukommen, war, ihm in den Arm zu beißen. Ich kann mich nicht erinnern, einen Jungen mit dem Kopf unter Wasser gedrückt zu haben.«

»Was ist mit den Aussagen Ihrer Nachbarinnen, die Sie als merkwürdig und als Einzelgänger bezeichnen?«

»Ich war ein Einzelgänger. Na und?« Er zuckte die Achseln. »Meine Eltern hatten keine Zeit für mich, und Matthew lebte sein eigenes Leben. Mit wem hätte ich also Umgang haben sollen? Da war niemand. Ich musste mich um mich selbst kümmern. Ihre sogenannten Beweise sind absolut wertlos.«

Hales gab auf. Er war sicher, dass er Bestätigung für Charlie Johnsons Bericht finden würde, wenn er Jonathan von einem Psychologen untersuchen ließ. Er musste am Morgen die ACC um die Genehmigung dafür bitten.

»Erzählen Sie mir von der Nacht, in der Ihre Eltern starben.«

»Ich dachte, Sie hätten mich unter dem Verdacht festgenommen, meinen Bruder getötet zu haben. Wollen Sie mir jetzt auch noch den Mord an meinen Eltern in die Schuhe schieben? Ich war damals gerade elf Jahre alt.«

»Beantworten Sie die Frage«, forderte Ben mit Nachdruck. Langsam verlor er die Geduld mit Jonathan. Er hatte die Handflächen flach auf den Tisch gelegt, und seine Armmuskeln spannten sich, als wolle er sich im nächsten Moment auf ihn stürzen.

»Sie wissen doch alles. Ich kann nichts Neues hinzufügen. Ich halte das nicht mehr aus.« Seine Stimme brach, und er war den Tränen nah.

»Warum nicht?«

»Weil es wehtut«, schrie er. »Ich muss jeden Tag mit der Erinnerung leben! Wie kann ich sie hinter mir lassen, wenn ich ständig aufgefordert werde, sie wieder und wieder zu berichten? Sie haben Ihre Akten, Sie haben Ihre Aussagen, Sie haben Charlie Johnsons verdammtes Buch. Sie wissen genauso viel wie ich.«

»Ach, kommen Sie schon. Wollen Sie mir weismachen, alles, was in dem Haus vorging, sei allgemein bekannt?«

»Tut mir leid, aber so ist es.« Jonathan stützte die Ellbogen auf den Tisch und den Kopf in die Hände. Er schien am Ende zu sein – sowohl psychisch als auch physisch.

»Erzählen Sie mir noch einmal von Ihrem Bruder.«

»Was wollen Sie wissen?«

»Wann haben Sie ihn das letzte Mal gesehen?«

»Ich weiß nicht mehr.«

»Ach, kommen Sie! Er ist oder besser gesagt: er war Ihr einziger lebender Verwandter. Sie müssen sich doch erinnern, wann Sie einander das letzte Mal begegnet sind.«

»Nein. Das ist Jahre her.«

»Wie viele?«

»Das weiß ich nicht.«

»Also haben Sie ihn Montagnacht nicht gesehen, in der Nacht, als er ermordet wurde?« Er stellte die Frage zum zweiten Mal und hoffte, diesmal eine andere Antwort zu erhalten.

Jonathan antwortete nicht sofort. »Nein.«

»Sind Sie sicher?«

»Ja.«

»Sagen Sie mir, wer Dawn Marwood ist.«

Jonathan schaute verständnislos drein. Er war zu müde, um noch richtig nachdenken zu können, und doch kam ihm der Name irgendwie bekannt vor. »Das ist eine Frau, die im selben Haus wohnt wie ich.«

»In welcher Wohnung?«

»Nummer eins.«

»Das ist die erste Wohnung im Erdgeschoss?«

»Ja«, seufzte Jonathan.

»Am Montagabend hatte Dawn Marwood große Schmerzen und konnte nicht schlafen. Sie leidet an Arthritis, und bei der kalten Witterung versteifen sich ihre Gelenke. Sie lag bis in die frühen Morgenstunden des Dienstags wach. Sie saß im Wohnzimmer und las, als sie plötzlich von Geschrei abgelenkt wurde. Wissen Sie, wo das Geschrei herkam?«

Jonathan antwortete nicht. Er starrte weiter geradeaus. In Hales' Miene stand Genugtuung.

»Aus Ihrer Wohnung, Jonathan. Zunächst glaubte Ms. Marwood, es wäre der Fernseher, doch ihr fiel ein, dass Sie ja gar keinen besitzen. Als sie dann das Klirren von Glas hörte, beschloss sie nachzusehen. Wie es der Zufall so will, kann Ms. Marwood nicht besonders schnell laufen, daher brauchte sie eine Weile, bis sie zu ihrer Wohnungstür gelangte, und was glauben Sie, was sie sah, als sie durch den Spion schaute?«

Hales' Lächeln war beinahe selbstgefällig. Jonathan sah ein Funkeln in seinen Augen. Er amüsierte sich königlich.

»Sie sah einen Mann aus Ihrer Wohnung kommen und das Gebäude verlassen. Sie konnte mir sogar eine ziemlich genaue Beschreibung von ihm geben. Das war Ihr Bruder, nicht wahr?«

Die Geschichte wiederholte sich. Jonathan saß wieder in einem Raum in einem Polizeirevier, der so eingerichtet war, dass er wie ein normales Wohnzimmer wirken sollte. Er saß auf dem Boden mit einem großen Malblock und einem Gefäß voll Wachsmalkreiden. Während er malte, redete eine Frau auf ihn ein und fragte ihn, wie er sich fühlte, was er in dem Haus gesehen habe, ob jemand im Haus gewesen sei, der da nichts verloren hatte, und jetzt, zwanzig Jahre später, durchlebte er das Entsetzliche erneut. Der einzige Unterschied war, dass man ihn diesmal nicht mit Samthandschuhen anfasste.

»Das darf nicht wahr sein.« Jonathans Stimme war kaum mehr als ein Flüstern.

»Was denn?«

»Ich glaube nicht, dass ich weitermachen kann. Darf ich gehen? Ich möchte nach Hause.«

»Ich denke, es wird eine Weile dauern, bis Sie Ihre Wohnung wiedersehen. Also, wieso haben Sie mich angelogen, als ich Sie nach Ihrem Bruder gefragt habe, und was wollte er Montagnacht bei Ihnen zu Hause?«

»Ich habe Kopfschmerzen.« Er hatte das Gefühl, sein Schädel müsse zerspringen.

»Beantworten Sie meine Fragen.«

»Ich kann nicht.«

»Warum nicht.«

»Ich will nicht, dass es jemand erfährt.« Seine Unterlippe zitterte.

»Was erfährt?«

Ein längeres Schweigen entstand. Jonathan krümmte sich zusammen und umfasste den Kopf mit beiden Händen. Er schluckte die Tränen hinunter und sah auf.

»Also gut. Matthew kam mich Montagnacht besuchen. Es war das erste Mal seit Jahren, dass ich ihn gesehen habe. Trotzdem erkannte ich ihn sofort. Weiß der Teufel, wie er mich gefunden hat.«

»Was war der Grund für seinen Besuch?«

»Der Abriss. Er wollte beim Abriss des Hauses dabei sein.«

»Worüber haben Sie gesprochen?«

»Hauptsächlich über unsere Eltern. Er bat mich immer wieder, jene Nacht noch einmal durchzugehen, bis ins kleinste

Detail. Es war fast, als würde es ihm Spaß machen. Er grinste die ganze Zeit.«

»Haben Sie ihm den Gefallen getan?«

»Ich hatte keine Wahl. Er hat mir Angst gemacht. Ich hatte immer Angst vor ihm.« Jonathan schlang die Arme wie zum Schutz um sich.

»Inwiefern hat er Ihnen Angst gemacht?«

»Er war zornig, leicht erregbar. Ich dachte, er würde mich schlagen.«

»Hat er Sie denn geschlagen?«

Jonathan brach plötzlich zusammen. Es sah aus, als hätte man ihm das Rückgrat herausgerissen, und er sackte schlaff über dem Tisch zusammen. Er konnte sich nicht mehr beherrschen und ertrank in einem Strom von Tränen. Das kalte Zimmer hallte von seinem Wehklagen wider.

Hales zog ein Stofftaschentuch hervor und reichte es ihm. »Hier, nehmen Sie. Es ist zerknittert, aber sauber.«

Jonathan nahm das Taschentuch und wischte sich Augen und Nase ab. Die Tränen flossen weiter.

»Was ist passiert?«, fragte Hales in einer kurzen Pause zwischen den Schluchzern.

»Matthew starrte mich immer nur an, oder eigentlich durch mich hindurch. Ich wusste, dass etwas geschehen würde, etwas Entsetzliches, aber ich hatte keine Ahnung …« Er konnte den Satz nicht vollenden. Die Tränen übermannten ihn.

»Lassen Sie sich Zeit, Jonathan. Atmen Sie tief durch.«

»Er warf sich auf mich und packte mich an der Kehle. Er drückte so fest zu, dass ich keine Luft mehr bekam. Ich versuchte, mich loszureißen, aber er war zu stark. Ich fürchtete, ohnmächtig zu werden, doch kurz davor ließ er mich los und stieß mich um. Ich fiel auf meinen Couchtisch. Das Glas zersplitterte, und ich knallte mit dem Kopf auf den Boden. Das hielt ihn jedoch nicht ab. Ich war überzeugt, er würde mich umbringen. Ich sah zu ihm hoch, und er grinste. Er stand einfach nur so da, mit diesem breiten Grinsen im Gesicht. Er amüsierte sich. Er sagte, wenn er gewusst hätte, wie labil und kaputt ich sei, hätte er mir schon längst einen Besuch abgestattet.«

»Was haben Sie geantwortet?«

»Was hätte ich sagen sollen? Ich bekam kaum Luft. Ich wollte nur, dass er wegging. Ich dachte, wenn er mich zusammenschlagen wollte, würde ich mich nicht wehren und einfach hoffen, dass es schnell vorbei war.«

»Warum hat er Ihnen das angetan?«

»Weil er es konnte. Er hat mich immer gehasst, vom Tag meiner Geburt an. Als ich nach Newcastle ging, glaubte ich, ich wäre ihn endlich los, und als ich nach Sheffield zurückkehrte, hatte ich keine Ahnung, dass er mich finden und etwas Derartiges tun würde.«

»Was hat er denn getan?«

»Er half mir vom Boden auf. Er streckte mir die Hand hin und zog mich hoch. Er streifte mir die Glassplitter aus den Haaren und nahm mich in die Arme. Er hatte einen kräftigen Griff. Er flüsterte mir ins Ohr, wir hätten einander nie zuvor umarmt, wie es für Brüder normal sei. Er sagte, wir hätten eine lausige Kindheit und lausige Eltern gehabt, die uns nie Zuneigung oder Interesse entgegengebracht hätten. Er ließ mich los, und ich blickte ihm in die Augen und sah darin das personifizierte Böse. Ich wusste, was kommen würde …«

KAPITEL 32

Sian Mills konnte nicht schlafen. Ihr Mann hatte den größten Teil der Bettdecke an sich gerafft, und sein neuestes Anti-Schnarch-Mittel funktionierte nicht. Sie versuchte, ihn auf die Seite zu wälzen, aber er war viel zu schwer für sie. Als ihr Handy klingelte, war das wie Musik in ihren Ohren. Es hätte ihr nicht einmal etwas ausgemacht, mit irgendjemandem aus einem Callcenter in Indien über einen neuen Breitbandanschluss zu sprechen. Jedes Gespräch wäre ihr recht gewesen.

»Hallo?«, meldete sie sich, ohne die Stimme zu senken. Es war ihr egal, ob ihr Mann aufwachte. Wäre mal eine Abwechslung, wenn sie *ihn* wachhielt.

»Sergeant Mills?«

»Am Apparat.«

»Hier PC Murphy. Tut mir leid, Sie um diese Zeit zu wecken. Aber ich fand, Sie müssten Bescheid wissen.«

»PC Murphy? Was ist denn los?«

»Ich habe Nachtdienst und hörte Geschrei und Gebrüll aus einem der Vernehmungszimmer. Ich ging nachsehen und stellte fest, dass der stellvertretende DCI Hales gerade Jonathan Harkness verhört. Wahrscheinlich hätte ich Sie nicht stören sollen, aber ich weiß, dass DCI Darke den Fall bearbeitet, und dachte, sie sollte davon erfahren. Leider konnte ich die Nummer ihres Mobiltelefons nicht finden, deshalb rufe ich Sie an. War das in Ordnung?«

Er sprach mit einer toten Leitung. Sobald sie gehört hatte, wen Hales vernahm, hatte Sian das Gespräch beendet und im Dunkeln nach ihrer Hose gefischt. In Rekordzeit war sie angezogen und zur Haustür hinaus.

Die grünen Ziffern auf dem Armaturenbrett sagten ihr, dass es fast zwei Uhr nachts war. Wieso befragte er Jonathan Harkness mitten in der Nacht? Oder besser gesagt, warum verhörte er ihn überhaupt?

Das Thermometer zeigte minus vier Grad an, und der Wagen sprang erst nach mehreren Versuchen an. Raureif glitzerte im Licht der Natriumdampflampen der Straßenlaternen. Es waren keine anderen Autos unterwegs, und Sian hatte schnell die Hauptstraße zum Stadtzentrum erreicht. Als sie an einer roten Ampel halten musste, suchte sie auf dem Handy Matildas Nummer heraus.

»Hallo?«, krächzte Matilda. Sie klang benommen. Sian hatte sich schon gefragt, wie sie in den letzten Monaten mit alldem zurechtgekommen war, was auf sie einstürmte. Jetzt wusste sie es: mit Alkohol.

»Matilda, ich bin es, Sian. Sind Sie bei klarem Verstand?« Das hatte sie nicht sagen wollen, doch es war heraus, bevor sie zum Nachdenken kam.

»Bei klarem Verstand? Natürlich. Was soll die Frage?«

»Hören Sie, ich habe soeben einen Anruf vom diensthabenden PC bekommen. Hales verhört Jonathan Harkness.«

»Was?« Nun war Matilda definitiv völlig klar. Sie hatte den Alkohol gebraucht, um sich nach ihrer katastrophalen Sitzung bei Dr. Warminster und Stephen Egans Tod zu erholen. Dazu kam, dass ihr Jonathan nicht aus dem Kopf gehen wollte und sie fürchtete, ihm immer ähnlicher zu werden, eine Einsiedlerin ohne soziale Kontakte. Da brauchte man schon ein oder zwei Flaschen, um sich zu entspannen.

Sie war kurz nach Mitternacht eingeschlafen. Wieder einmal hatte sie sich aufs Sofa gelegt und war vor Erschöpfung und Trunkenheit weggesackt. Aber nicht der Anruf hatte sie geweckt, sondern ihre Blase. Sie war auf dem Rückweg von der Toilette gewesen, als ihr Handy sich gemeldet hatte.

»Was zum Teufel hat der Kerl vor?«, schrie sie hinein.

»Keine Ahnung. Kommen Sie her?«

»Na klar.«

»Können Sie fahren?«

»Halten Sie einfach Hales von Jonathan fern, bis ich da bin.« Matilda legte auf und betrachtete sich im Garderobenspiegel. Konnte sie als respektables Mitglied der Polizei durchgehen? Nicht mit der fleckigen Bluse, den wirren Haaren und den dicken Tränensäcken. Sie rannte zwei Stufen auf einmal nehmend die Treppe hinauf und drehte im Bad den Kaltwasserhahn auf. Mit kleinen spitzen Aufschreien spritzte sie sich das eiskalte Wasser ins Gesicht. Es fühlte sich an wie Nadelstiche, aber es wirkte. Sie musterte wieder ihr Spiegelbild und war ein wenig zufriedener.

Sie war gerade dabei, sich mit aller Kraft die verstrubbelten Haare zu bürsten, als ihr Handy erneut klingelte. Sie wollte eigentlich nicht rangehen, doch dann sah sie Adeles Namen auf dem Display. Schlief denn heute niemand um diese Uhrzeit?

»Adele?«, meldete sie sich.

Adele flüsterte ins Telefon. »Ich kann nicht lange reden, aber ich glaube, du solltest unbedingt so schnell wie möglich aufs Revier kommen.«

»Was ist los?«

»Ich hatte Bereitschaftsdienst und verarztete gerade einen Typen, der in der Arrestzelle einen Herzanfall hatte, als Hales auftauchte. Er hat mich gebeten, Jonathan Harkness auf Spuren einer Vergewaltigung zu untersuchen.«

KAPITEL 33

Matilda hielt auf dem Parkplatz vor der Polizeistation, stieg aus und knallte die Autotür hinter sich zu. Der Laut hallte auf dem leeren Platz wider und wurde von den Wänden des Gebäudes zurückgeworfen. Ohne auf die gefährlich glatten Eisplatten zu achten, stürmte sie zum Hintereingang und riss die Tür beinahe aus den Angeln.

Auf dem Revier war es still. Die Bürotüren waren geschlossen, die Jalousien an den Fenstern heruntergelassen. Nur die Neonröhren in den Korridoren brannten. Es war unheimlich. Die einzigen Geräusche stammten von Matildas Schritten und dem Summen der Beleuchtung.

Ihr Ziel war das Büro der Mordkommission. Dort traf sie niemanden an. Sie hieb mit der flachen Hand kräftig auf den Tisch. Der Knall echote durch die Räume.

»Sian?«, rief sie.

Matilda verließ den Raum und hetzte auf der Suche nach Sergeant Mills durch die Gänge. Endlich fand sie sie, als sie gerade aus der Toilette kam.

»Was zum Teufel geht hier vor?«, schrie Matilda. Ihre Augen waren vor Zorn geweitet, und sie zitterte vor Wut.

»Okay, beruhigen Sie sich.«

»Mich beruhigen? Warum zum Henker befasst sich Hales mit Jonathan Harkness? Welches Recht hat er, ihn zum Verhör herzubringen, ohne mir Bescheid zu sagen?«

»Kommen Sie.« Sian wollte nicht mitten auf dem Korridor mit Matilda diskutieren und versuchte, sie in ein Zimmer zu ziehen, wo sie ungestört waren. Doch Matilda tobte.

»Dafür wird er mir bezahlen«, setzte sie ihre Schimpftirade fort. »Masterson hat ihm ausdrücklich gesagt …«

»Matilda, regen Sie sich erst mal ab, ja? Kommen Sie mit. Ja, hier rein.«

Sian öffnete die Tür des nächstgelegenen Büros und schaltete das Licht ein. Sie hatte keine Ahnung, wem der Raum gehörte, jedenfalls hatte er ihn sauber und aufgeräumt hinterlassen. Sie wartete, bis Matilda sich gesetzt und ein wenig beruhigt hatte, bevor sie fortfuhr. »Die Situation ist folgendermaßen, soweit ich das überblicke: Ich bekam einen Anruf von PC Murphy …«

»Welcher ist das?«, unterbrach Matilda sie.

»Äh, groß, schlaksig, Pilzkopf, wurde damals drüben bei der Queens Road überfahren, als er versuchte, einen Raubüberfall zu verhindern.«

»Ach ja. Ich erinnere mich. Sprechen Sie weiter.«

»Okay. Murphy rief mich an, um mir zu sagen, er habe Geschrei aus einem der Vernehmungsräume gehört. Er ging ins Beobachtungszimmer und sah, wie Hales Jonathan Harkness verhörte. Er sprach den Sergeant vom Dienst darauf an, und der teilte ihm mit, dass Hales Jonathan wegen des Mordes an seinem Bruder verhaftet hätte.«

»Was?«, schrie Matilda und sprang auf. Sian streckte die Hand aus, um sie zurückzuhalten und daran zu hindern, hinauszustürmen und Hales aufzustöbern. »Moment, Matilda. Setzen Sie sich und lassen Sie mich ausreden.« Sie wartete, bis Matilda wieder Platz genommen hatte. »Bevor Murphy mich anrief, befahl ihm Hales, einen Arzt zu holen, weil Jonathan untersucht werden müsse. Glücklicherweise war die gute Adele Kean gerade unten bei einem Mann, der einen

Herzanfall oder so etwas hatte. Egal, Hales teilte Adele mit, Jonathan hätte behauptet, sein Bruder sei in der Nacht seiner Ermordung bei ihm in der Wohnung gewesen und habe ihn sexuell missbraucht.«

»Was?«, schrie Matilda erneut, doch diesmal nicht vor Zorn, sondern vor Entsetzen. »Warum hat Jonathan bisher nichts davon gesagt?«

»Ich habe keine Ahnung.«

»Hat Hales ihn nicht danach gefragt?«

»Ich weiß nicht. Ich habe nicht mit ihm gesprochen.«

»Wo sind denn jetzt alle?«

»Soweit ich weiß, ist Adele noch bei Jonathan. Hales muss irgendwo hier sein.«

»Ich werde dem Drecksack die Gliedmaßen einzeln ausreißen.«

Dieses Mal hinderte Sian Matilda nicht daran, den Raum zu verlassen. Sie trat beiseite und folgte ihr. Leider war Matilda ein paar Zentimeter größer als sie und stand noch voll unter dem Einfluss des Adrenalinschubs von ihrem Wutanfall, sodass sie rasch an Vorsprung gewann und um eine Ecke herum aus Sians Blickfeld entschwand. Sie verfiel in Laufschritt. Sie hatte das Gefühl, bald als Unparteiische gebraucht zu werden.

»Wie lange dauert denn so eine Untersuchung?«

Hales saß in der menschenleeren Kantine, ihm gegenüber der erschöpft wirkende Sergeant vom Dienst. Die Nacht neigte sich dem Ende zu, und Hales war klar, dass mit jeder Minute der Zeitpunkt näher rückte, an dem Matilda zur Arbeit kam und herausfand, dass er ihren Fall gekapert hatte. Er hoffte, Jonathan bis dahin ein Geständnis oder neue Informationen entlocken zu können, die er ihr unter die arrogante Nase reiben konnte.

»Sie wissen doch selbst, wie lange das dauert«, lautete die Antwort.

Hales sah zum wiederholten Mal auf die Uhr. »Ich weiß nicht, ob ich ihm glauben soll. Warum sollte ein Mann seinen eigenen Bruder vergewaltigen?«

»Das ist eine Frage für einen Psychologen. Ich bin nur ein Sergeant mit Diabetes 2 kurz vor der Pensionierung, der seine Zeit absitzt.« Er blickte auf und sah Matilda auf die Doppeltür der Kantine zu marschieren. »Ich denke, ich verziehe mich jetzt lieber in den Bombenkeller.«

Hales sah ihn stirnrunzelnd an und fragte sich, wovon der Mann redete, bis er seinen Namen hörte.

»Hales, was zum Teufel ist hier los?«

Er lächelte in sich hinein. Matildas Gezeter hob seine Stimmung. Er hatte keine Angst vor einer Konfrontation. Er würde ihr mit Vergnügen so richtig den Marsch blasen.

»Ah, Detective Chief Inspector Darke, was führt Sie denn zu so früher Stunde her? Waren wohl unterwegs zum Schnapsladen und dachten, Sie schauen mal vorbei, um guten Tag zu sagen?«

Matilda blieb wie angewurzelt stehen – sie sah aus, als hätte man sie geohrfeigt. »Was ist hier los?«, fragte sie. Ihre Stimme klang leiser und bebte ein wenig.

»Ich bin sicher, wer immer Sie angerufen hat, hat Sie bereits informiert. Ich habe Jonathan Harkness festgenommen.«

»Mit welcher Begründung?«

»Ich gebe zu, im Augenblick haben wir nur Indizien, aber ich bin sicher, wenn wir mit dem Verhör fertig sind, wird er den Mord an seinem Bruder gestehen.«

»Da irren Sie sich.«

»Ich glaube nicht. Ich habe Zeugenaussagen und ein psychiatrisches Gutachten, in dem steht, er sei vollkommen verrückt und ein hochintelligenter Soziopath.«

Die Doppeltür zur Kantine öffnete sich knarrend, und Sian schob sich durch den schmalen Spalt.

»Ah, sie hat Sie angerufen. Das hätte mir klar sein sollen. Vielen Dank für Ihre Loyalität, Sian.«

Sian schaute auf den schmutzigen Boden. Sie hasste es, Partei ergreifen zu müssen. »Wieso tun Sie das?«, fragte Matilda.

»Es ist mein Job, dafür zu sorgen, dass Leute für ihre Taten vor Gericht kommen und dass der Gerechtigkeit Genüge getan wird.« Er stand hoch aufgerichtet da, die Hände hinter dem Rücken verschränkt. Ein Anflug von Selbstgefälligkeit lag auf seinem Gesicht.

»Sie sind ein Drecksack, wissen Sie das? Weshalb haben Sie mir nichts von alldem gesagt?«

»Ihnen? Sie machen wohl Witze? Haben Sie in letzter Zeit mal in den Spiegel geschaut? Sie sind ein Wrack. Ich weiß ehrlich nicht, was Sie hier wollen. Sie sind völlig unfähig, ein Team von Detectives in einer Mordermittlung zu leiten. Sie sind erledigt.«

Matilda schluckte schwer. »Was ist das für eine Geschichte mit dem sexuellen Missbrauch?«, fragte sie schließlich mit spröder, leiser Stimme.

»Absoluter Humbug. Nur ein Versuch, Zeit zu gewinnen.«

»Es könnte etwas dran sein.«

»Wieso sollte sein Bruder ihn vergewaltigen? Welches Motiv wäre dafür denkbar? Er lügt.«

»Jonathan Harkness ist in dieser Sache ein Opfer. Warum behandeln Sie ihn wie einen Hauptverdächtigen?«

»Weil er genau das für mich ist.«

»Sie liegen völlig falsch.«

Ein PC stieß die Kantinentüren auf und schob Sian beiseite. »Dr. Kean ist fertig«, verkündete er, bevor er wieder verschwand.

Auf dem Weg zur Tür beugte sich Hales zu Matilda und flüsterte ihr ins Ohr: »Sie stinken nach Alkohol.« Er schnupperte. »Genaugenommen stinken Sie wie eine Verliererin. Sie können genauso gut gleich Ihren Schreibtisch räumen.«

Adele Kean machte sich in der Einsatzzentrale eine Tasse Kaffee. Sie war erschüttert. Sie gab drei Löffel Instant-Espresso in einen Becher und gähnte laut und ausgiebig, während sie darauf wartete, dass das Wasser kochte.

»Also, lassen Sie hören.« Hales trat ein, ohne Matilda, die hinter ihm kam, die Tür aufzuhalten. Ein paar Sekunden später folgte Sian.

»Ich wünsche Ihnen auch einen guten Morgen. Möchte jemand Kaffee?«

»Niemand will hier Kaffee. Sagen Sie mir einfach, was Sie herausgefunden haben.«

Adele konnte die Anspannung, die von Hales ausging, beinahe mit Händen greifen. Sie sah Matilda an, deren Gesicht ausdruckslos blieb. »Was ist hier los?«

Matilda schüttelte den Kopf, als wolle sie Adele signalisieren, nicht weiter in sie zu dringen. Sie würde sie nachher informieren.

»Nichts ist los. Kommen Sie, Adele, raus damit.«

»Nun, da Sie mich so höflich fragen, ich habe Jonathan einer Reihe von Untersuchungen unterzogen und Proben genommen, die noch ins Labor geschickt werden müssen, aber es gibt ernsthafte Verletzungen im Analbereich, die auf sexuellen Missbrauch hindeuten.«

»Scheiße!«, brüllte Hales und trat eine Delle in einen Aktenschrank. »Sind Sie sicher?«

»Absolut. Außerdem fand ich Glassplitter in seiner Kopfhaut, die, wie er sagt, von einem gläsernen Couchtisch in seinem Wohnzimmer stammen, in den sein Bruder ihn hineingestoßen hat.«

»Das könnte er auch selbst bewerkstelligt haben«, widersprach Hales. »Haben Sie nicht *Scream 4* gesehen? Wo der Killer am Ende ...«

Matilda sprang für Jonathan in die Bresche. »Ich bezweifle, dass er seine Ideen aus Filmen bezieht. Um Himmels willen, er hat nicht mal einen Fernseher!«

»Missgeburt!«

»Hat er zu dir etwas gesagt?«, fragte Matilda Adele.

Adele runzelte die Stirn, während sie ihre Freundin musterte. Matildas mutlose Stimme und die geröteten Augen machten ihr Sorgen. »Er sagte, sein Bruder hätte ihn am Montagabend sexuell missbraucht, und zwar nicht zum ersten Mal. Matthew vergewaltigte ihn zwei Mal, als sie noch Kinder waren, vor dem Tod ihrer Eltern.«

KAPITEL 34

Assistant Chief Constable Valerie Masterson war nicht erfreut darüber, um sieben Uhr morgens geweckt zu werden. Doch Sergeant Sian Mills glaubte, in der Angelegenheit keine Wahl zu haben.

Sobald festgestanden hatte, dass Jonathans Anschuldigung nicht erfunden war, war zwischen Matilda und Ben ein heftiger Streit ausgebrochen. Schließlich hatte Sian buchstäblich dazwischengehen müssen, bevor es zu Handgreiflichkeiten kam. Sie forderte sie auf, sich zu beruhigen und in getrennten Bereichen des Reviers zu warten, bis sie die Assistant Chief Constable angerufen und von den jüngsten Entwicklungen unterrichtet hatte. Bis zu ihrem Eintreffen sollten sie nichts unternehmen. Es war das erste Mal, dass sie gegenüber ihren Chefs die Stimme erhoben hatte, aber es handelte sich um außergewöhnliche Umstände. Die Gefahr bestand, dass die Ermittlungen aus dem Ruder liefen, und sie musste sie wieder auf Kurs bringen. Im Übrigen wusste sie, wohin es führte, wenn die Beamten in Uniform Zeugen einer solchen Auseinandersetzung wurden und die Gerüchteküche zu brodeln begann: Suspendierungen, endlose Berichte, Kündigungen. Das wollte Sian verhindern. Matilda hatte so etwas nicht verdient, nicht einmal Ben Hales hatte das.

Masterson nahm die Zügel in die Hand, sobald sie eintraf. Sie veranlasste eine Besprechung des kompletten Teams, um alle auf den neuesten Stand zu bringen. Sie machte deutlich, dass sie über die Situation nicht erfreut war, und befahl Ben und Matilda, in ihr Büro zu kommen, wenn das Briefing vorüber war.

Das Büro der Mordkommission war gut gefüllt. Das gesamte Team war versammelt, dazu kamen mehrere Beamte in Uniform, außerdem der Chef der Spurensicherung mit seinen Leuten. Die Atmosphäre entsprach dem Himmel draußen, düster und unheilverkündend.

»Es gab einige neue Entwicklungen, und mir wurde berichtet, dass die Ermittlungen im Mord an Matthew Harkness und dem ungelösten Fall seinen Bruder und die Ermordung ihrer Eltern betreffend außer Kontrolle zu geraten drohen. Sie sind sich ja alle darüber im Klaren, wie groß die öffentliche Aufmerksamkeit im Fall Harkness ist. Die Presse behält uns nach dem Missbrauchsskandal in Rotherham und der Hillsborough-Untersuchung ohnehin sehr genau im Auge. Durch den Harkness-Fall haben die Reporter praktisch vor unserer Haustür ihr Lager aufgeschlagen. Wir können uns keine Fehler leisten. Ich will, dass die Polizei von South Yorkshire endlich einmal in einem positiven Licht dargestellt wird und die Kriminellen im Land erfahren, dass man mit Verbrechen nicht durchkommt, egal, wie lange sie zurückliegen. Also, DS Sian Mills wird uns jetzt auf den neuesten Stand bringen, und dann sehen wir weiter. Bitte, Sian.«

Masterson trat zur Seite, während Sian vor die versammelte Mannschaft trat. Sie betrachtete ihre Kollegen und Chefs und spürte ihre prüfenden Blicke. Sie hatte noch nie ein Briefing geleitet und über Ermittlungen nur auf zwangloser Ebene gesprochen. Jetzt war sie plötzlich die Sprecherin und wurde von zwei DCIs und einer ACC argwöhnisch beobachtet.

»Also gut. Ich hatte Kontakt mit der Polizei in Manchester. Sie haben Matthew Harkness' Wohnung gründlich durchsucht und Nachbarn und Mitarbeiter befragt. Matthew war eine Art Buchhalter, und obwohl er in Manchester lebte, hielt er sich mehrmals im Monat im Hauptbüro seiner Firma in London auf. Laut den Berichten war er ein karrierebewusster Mann und arbeitete hart. Offenbar kannten ihn seine Vorgesetzten nicht privat, aber sie beschrieben ihn als fleißig und professionell.

Seine Kollegen in Manchester sehen das alles allerdings etwas anders.« Sian warf einen Blick auf ihren großen Notizblock und blätterte ein paar Seiten weiter, bis sie gefunden hatte, wonach sie suchte. Sie stolperte ein wenig über die Worte. »Die, äh, weiblichen Mitarbeiter des Teams bezeichnen ihn als Wichser, während die männlichen Kollegen ihn einen Aufreißer nennen. Er war im Büro ein freundlicher, gesprächiger Mensch, oft der lauteste im Raum. Er strahlte Selbstbewusstsein aus und war keinen Tag krank. Er flirtete gerne und verabredete sich mit vielen Mitarbeiterinnen. Ein Kollege bezeichnete ihn als narzisstische Persönlichkeit.

Ein Mitarbeiter namens Timothy Lightfoot war mit Matthew etwas enger befreundet. Sie gingen nach der Arbeit oft zusammen ins Fitnessstudio und verbrachten gemeinsame Mountainbike-Urlaube. Laut Tim war Matthew bisexuell und ein Draufgänger. Er hatte reichlich Geld auf dem Konto und gab es für Designerklamotten und modernste Technik aus, außerdem, um sich mit Frauen wie mit Männern zu amüsieren.«

»Hat Matthew je von der Ermordung seiner Eltern oder von seinem Bruder gesprochen?«, fragte Masterson aus dem Hintergrund.

Die Unterbrechung brachte Sian aus dem Konzept. Sie stotterte ein wenig herum, ehe sie wieder in die Gänge kam. »Nun, die Kollegen kannten alle seine Vergangenheit. Sie wussten, wer seine Eltern waren, und laut Tim nutzte er das weidlich aus.«

»In welcher Hinsicht?«

»Harkness ist kein sehr gebräuchlicher Name, und wenn er sich vorstellte, wurde ihm oft die Frage gestellt, ob er ›etwas mit den berühmten Harkness-Morden zu tun habe‹. Das bejahte Matthew dann und stellte sich als Opfer dar, um Sympathien zu gewinnen und … na ja, Sie wissen schon …«

»Frauen ins Bett zu kriegen«, vervollständigte Rory Fleming den Satz für sie.

»Ja, genau. Seine Nachbarn berichteten, dass er für sich blieb und kaum je ein Wort mit ihnen wechselte. Andererseits leistete er finanziell einen großen Beitrag für den Erhalt des Gebäudes und die Pflege des gemeinsamen Gartens. Der perfekte Nachbar, sozusagen. Beschwerden gab es nur wegen der lauten Geräusche, die von Zeit zu Zeit aus seiner Wohnung drangen.« Sie hüstelte und sah auf ihren Notizblock, um jeden Blickkontakt zu vermeiden.

»Laute Geräusche?«

»Fickgeräusche«, rief Constable Fleming zur Erheiterung der Anwesenden dazwischen.

»Danke, DC Fleming«, übertönte Masterson das Gemurmel und Gekicher. »Ihre Sprachkompetenz ist bewundernswert. Fahren Sie fort, DS Mills.«

»Ich fand auch das Ehepaar, bei dem Matthew nach dem Tod seiner Eltern lebte, während Jonathan zu seiner Tante nach Newcastle zog.«

Dies weckte das Interesse Matildas und Bens, die an verschiedenen Seiten des Raums saßen, gleichermaßen.

»Matthew wohnte bei Robert und Judith Clayton und

ihrem Sohn Philip. Die Familie zog von Sheffield weg, als Philip und Matthew auf die Universität gingen. Sie lebt heute in Skegness. Philip starb vor drei Jahren bei einem Autounfall auf der M1. Die Eltern hielten immer Kontakt zu Matthew, aber manchmal lagen viele Monate zwischen den Anrufen. Sie waren schockiert, als sie von seinem Tod erfuhren.

Sie beschrieben ihn als stilles, scheues Kind, und es dauerte lange, bis er aus seinem Schneckenhaus kam, nachdem sie ihn zu sich genommen hatten. Sie boten ihm ein festes und unterstützendes Umfeld, und er reagierte positiv auf ihre Zuwendung. Judith meinte, dass er zu Hause oft ausgeschlossen worden sei. Er war ein Einzelkind, bis Jonathan kam, und anschließend ließen sie ihn sozusagen links liegen. Judith glaubt, dass Matthew Jonathan nicht leiden konnte, und gelangte übereinstimmend mit Tante Clara zu der Auffassung, dass es für die beiden Jungen am besten wäre, sie zu trennen.

Die Claytons boten Matthew die nötige stabile Familienumgebung, und er gedieh darin. Er brauchte Eltern, die sich um ihn kümmerten, ihn liebten und in Hinblick auf seine Zukunft förderten. Das taten sie. Sie halfen ihm durch die Prüfungen fürs College und zahlten sogar sein erstes Jahr an der Universität von Manchester.«

Masterson sagte: »Ich glaube, man muss kein Freudkenner sein, um zu erkennen, dass das Fehlen elterlicher Autoritätsfiguren in seinen prägenden Jahren zu seinem heutigen Lebensstil mit oberflächlichen sexuellen Beziehungen und einer leicht narzisstischen Persönlichkeit geführt hat. Stefan und Miranda Harkness ließen als Eltern eine Menge zu wünschen übrig. Was ist mit diesem Jonathan? Wäre es möglich, dass er seinen Bruder getötet hat?«

»Möglich?« Hales ging beinahe an die Decke. »Das steht unumstößlich fest. Warum verhören wir ihn nicht?«

Masterson warf ihm einen eisigen Blick zu. »Wir sind uns ja wohl alle einig, dass Jonathan ein ziemlich labiles Wesen besitzt. Darum sollte *jeder Kontakt* über DCI Darke laufen. Sie dagegen, stellvertretender DCI Hales, haben auf eigene Faust eine ungesetzliche Vernehmung durchgeführt. Ich gebe zu, ohne diese hätten wir vielleicht nie von den sexuellen Übergriffen erfahren, doch das bedeutet nicht, dass ich Ihr Verhalten billige.

Dies ist ein Team. Ich hatte gehofft, es würde als solches funktionieren und unter Einbeziehung aller Mitglieder gute Resultate erzielen. Offensichtlich ist das nicht der Fall. Jonathan Harkness wird erst wieder vernommen, wenn ich ausdrücklich die Erlaubnis dazu erteile. Wo ist er jetzt eigentlich?«, fragte sie, mehr an Sian als die anderen gewandt.

»Im Familienraum. Er musste mit ansehen, wie sein Chef bei einem Unfall mit Fahrerflucht tödlich verletzt wurde. Anschließend wurde er mitten in der Nacht hierhergeschleift. Ich habe seine Verhaftung durch Sergeant Taylor aufheben lassen. Nicht, dass er überhaupt hätte verhaftet werden dürfen.« Sie fügte hinzu: »Er hat noch nicht geschlafen und ruht sich aus, bis wir ihn in seine Wohnung zurücklassen können, nachdem die Spurensicherung damit fertig ist.«

»Hat Jonathan einen Ort, wo er bis dahin unterkommen kann?«

»Ich bin nicht sicher. Ich werde ihn fragen.«

Hales verdrehte die Augen angesichts der schonenden Behandlung, die man Jonathan angedeihen ließ. Unterdrückt murmelte er: »Verdammte Samthandschuhe.«

»Dieser Unfall mit Fahrerflucht, gibt es da irgendeinen Zusammenhang? Was wissen wir darüber?«

»Ich glaube nicht. Die Verkehrspolizei sucht nach Zeugen, und ein Team uniformierter Kollegen macht in der Umgebung eine Haustür-Befragung. Sie halten mich auf dem Laufenden.«

»Gute Arbeit, Sian. Wir müssen Jonathans Nachbarn vernehmen. Ich will wissen, ob einer von ihnen etwas von dem Angriff auf ihn mitbekommen hat. Geben wir Jonathan ein bisschen Zeit, um sich zu beruhigen, aber morgen oder übermorgen werden wir ihn noch einmal verhören. Sian, Sie übernehmen bis auf Weiteres die Leitung. Schön, ich überlasse Sie jetzt Ihren Pflichten. Ben, Matilda, Sie beide will ich in fünf Minuten in meinem Büro sehen.«

Damit marschierte sie aus dem Raum. Niemand sagte ein Wort, bis die Türen sich vollständig hinter ihr geschlossen hatten. Matilda starrte gedankenverloren ins Leere. In fünf Minuten würde sich ihre Zukunft bei der Polizei entscheiden.

KAPITEL 35

Jonathan hatte sich in der Ecke eines hellgrünen Dreisitzersofas zusammengerollt. Er trug einen weißen Papieroverall von der Spurensicherung, da man ihm seine Kleidung zu Untersuchungszwecken weggenommen hatte. Es war nicht dieselbe gewesen, die er in der Nacht des Überfalls getragen hatte, doch es befand sich Blut von Stephen darauf.

Im Raum herrschte eine drückende Atmosphäre. Die Fenster ließen sich nicht öffnen, und der einzelne Heizkörper unter dem großen verschmierten Spiegel gab Hitze in nuklearen Dosen ab. Jonathan hatte noch keine Minute auf dem Sofa gelegen, als ihm die Lider schwer wurden und ihn der Schlaf übermannte.

Leise trat Sian ein und rüttelte ihn sanft an der Schulter. Als er die Augen aufschlug, dachte er erst, er läge in seinem eigenen Bett, bis sein Verstand sich einschaltete und die Umgebung registrierte. Blassgelbe Tapete, cremefarbener Teppichboden, Kaffeetisch aus Kiefernholzimitat. Das gehörte nicht ihm. Es war nicht sein Stil. Wo zum Teufel war er?

»Jonathan, wie fühlen Sie sich?«, fragte Sian in dem entspannten, mütterlichen Tonfall, den sie normalerweise anstimmte, wenn ihre Kinder krank waren.

»Wie spät ist es?«

»Gleich neun.«

»Vormittags oder abends?«

»Vormittags.« Sie lächelte und setzte sich neben ihn aufs Sofa, ohne ihm zu nahe zu kommen. »Jonathan, wir müssen die Spurensicherung in Ihre Wohnung schicken, um zu sehen, ob es noch Beweismaterial aus der Nacht gibt, als Sie angegriffen wurden. Wir brauchen auch die Kleidung, die Sie an jenem Abend getragen haben. Ist Ihnen das recht?«

»Ja. Ist gut«, antwortete er etwas konfus. Er fühlte sich wie gerädert, weil er so wenig geschlafen hatte. »Darf ich nach Hause gehen?«

»Im Moment noch nicht. Haben Sie jemanden, bei dem Sie so lange unterkommen können?«

»Ich weiß nicht genau. Ich könnte Maun fragen, denke ich. Ich möchte nur duschen und schlafen.«

»Gut, dann fahre ich Sie nach Hause, damit Sie ein paar Sachen abholen und mir Ihre Kleidung geben können, und anschließend begleite ich Sie zu Maun. Ich sage Ihnen Bescheid, wann Sie in Ihre Wohnung zurückkönnen. Alles verstanden?«

»Ja, ich glaube schon.«

»Haben Sie noch Fragen?«

»Ich weiß nicht recht.« Er wirkte verwirrt.

»Keine Sorge. Sollte Ihnen irgendetwas einfallen, rufen Sie mich einfach an. Ich lasse Ihnen meine Nummer da.«

»Muss ich in dem Ding da nach Hause?«, fragte er und zupfte an dem übergroßen Papieroverall.

»Nein.« Sie lächelte. »Ich suche Ihnen etwas zum Anziehen heraus.«

Es dauerte eine Weile, bis Jonathan auf die Beine kam. Er war fix und fertig. Alles tat ihm weh, sogar die Spitzen seiner Haare, wenn er mit den Fingern hindurchfuhr.

Sian nahm ihn am Ellbogen und führte ihn hinaus.

»Was glaubst du, wer geschasst wird, Hales oder Darke?«, fragte Rory. Er lehnte sich zurück und fuhr Karussell in seinem Drehstuhl.

»Auf jeden Fall Hales«, fiel Aaron sofort ein. »Die ACC hat ihn noch nie gemocht. Sie hatte immer Darke als Nachfolgerin im Auge, wenn sie in Pension geht. Auf keinen Fall schickt sie Matilda in die Wüste.«

»Ich weiß nicht«, wandte Rory ein. »Beim Briefing war sie ganz schön angepisst.«

»Klar war sie angepisst. Sian hat sie um sieben Uhr früh aus dem Bett geklingelt. Wärst du da nicht auch mies gelaunt?«

»Ich denke eher, Matilda fliegt raus«, mischte sich DC Scott Andrews ein, der an der Küchenzeile stand und Tee für alle kochte. »Hales wird seinen Schwiegervater anrufen, der wiederum mit Masterson telefonieren wird, und am Ende bekommt er Matildas Job und eine Gehaltserhöhung. Denkt an meine Worte.«

»Das Orakel hat gesprochen«, witzelte Aaron, und Scott gab ihm die Antwort mit zwei Mittelfingern.

Faith Easter saß still an ihrem Schreibtisch und machte sich weiter mit dem Fall Harkness vertraut. Er faszinierte sie. Sie fühlte sich zurückversetzt in ihre Ausbildungszeit, als man ihr einen imaginären ungelösten Fall zugeteilt hatte, den sie durchgehen und sich eine Reihe von Fragen überlegen sollte, um sie einer neu aufgetauchten Zeugin zu stellen.

»Darf ich etwas fragen, wenn ihr mit euren Wetten fertig seid?«, wollte sie wissen und blickte von ihrem Notizblock auf.

»Schieß los«, erwiderte Rory.

»Die Mordwaffe, mit der man Miranda und Stefan erstochen hat, wo ist die?«

»Was?«

»Diesem Bericht nach war die Mordwaffe ein großes

Küchenmesser, und es fehlte eines aus dem Block in der Küche. Aber später wird es nie mehr erwähnt. Was ist daraus geworden?«

Aaron runzelte die Stirn. »Keine Ahnung. Rory, du hast doch mit Matilda an der Sache gearbeitet, habt ihr etwas herausgefunden?«

»Nein. Laut dem Bericht des ermittelnden DIs, ich kann mich gerade nicht an seinen Namen erinnern, wurde die Waffe nie gefunden.«

»Lasst uns das mal durchgehen«, begann Faith. »Das Harkness-Haus hatte zwei Eingänge, Vorder- und Hintertür, und beide waren von innen verschlossen. Wer immer die Eltern getötet hat, sie haben ihn offensichtlich hereingelassen, was bedeutet, dass es ein Bekannter war …«

»Aber wie ist der Täter dann aus dem Haus geflüchtet?«, unterbrach Aaron sie. »Wenn die Türen von innen abgeschlossen waren, wie ist der Mörder entkommen?«

»Die Logik sagt, dass er entweder noch im Haus war oder durch ein Fenster gestiegen ist.«

»Stand denn ein Fenster offen?«

Sie sahen Rory an, den inoffiziellen Experten für den alten Harkness-Fall, da er die Akten mehrfach gelesen hatte.

»Hört mal, die Aktenlage ist sehr dünn. Es wird nicht das Geringste erwähnt, das mit dem Haus zu tun hatte, Fenster, Türen, Schlösser, nichts. Es gibt keine Skizzen oder Grundrisse, keine Fotos, abgesehen vom Elternschlafzimmer, wo die Opfer lagen. Es sieht so aus, als wäre ein großer Teil der Beweismittel verschwunden, andernfalls wurden die Ermittlungen von Anfang an ziemlich schlampig durchgeführt.«

»Das ist wahrscheinlich der Grund, warum der Fall nie gelöst wurde«, brummte Scott.

»Was für Fenster waren das denn im Erdgeschoss?«, erkundigte sich Faith.

»Das wiederum weiß ich.« Rory blätterte in einem Ordner und zog ein Exemplar der Lokalzeitung heraus, das ein paar Tage alt war. »Hier ist ein Foto des Hauses in seinen besten Tagen, und offenbar waren überall senkrechte Schiebefenster.«

»Scheiße. Schiebefenster sind kinderleicht zu öffnen, von innen wie von außen.«

»Es sei denn, sie hätten Schlösser gehabt«, sagte Faith.

»Nicht in den 90ern. Ich bezweifle, dass man sie absperren konnte. So viel Angst haben wir erst seit 9/11«, meinte Scott und verteilte den Tee. »Wir wissen also, wie sie getötet wurden, aber nicht, wie der Mörder an den Tatort gelangte oder ihn wieder verließ.«

»Da ist noch etwas«, sagte Rory, während er in Sians Schokoladenschublade wühlte und sich ein KitKat nahm. »Nehmen wir mal an, der Killer wäre eingebrochen. Er hatte anscheinend nicht vor, sie zu töten, denn er kam unvorbereitet. Er hat eines ihrer eigenen Messer benutzt. Woher wusste er überhaupt von dem Messerblock?«

»Jeder hat Messer in der Küche. Wir suchen jemanden, der wusste, wie man unbemerkt ins Haus und wieder hinaus kam«, dachte Faith laut nach.

»Ich setze mein Geld auf Matthew Harkness«, erklärte Rory.

»Ich auch«, stimmte Aaron zu.

»Dem schließe ich mich an«, fügte Scott hinzu.

»Was ist eigentlich mit euch dreien los, dass ihr ständig auf alles wetten wollt?«

»Irgendwie muss man sich ja die Zeit vertreiben. Letztlich sind wir heute also nicht weiter als damals, als die Morde geschahen. Stefan und Miranda Harkness wurden in ihrem eigenen Schlafzimmer erstochen. Der oder die Mörder: unbekannt.«

»Offensichtlich war es ein Bekannter der Familie Harkness«, sagte Scott.

»Warum ist das offensichtlich?«

»Weil Matthew in dem Moment, als die Zeitung über die Wiederaufnahme des Falls und den Abriss des Hauses berichtete, umgebracht wurde. Der Killer ist noch da draußen, in Freiheit, und das will er auch bleiben. Deshalb schaltet er jeden aus, der ihn identifizieren könnte.«

Scott war innerhalb des Teams dafür bekannt, dass er wenig sagte, aber wenn doch, sprach er oft etwas aus, das nachdenklich stimmte. Die anderen sahen ihn mit verwirrtem Stirnrunzeln an.

KAPITEL 36

»Was zum Teufel bilden Sie beide sich eigentlich ein?« ACC Masterson sprühte vor Zorn. Für eine kleine Frau von zarter Gestalt verstand sie sich ausgesprochen gut darauf, ihre Untergebenen herunterzuputzen. Ihre Augen waren weit aufgerissen und blitzten, ihr Gesicht war gerötet, und die Adern an ihrem Hals pochten gefährlich. Vor ihrem Schreibtisch standen Hales und Matilda mit grimmiger Miene stramm. »Hören Sie, Ben, ich weiß, dass es Ihnen schwerfällt, Matilda wieder bei der Arbeit zu sehen, während Sie glauben, dass Sie selbst die Mordkommission leiten sollten. Ich weiß auch, dass Sie denken, Sie sollten schon seit Jahren DCI sein, aber beides ist nun einmal nicht eingetreten. Sie sind DI bei der Kripo und im Augenblick stellvertretender Leiter der Mordkommission. Finden Sie sich damit ab. Verstanden?«

»Ja, Ma'am«, sagte er. Er hatte die Hände hinter dem Rücken zu Fäusten geballt. Er mochte äußerlich ruhig wirken, doch innerlich kreischte er vor Wut. »Ich verstehe einfach nicht, warum ich angefeindet werde, nur weil ich meine Arbeit tue. Jonathan Harkness weiß weit mehr, als er preisgibt, und wir behandeln ihn, als wäre er aus Glas.«

»Ich habe mich doch wohl klar ausgedrückt, was das anbetrifft, Ben. Gott allein weiß, was in Jonathans Kopf vorgeht. Vermutlich nicht einmal er selbst. Wir müssen sichergehen, dass wir alle Fakten kennen, ehe wir ihn weiter befragen. Ihn mitten in der Nacht auf der Straße aufzugreifen und des Mordes zu bezichtigen, ist nicht der richtige Weg.«

»Aber ich dachte …«

»Nein. Nein, Sie haben nicht nachgedacht. Das ist Ihr Problem. Sie sind so wild darauf, Matilda eins auszuwischen, dass Sie überhaupt nicht an Jonathan denken. Sie kannten die Anweisung. Sämtliche Fragen an Jonathan hatten über Matilda zu laufen, und das haben Sie ignoriert. Der Befehl kam direkt von mir, und Sie haben ihn missachtet. Nehmen Sie sich den Rest des Tages frei. Gehen Sie heim, schlafen Sie sich aus, und morgen früh will ich Sie um neun Uhr in meinem Büro sehen. Haben Sie verstanden?«

Hales schwieg. War das der Anfang vom Ende seiner Laufbahn? Er überlegte, was seine Frau und sein Schwiegervater dazu sagen würden. Wenn er den Job verlor, war das eine Riesenblamage. Sein gesamtes Eheleben lang hatte seine Frau ihn mit dem großen Superintendent verglichen, und jetzt war seine Karriere im Eimer, und er würde im schlimmsten Fall sogar wieder in Uniform landen. Er schluckte schwer und sagte tonlos: »Ja. Ich verstehe.«

Er schloss die Tür geräuschlos hinter sich und ging zu seinem Wagen. Er schüttelte den Kopf beim Gedanken an dieses Auto. Selbst das gehörte seinem gottverdammten Schwiegervater.

Masterson wartete, bis Hales außer Hörweite war. »Sie hatten mir versprochen, Sie wären fit genug, um wieder zu arbeiten«, begann sie mit leiser Stimme, wurde jedoch mit jedem Wort lauter. »Gestern Abend hat mich Dr. Warminster angerufen. Sie teilte mir mit, dass Sie sich unhöflich, aufsässig und launisch verhalten haben.« Matilda hörte zwar die Worte ihrer Chefin, registrierte aber den Sinn nicht. Inzwischen war es ihr egal, was aus ihr wurde. Überraschenderweise dachte sie an Jonathan Harkness und dass sie alle Anzeichen des auf ihn erfolgten Angriffs übersehen hatte. Warum war sie nicht auf die Idee gekommen, dass der narzisstische Matthew seinem jüngeren, zerbrechlicheren Bruder etwas so Schreckliches antun könnte?

»Ich mag Sie, Matilda, ehrlich. Sie haben im vergangenen Jahr viel durchgemacht und es geschafft, damit fertig zu werden. Dafür respektiere ich Sie. Ich glaube nicht, dass ich so stark und unbeirrbar gewesen wäre. Doch in den letzten Tagen waren Sie nicht fair, nicht mir, nicht Ihrem Team und auch nicht Jonathan Harkness gegenüber.«

Matilda war den Tränen nahe. Es war nicht zu überhören, dass ihr ein Kloß in der Kehle steckte. »Ich weiß, dass ich nicht vollständig auf der Höhe war, nur hat auch Hales leider nicht mit offenen Karten gespielt. Ich gebe zu, dass ich im Augenblick alles infrage stelle, und ich habe Angst, Fehler zu machen, aber langsam komme ich wieder in die Gänge. Es ist dabei nicht hilfreich, dass Hales mir bei jeder Gelegenheit Steine in den Weg legt.«

»Es ist mir klar, dass Hales kein einfacher Kollege ist. Er hat mit seinen eigenen Dämonen zu kämpfen, und einer davon ist sein Schwiegervater …«

»Das ist nicht mein Problem«, fiel Matilda ihr ins Wort.

Masterson hob die Hand, um sie zu unterbrechen. »Trotzdem müssen Sie einen Weg finden zusammenzuarbeiten, sonst leiden die Ermittlungen darunter, und das lasse ich auf meinem Revier nicht zu. Okay, ich habe Hales für heute nach Hause geschickt, und jetzt tue ich das Gleiche mit Ihnen.«

Matildas Entsetzen war unübersehbar. Sie brauchte dringend Beschäftigung. Wenn sie jetzt heimfuhr und sich in Selbstmitleid suhlte, würde sie den Tag nicht überstehen. Sie musste weiterarbeiten. Sie versuchte zu protestieren, aber Masterson hob erneut die Hand.

»Keine Kompromisse. Ich will, dass Sie heimgehen, ein wenig Schlaf nachholen, eine heiße Mahlzeit zu sich nehmen und morgen wiederkommen. Keine Diskussion. Gehen Sie einfach.«

Masterson starrte sie an, bis Matilda auf dem Absatz kehrtmachte und die Tür öffnete. Sie war schon halb draußen, als Masterson ihr nachrief: »Und Matilda … ich will nie wieder Alkohol in Ihrem Atem riechen.«

Matilda konnte sich später nicht mehr an die Heimfahrt erinnern. Alles schien in einem Nebel an ihr vorbeizuziehen. Sie hatte bereits zehn Minuten in ihrer Einfahrt im Auto gesessen, bevor sie begriff, dass sie zu Hause angekommen war.

Sie betrachtete ihr Gesicht im Rückspiegel und erkannte sich selbst nicht. Masterson hatte recht. Sie war ein Wrack. Schlimmer noch: Sie war dabei, sich selbst zu zerstören.

Sie schloss die Haustür auf, stieß sie mit dem Fuß hinter sich zu und ging in die Küche. Im Kühlschrank stand noch eine Flasche Wodka. Es war ihr egal, was Masterson sagte, sie brauchte den Alkohol zum Einschlafen, und am nächsten Morgen würde sie wieder auf dem Damm sein. Hoffte sie.

Als sie in die Küche kam, sah sie, dass am Wasserkessel eine Nachricht lehnte. Sie erkannte die Handschrift nicht.

Die Tesco-Bestellung kam pünktlich. Das meiste habe ich schon weggeräumt, wusste aber bei einigen Sachen nicht, wohin sie gehören, deshalb stehen sie noch auf dem Küchentisch. Hoffe, das ist okay. Mum sagt, ich soll Sie daran erinnern, am Sonntag zum Mittagessen zu uns zu kommen. Bis dann, Chris.

Die Notiz stammte von Adeles Sohn. Wie versprochen hatte sie einen Lebensmittelvorrat bestellt und von ihrem Sohn in Empfang nehmen lassen. Sie öffnete die Kühlschranktür und sah Käse, Milch, Salat, Joghurt, Butter, Fleisch, Mineralwasser, Fisch und Eier. Die Großzügigkeit und Zuneigung ihrer Freundin überwältigten sie. Tränen flossen in Strömen, und die Emotionen brachen sich mit einem Aufschrei Bahn, der Glas zum Bersten hätte bringen können.

Als Ben nach Hause kam, erwartete ihn niemand. Seine Töchter waren oben in ihren Zimmern. Er hörte das gedämpfte Wummern von Musik. Ihm sträubten sich die Haare. Gab es denn gar keinen Respekt mehr? Was war aus den Kopfhörern für hundert Pfund geworden, die er den beiden gekauft hatte? Er fragte sich, ob es seine Schuld war, wie sie sich entwickelten. Hatte er zu viel gearbeitet und war zu oft nicht dagewesen, während sie aufwuchsen? Nein, daran lag es nicht. Außerdem war ihre Mutter Hausfrau, sodass ein Elternteil immer daheim war. Er schnaubte. Elternteil? So ein Witz! Ihr war doch alles völlig egal, solange sie nicht vom Sofa aufstehen musste.

»Ich habe es satt«, stieß er unterdrückt hervor. Es wurde höchste Zeit, ein Machtwort zu sprechen. Sara und die Mädchen nutzten ihn aus und behandelten ihn wie einen Geldautomaten und Chauffeur. Damit war jetzt Schluss. »Dreht sofort die gottverdammte Musik leise!«, brüllte er die Treppe hinauf. Er wartete ein paar Sekunden, aber nichts geschah. Sein Befehl wurde ignoriert. Er streifte die Schuhe ab und hängte den Mantel in der Diele auf.

Er lauschte nach einem Hinweis, wo seine Frau sich aufhalten könnte. Im Wohnzimmer lief der Fernseher. Was für eine Überraschung! Das Ding war immer an.

Sara war fünf Jahre jünger als er. Sie wusste noch nicht, welcher Druck sich aufbaute, wenn man den fünfzigsten Geburtstag nahen fühlte und sich die Frage stellen musste, ob man es so weit gebracht hatte, wie man es hätte bringen wollen. Sie saß mit untergeschlagenen Beinen auf dem großen cremefarbenen Sofa. Eine laute, bunte Spielshow dröhnte vom Bildschirm. Sie war völlig darin vertieft und drehte sich nicht einmal um, um ihren Ehemann zu begrüßen.

Ben wusste, dass er kein Wort aus ihr herausbekommen würde, bevor die Sendung zu Ende war. Er ging zum Barschrank und schenkte sich einen doppelten Whisky ein. Die Hälfte schüttete er in einem einzigen Schluck hinunter. Es war früh, noch nicht einmal Mittag, aber was für eine Rolle spielte das jetzt noch?

Schreckliche Musik, die Erkennungsmelodie der Sendung, signalisierte den Schluss. Sara griff nach der Fernbedienung und schaltete auf stumm.

»Was machst du denn schon daheim?« Ihre Stimme klang weich und akzentfrei. Sie war einmal eine attraktive Frau gewesen, doch seit dem vierzigsten Geburtstag vernachlässigte sie das Augenbrauenzupfen, das Peeling und die teuren Frisuren. Früher hatte sie einen Hauch von Glamour besessen. Nun passte sie besser zu den abgehetzten Müttern, die bei Schulschluss vor den Toren auf ihre Sprösslinge warteten. Sie musste zum Frisör, denn die dunklen Haaransätze kamen durch.

»Gar nichts. Im Moment gibt es wenig zu tun, deshalb habe ich gedacht, ich möchte mal raus aus der Tretmühle.«

»Ist das klug? Ich meine, wenn Matilda zurück ist und einen erstklassigen Job abliefert, könnte sie die Leitung der

Mordkommission schneller wieder an sich reißen, als du geglaubt hast.«

»Um ehrlich zu sein, das kümmert mich einen Scheißdreck.« Er versuchte, den bitteren Zorn zu unterdrücken, der sich in ihm aufstaute, doch es gelang ihm nicht.

»Na das ist ja mal eine nette Einstellung!«, sagte seine Frau. Sie nahm die Fernbedienung, rief das elektronische Fernsehprogramm auf und klickte sich durch die Sender, um nach ihrer nächsten Sendung zu suchen.

»Und was treibst du heute Morgen so, du Licht meines Lebens?« Der Sarkasmus blieb selbst seiner Frau nicht verborgen.

»Bist du sicher, dass alles in Ordnung ist?«

»Alles paletti. Also, was *treibst* du eigentlich? Hast du den Wocheneinkauf gemacht oder warst du beim Joggen, hast du eine Aufsichtsratssitzung geleitet oder ein Heilmittel gegen Schnupfen entdeckt?«

»Was ist denn in dich gefahren? Du weißt doch, dass ich unter der Woche nicht aus dem Haus gehe.«

»Ja, allerdings.« Er zog sich zur Wohnzimmertür zurück.

»Gehst du wieder arbeiten?«, fragte sie munter, als hätte die hölzerne und peinliche Unterhaltung gar nicht stattgefunden.

»Nein. Ich gehe unter die Dusche. Vorausgesetzt, man lässt mich in mein eigenes Scheiß-Badezimmer rein.«

»Schaltest du schnell den Wasserkessel für mich ein, wärst du so lieb?«

Ben spürte, wie die Wut in ihm brodelte. Eine Verspannung baute sich im Nacken auf, und seine Haut juckte, wo ihm der Schweiß ausbrach. Wenn er nicht bald eine Möglichkeit fand, Druck abzubauen, würde er explodieren, und Gott gnade jedem, gegen den sein Zorn sich dann richtete.

KAPITEL 37

DC Scott Andrews hielt vor Jonathan Harkness' Wohnblock am Straßenrand an. Sian saß auf der Beifahrerseite, Jonathan auf der Rückbank, wo er mit Mühe die Augen offen hielt. Das sanfte Schaukeln des Peugeot, das monotone Brummen des Motors und die Heizungswärme hatten seine Müdigkeit verstärkt. Er sehnte sich nach einem Bett.

Er betrat seine Wohnung und sah sich im Wohnzimmer um. Die Detectives folgten ihm in ein paar Schritten Abstand. Es kam ihm wie eine Ewigkeit vor, seit er das letzte Mal hier gewesen war. Alles war so, wie er es zurückgelassen hatte, sauber und ordentlich, aber er wusste, bald würde eine ganze Horde von Beamten von der Spurensicherung sein Privatleben durchschnüffeln. Sie würden in Schubläden wühlen und Schränke öffnen, seine Bücher durchblättern, unter den Kissen auf dem Sofa und unter dem Bett nachsehen. Danach würde es sich nicht mehr anfühlen wie sein Zuhause.

»Wo stand der Couchtisch, Jonathan?«, fragte Sian.

»Gleich da drüben. Vor dem Sofa. Ich habe die Splitter in einen schwarzen Müllbeutel gepackt. Er muss noch in den Mülleimern hinter dem Haus sein. Das Metallgestell steht neben den Eimern.«

»Okay. Ich brauche die Kleidung, die Sie in der Nacht des Überfalls getragen haben.«

»Die liegt im Wäschekorb im Badezimmer. Ich erinnere mich nicht mehr, ob ich mich nach der Arbeit umgezogen hatte. Es ist wie ein Nebel.« Er rieb sich die müden Augen und fuhr sich mit knochigen Fingern durchs wirre Haar.

»Das macht nichts. Ich sehe später nach. Wenn Sie sich nur

schnell das Notwendigste heraussuchen, begleite ich Sie dann hinauf zu Ihrer Nachbarin«, sagte Sian.

Scott ging mit ihm ins Schlafzimmer, und er raffte zusammen, was er brauchte, Hemd, Hose, Unterwäsche, T-Shirt, Sakko, und verstaute alles sorgfältig in einem kleinen Rucksack. Bevor er hinausging, nahm er die gebundene Ausgabe des letzten Ian Rankin vom Nachttisch und bestätigte Scott mit einem Kopfnicken, dass er fertig war.

»Sonst noch was?«

»Ich glaube nicht.«

»Nichts aus dem Badezimmer?«

»Oh. Ja, natürlich. Entschuldigung.«

Im Bad suchte Jonathan einen Kulturbeutel heraus und packte Zahnbürste, Zahnpasta, Gesichtsreiniger und eine Dose Deodorant hinein. Er blickte nicht zurück, als er die Wohnung verließ. Er bezweifelte, dass er sie noch als Zuhause betrachten würde, wenn er wiederkam.

Maun wartete bereits in der Wohnungstür, als Jonathan die nächste Etage erreichte. Sie lächelte schwach und trat beiseite, um ihn einzulassen.

»Wie hält er sich?«, fragte sie Sian leise.

»Er ist extrem müde. Ich glaube, er wird sehr lange schlafen.«

»Wie geht es jetzt weiter?«

»Wir müssen erst einmal seine Wohnung durchsuchen. Sofern die Indizien seine Geschichte untermauern, werden wir weitersehen.«

»Gut. Sagen Sie mir Bescheid, wenn er wieder zurückkann?«

»Ja, natürlich.«

Jonathan stand auf dem Gang vor Mauns Wohnung und lauschte den beiden Frauen, die sich unterhielten, als wäre er zu zerbrechlich, um mitzuhören, was sie sagten.

»Jonathan, falls Sie noch etwas brauchen, wissen Sie ja, wie Sie mich erreichen«, erklärte Sian, bevor sie sich abwandte und die Treppe hinunterging.

Als sie unten ankam, hörte Jonathan, wie sie »Spurensicherung« zu jemandem sagte. Gleich würden sie seine Wohnung durchwühlen. Die Vorstellung war zu abstoßend, um darüber nachzudenken.

»Möchten Sie duschen?«, erkundigte sich Maun in einem Ton, der eher zu einer Kindergärtnerin gepasst hätte. »Sie müssen aus diesen Klamotten raus«, bemerkte sie mit einem Blick auf den viel zu großen Jogginganzug, den man ihm auf dem Polizeirevier gegeben hatte.

»Ich will nur schlafen.«

»Kein Problem. Ich habe das Gästezimmer für Sie vorbereitet.«

Das Gästezimmer stand immer bereit, für den Fall, dass jemand, vorzugsweise Jonathan, es brauchte.

Sie führte ihn hinein. Die Vorhänge waren bereits zugezogen. Der Raum war kühl und lag in vollständiger Dunkelheit. Maun hatte die Bettdecke aufgeschlagen.

Eine dicke Matratze und aufgeschüttelte Kissen warteten einladend auf Jonathan.

Als Maun die Tür schloss, hörte sie ihn sagen: »Ich will nur noch schlafen und nie wieder aufwachen.«

KAPITEL 38

Als Matilda aufwachte, hatte sie über vierzehn Stunden geschlafen. Sie hatte sich aufs Sofa fallen lassen und war binnen Minuten weggetreten gewesen. Nun räkelte sie sich, streckte die Glieder und gähnte ausgiebig. Sie blickte auf und sah Adele in James' Sessel sitzen, wo sie einen seiner Hardcover-Romane las.

»Adele?«, fragte sie, verwirrt von ihrer Anwesenheit.

Adele schreckte hoch und sah ihre Freundin an. »Guten Morgen. Wie fühlst du dich?«

»Als hätte ich das ganze Wochenende durchgesoffen. Was tust du denn hier?«

»Ich bin gleich nach der Arbeit hergekommen. Chris hat den größten Teil des Tages auf dich aufgepasst.«

»Wo ist er jetzt?«, wollte sie wissen und sah sich um, als wäre ihr die Umgebung fremd.

»Wieder daheim.«

»Wie spät ist es?«

Adele sah auf die Uhr. »Kurz vor eins.«

»Aber es ist dunkel.«

»Ein Uhr morgens.«

»Was? Wie lange habe ich geschlafen?«

»Ich bin nicht sicher. Vielleicht dreizehn, vierzehn Stunden.«

»Oh mein Gott. Nein«, stieß sie hervor und setzte sich rasch auf.

»Offensichtlich hast du es gebraucht.«

»Ich kann doch nicht vierzehn Stunden schlafen. Warum hast du mich nicht geweckt?«

»Ich bin ja erst seit zehn Uhr hier. Du hast so friedlich ausgesehen, und ich habe gedacht, ich lasse dich besser in Ruhe. Deine Schwester hat angerufen. Sie sagte, eure Mutter sitzt ihr ständig im Nacken, weil du sie auf dem Laufenden halten wolltest, wie es mit der Rückkehr zur Arbeit klappt. Hast du aber anscheinend nicht. Keine Sorge, ich war ganz optimistisch und sagte, dass du damit beschäftigt wärst, einen seit Jahren flüchtigen Mörder quer durch Europa zu jagen. Außerdem hat Sian sich gemeldet. Sie macht sich Sorgen. Alle machen sich Sorgen um dich.«

»Dazu besteht kein Grund. Mir geht es gut.«

»Was ist denn das für ein blöder Spruch? Dir geht es gar nicht gut. Davon bist du so weit entfernt, wie man nur sein kann. Ich möchte, dass du dich jetzt oben unter die Dusche stellst. Wenn du dich frisch gemacht hast, warte ich hier mit Kaffee und einem Sandwich auf dich, und anschließend müssen wir uns mal ernsthaft miteinander unterhalten.«

Während sie sich vom Sofa aufrappelte, sagte Matilda: »Irgendwie habe ich hier ein seltsames Gefühl von Déjà-vu.«

»Ab sofort ist Schluss mit Déjà-vu. Du hast das Ende der Fahnenstange erreicht. Wenn du nicht gleich gegensteuerst, führt kein Weg zurück. Dann bist du erledigt. Wann hast du zum letzten Mal etwas gegessen?«

»Ich weiß nicht mehr.« Sie fuhr sich durch das strähnige Haar. Es fühlte sich fettig an. »Was ist bloß los mit mir?«

»Glücklicherweise nichts, was sich nicht reparieren ließe. Im Moment bist du auf einem Trip ins Nirgendwo ohne Rückfahrkarte. Aber ich lasse dich da nicht hin – und nun hör auf zu grübeln, geh rauf und dusch. Danach überlegen wir uns etwas.«

Matilda blieb so lange unter der Dusche, dass Adele sich

Sorgen machte. Sie überlegte, ob sie hinaufgehen und nach ihr sehen sollte, und hatte schon am Fuß der Treppe die Hand aufs Geländer gelegt, als sie die Toilettenspülung hörte. Es herrschte noch Leben da oben. Sie lief in die Küche und schaltete den Wasserkocher ein.

»Sagst du mir jetzt, was mit dir los ist?«

Matilda und Adele saßen am Küchentisch. Matilda trug einen Morgenmantel und wirkte vom Duschen frisch und munter. Die Hitze und der scharfe Wasserstrahl hatten ihr die Röte in die Wangen getrieben.

»Es ist die Arbeit. Ich komme nicht damit zurecht.«

»Das ist schon mal Quatsch«, meinte Adele beinahe wegwerfend. »Wir wissen beide, dass du das kannst.«

»Nein. Ich fühle mich in meinem eigenen Team wie eine Außenseiterin, und dieser verfluchte Ben Hales ist mir wahrlich keine Hilfe.« Sie sprach den Namen mit so viel Bitterkeit und Zorn aus, wie sie nur konnte.

»Das Leben wäre also ohne Ben Hales erträglicher?«

Matilda dachte eine Weile nach, ehe sie antwortete. »Nein. Vermutlich nicht.«

»Was ist dann das Problem?«

»Ich bin das Problem. Ich habe keinerlei Selbstvertrauen mehr. Ich habe Konzentrationsstörungen. Ich denke die ganze Zeit, dass ich es genauso vermasseln werde wie bei … Carl Meagan.« Auch nur den Namen des kleinen Jungen auszusprechen, den sie im Stich gelassen hatte, tat weh.

»Das ist völlig normal. Der letzte große Fall, an dem du gearbeitet hast, lief nicht wie geplant, und jetzt hast du Angst, dass sich das wiederholt, ja?«

»Ja.«

»Wie stehen, realistisch betrachtet, die Chancen dafür?«

»Ich bin nicht sicher«, erwiderte sie stirnrunzelnd.

»Ich persönlich finde nicht, dass du dich für Carl Meagan verantwortlich fühlen musst, aber nur mal angenommen, du hättest recht. Wie viele Fälle in deiner Karriere hast du verhauen?«

»Nur den einen.«

»Das heißt, du hast eine sehr hohe Erfolgsquote?«

»Ich vermute schon.«

»Da gibt es nichts zu vermuten. Du bist eine ausgezeichnete Kriminalbeamtin. Meinst du wirklich, Masterson hätte dir andernfalls die Mordkommission anvertraut? Du bist mehr als fähig, jeden Fall aufzuklären, den du dir vornimmst. Wie du selbst gesagt hast, das Einzige, was dir im Moment fehlt, ist ein klitzekleines bisschen Selbstvertrauen.« Adele griff nach ihrem Specksandwich und biss hungrig hinein.

»Aber wo kriege ich das her?«

»Du gibst dir einen kräftigen Tritt in den Hintern. Du hörst auf, in der Vergangenheit zu leben. Du sagst dir: ›Ja, ich habe Mist gebaut, ja, ich habe einen Fehler begangen und ich werde verdammt noch einmal dafür sorgen, dass so etwas nicht wieder passiert.‹«

»Wie bist du denn zurechtgekommen, als dein Leben so richtig beschissen lief?«

»Ach, kannst du dich nett ausdrücken«, erwiderte Adele mit einem Lächeln. »Unsere Situationen sind überhaupt nicht miteinander vergleichbar, Matilda. Allerdings habe ich mich wirklich absolut hilflos gefühlt, als dieser Drecksack Chris und mich hat sitzen lassen.« Sie schaute kopfschüttelnd in weite Ferne. »Weißt du, es ärgert mich heute noch. Versteh mich nicht falsch, ich liebe Chris wahnsinnig, aber er war nicht geplant. Wer hätte gedacht, dass ein Drei-Minuten-Quickie auf dem Rücksitz eines Wagens das gesamte Leben verändern kann?«

»Solche Worte von einer Ärztin?«, fragte Matilda.

»Damals war ich noch keine. Ich war naiv …«

»Jetzt sag bloß nicht jungfräulich«, spottete Matilda.

»Als ich herausfand, dass ich mit Chris schwanger war, dachte ich, mein Leben wäre zu Ende. Dann kam der Drecksack, wie ich ihn heute nenne, auf eine geniale Idee. Er wollte studieren, während ich zu Hause blieb, und wenn er den Abschluss in der Tasche hatte, würde er sich einen Teilzeitjob suchen, sodass ich auf die Universität konnte. Er hatte die Prüfung noch keine Woche bestanden, als er mit diesem dämlichen flachbrüstigen Flittchen nach Birmingham durchbrannte, und ich saß mutterseelenallein mit einem Kind am Hals und ohne Hoffnung in einer ekligen Absteige fest.«

»Hast du dich damals so gefühlt wie ich heute?«

»Ohne Ausweg? Ohne Zukunft?«

»Ja.«

»Definitiv. Ich sah mich schon als eine dieser Frauen, die Teilzeit an der Supermarktkasse arbeiten, damit es zum Leben reicht, und ihre Kinder dafür hassen. Ich wollte Chris nicht hassen.«

»Der einzige Unterschied ist, dass du Eltern hattest, die dir geholfen haben.«

»Okay, ja, aber ich habe sie nicht um Hilfe gebeten. Dad kam mich in Manchester besuchen, sah, wie ich lebte, und hat mich praktisch an den Haaren nach Sheffield geschleift. Er und

Mum kümmerten sich um Chris, während ich in der Uni war, und den Rest kennst du ja. Aber ich hatte mich aufgegeben. Es musste jemand anderes kommen, um mich zu retten.«

»Ich bin nicht so stark wie du.«

»Blödsinn. Du bist stärker. Ich könnte nie eine Mordkommission leiten. Du trägst bei der Arbeit unglaublich viel Verantwortung. Die Leute verlassen sich auf deine Hilfe und deinen Rat. Das würde mich wahnsinnig machen.«

Matilda wandte den Blick ab und sah aus dem Fenster. Es war stockfinster draußen, und das Licht in der Küche brannte. Sie sah nur ihr eigenes Spiegelbild, das sie anstarrte. Sie saß in sich zusammengesunken da, und ein Ausdruck der Niederlage hatte sich in ihr gerötetes Gesicht eingegraben.

»Woran denkst du?«, fragte Adele nach einer Minute des Schweigens.

»Daran, wie gerne ich davonlaufen würde.«

»Würde das irgendetwas lösen?«

»Nein. Aber ich würde mich besser fühlen.«

»Ehrlich? Du meinst, wenn du Sheffield verlässt, kannst du Carl Meagan und Ben Hales so mir nichts, dir nichts hinter dir lassen? Glaubst du nicht, du würdest sie mitnehmen?«

»Ich hasse Sheffield einfach abgrundtief.«

»Nein.«

»Doch.«

»Was missfällt dir denn an Sheffield so sehr?«

»Alles. Die Stadt verfällt. Sieh dich doch nur mal um. Sie zerbröckelt. Die meisten Läden in der Innenstadt sind geschlossen, ganze Viertel sind überfüllt mit Problemfamilien und Arbeitslosen. Wo man auch hinsieht, es ist nur deprimierend.«

»Ich denke, du würdest feststellen, dass das in vielen Städten so ist. Jede Stadt macht eine Art Prozess der andauernden Erneuerung durch. Du siehst Sheffield nur deshalb in so düsteren Farben, weil es deiner Stimmung entspricht. Früher hast du die Stadt geliebt, den ›Winter Garden‹, das Crucible und das Lyceum Theater, die botanischen Gärten, die Lage am Rand der Parks und den Hügel von Derbyshire.«

»Das habe ich nur genossen, weil ich es mit James zusammen erleben konnte. Es besteht kein Zweifel, dass ich mich im letzten Jahr verändert habe.«

»Natürlich, aber du musst dich auch anpassen.«

»Wie das?«

»Indem du Hilfe von Menschen annimmst, die dir nahestehen.«

»Ich kann nicht erwarten, dass ihr euch ewig um mich kümmert, du und Chris.«

»Das kommt auch nicht infrage. Meine Tage als Babysitterin sind vorüber.« Sie lächelte, während sie einen Streifen Speck aus Matildas Sandwich stibitzte, das langsam kalt wurde. »Ich liebe es, wenn er noch knusprig ist. Nein, wir sind nicht da, um auf dich aufzupassen, wir wollen nur helfen. Wann immer du dich wegen Carl Meagan ausheulen willst, komm einfach zu mir, wir machen eine Flasche Wein oder auch drei auf und reden darüber. Solltest du einen Hals auf Ben Hales haben, kommst du zu mir, und wir werfen ein paar Teller an die Wand. Es ist okay, an James zu denken und ihn zu vermissen, aber nimm dir eine bestimmte Trauerzeit vor.«

»Was meinst du damit?«

»Na ja, sagen wir, du setzt dich jeden Abend gegen achtzehn Uhr aufs Sofa, schaust dir eine Stunde lag euer Hochzeitsalbum an und weinst ein bisschen. Erinnere dich an eure Flitterwochen und an damals, als ich an deinem Geburtstag vorbeikam und euch in einer peinlichen Stellung hinter dem Haus im Garten erwischt habe.«

Matilda errötete und legte die Hand vor den Mund. »Oh mein Gott, das hatte ich ganz vergessen.«

»Leider ist mir das nie gelungen.«

»Erinnerst du dich noch an James' Gesichtsausdruck? Es hat Wochen gedauert, bis er dir wieder in die Augen sehen konnte.«

Sie lachten und dachten daran, wie viel Spaß sie vor vier Jahren an Matildas Geburtstag gehabt hatten. An den Alkohol, das schlechte Tanzen, das Essen, die Geschenke und die Streifenpolizisten, die um drei Uhr morgens aufgetaucht waren, weil die Nachbarn sich beschwert hatten.

»Ich wünschte, das würde funktionieren. Man kann nicht nach Stundenplan trauern«, sagte Matilda, um aufs Thema zurückzukommen.

»Stimmt. Aber wenn du dir täglich eine bestimmte Zeitspanne zugestehst, um über diese Dinge nachzudenken, werden sie dich irgendwann im Arbeitsalltag nicht mehr belasten.«

»Wo nimmst du diese ganzen Weisheiten eigentlich her?«

»Ich bin ein extrem intelligenter Mensch«, antwortete Adele. Sie lächelte selbstzufrieden. »Außerdem musst du den Alkohol zurückfahren.«

»Oh Gott.« Matilda ließ beschämt den Kopf hängen. »Früher habe ich Wodka nicht mal angerührt, höchstens in Longdrinks, und jetzt trinke ich ihn pur aus der Flasche.«

»Nicht mehr. Ich habe deine drei Flaschen gefunden und in die Spüle gekippt.« Mehr musste sie nicht sagen. Matilda schenkte ihr ein schwaches dankbares Lächeln. »Außerdem musst du deine Medikamente nehmen. Laut dem Verschreibungsdatum auf der Schachtel sollten noch acht Tabletten übrig sein. Es sind aber dreiundzwanzig. Versuch auch, wieder anständig zu essen. Regelmäßiges gesundes Essen lädt die Batterien auf.«

»Du hast recht. Es tut mir wirklich leid. Ich weiß echt nicht, was ich ohne dich tun würde, Adele.«

»Na ja, bald ist Weihnachten. Denk einfach dran, dass ich Diamanten mag.«

KAPITEL 39

Jonathan hatte noch länger geschlafen als Matilda. Als er erwachte, war es bereits hell. Er warf die Zudecke zurück und schwang seine dürren Beine aus dem Bett. Sein Kopf fühlte sich nach dem dringend benötigten Schlaf wie Watte an. Er kam sich vor, als hätte er eine Woche im Koma gelegen.

Im Wohnzimmer saß Maun in einem Sessel und las die Lokalzeitung. Als sie schlurfende Schritte hinter sich hörte, wandte sie sich zu ihm um.

»Guten Morgen, Schlafmütze. Wie fühlen Sie sich?« Sie lächelte ihn an.

Er erwiderte das Lächeln. »Ich bin noch nicht sicher. Ein bisschen schwindelig.«

»Das überrascht mich nicht. Sie haben fast einen ganzen Tag lang durchgeschlafen. Möchten Sie etwas essen?«

»Im Augenblick nicht. Aber einen Kaffee hätte ich gerne.«

»Kommen Sie, setzen Sie sich. Ich koche Ihnen einen.«

Plötzlich fröstelte Jonathan. Er hatte die letzten vierundzwanzig Stunden gemütlich in ein dickes Federbett eingewickelt verbracht. Seine Arme und Beine waren nackt, und den dichten Eisblumen am Fenster nach zu schließen, lag die Temperatur weit unter dem Gefrierpunkt. Er warf einen Blick auf die Zeitung, die Maun auf dem Sessel liegen gelassen hatte. Sie war zusammengefaltet, sodass er die Schlagzeile nicht sehen konnte, doch er erkannte das Haus seiner Kindheit. Er fragte sich, was wohl alles passiert war, während er geschlafen hatte.

Maun brachte ihm schwarzen Kaffee in einem großen Becher. Er legte beide Hände fest darum, um sie aufzuwärmen, und schnupperte mehrmals an dem Gebräu, bevor er trank. Schon beim ersten Schluck spürte er, wie die heiße Flüssigkeit ihre angenehme Wirkung entfaltete. Langsam taute er auf.

»Stephen ist tot«, sagte er, ohne aufzublicken.

»Ich weiß. Diese Detective, DS Mills, hat es mir gestern gesagt. Es tut mir leid, Jonathan. Ich weiß, wie gern Sie ihn gehabt haben.«

»Ein Unfall mit Fahrerflucht. Der Wagen kam plötzlich wie aus dem Nichts und fuhr ihn um. Gerade liefen wir noch nebeneinander her, und eine Minute später war er tot. Wie ist so etwas möglich?«

»Ich weiß nicht. Das Leben ist sehr zerbrechlich. Manchmal nehmen wir es als zu selbstverständlich.«

»Oh mein Gott, seine Familie!«, platzte er heraus. »Wer wird es seiner Familie sagen?«

»DS Mills sagte, sie hätten sich mit der Polizei in Dublin in Verbindung gesetzt, und die wird jemanden hinschicken, um es der Familie schonend beizubringen. Machen Sie sich keine Sorgen, Jonathan. Es ist alles geregelt.«

»Ich kann nicht fassen, dass mir so etwas passiert. Mein Leben lang habe ich mich bemüht, mich im Hintergrund zu halten, zur Arbeit zu gehen, nach Hause zu kommen und niemanden zu belästigen. Warum können sie mich nicht einfach in Ruhe lassen? Wenn Stephen nicht versucht hätte, sich mit mir anzufreunden, wäre er noch am Leben. Ich habe ihm gesagt, dass so etwas geschehen würde. Wieso hat er nicht auf mich gehört?«

»Ich wünschte, ich wüsste darauf eine Antwort, Jonathan. Ganz ehrlich. Leider gibt es in dieser Welt etliche Perverse, denen es Vergnügen bereitet, anderen wehzutun.« Sie musterte ihn vorsichtig über den Rand ihres Kaffeebechers hinweg.

»Ich werde umziehen müssen«, stieß er hervor.

»Was?«

»Ich kann hier nicht bleiben. Ich hätte überhaupt nie nach Sheffield zurückkommen dürfen. Das war dumm von mir. Jetzt ist alles kaputt. Tod und Zerstörung, wohin man sieht.«

»Sie können nicht wegziehen.« Ihre Stimme hatte sich verändert. Sie klang ungehalten.

»Ich habe keine Wahl. Mein Zuhause wird sich nicht mehr wie ein Zuhause anfühlen. War die Spurensicherung da?«

»Ja. Eine ganze Weile. Sie sind am frühen Abend wieder gegangen.«

»Haben sie etwas gesagt?«

»Nein. Nicht zu mir jedenfalls.«

»Waren Sie in der Wohnung?«

»Nein.«

»Ich wette, sie haben ein Durcheinander angerichtet. Fingerabdruckpulver überall, offen stehende Schubladen, herausgekippter Inhalt. Ich wette, sie haben sogar meine Bücher umgestellt.« Der Gedanke, dass Fremde seine Privatsachen durchstöberten, machte ihn krank. Er spürte ein Prickeln im Nacken aufsteigen. Unbewusst wippte er vor und zurück. »Sie waren mit ihren Straßenschuhen in meiner Wohnung und haben alles angefasst. Ich kann nicht länger dort leben. Ich kann einfach nicht.«

»Jonathan, beruhigen Sie sich.«

Sie beugte sich vor und legte ihm besänftigend die Hand aufs Bein, doch er zuckte vor ihrer Berührung zurück.

»Das mit Ihrer Wohnung kriegen wir hin. Wir dekorieren sie um, besorgen neue Möbel. Wenn wir fertig sind, wird alles ganz anders aussehen.«

»Nein. Das funktioniert nicht. Ich muss weg. Ich muss neu anfangen.«

»Wo denn?«

»Keine Ahnung. Ist mir egal. Irgendwo. Ich rufe die Zentrale an und erkläre es. Vielleicht versetzen sie mich in eine andere Buchhandlung, nach Schottland oder so.«

»Schottland?«

»Oder Wales. Ich weiß nicht. Ich muss nur einfach weg von hier.«

KAPITEL 40

Bevor sie zur Arbeit fuhr, duschte Matilda noch einmal. Adele war eine Stunde zuvor gegangen, nachdem sie sich vergewissert hatte, dass es ihrer Freundin gut genug ging. Sie hatte sie lang und fest umarmt und sich versprechen lassen, dass Matilda oft anrufen und von ihren Fortschritten berichten würde. Unter der Dusche hatte Matilda geweint, doch das heiße Wasser wusch die Tränen fort. Sie glaubte ernsthaft, dass sie sich ohne Adele mittlerweile das Leben genommen hätte. Jeder Mensch hatte es verdient, eine Adele in seinem Leben zu haben.

Als sie auf dem Parkplatz an Hales' Audi vorbeikam, wollte sie ihm zum ersten Mal nicht den Außenspiegel abreißen und durchs Fenster werfen.

Es schien noch kälter geworden zu sein, sofern das überhaupt ging. Es wehte ein eisiger, schneidender Wind, als Matilda ausstieg. Sie zog die Jacke eng um sich, und ihr wurde bewusst, dass sie keinen Wintermantel mehr besaß, der ihr passte. Sie musste bei nächster Gelegenheit einkaufen gehen, vor allem, wenn der Winter so streng wurde, wie die Vorhersagen behaupteten.

Matilda lächelte in sich hinein. Wenn ihre Gedanken von dem Fall, Ben Hales und Jonathan Harkness' misslicher Lage abschweiften und sich dem Kauf eines Wintermantels zuwandten, musste es ihr erheblich besser gehen. Was kam als Nächstes? Neue Möbel für den Wintergarten, ein neues Auto, Wanderurlaub in Cornwall?

Sie ging mit hoch erhobenem Kopf und einem inneren Lächeln zum Hintereingang des Polizeireviers. Der Spannungsschmerz in den Schultern, der von ihrer steifen Haltung und der ständigen Angst kam, war verschwunden. Vielleicht war sie jetzt über den Berg. Vielleicht war Matilda Darke auf dem Weg zurück nach oben.

Das Handy, an das sie sich noch nicht richtig gewöhnt hatte, klingelte in ihrer Tasche. Es war Adele.

»Ich hoffe, das ist kein Kontrollanruf«, sagte Matilda mit einem Anflug von Humor.

»Natürlich nicht. Was für eine Idee! Aber du bist bei der Arbeit, oder?«

»Ja. Ich bin gerade angekommen.«

»Gut. Es gibt einen triftigen Grund für meinen Anruf. Es ist nicht mehr lang bis Weihnachten. Nein, bevor du etwas sagst, ich weiß, dass du es dieses Jahr vermutlich ignorieren und die Feiertage durcharbeiten wirst. Das ist in Ordnung. Trotzdem möchte ich, dass du zum Weihnachtsmittagessen zu mir und Chris kommst. Ohne Fragen zu stellen, verstehst du?«

»Woher willst du wissen, dass ich nicht schon Pläne gemacht habe?«, scherzte Matilda. »Vielleicht habe ich beschlossen, den Tag mit meiner wunderbaren Familie zu verbringen.«

»Ja, und bei mir liegt am Weihnachtsmorgen vielleicht Benedict Cumberbatch auf dem Gabentisch.«

»Na gut. Du hast gewonnen.«

»Ich gewinne immer. Ich wünsche dir noch einen schönen Tag.«

Matilda würde Weihnachten dieses Jahr unmöglich so genießen können wie früher. Sie würde es immer mit dem letzten Fest vergleichen, das sie zusammen mit James verbracht hatte. Immerhin, der Gedanke, an Weihnachten mit Adele und Chris zu essen, munterte sie auf.

Ich kann das. Ich schaffe das, verdammt noch mal.

KAPITEL 41

Maun verstand Jonathans Umzugsentscheidung vollkommen. An seiner Stelle hätte sie genau dieselben Dinge gesagt wie er, doch sie wollte natürlich unbedingt, dass er in ihrer Nähe blieb. Sie brauchte ihn. Sie hätte alles in ihrer Macht Stehende getan, um ihn hierzubehalten. Es kam gar nicht infrage, dass er Sheffield verließ.

Sie hatte Jonathan überredet, etwas zu essen, und stand jetzt in der Küche, um rasch ein paar Sandwiches zu machen. Als Sergeant Mills am Vortag angerufen hatte, um zu fragen, ob Jonathan bei ihr bleiben könne, war sie begeistert gewesen. Über die Antwort hatte sie nicht lange nachdenken müssen. Endlich war er auf sie angewiesen. Nach dem Telefonat war Maun hin und her geeilt, um aufzuräumen und im Gästezimmer Staub zu saugen. Jonathan sollte sich sicher und gut aufgehoben fühlen. Dafür würde sie schon sorgen. Aber nun hatte er vor, Sheffield zu verlassen. In ihrem Kopf wirbelten Szenarien durcheinander, in denen sie Jonathan davon überzeugte zu bleiben. Sie konnte nicht riskieren, dass er ging und sie alleine zurückließ. Was sollte dann aus ihr werden? »Das kommt nicht infrage«, murmelte sie vor sich hin. »Überhaupt nicht. Ich lasse ihn nicht fort. Er bleibt hier.« Sie schnitt sich beim Gurkenschneiden in den Finger. »Mist!« Die Edelstahlklinge hatte eine glatte Wunde hinterlassen. Blut quoll hervor, und sie eilte zur Spüle. Trotz des Schmerzes war sie in Gedanken noch bei Jonathan und seinem Entschluss.

Im Wohnzimmer machte Jonathan es sich im Sessel bequem. Langsam taute er auf und merkte, wie er sich entspannte. Er dachte daran, was Stephen bei ihrer letzten Begegnung gesagt hatte. Warum hatte er nicht vorgeschlagen, irgendwo etwas essen zu gehen und sich auszusprechen? Wieso hatte er beschlossen, nach Hause zu gehen? Sicher, es war spät geworden, aber es hätte keine Rolle gespielt, wenn er sich am nächsten Morgen zur Arbeit ein wenig verspätete. Schließlich war Stephen der Geschäftsführer gewesen.

Jonathan spürte, wie ihm Tränen übers Gesicht liefen. Es war ein seltsames Gefühl. Er hatte sich immer gehütet, Emotionen zu zeigen, und es vorgezogen, sie in sich einzuschließen. Seit der Fall der Ermordung seiner Eltern wieder aufgenommen worden war, fühlte er sich ständig den Tränen nahe, zerbrechlich, ängstlich.

»Maun, haben Sie Papiertaschentücher?«, rief er zu ihr in die Küche und hoffte, dass seine Stimme nicht die Trauer verriet, die er empfand.

»Auf dem Sideboard. Falls die Schachtel leer ist, im Schrank sind noch mehr.«

Die Schachtel auf dem Sideboard war tatsächlich leer. Er bückte sich und öffnete die Tür. Hier bewahrte Maun offenbar allen möglichen Krimskrams auf, die Dinge, die keinen bestimmten Platz hatten. Er fand die Taschentücher nicht gleich, musste erst einen vollen Schuhkarton mit Krempel beiseiteschieben und ein rotes ledergebundenes Album herausziehen, auf dessen Einband in Golddruck »Erinnerungen« stand. Das Buch war dick und schwer. Er legte es auf die Kommode. Er wusste, dass er nicht hineinsehen und in Mauns Privatleben eindringen sollte, doch die Neugier war stärker. Er schlug es an einer zufälligen Stelle auf.

Auf den ersten Seiten klebten alte Hochzeitsfotos von Maun. Er hatte diese Bilder noch nie gesehen. Sie war in ihrer

Jugend eine sehr schöne Frau gewesen, auf klassische Jane-Austen-Art. Ihr Ehemann stand stolz neben ihr, den Kopf hoch erhoben, ein beinahe selbstzufriedenes Lächeln auf den Lippen. Er hatte gerade die schönste Frau der Welt geheiratet.

Maun trug ein elegantes, schlichtes, knöchellanges Hochzeitskleid, ihr Ehemann Peter einen traditionellen grauen Cut. Sie wirkten glücklich und verliebt.

Die folgenden Seiten enthielten Urlaubsfotos des unbekümmerten Paares, wahrscheinlich auf der Hochzeitsreise, an irgendeinem heißen, exotischen Ort. Er fragte sich, warum Maun sie nach dem für sie schmerzlichen Ende ihrer Ehe aufgehoben hatte. Irgendwann hörten die Fotos auf, und an ihre Stelle traten Zeitungsausschnitte. Zunächst ging es um Erfolge ihres Mannes im Geschäftsleben. Grundstücke, die er gekauft, Häuser, die er gebaut, heruntergekommene Viertel von Sheffield, die er zu Luxuswohngebieten erschlossen hatte. Offenbar hatte er hart daran gearbeitet, ein geschäftliches Imperium aufzubauen. Maun war sicher sehr stolz auf ihn gewesen. Unglücklicherweise hielten die Erfolgsgeschichten nicht lange an, und die Presse begann, über Barringtons Privatleben zu schreiben. Gerüchte über seine Affären waren anscheinend interessanter gewesen als seine letzten Erschließungsprojekte.

Jonathan musste die Artikel nicht lesen, um zu erkennen, wo das Problem lag. Die Schlagzeilen waren bitter und scharf genug, um ihm zu sagen, was schiefgelaufen war: Barrington verlässt Preisverleihung mit achtzehnjährigem Model, Häuser des Bauunternehmers halten britische Vorschriften nicht ein, Barrington in Bestechungsskandal verwickelt, Schmutzige Tricks bei Barrington-Immobilien, Barringtons Geliebte packt aus.

Bei einem Artikel hielt Jonathan inne, um ihn zu lesen. Er enthielt nicht viele Einzelheiten, offenbar war die Geschichte hastig geschrieben worden, unmittelbar bevor die Zeitung in Druck ging.

Geschäftsmann stürzt mit Auto in Schlucht

Immobilienmogul Peter Barrington kam bei einem spektakulären Verkehrsunfall ums Leben.

In den frühen Morgenstunden wurde die Polizei zum Snake Pass zwischen Glossop und dem Ladybower Stausee gerufen. Wie ein Polizeisprecher mitteilte, war an dem Unfall kein weiteres Fahrzeug beteiligt. Die Ermittlungen zur Unfallursache dauern noch an. Mr. Barringtons Ehefrau Maun wurde verständigt und befindet sich derzeit in der Obhut von Nachbarn.

In einer kurzen Stellungnahme der Firma Barrington Homes and Development teilte die Geschäftsführerin Justine Clement-Hill mit: »Der Tod von Mr. Barrington ist eine furchtbare Tragödie, und wir sind alle fassungslos. Unsere Gedanken und unser aufrichtiges Mitgefühl gelten seiner Ehefrau Maun.«

Es folgten noch mehr Artikel aus der lokalen Presse. Es wurde viel spekuliert, über die Unfallursache, wer die mysteriöse Beifahrerin gewesen war und warum sich im Kofferraum Gepäck für zwei befunden hatte, wo Peter Barrington doch nur zu einer Vertragsunterzeichnung nach Manchester gewollt hatte. Maun musste sehr verletzt gewesen sein, als sich herausstellte, dass die Sekretärin ihres Mannes, die mit ihm ums

Leben gekommen war, im dritten Monat von ihm schwanger gewesen war. Jonathan empfand Mitgefühl. Die Nachricht von der Untreue ihres Ehemanns war sicher wie ein Schlag ins Gesicht gewesen. Maun selbst hatte keine Kinder gehabt. Jonathan wusste, dass es die größte Tragödie ihres Lebens gewesen war, nicht Mutter werden zu können. Dass Peters Sekretärin, die siebenundzwanzig Jahre jünger war als er, von ihm schwanger geworden war, musste ihr das Herz gebrochen haben, um es milde auszudrücken.

Auf den folgenden Seiten des Albums setzte sich die Geschichte vom tödlichen Unfall ihres Mannes fort. Es gab ein Interview mit der Mutter der Sekretärin, die der Presse vorgejammert hatte, ihre Tochter sei die einzige Frau gewesen, die Peter je glücklich gemacht habe, während Maun ihm nur ein Klotz am Bein war. Jonathan fragte sich, wie oft Maun die Artikel wohl gelesen hatte. Jedes Wort klang wie ein Messer, das ihr ins Herz gestoßen wurde. Die Leute glaubten das, was sie in der Zeitung lasen – und plötzlich spielte Maun die Rolle der Bösen.

Als keine neuen Enthüllungen mehr kamen, war die Pressekarawane weitergezogen. Der letzte Artikel, den Maun aufgehoben hatte, drehte sich um die Beisetzung ihres Mannes.

Als er weiterblätterte, schreckte Jonathan zurück, als er die erste Schlagzeile über den Mord an seinen Eltern über einem zwanzig Jahre alten Artikel sah. Soviel er wusste, bestand keinerlei Verbindung zwischen Maun und seiner Familie. Als er ihr bei seiner Rückkehr nach Sheffield zum ersten Mal begegnet war, war sie ihm vollkommen fremd gewesen.

Die Harkness-Morde hatten viel Staub aufgewirbelt, vor allem, weil der Hauptzeuge ein elfjähriger Junge gewesen war, der die brutale Ermordung seiner Eltern hatte miterleben müssen. Die folgenden Seiten in Mauns Album enthielten einen Artikel nach dem anderen zu dem Fall. Sie stammten aus verschiedenen Zeitungen, glichen sich jedoch inhaltlich. Jonathan schlug mit vor Entsetzen weit aufgerissenen Augen die Seiten um. Maun schien richtiggehend besessen zu sein von dem Fall, aber wieso? In welchem Bezug stand sie zur Familie Harkness?

Das Klirren einer Tasse, die auf dem Küchenboden zersprang, riss Jonathan aus seinen Gedanken. Plötzlich fiel ihm wieder ein, wo er war. Er blätterte das Album schnell bis zum letzten Eintrag durch. Erst verstand er nicht, was er da vor sich sah. Warum hob Maun die Quittung einer Autovermietung auf. Dann wurden seine Augen groß, und auf einmal passte alles zusammen. Sie hatte kürzlich einen Wagen mit dem Kennzeichen YS08 DPT gemietet. Das Nummernschild hatte sich in sein Gedächtnis eingebrannt bis zum Tag seines Todes. Es gehörte zu dem Auto, das Stephen niedergefahren und ihm jede Illusion eines normalen Lebens geraubt hatte. Dem Wagen, der zurückgesetzt hatte und ihn selbst auch beinahe noch überfahren hätte.

Maun stieß die Wohnzimmertür mit dem Rücken auf und kam herein. Sie trug ein großes Holztablett vor sich her, mit dem sie sich viel Mühe gegeben hatte. Es standen zwei Teller mit winzigen Sandwiches ohne Kruste darauf, eine bauchige weiße Teekanne, aus der Dampf aufstieg, und dazu passende Tassen und Untertassen. Ihr Gesicht trug ein Lächeln, das die Haut spannte und in jene Fältchen legte, die sie so sehr verabscheute. Sie war in ihrem Element. Jonathan hatte sich auf dem Höhepunkt seiner Angst an sie um Hilfe gewandt. Zwar hatte sie sanften Druck ausüben müssen, aber jetzt war er ja da. Das war ein Anfang. Sie musste nur dafür sorgen, dass er blieb.

Als sie das rote Lederalbum in Jonathans Händen sah, erlosch ihr Lächeln.

Drückendes Schweigen breitete sich aus. Maun konnte den Blick nicht von dem Album wenden, Jonathan nicht von Maun.

Plötzlich schien es kalt und düster im Zimmer zu sein. Die Wände schlossen sich enger um sie. Die Anspannung wurde zu viel für Jonathan. Seine Gedanken rasten und versuchten krampfhaft, die Situation zu analysieren, in die er geraten war.

Für Maun fühlte sich ihr Zuhause unvermittelt wie ein Sarg an, in dem sie lebendig ins Grab sank. Sie spürte beinahe, wie die Erde auf sie herabprasselte und sie erdrückte. Sie wollte schreien, brüllen, um sich treten und um Gnade flehen, doch sie wusste, sie würde ihr nicht gewährt werden.

»Wer sind Sie?« Jonathans Stimme durchbrach die drückende Stille. Seine Worte hallten heftig von den Wänden wider wie ein Squashball beim Match.

»Jonathan, lassen Sie mich erklären«, sagte sie, während sie das Tablett vorsichtig auf dem Tisch abstellte. Ihre Hände zitterten, und die Tassen klapperten. »Das sind nur Zeitungsausschnitte, sonst nichts. Ich war … interessiert.«

Er riss die Quittung der Autovermietung aus dem letzten Teil des Albums heraus. »Dann erklären Sie mir das.«

»Oh mein Gott. Ich … das kann ich nicht. Ich konnte nicht mehr logisch denken. Ich … Er wollte Sie mir wegnehmen.« Sie sprach langsam, verzagt. Aller Wind war ihr aus den Segeln genommen.

»Was?«

»Ich bin nicht dumm, Jonathan. Ich sah es kommen.

Stephen war ein sehr kluger Mann. Viel subtiler als ich. Er bot Ihnen eine starke Schulter, an der Sie sich ausweinen konnten, und Sie zogen ihn ins Vertrauen. Irgendwann hätte er Sie dazu gebracht, Sheffield hinter sich zu lassen, einen Schlussstrich zu ziehen und fortzugehen. Sie hätten auf ihn gehört. Er hätte Sie wahrscheinlich nach Irland mitgenommen. Das konnte ich nicht zulassen. Ich wollte Sie nicht verlieren …«

»Was reden Sie denn da? Stephen spielte doch keine Spielchen. Er war ein guter Mensch. Davon gibt es nicht mehr viele auf dieser Welt. Er mochte mich. Er liebte mich sogar. Ich habe keine Ahnung, warum, aber er tat es und bemühte sich, mir zu helfen. Das ist alles. Er hatte keine Hintergedanken, und er wollte mich nirgendwohin bringen.«

Maun sah auf. Ihre Augen waren gerötet und standen voller Tränen. »Es tut mir so leid, Jonathan.«

»Leid? Wie können Sie so etwas sagen? Sie haben ihn kaltblütig ermordet, und alles, was Ihnen dazu einfällt, ist, dass es Ihnen leidtut? Ich glaube Ihnen nicht. Ich nehme Ihnen nicht ab, dass Ihnen irgendetwas leidtut. Sie haben das die ganze Zeit geplant. So schnell ging das nicht, ein Auto zu mieten, herauszufinden, wo er war, und im richtigen Moment zuzuschlagen. Sie hatten das schon länger vor, und nun haben Sie es eiskalt durchgezogen.«

»Das ist nicht wahr, Jonathan, ich …«

»Nein. Sie sind jetzt still.« Er knallte das rote Lederalbum auf den Boden, setzte sich in den gegenüberliegenden Sessel und beugte sich vor. Seine Augen waren weit aufgerissen und glänzend, seine Kiefer verkrampft und entschlossen. »Warum sind Sie zurückgefahren?«

»Was?«

Im grellroten Licht des Rückfahrscheinwerfers musste er blinzeln. Ein paar Sekunden später setzte der Wagen sich in Bewegung und kam direkt auf Jonathan zu.

Die Reifen knirschten über lose Steinchen. Zehn Sekunden vergingen, dann zwanzig. Jonathan roch die Abgase aus dem Auspuff, fühlte die Hitze, die von ihm ausstrahlte. Er hatte ihn fast erreicht. Endlich schlug er die Augen auf. Das Auto hatte keinen Meter entfernt angehalten.

»Nachdem Sie Stephen überfahren hatten, fuhren Sie zunächst weiter, dann hielten Sie an. Sekunden später flammten die Rückfahrleuchten auf, und Sie stießen zurück. Weshalb?«

Sie stotterte: »Ich … Ich wollte sichergehen, dass er tot war. Ich dachte, Sie würden aus dem Weg springen, aber das taten Sie nicht. Da erst erkannte ich, wie viel er Ihnen bedeutete. Sie waren bereit, mit ihm zu sterben, nicht wahr?«

Er lehnte sich in seinem Stuhl zurück, ohne den Blickkontakt abzubrechen. »Ja. Er war alles, was ich noch hatte.« Jonathan musste nicht lange über die Antwort nachdenken. Natürlich war er bereit gewesen, mit Stephen zu sterben.

»Was ist mit mir? Habe ich Ihnen all die Jahre gar nichts bedeutet?«

»Doch. Sie sind eine gute Freundin. Korrektur: Sie waren eine gute Freundin.«

»Sagen Sie das nicht, Jonathan. Bitte. Es tut mir leid. Es tut mir wirklich leid.«

»Sie haben das schon Ihr ganzes Leben lang getan, nicht wahr? Sobald etwas geschieht, über das Sie keine Kontrolle haben oder das Sie in Rage versetzt, greifen Sie ein und ändern den Lauf der Dinge. Sie zerstören alles. Wenn Sie nicht glücklich sein können, soll es auch sonst niemand sein.«

»Das ist nicht wahr.«

»Selbstverständlich ist es das. Der Beweis liegt hier in Ihrem Album. Was ist zwischen Ihnen und Ihrem Mann vorgefallen, dass Sie es getan haben?«

Jonathan schlug das Album auf und blätterte darin, bis er gefunden hatte, was er suchte. Er drehte es zu Maun um. Sie zuckte zusammen, als sie die Schlagzeile sah: *War Barringtons Wagen verkehrstüchtig?* Sie sagte nichts, schaute nur dem jungen Mann ins Gesicht, den sie zu kennen geglaubt hatte. Sie spürte die Intensität seines Zorns. Sie sah die Adern an seinem Hals pochen.

»Erzählen Sie mir von Ihrem Mann«, sagte Jonathan.

»Was wollen Sie wissen?« Sie schluckte schwer und zupfte an dem engen Kragen ihrer Bluse.

»Alles. Alles, was die Presse ausgelassen hat.«

»Setzen Sie sich, Jonathan. Kommen Sie, setzen Sie sich und trinken Sie einen Schluck Kaffee. Ich weiß nicht, was Sie sich vorstellen, aber …« Ihre Stimme verklang. Sie konnte nicht weitersprechen.

»Sie haben immer behauptet, die Nachbarn schneiden Sie, weil der Tod Ihres Mannes Sie kaltzulassen schien. Allerdings ist er mit seiner Sekretärin fremdgegangen, und sie war schwanger von ihm. Das ist ein Tiefschlag für eine Frau, die keine eigenen Kinder bekommen kann. Wieso also schneiden die Nachbarn Sie? Sie hätten doch eher Sympathie für die betrogene Ehefrau empfinden müssen, deren Privatleben plötzlich in der Presse breitgetreten wurde.«

»Das sollte man meinen, aber so war es nicht«, erwiderte sie achselzuckend.

»Warum nicht?«

»Das weiß ich nicht.«

»Doch. Kommen Sie, Maun, ich bin es, mit dem Sie sprechen. Sie sind eine starke Frau. Wenn jemand Sie ohne Grund ignoriert oder schlecht über Sie geredet hätte, hätten Sie sich dagegen gewehrt. Sie wussten von seiner Affäre, nicht wahr?«

Zunächst antwortete sie nicht. Sie schwieg, bis sie den Mut fand, alles zu offenbaren. Die Kraft und die Energie dazu stiegen in ihr auf wie ein ausbrechender Vulkan. Sie sah Jonathan in die Augen, und ihr war klar, dass es Zeit war, alles zu erzählen. »Natürlich wusste ich von der Affäre«, sagte sie mit bitterem Zorn. »Peter war ein ausgezeichneter Geschäftsmann, aber als Hüter von Geheimnissen ein absoluter Versager.«

»Wie sind Sie dahintergekommen?«

»Ich konnte es ihm sofort am Gesicht ablesen. Ich ließ die Sache eine Weile laufen und sammelte Beweise. Die unerwarteten Wochenendtermine, die nächtlichen Überstunden. Er wurde zu einem wandelnden Klischee. Eines Abends beim Essen stellte ich ihn einfach zur Rede. Er versuchte selbstverständlich zu leugnen, doch seine Miene verriet ihn. Deshalb war er ein so schrecklicher Pokerspieler. Jede Lüge, die er mir auftischen wollte, durchschaute ich auf der Stelle. Doch dann kam der größte Verrat überhaupt. Sein junges Flittchen war schwanger.«

»Das hat er Ihnen gesagt?«

»Oh ja. Na ja, er sagte, ich solle mich hinsetzen, er hätte einen Plan. Der genaue Wortlaut war: ›Ich möchte dir einen geschäftlichen Vorschlag machen, meine Liebe.‹ Er wollte die Trennung, aber keinen Skandal, also sollte ich die Scheidung einreichen und behaupten, ich hätte jemand anderen kennengelernt. Das muss man sich mal vorstellen! Er war der Schuldige, und ich sollte es ausbaden!«

»Was haben Sie geantwortet?«

»Ich bat um Bedenkzeit. Er hatte schon ausgiebig darüber nachgedacht und ein sehr attraktives Paket geschnürt, um mir die Sache schmackhaft zu machen.«

»Sie wollten trotzdem nichts davon wissen?«

»Natürlich nicht«, brauste sie auf. »Hatte er sich ehrlich eingebildet, er könnte mich so behandeln, nachdem ich jahrelang die pflichteifrige Frau gespielt und all diese öden Meetings, Abendessen, Partys und Konferenzwochenenden in Worthing mitgemacht hatte? Ich war nicht bereit, mich wegwerfen zu lassen wie ein benutztes Papiertaschentuch. Er sollte bezahlen, und ich wollte mehr als alles Geld, das er mir anbieten konnte.«

Jonathan schwieg, bis das Schweigen drückend wurde. »Sie haben ihn umgebracht, nicht wahr?«

»Wissen Sie, die Bremsleitungen an einem Auto durchzuschneiden ist schwieriger, als es im Film immer aussieht. Ich sah unter der Motorhaube seines Autos nach und hatte keine Ahnung, wie ich es anstellen sollte. Ich brauchte ziemlich lange, um herauszufinden, wie ich es wie normalen Verschleiß aussehen lassen konnte. Ich vermute, mit dem Internet heutzutage ist das viel einfacher. Ich besorgte mir ein Buch aus der Universitätsbibliothek, und am Ende manipulierte ich das Bremspedal, und damit es auch ganz sicher funktionierte, sabotierte ich auch das Lenkgestänge, sodass er irgendwann die

Kontrolle über den Wagen verlieren und fest auf die Bremse steigen musste, die dann ebenfalls versagte – und genauso lief es ab. Er fuhr gerade über den Snake Pass, als es passierte, durchbrach die Leitplanke und stürzte in eine Schlucht.«

»Er hatte eine schwangere Frau bei sich. Wie konnten Sie …?«

»Hand aufs Herz, ich hatte keinen Schimmer, dass sie im Auto sitzen würde«, unterbrach sie ihn. »Ich wusste, dass er nach Manchester wollte, aber nur, um einen Vertrag zu unterzeichnen. Es gab keinen Grund für sie mitzufahren. Es war einfach ein glücklicher Zufall.«

»Ein glücklicher Zufall? Mein Gott, Sie sind noch stolz auf das, was Sie getan haben!«

»Natürlich. Er hatte mich gedemütigt.«

»Und was war mit seiner Sekretärin?«

»Was soll mit ihr gewesen sein?«

»Sie war unschuldig an der ganzen Sache …«

»Unschuldig? Sie schlief mit einem verheirateten Mann. Wie unschuldig ist denn das? Seit wann ist eine Hure unschuldig? Sie hat verdient, was ihr zugestoßen ist.«

»Ich kann nicht glauben, dass Sie das gerade gesagt haben. Sie haben zwei Menschen getötet, drei sogar, wenn man das ungeborene Baby mitzählt, und es macht Ihnen nicht das Geringste aus!«

»Ich hatte keine Wahl«, stellte sie ganz nüchtern fest.

»Aber was war mit Stephen? Hatten Sie da auch keine Wahl?« Maun ließ sich in ihren Sessel fallen. Sie hatte keine Chance, sich herauszureden. Ihr Verhalten änderte sich. Sie hatte kein Mitleid mit ihrem Ehemann und seiner kleinen Schlampe gehabt. Aber mit Jonathan war das anders. Sie liebte ihn.

»Jonathan … es tut mir so leid.«

»Für Entschuldigungen ist es zu spät. Sie sind ein Kontrollfreak. Sie haben immer versucht, Ihr Leben vollständig unter Kontrolle zu haben, und wenn jemand Ihnen oder Ihren Zielen in die Quere kam, haben Sie ihn ermordet – und da wundern Sie sich, dass Sie einsam sind? Sie sind böse. Sie sind eine richtige Psychopathin.«

Als Jonathan Maun als Psychopathin bezeichnete, schien das einen Schalter in ihr umzulegen. Der mitleiderregende, müde Ausdruck in ihren Augen verschwand. Sie sprang auf und beugte sich über ihn.

»Na, davon verstehen Sie ja etwas, nicht wahr?« Ihre Stimme klang leise und tief, und eine bösartige Bitterkeit schwang in ihr mit.

»Was meinen Sie damit?« Jetzt sah Jonathan besorgt drein.

»Manchmal muss man ein Psychopath sein, um einen anderen Psychopathen zu erkennen.«

»Was?«

»Ach kommen Sie, Jonathan Harkness, spielen Sie nicht den Unschuldigen. Alle nötigen Hinweise stehen in den Zeitungsausschnitten. Ich habe sie oft genug gelesen und mich mit vielen Leuten über Sie unterhalten. Ich weiß mehr, als Sie glauben. Ich weiß alles über Sie.«

»Sie haben keine Ahnung«, sagte er und schluckte die Galle hinunter, die ihm hochkam. Plötzlich stand ihm der Schweiß auf der Stirn, und seine Hände zitterten sichtlich.

»Falsch. Ich weiß absolut alles.«

KAPITEL 42

Im Besprechungsraum der Mordkommission herrschte ein lärmendes Tohuwabohu. Mehrere Gespräche zwischen Beamten in Zivil und in Uniform fanden gleichzeitig statt, Telefone klingelten und wurden rasch abgenommen. Computertastaturen klapperten unter den Fingern gestresster Polizisten.

Matilda ging zum Kopfende des Raums und trat vor die Tafeln mit den Tatortfotos und einer vergrößerten Kopie von Matthew Harkness' Führerschein. Als sie sich endlich zu dem versammelten Personal umwandte, waren alle verstummt und warteten darauf, dass sie das Wort ergriff. Es war beinahe wie in alten Zeiten. Wohin waren die Furcht, die Versagensängste und die Paranoia nur verschwunden?

»Guten Morgen allerseits. Schön, Sie hellwach und in den Startlöchern vorzufinden. Also, ich habe die letzte halbe Stunde mit ACC Masterson verbracht, und wir haben einige Entscheidungen gefällt, wie solche Fälle in Zukunft behandelt werden sollen. Ich denke, wir können davon ausgehen, dass es sich bei dem Mörder von Stefan und Miranda Harkness und Matthew Harkness um ein und dieselbe Person handelt. Außerdem wäre der Unfall mit Fahrerflucht, bei dem Stephen Egan umkam, ein zu großer Zufall, um nicht damit in Zusammenhang zu stehen. Dennoch wird er zunächst von der Kripo bearbeitet. Sergeant Jackson leitet diese Ermittlung und wird uns auf dem Laufenden halten. Wir werden allerdings unsere eigenen Nachforschungen anstellen und uns, wenn nötig, mit ihm kurzschließen.

Da der Mord an Matthew Harkness der aktuellere Fall ist,

konzentrieren wir uns erst einmal darauf. Wie ich höre, existieren keine Überwachungsvideos vom Tatort, jedoch gibt es viele Zugänge zur Holly Lane. Haben wir Aufzeichnungen aus den Bereichen, die sich daran anschließen?«

Matilda ließ den Blick über die ihr zugewandten Gesichter gleiten. Sie spürte keine nervöse Anspannung, kein Prickeln, das ihr im Nacken emporkroch, keine schweißnassen Hände, kein Stottern voller Selbstzweifel. Weit und breit war kein einziger Premierminister in Sicht. Sie sah nur die üblichen Personen, ihr engagiertes Team, auf das sie sich immer hatte verlassen können. Ein paar der Beamten in Uniform kannte sie aus den Tagen vor ihrer Auszeit, doch es waren auch viele neue, frische Gesichter da. Der stellvertretende DCI Hales glänzte durch Abwesenheit.

»Wir haben Videos von einigen Kameras in der Umgebung sichergestellt, und ein Team von Beamten sieht sie gerade durch.«

»Danke. Ihr Name ist Faith, nicht wahr?«

»DC Easter, ja, Ma'am.«

»Tut mir leid, dass wir noch keine Gelegenheit hatten, einander kennenzulernen, aber das holen wir nach. Bitte ignorieren Sie in der Zwischenzeit alle Gerüchte, die Sie möglicherweise über mich gehört haben.«

Faith Easters Gesicht blieb wie versteinert, bis Sian Mills laut lachte. Der Rest der Anwesenden fiel ein, und Easter lächelte und entspannte sich angesichts der Unbefangenheit der Chefinspektorin.

»Haben wir schon einen Verdächtigen im Fall Matthew Harkness?«

Sian legte ihr Sandwich mit Käsesalat weg und wischte sich

das Mehl von den Händen. »Im Moment neigen wir zu der Annahme, Jonathan könnte ihn im Affekt getötet haben, nachdem Matthew über ihn hergefallen war und ihn missbraucht hatte. Andererseits, wenn wir davon ausgehen, dass er und seine Eltern von derselben Person ermordet wurden, stellt sich die Frage, ob ein Elfjähriger in der Lage gewesen wäre, seine Eltern derartig abzuschlachten.« Sie deutete auf die Tatortfotos des Harkness-Doppelmords an einer separaten Tafel.

»Ausgeschlossen, dass ein Elfjähriger diese Verbrechen begangen hat«, meinte DC Scott Andrews. »Sehen Sie sich doch die Aufnahmen des kleinen Jonathan an. Er ist Haut und Knochen. Er sieht aus, als könnte er sich an einer normalen Mahlzeit überfressen. Wie hätte er zwei Erwachsene überwältigen sollen?«

»Wenn also Jonathan seinen Bruder nicht getötet hat, wer dann? Wer wusste, dass er in dieser Nacht in Sheffield sein würde?«, fragte Matilda in den Raum hinein. Es war eine offene Diskussion, und jeder Kommentar war ihr willkommen.

»Vielleicht war es eine Zufallstat«, sagte Rory und trank seinen Kaffee aus.

»Wenn Matthew in Jonathans Wohnung war, ihn geschlagen und sexuell missbraucht hat, wäre es da nicht ein zu großer Zufall, dass ihn anschließend ein Fremder umbringt?«, wandte Aaron ein. »Das hier ist das wirkliche Leben, keine Seifenoper.«

»Ich glaube wirklich nicht, dass wir Jonathan als Verdächtigen ausschließen können«, fügte Sian hinzu.

»Wo befand er sich nach seiner offiziellen Aussage zum Zeitpunkt von Matthews Tod?«

»Der Angriff auf ihn war gerade erst erfolgt. Er sagt, er sei alleine in seiner Wohnung zurückgeblieben.«

»Was sagen die Nachbarn?«, fragte Matilda.

»Eine Nachbarin hat Matthew aus dem Haus laufen sehen. Sonst hat niemand etwas bemerkt«, antwortete Aaron. Er war einer der Beamten, die mit den Mietern im Gebäude gesprochen hatten. Da die Mehrzahl der Bewohner nichts gesehen oder gehört haben wollte, musste er nicht einmal in seinem Notizbuch nachschlagen.

»Befassen wir uns mit der Nachbarin, die über ihm wohnt, Maun Barrington. Wir holen sie aufs Revier, nehmen ihre vollständige Aussage auf und lassen sie über Jonathan auspacken«, schlug Matilda vor. »Faith, Sie überprüfen, ob es in letzter Zeit vergleichbare Überfälle gegeben hat. Wir müssen jeden Aspekt bedenken, aber ich stimme mit der Mehrheit überein. Ich glaube nicht, dass es sich um eine Zufallstat gehandelt hat. Hat die Durchsuchung von Jonathans Wohnung etwas Interessantes erbracht?«, erkundigte sich Matilda mit Blick auf Sian.

»Bis auf die Tatsache, dass er nicht ganz normal ist?«, meinte Rory, während er sich bemühte, einen Mars-Riegel aufzureißen. »Ich meine, wie kann man denn keinen Fernseher haben?«

»Er hat keinen Fernseher?«, spottete Scott Andrews.

»Nein. Nur Bücher, Bücher und noch mehr Bücher.«

»Ach du Schande! Man stelle sich ein Haus ohne Hintergrundgeräusche vor. Ich würde bei so viel Stille verrückt werden.«

Matilda mischte sich ein, bevor die Diskussion völlig aus dem Ruder lief. »Abgesehen davon, dass er sich nicht das Tor des Monats ansieht, haben wir etwas Brauchbares gefunden?«

»Seine Geschichte klingt glaubhaft. Auf dem Wohnzimmerteppich befanden sich Glassplitter und Spritzer von seinem Blut. Auch Matthews Fingerabdrücke waren überall im Wohnzimmer«, sagte Sian.

»Was ist mit seinem Schlafzimmer?«

Sian, die sich gerade den letzten Bissen ihres Sandwichs in den Mund schieben wollte, als Matilda die Frage stellte, legte es zurück in die Plastikschachtel und griff nach ihrem Notizbuch. »Nein. Dort waren nur Abdrücke von Jonathan. Anscheinend hat der sexuelle Missbrauch im Wohnzimmer stattgefunden.«

»Haben wir seinen Müll durchsucht?«

»Ja. Nichts Ungewöhnliches. Leere Konservendosen, benutzte Teebeutel, eine Dose Deodorant, alte Rasierklingen und dergleichen. Nichts, was aus dem Rahmen fällt.« Rasch schlang sie ihr Sandwich hinunter.

»Also gut. Nehmen wir mal an, Jonathans Geschichte stimmt und Matthew hat ihn in seiner eigenen Wohnung vergewaltigt. Wollen wir so weit gehen zu sagen, dass Jonathan Matthew nachging und ihn im Affekt tötete?«

»Ich denke, das müssen wir, es sei denn, Matthew hätte einen Feind in Manchester, der ihm nach Sheffield gefolgt war.«

»Mach die Sache doch bitte nicht noch komplizierter, als sie schon ist, Sian«, sagte Aaron und rieb sich die Schläfen.

»Das ist aber kein dummer Gedanke, Sian. Setzen Sie sich noch einmal mit den Kollegen in Manchester in Verbindung und bitten Sie sie, sich etwas gründlicher mit ihm zu befassen. Ach ja, haben Sie mit Charlie Johnson gesprochen?«

»Ich habe gestern mit seiner Agentin telefoniert. Sie sagt, er hat sich zum Schreiben zurückgezogen, damit das nächste

Buch bis zum Sommer fertig ist. Anscheinend hat sie auch versucht, Kontakt mit ihm aufzunehmen, konnte ihn jedoch nicht erreichen.«

»Ist das ein Grund, uns Sorgen zu machen?«

»Seine Agentin macht sich keine. Sie sagt, viele Schriftsteller verschwinden vom Radar, wenn sie einem Buch den letzten Schliff geben wollen.«

»Na schön. Versuchen Sie es weiter. Ich will mit ihm reden.«

Plötzlich veränderte sich die Atmosphäre im Raum negativ. Matilda sah Ben Hales hereinkommen, bevor die anderen ihn bemerkten, doch sie erkannten an ihrem Gesichtsausdruck, dass etwas nicht stimmte. Alle drehten sich zum Eingang um, und die Stimmung im Raum wurde schlagartig frostiger. Hales lehnte sich an den nächstgelegenen Tisch und starrte Matilda mit höhnischem Grinsen an. Er war unrasiert, und seine Haare wirkten wirr und zerzaust. Seine Augen blickten stumpf, und die Augenringe hatten sich seit gestern deutlich vertieft. Offenbar war er nicht – wie sie – zu seinem dringend benötigten Schlaf gekommen. Sie lächelte in sich hinein, während sie überlegte, ob sie ihm vielleicht Adele zu Hilfe schicken sollte.

Stille breitete sich aus, und die knisternde Spannung war beinahe greifbar. Aaron stupste Sian an, dass sie etwas tun oder sagen sollte, um die Atmosphäre aufzulockern, aber Sian fand keine Worte.

»Gut, ich denke, wir haben so ziemlich alles besprochen«, stotterte Matilda. Sie wollte schon anfangen, stumm die Namen der britischen Premierminister von Beginn des 20. Jahrhunderts an aufzusagen, bremste sich aber noch rechtzeitig. Hales war das nicht wert. »Also, hat jemand noch Fragen?«

»Ziehen Sie die Samthandschuhe aus?«, fragte Hales. Seine Stimme hallte von den Wänden wider, und jeder im Raum hielt den Atem an. Hales blockierte den einzigen Ausgang. Matilda stand vorne, und es gab kein Entkommen aus dem Kreuzfeuer.

»Bitte?«

»Behandeln Sie Jonathan Harkness immer noch, als wäre er aus Glas, oder sehen Sie ihn endlich als Schlüssel zu der ganzen Angelegenheit?«

»In welcher Hinsicht ist er der Schlüssel?«, fragte Matilda zurück und verschränkte die Arme, damit niemand sah, wie ihr die Hände zitterten.

»Tja, zunächst mal können wir ihn definitiv für den Mord an seinem Bruder drankriegen …«

Matilda fiel ihm ins Wort: »Ich werde Jonathan später zum Tod seines Bruders befragen.«

»Was?« Hales hob die Stimme und spie die Frage aus wie eine zu heiße Kartoffel. »Sie wollen ihm Fragen stellen? Beim Fünfuhrtee vermutlich.«

»Ob Jonathan seinen Bruder getötet hat oder nicht, wir dürfen seine Angststörung nicht ignorieren und müssen ihn entsprechend behandeln.«

»Großer Gott im Himmel!« Er verdrehte die Augen.

»Vielleicht können wir das Gespräch in Ihrem Büro fortsetzen, stellvertretender DCI Hales.« Ben antwortete nicht, sondern ging einfach an ihr vorbei in das kleine Büro im rückwärtigen Teil des Raums. »Gehen Sie nicht weg, Sian«, sagte Matilda ihr leise ins Ohr, während sie ihm folgte.

Matilda schloss die Tür hinter sich, und dieses Mal zog sie die Jalousie zum Großraumbüro herunter. »Haben Sie ein Problem?«

»Allerdings. Ich habe ein Problem mit Ihnen und Ihrem sogenannten Führungsstil. Durchschauen Sie Jonathans vorgetäuschte Angstzustände nicht? Er benutzt sie nur, um den Fragen auszuweichen. Jeder kann eine Panikattacke vortäuschen, verdammt noch mal!«

»Sie müssen das große Ganze betrachten. Falls er sie vortäuscht, spielt er der Welt schon fast sein ganzes Leben lang etwas vor. Er muss inzwischen verdammt gut darin sein, und nur, weil Sie aus allen Rohren feuernd auf ihn losgehen, wird er die Maske nicht fallen lassen.«

»Sie packen das völlig falsch an.«

»Haben Sie sich je gefragt, wieso Sie es nie weiter als bis zum DI gebracht haben?« Matilda überraschte sich selbst mit dieser Frage. »Es geht nicht nur um Ergebnisse, sondern auch darum, wie man sie erzielt. Dazu gehört es, Augen und Ohren weit aufzusperren. Ja, ich habe in Erwägung gezogen, dass Jonathan uns seine Ängste nur vorspielt. Aber ich kann ihm nicht mit der Abrissbirne kommen und riskieren, dass er komplett dichtmacht. Wenn wir ihn des Mordes anklagen, bekommt er vermutlich einen verdammt guten Anwalt, der ein medizinisches Gutachten vorlegen wird, und dann landet die Sache nicht mal vor Gericht. Oh, und wo wir schon beim Umgang mit Menschen und beim Führungsstil sind, man muss auch Verbindung zu seinem Team halten.«

»Was?«

»Wie heißt Sians Mann?«

»Was?« Er wirkte verwirrt.

»Wie viele Kinder hat sie? Wie ist Rorys Beziehungsstatus? Wann hat Aaron Geburtstag? Welche Gerüchte sind über Scott im Umlauf? Sie sind auf den Respekt und die Unterstützung Ihres Teams angewiesen, und die bekommen Sie nur, wenn Sie mit den Leuten reden, mit ihnen interagieren und sie kennenlernen.«

Hales war sprachlos. Er starrte Matilda mit weit aufgerissenen Augen an, doch es waren nicht die stählernen Augen eines zornigen Mannes. Sie wirkten betrübt. Matildas Selbstsicherheit war ihr wie aus dem Nichts zugeflogen. Er hasste sie nicht, er war nur neidisch auf sie. Er wirbelte herum, riss die Tür auf und stürmte hinaus.

Matilda war kein Mensch, der sich gerne über andere lustig machte und dann an ihrem Leid ergötzte. »Wir haben alle unsere Arbeit zu tun, also lassen Sie uns beginnen«, sagte sie leise zu einem Raum voller Zuschauer, die mit offenen Mündern dasaßen. Nur langsam fand der Besprechungsraum zur Normalität zurück, und die Gespräche hoben wieder an.

Matilda setzte sich an den Schreibtisch und zog den nächsten Ordner heran. Sie schlug ihn auf und starrte die oberste Seite an, ohne etwas wahrzunehmen. Sie wollte nur beschäftigt wirken, während sie sich beruhigte. Sie setzte sich auf ihre Hände und atmete mehrmals tief durch.

»Ich war nicht sicher, ob Sie die hier sehen wollen oder nicht«, meinte Sian und trat an den Schreibtisch, den Matilda gerade zurückerobert hatte.

»Was ist das?«, fragte sie, ohne von der Akte aufzusehen, die zu studieren sie vorgab.

»Als Hales Jonathan Harkness verhörte, hatte er eine Menge Papierkram dabei. Das ist er.«

Jetzt hatte sie Matildas volle Aufmerksamkeit. »Worum handelt es sich?«

»Zeugenaussagen.«

Matilda riss die Augen auf. Einen Moment lang dachte sie, es wären die ursprünglichen Aussagen von vor zwanzig Jahren, die Ben aus den Akten entwendet hatte. Doch als Sian sie vor sie hinlegte, sah sie, dass das Datum nur ein paar Tage zurücklag. Sie griff danach und überflog sie.

»Er hat eine eigene Ermittlung durchgeführt«, sagte sie verblüfft.

»Kein Wunder, dass er sich in letzter Zeit kaum noch hier hat blicken lassen. Die letzten Seiten werden Sie interessieren.«

Matilda blätterte weiter und las: »Ein psychiatrischer Bericht über Jonathan Harkness von Charlie Johnson.« Sie war sichtlich schockiert. »Was zum Teufel soll das? Der Mann ist Journalist, oder? Was versteht der Kerl von Psychologie?«

»Keine Ahnung. Es ist sowieso nur grundlegendes Zeug aus Wikipedia.«

»Hat Ben das tatsächlich als Beweismaterial gegen Jonathan betrachtet?«

»Sieht so aus.«

»Verdammt noch mal. Was ist denn in ihn gefahren?« Es war eine rhetorische Frage. Matilda lehnte sich zurück. »Na schön, Sian. Finden Sie alles über Charlie Johnson heraus, was Sie ausgraben können. Sprechen Sie noch einmal mit seiner Agentin und ziehen sie ihr die vollständige Geschichte aus der Nase. Ich will wissen, was er vorhat und warum er so besessen von Jonathan ist.«

»Kein Problem. Ach übrigens, Matthew Harkness hatte acht Exemplare von Charlies Buch in seiner Wohnung.«

»Was? Acht?«

»Ja.«

»Was wollte er denn mit acht Exemplaren?«

»Ich habe keine Ahnung.«

»Geben Sie mir die Nummer seiner Agentin.« Sian schob ihr einen Notizzettel mit einer Londoner Nummer darauf zu.

Nach viermaligem Klingeln nahm jemand ab, und Matilda musste zehn Minuten warten, bis man sie zu der Agentin durchstellte.

»Detective Chief Inspector Matilda Darke, South Yorkshire Police. Ich bräuchte Informationen über einen Ihrer Klienten, Charlie Johnson.«

»Eine meiner Mitarbeiterinnen hat gestern schon mit Ihrer Kollegin gesprochen …«

Matilda fiel ihr ins Wort. »Ich weiß, er ist zum Schreiben in Klausur gegangen, aber ich möchte mich mit Ihnen über Charlie, den Menschen, unterhalten, nicht über den Schriftsteller.«

»Oh. Na schön, was wollen Sie wissen?« Die Agentin sprach mit durchdringender, hoher Kopfstimme.

»Was ist sein Hintergrund?«

»Er ist Journalist.«

Matilda wartete darauf, dass die Agentin fortfuhr, und war überrascht, als sie es nicht tat. »Ist das alles?«

»Charlie ist extrem reserviert. Ich weiß, dass er im Nordwesten aufgewachsen ist. Laut seinem Lebenslauf hat er direkt nach der Schule bei einer Lokalzeitung als Lehrling angefangen, und sie haben ihm die weitere Ausbildung ermöglicht. Er hat bei mehreren Zeitungen im Norden gearbeitet, bevor er nach London kam. Ich glaube, er war freier Mitarbeiter bei einigen überregionalen Blättern.«

»Was für ein Mensch ist er?«

»Er ist unverheiratet und hat keine Kinder. Ich hatte den Eindruck, er ist ein ziemlicher Einzelgänger.«

Langsam hasste Matilda das Wort »Einzelgänger«. Es war ein schrecklicher Begriff, um eine Person zu beschreiben. »Woher stammt sein großes Interesse an den Harkness-Morden?«

»Da habe ich nicht die geringste Ahnung. Er hat mir das Buch mehrfach vorgelegt. Um ehrlich zu sein, der erste Entwurf war sehr schlecht geschrieben. Der zweite klang schon besser, aber es waren sein Enthusiasmus und seine Detailversessenheit, die mich zu dem Entschluss brachten, ihn als Klienten zu vertreten. Nach zwei weiteren Entwürfen engagierte ich schließlich jemanden, der das Buch komplett umschrieb.«

»Hatte Johnson nichts dagegen?«

»Nein. Er hatte ja die ganze Knochenarbeit gemacht. Es musste nur noch eine Art Ordnung hineingebracht werden. Sein Name stand auf dem Titel, und es verkaufte sich ausgezeichnet. Es hat 1999 den Dagger Award der Crime Writers' Association in der Kategorie Sachbuch gewonnen. An meiner Wand hängt ein Foto von ihm bei der Preisverleihung.«

»Könnten Sie weiter versuchen, ihn für mich aufzutreiben? Ich muss wirklich dringend mit ihm sprechen.«

»Ich werde mich bemühen.«

»Danke. Ach übrigens, könnten Sie mir bitte das Foto von Charlie mailen?«

Matilda gab der Agentin ihre Mailadresse durch und legte auf. Was Charlie und seine Besessenheit vom Harkness-Fall betraf, tappte sie noch genauso im Dunkeln wie zuvor. Es war ihr ein Rätsel, wieso er sich berufen fühlte, einen psychiatrischen Bericht über Jonathan zu verfassen. Plötzlich spürte sie große Müdigkeit und sehnte sich nach frischer Luft. Sie erhob sich und nahm ihre Jacke von der Stuhllehne, bevor sie Rory zu sich rief. »Sie und ich werden die Sache jetzt ein für alle Mal klären.«

»Wohin gehen wir?«

»Zu einer Expertin.«

KAPITEL 43

Die ehemalige Inspektorin Pat Campbell wohnte im Grüngürtel der alten Stahlstadt, in Broadway, an der Grenze zum ländlichen Derbyshire. Mit einem Sprung über den Gartenzaun wäre man buchstäblich in der nächsten Grafschaft gelandet.

Sie hatte sich aus gesundheitlichen Gründen vorzeitig pensionieren lassen. Nachdem auch ihr Mann in den Ruhestand gegangen war, waren sie so weit aufs Land hinausgezogen, wie sie es sich angesichts der horrenden Preise leisten konnten.

Als sie Matilda und Rory die Tür öffnete, war ihr Gesicht leicht gerötet, und sie klang ein wenig außer Atem. Sie war eine hochgewachsene Frau und hatte seit ihrer Kripozeit an Gewicht zugelegt, war aber keineswegs dick. Ihre grauen Haare hatten einen modischen Schnitt. Aus dem Hintergrund wehte der Geruch von starkem Kaffee.

Matilda hatte nie mit Pat zusammengearbeitet, sie aber gelegentlich auf dem Revier gesehen. Sie hatte einen hervorragenden Ruf genossen, den einer geradlinigen Frau und vorbildlichen Beamtin. Sie bezweifelte allerdings, dass Pat sich an sie erinnern konnte.

»Kommen Sie schnell rein. Es ist kalt draußen«, sagte Pat mit breitem Sheffielder Akzent. Sie trat zur Seite, um ihre Besucher einzulassen.

»Madam, sollten Sie nicht zuerst fragen, wer wir überhaupt sind?«, fragte Rory. »Es ist unklug, Fremde in die Wohnung zu lassen.«

Pat stieß ein heiseres, kehliges Raucherlachen aus. Sie sah

Matilda an: »Finden Sie es auch so toll, dass die Jugend denkt, jeder über fünfzig bräuchte ein Kindermädchen? Junger Mann, ich rieche einen Bullen auf hundert Meter gegen den Wind, und das bei Sturm. Selbst wenn Sie kein Polizist wären, sollten Sie lieber keine Fisimatenten probieren. Sie lägen flach auf dem Rücken und hätten meinen Fuß auf der Kehle, bevor Sie ›Mami‹ schreien könnten.«

Pat führte sie in ein ungewöhnlich großes Wohnzimmer, das sich über die ganze Länge des Hauses erstreckte. Es war geschmackvoll in Cremetönen und mit sehr modernen Möbeln eingerichtet. Bis auf ein paar Kinderspielsachen und Spielbretter, die auf der Couch herumlagen, war es minimalistisch und ordentlich. Pat räumte sie schnell weg.

»Sie haben mich beim Saubermachen erwischt«, begann sie. »Die Enkelkinder waren für ein paar Tage zu Besuch. Meine Tochter ist zur Geburt von Nummer vier im Krankenhaus, die dumme Kuh. Mein Mann ist vor einer halben Stunde mit den kleinen Biestern losgefahren. Setzen Sie sich, ich habe gerade Kaffee gekocht.«

Sie war in Nullkommanichts mit einem Tablett mit drei Tassen, einer vollen Kanne, Milch und Zucker zurück.

»Ich kann Ihnen leider keine Kekse oder so anbieten. Die verdammten Kleinen haben alles aufgefuttert. Ich bin bis jetzt nicht zum Einkaufen gekommen.«

Matilda schmunzelte. »Sie erinnern sich sicher nicht mehr an mich, Pat. Ich bin …«

»Ich weiß, wer Sie sind. Das letzte Mal, als ich mit Ihnen zu tun hatte, hieß es noch DC Darke. Ihren Vornamen habe ich vergessen, tut mir leid. Aber ich schätze, Sie sind seit damals befördert worden.«

»Matilda, und ich bin inzwischen DCI.«

»Gratuliere. Ich hab's nur bis zum DI geschafft, bevor meine verflixte Hüfte schlapp machte.«

»Ich bin Leiterin der Mordkommission.«

»Die wollten sie schon in den 80ern mal gründen, es kam nur nichts dabei heraus.«

»Wir haben einen ungelösten Fall neu aufgerollt und …«

»Die Harkness-Morde«, unterbrach Pat sie.

»Woher wissen Sie das?«

»Reine Vermutung. Ich habe vom Abbruch des Hauses gehört und war dort, um mir das Spektakel anzusehen. Ich hatte meinen ältesten Enkel dabei. Dachte, es könnte ihn interessieren, war aber nicht so.«

»Weshalb sind Sie hingegangen?«

»Ich bin nicht ganz sicher. Professionelles Interesse oder schlicht und einfach Neugier, suchen Sie es sich aus. Sie rollen den Fall wieder auf?«

»Sieht so aus«, erwiderte Matilda, legte die Hände um die heiße Kaffeetasse und atmete den Duft ein. »Können Sie uns irgendetwas erzählen, das wir nicht schon wissen?«

»Das bezweifle ich. Es steht doch sicher alles in den Akten.«

»Wieso wurde der Fall nie aufgeklärt?« Rory schien vor Pat fast in Ehrfurcht zu erstarren.

»Weil wir nicht wussten, wer der Mörder war«, antwortete sie triefend vor Sarkasmus. »Tut mir leid, mein Sohn. Ich sollte mich nicht über Sie lustig machen. Aber Sie sehen eben aus wie ein verdammter Praktikant. Bitte sagen Sie mir nicht, dass Sie einen höheren Rang als Constable haben.«

»Nein.« Er lächelte. »Nur ein schäbiger DC.«

»Man sollte einen DC nie unterschätzen. Sagte jedenfalls mein früherer DI.«

»War Ihr früherer DI der Chefermittler im Fall Harkness?«, erkundigte sich Matilda.

»Ja. Inspector Ken Blackstock, Gott habe ihn selig. Er ist 2005 an einem Herzanfall gestorben. Seine Frau ist nie darüber weggekommen und ihm etwa achtzehn Monate später gefolgt. Die Ärmste.« Sie verlor sich kurz in der Erinnerung an ihren früheren Chef. Sie hatte seit Jahren nicht mehr an ihn gedacht. Als sie merkte, dass zwei Augenpaare sie unverwandt anstarrten, kehrte sie in die Gegenwart zurück. »Verzeihung. Inspector Blackstock war ein guter Bulle und ein anständiger Kerl. Immer fair zu seinem Team. Er hatte nichts dagegen, mal eine Abkürzung zu nehmen, aber nie etwas Ungesetzliches. Nach dem Fall Harkness wurde er allerdings ein bisschen melancholisch.«

»Was meinen Sie mit melancholisch?«

»Er hat nicht verkraftet, dass er ihn nicht lösen konnte. Er sagte immer: ›Da draußen ist ein elfjähriger Junge, der zusehen musste, wie seine Eltern abgeschlachtet wurden. Es ist unsere Pflicht, ihm Gerechtigkeit widerfahren zu lassen.‹ Als das nicht klappte, zerbrach etwas in ihm. Er nahm sich eine Auszeit, wenn ich mich recht entsinne. Eine Menge Leute waren wie besessen von Jonathan Harkness.«

»Inwiefern?«

»Es gab da einen jungen PC. Er war als Erster am Tatort und begleitete Jonathan im Krankenwagen. Sie starrten sich die ganze Zeit unverwandt an. Es war irgendwie irreal. Ich erinnere mich, dass dieser PC immer wieder in der Einsatzzentrale auftauchte und sich erkundigte, wie es lief. Er half auch bei der Suche nach dem Bruder, Matthew, aber ansonsten hatte er nichts mit dem Fall zu tun. Trotzdem stellte er dauernd Fragen. Ich denke, er hat Jonathan sogar ein paar Mal besucht, während er hier mit seiner Tante untergebracht war. Bevor sie ihn mitnahm.«

»Wissen Sie noch, wie er hieß?«

»Nicht aus dem Stegreif, tut mir leid. Ich werde darüber nachdenken. Ich glaube, am Ende musste Ken mit seinem vorgesetzten Sergeant sprechen, damit der ihn freundlich ermahnte, sich von uns fernzuhalten.«

»Was war mit der Ermittlung selbst? Gab es irgendwelche plausiblen Verdächtigen?«

»Nein. Der Fall war von Anfang bis Ende bizarr. Niemand im Leben der Familie zeichnete sich als deutlicher Favorit ab. Eine Weile dachten wir, Matthew könnte seine Eltern ermordet haben, aber das wurde rasch ausgeschlossen.«

»Was ist mit den Tierrechtsaktivisten? Stefans Arbeit erforderte Tierversuche, nicht wahr?«

»Ja. Dieser Verdacht erwies sich allerdings als Strohfeuer.« Sie lehnte sich ins Sofa zurück und nippte an ihrem Kaffee. »Herrgott, ich wünschte, ich hätte einen Keks. Könnte jetzt einen brauchen zum Einstippen. Nein, wenn es die Tierschützer gewesen wären, die hätten einfach das Haus verwüstet, einen Schweinekopf in die Rosen geschmissen oder so etwas. Die laufen nicht herum und stechen Leute ab.«

»Was war denn die Hauptstoßrichtung Ihrer Untersuchung?«

»Es handelte sich definitiv um einen persönlichen Angriff auf die Familie. Wir konnten uns nur nie erklären, warum der Täter die Eltern umbringen und den elfjährigen Sohn am

Leben lassen sollte. Jemand, der ein Ehepaar so abschlachtet, hat doch bestimmt keine Hemmungen, einen kleinen Jungen zu töten.«

Da Matilda keine Fragen mehr hatte, wandte sich das Gespräch den Veränderungen zu, die es seit Pats Ausscheiden bei der Polizeiarbeit gegeben hatte. Als sie sie zur Tür begleitete, bat Matilda Rory vorauszugehen, weil sie noch ein letztes Wort mit ihrer Gastgeberin wechseln wollte.

»Was hielten Sie von Jonathan?«, fragte Matilda, sobald sie allein waren.

»Schwierig. Dass er Zeuge der Morde wurde, hatte ihn völlig durcheinandergebracht. Wir bekamen nichts aus ihm heraus. Er wurde stumm, nicht wahr?«

»Richtig. Aber die Nachbarn und Freunde sagten, er sei schon vorher ein echter Einzelgänger gewesen und habe kaum Umgang mit anderen Kindern gehabt. Fanden Sie das nicht seltsam?«

»Ein bisschen, schätze ich«, antwortete sie. »Was ist aus ihm geworden?«

»Er ist wieder in Sheffield, lebt aber sehr zurückgezogen. Er scheint Angst vor seinem eigenen Schatten zu haben.«

»Ich bin überrascht, dass er noch lebt.«

»Inwiefern?«

»Ich wäre nicht überrascht gewesen, eines Tages in der Zeitung zu lesen, dass er sich vor einen Zug geworfen hat oder mit einem Backstein in jeder Tasche in den Don gesprungen ist.«

»Es wurde der Gedanke laut, Jonathan könne seine Eltern getötet haben.«

»Was?« Pats Augen wurden beinahe doppelt so groß. »Er

war elf. Wenn Sie den Tatort gesehen hätten, wären Sie nicht einmal auf die Idee gekommen.«

Matilda verabschiedete sich und kehrte zum Auto zurück.

»Was meinen Sie?«, fragte Rory nach langem Schweigen.

»Es fällt mir schwer zu glauben, dass jemand es fertigbringt, zwei Menschen zu töten und anschließend spurlos zu verschwinden. Die Art, wie sie brutal abgestochen wurden, deutet auf einen Täter hin, der große Wut empfand. Eine Person, die offenbar Anteil an ihrem Leben gehabt haben muss. Wieso hat niemand etwas bemerkt?«

»Was ich nicht verstehe, ist der Unterschied zwischen den beiden Morden«, begann Rory, während er langsam durch die von geparkten Autos verengten Straßen im Süden von Sheffield navigierte. »Stefan Harkness wurde ein einziges Mal von hinten ins Genick gestochen. Andererseits ist da Miranda Harkness, die zahllose Messerstiche in Brust und Rücken hatte, aus denen das Blut nur so gespritzt war.«

»Nun, sie hat sich gewehrt, oder? Wir gehen von der Annahme aus, dass der Killer Stefan überraschte. Miranda dagegen verteidigte sich, nachdem sie ihren Ehemann tot vorgefunden hatte. Vielleicht hat sie versucht, sich loszureißen, zu flüchten oder um Hilfe zu rufen.«

»Es gibt nur einen Menschen, der uns genau sagen könnte, was passiert ist …«

»Ich weiß, worauf Sie hinauswollen, Rory«, schnitt Matilda ihm das Wort ab.

Nach längerem Schweigen sprach Rory weiter. Matilda sah, dass ihm etwas auf den Nägeln brannte. Er hatte ein ausgesprochen ausdrucksvolles Gesicht. »Es sei denn, der Mörder hätte nur etwas gegen Miranda gehabt. Möglicherweise hasste er sie so sehr, dass er sie so lange wie möglich leiden lassen wollte.«

»Das glaube ich nicht«, dachte Matilda laut nach. »Wir müssen herausfinden, warum sie getötet wurden, nicht von wem. Sobald wir das wissen, wird es leicht sein, den Täter zu identifizieren. Es muss ein Warum geben. Ich weigere mich, an ein Verbrechen ohne Motiv zu glauben.«

KAPITEL 44

Hales raste im Rekordtempo nach Hause und ignorierte rote Ampeln, Zebrastreifen und Vorfahrtsschilder. Er war ein Mann mit einer Mission. Er stieß die Haustür auf, knallte sie hinter sich zu und fluchte unterdrückt, als er den blechernen Klang des Fernsehers mit irgendeiner Nachmittagssendung aus dem Wohnzimmer hörte. Innerlich kochte er.

Seine Frau fragte nicht nach, wer da hereingekommen war, obwohl das um diese Tageszeit ungewöhnlich war. Sie war vollständig in ihre belanglose Alltagsroutine vertieft.

Hales marschierte in die Küche, die dringend mal geputzt werden musste. Er sah sich auf der zugemüllten Arbeitsfläche um, und als er nicht entdeckte, wonach er suchte, riss er hektisch Schubladen auf und durchwühlte den Krempel, der sich darin angesammelt hatte.

»Was machst du denn da?«, meldete sich Sara jetzt doch aus dem Wohnzimmer. Das Geklapper und das Scheppern trübten ihr Fernseherlebnis. Sie drehte die Lautstärke höher, fühlte sich aber trotzdem noch gestört.

»Nichts«, rief er ihr zu.

»Was?«

»Nichts!« Es war fast ein Wutschrei.

»Ich verstehe dich nicht.«

Als Hales gefunden hatte, was er suchte, steckte er es in die Jacke und stürmte ins Wohnzimmer. »Herrgott noch mal! Dreh den Fernseher leiser, vielleicht verstehst du dann was!«, schrie er.

Sie zuckte in ihrem Sessel zusammen. »Was ist denn bloß los mit dir?«

Endlich war es ihm gelungen, seiner Frau eine Reaktion zu entlocken. Sie starrte ihn kurz mit tief gerunzelter Stirn an, ehe sie sich wieder dem großen Plasmabildschirm an der Wand zuwandte.

»Gar nichts ist los mit mir.« Ein Schweißfilm stand ihm auf der Stirn, und sein Atem ging unregelmäßig. Er hatte die Augen weit aufgerissen und die Hände zu Fäusten geballt, um die Wut zu unterdrücken, die in ihm kochte. Er wusste gar nicht recht, wogegen sie sich richtete. Gegen Matilda, weil sie ihn vor versammelter Mannschaft vorgeführt hatte? Gegen ACC Masterson, die ihm nicht genügend vertraut hatte, um ihm schon vor Monaten Matildas Job zu geben, als sie ihre Auszeit genommen hatte? Oder gegen seine Frau, diese Schlampe, die tagein, tagaus einfach nur dahockte, hirnlose Scheiße im Fernsehen sah und jedes Jahr fetter wurde?

»Wieso bist du so früh schon daheim?«

»Aus keinem besonderen Grund.«

Sara Hales hatte sich nicht vom Fleck gerührt, seit er um sechs Uhr morgens aus dem Haus gegangen war. Das war mehr als acht Stunden her. Sie trug immer noch diesen alten formlosen, abgewetzten und sackartigen grauen Jogginganzug.

Mit jedem Jahr und jedem Misserfolg verabscheute Hales seine Frau ein wenig mehr. Inzwischen war der Punkt erreicht, an dem er sie regelrecht hasste. Er hasste es, ihren Körper nachts neben sich im Bett zu spüren, hasste ihr leises Schnarchen, ihre Trägheit, die sie ihr Leben vertrödeln ließ, und ihre unerklärliche Leidenschaft für Seifenopern, Reality-TV und sonstige Shows, das ewige Naschen und den ständig größer werdenden Taillenumfang. Es war mehr als Hass, den er für sie empfand, es war Verachtung. Er verabscheute sie mit jeder Faser seines Seins.

»Hast du heute irgendetwas vor?« Er musste fast schreien. Das ging nicht anders, wenn er sich gegen den Fernseher durchsetzen wollte.

»Was zum Beispiel?«

»Ach, ich weiß nicht, vielleicht das Haus putzen? Oder du könntest rausgehen und frische Luft schnappen.«

»Ich glaube nicht.«

»Findest du nicht, dass das gut wäre?«

»Wieso?«

»Zum Beispiel, weil du dein Leben vergeudest, indem du bloß da herumsitzt. Du könntest etwas tun. Geh und such dir einen Job.«

»Warum? Du verdienst doch genug.«

»Wie wäre es mit ein wenig Selbstachtung? Oder ein bisschen Extrageld für den Wintergarten, den ich mir immer gewünscht habe? Oder wir könnten mal eine Fernreise machen, statt Jahr für Jahr eine Woche in das verfluchte Torquay zu fahren!«

»Was für eine Laus ist dir denn heute über die Leber gelaufen?« Endlich wandte sie sich ihm zu und sah ihn an.

»Bist du blind? Ich reiße mir für diese Familie den Arsch auf. Ich bin ständig unterwegs, und was habe ich davon? Wann haben wir uns zum letzten Mal wie eine Familie zum Essen hingesetzt? Ich kann mich nicht einmal erinnern, wann du zum letzten Mal etwas gekocht hast. Ich weiß nicht mehr, wann ich die Mädchen zuletzt gesehen habe, und jeden Abend, wenn ich nach Hause komme, sitzt du genau in derselben Haltung da, wie ich dich am Morgen verlassen habe, und wendest keinen Blick vom Fernseher wie irgendeine demente alte Tante im Altersheim.«

»Ben, wie sind wir denn jetzt auf dieses Thema gekommen?« Trotz der groben Vorwürfe ihres Mannes hob Sara nicht einmal die Stimme. Seine Worte schienen ihr zum einen Ohr hinein und zum anderen wieder hinauszugehen.

»Ich habe es satt, hier einfach als selbstverständlich zu gelten. Dir und den Mädchen stehen doch bloß die Dollarzeichen in den Augen, wenn ihr mich seht, als wäre ich ein Geldautomat. Also gut, damit ist jetzt Schluss! Von nun an hat jeder zum Haushalt beizutragen. Einschließlich dir.«

»Was?« Ein Ausdruck ehrlicher Besorgnis glitt über ihr Gesicht.

»Du hast schon verstanden. Beweg deinen fetten Arsch und such dir einen Job. Vielleicht nimmst du sogar ein paar Pfund ab.«

Das Geräusch von tosendem Applaus aus dem Fernseher lenkte Ben kurz von seiner Tirade ab. Er drehte sich zu dem 42-Zoll-Bildschirm um. Wie alles andere im Haus hatte er ihn bezahlt, und trotzdem konnte er sich nicht erinnern, wann er sich das letzte Mal hingesetzt und eine Sendung angeschaut hatte. Er trat vor die Wand, packte das Gerät mit beiden Händen und riss es aus der Verankerung. Er sprang zurück, als es zu Boden fiel und zu seinen Füßen zersprang. Plötzlich war es still im Raum. Hales spürte, wie eine Zentnerlast von ihm abfiel.

»Was zum Teufel soll das …?«, rief seine Frau aus.

Langsam ging er auf die Couch zu. Sara duckte sich vor ihm weg. Sie zitterte und wirkte zu Tode erschrocken von der Verwandlung ihres Mannes. Sein Gesicht war nur noch

Zentimeter von ihrem entfernt, ihre Nasen berührten sich beinahe. Er senkte die Stimme, doch der bittere Hass drang trotzdem durch. »Jetzt bleibt dir keine Ausrede mehr. Zieh dich um und besorg dir einen gottverdammten Job!«

Mit diesem letzten Ausbruch stürmte er aus dem Wohnzimmer und aus dem Haus und knallte die Tür hinter sich zu.

KAPITEL 45

Innerhalb einer einzigen Stunde hatte sich sein Leben ein weiteres Mal von Grund auf verändert. Als Jonathan das Haus verließ, schlug ihm die Kälte entgegen – die Temperatur lag weit unter null. Der Himmel zog sich zu, und bevor der Tag vorbei war, würde es schneien. Er wickelte sich den Schal fest um den Hals, knöpfte den Mantel zu und klappte den Kragen hoch. Was aus seinen Lederhandschuhen geworden war, wusste er nicht mehr. Er steckte die Hände tief in die Manteltaschen und ging mit gesenktem Kopf die Eingangsstufen hinunter.

Ein starkes Bedürfnis, sich umzudrehen und einen letzten Blick auf das Gebäude zu werfen, überkam ihn. Er hatte den Verdacht, dass er nie mehr zurückkehren würde, doch es gelang ihm, sich zurückzuhalten. Am Ende der Straße bog er um die Ecke. Jonathan war ein einfacher Mensch. Alles, was er vom Leben erhoffte, war, seine Ruhe zu haben. Seine Eltern, sein Bruder, Maun Barrington, die Polizei und bis zu einem gewissen Grad auch Stephen Egan hatten Jonathans Leben verändern wollen. Dabei war er ganz zufrieden damit. Was spielte es schon für eine Rolle, ob er Kontakte zu Menschen pflegte? Wem schadete es, wenn er nie wieder ein Wort mit einem anderen wechselte?

Mit eingezogenem Kopf und gerunzelter Stirn ging er ohne besondere Eile weiter, während seine Gedanken mit Warp-Geschwindigkeit dahinrasten. Die Bilder der Nacht, als seine Eltern gestorben waren, liefen immer wieder in seinem Kopf ab, vom Besuch seines Bruders, dem Anblick seiner Leiche. Stephens Körper, den das Auto der verbitterten Maun Barrington in die Luft schleuderte, der in einem Knäuel gebrochener Knochen und innerer Blutungen vor ihm landete. Das Polizeiverhör, dem ihn Chief Inspector Hales in dem klaustrophobischen Vernehmungszimmer unterzogen hatte, gefolgt von der Untersuchung seiner Körperöffnungen durch die mitfühlende Dr. Kean. Sein Verstand weigerte sich, abzuschalten oder sich auf eine bestimmte Sache zu konzentrieren, und gönnte ihm keine Sekunde Ruhe. Er fühlte sich, als würde er ein Zehntausend-Teile-Puzzle nach einem einzigen Stück durchsuchen, das endlich das Bild vervollständigte und einen Sinn ergab.

Ein heranbrausender Wagen schleuderte vor ihm auf den Gehsteig. Das Kreischen der Bremsen hallte in der Straße wider.

»Jonathan.«

Aus dem heruntergelassenen Beifahrerfenster rief jemand seinen Namen. Jonathan bückte sich, um den Fahrer sehen zu können. Es war der stellvertretende DCI Hales. Er wirkte verärgert. Sein Gesicht war rot angelaufen, und trotz der Kälte bildeten sich Schweißtröpfchen an seiner Haarlinie.

»Steigen Sie ein«, sagte er und bedeutete Jonathan, sich auf den Beifahrersitz zu setzen.

»Warum?«

»Ich will mit Ihnen reden.« Hales sprach leise, beinahe flüsternd, doch seine Worte klangen rüde und barsch. Er würde nicht mit sich spaßen lassen.

»Das möchte ich nicht.« Jonathan schüttelte den Kopf und wich langsam zurück. Er witterte Gefahr.

»Das ist weder eine Einladung noch ein Höflichkeitsbesuch, Jonathan. Steigen Sie in den verdammten Wagen.«

»Nein.«

Jonathan wandte sich ab und entfernte sich mit längeren Schritten als zuvor. Er sah nicht zurück, und der Lärm der Szenen, die sich in seinem Kopf abspielten, war zu laut, als dass er hätte hören können, was hinter ihm vorging. Erst als sich eine Hand mit festem Griff um seinen Arm schloss und ihn herumriss, erkannte er, dass Hales ihn festhielt.

Sie starrten einander an. Jonathan sah einen entschlossenen, zornigen Mann, der kurz davorstand, die Kontrolle über sich zu verlieren.

»Wenn ich Sie packen und in den Kofferraum werfen muss, werde ich das tun. Aber ich will nicht, dass es so weit kommt. Steigen Sie jetzt in das verdammte Auto!«

Ohne den Griff zu lockern, zerrte Hales Jonathan zum Wagen, öffnete die Beifahrertür und stieß ihn hinein. Er schnallte ihn sogar an, damit er nicht versuchen konnte herauszuspringen, während er selbst zur Fahrerseite rannte. Er knallte die Tür zu, legte den ersten Gang ein und raste los.

Hales merkte nicht, dass jemand ihn verfolgt und sein Zusammentreffen mit Jonathan Harkness beobachtet hatte.

DC Rory Fleming hatte in sicherer Entfernung angehalten und die Szene beobachtet, die sich vor ihm abspielte. Als er sah, dass Hales Jonathan mit Gewalt ins Auto stieß, zog er das Handy aus dem Ladegerät und rief Matilda an. Es dauerte eine Weile, bis sie an den Apparat ging.

»Was ist, Rory?«, fragte sie. Sie klang erschöpft und ärgerlich.

»Hales hat gerade Jonathan gekidnappt.«

»Was?« Plötzlich war Matilda ganz Ohr.

»Ich stehe auf einer Straße bei Jonathans Wohnung. Hales ist gerade vorgefahren, hat sich Jonathan vom Gehsteig weggeschnappt und ihn praktisch ins Auto geworfen.«

»Folgen Sie ihm«, schrie Matilda ins Telefon. »Geben Sie Gas und verlieren Sie ihn nicht.«

»Was ist passiert?« Sian Mills sah den Ausdruck puren Schreckens im Gesicht ihrer Chefin.

»Ich habe keinen Schimmer«, erwiderte die, während sie umständlich in ihr Jackett schlüpfte.

DC Scott Andrews kam hereingestürmt. Sein Gesicht war gerötet, nachdem er drei Treppenabsätze heraufgerannt war. »Ma'am, ich glaube, wir haben einen Durchbruch erzielt!«

»Das wird warten müssen, Scott. Aaron, kommen Sie mit!«

»Die Streife hat den Wagen ausfindig gemacht, der Stephen Egan umgefahren hat«, rief Scott ihr nach.

Matilda erstarrte auf dem Weg zur Tür und wirbelte herum. Sian zeigte auf ihren Kragen und bedeutete ihr, ihn zu richten.

»Wo?«

»Nun, sie glauben zumindest, dass es der Wagen ist. Ein Fahrzeug, das verlassen auf einem Acker am Rand von Sheffield gefunden wurde. Es sieht aus, als wäre es in einen Unfall verwickelt gewesen.«

Matilda überlegte einen Sekundenbruchteil lang und wandte sich zu Sian. »Schaffen Sie die Spurensicherung dorthin, lassen Sie das Auto beschlagnahmen und herbringen. Ich will, dass sie jeden Zentimeter unter die Lupe nimmt. Scott, sorgen Sie dafür, dass die Verkehrspolizei überprüft, ob ein Auto, auf das die Beschreibung passt, gestohlen wurde und wer es als gestohlen gemeldet hat. Wie lange der Wagen schon dort steht, ob jemand etwas gesehen hat, das Übliche.«

Sie verließ den Raum mit federnden Schritten. Ein Gedanke schoss ihr durch den Kopf und ließ sie stutzen. Es war ein Gedanke, mit dem sie sich eigentlich nicht befassen wollte. Sie fragte sich, ob Jonathan Harkness einen Führerschein besaß.

KAPITEL 46

Matilda war bereits halb die Treppe hinunter, als ihr klar wurde, dass sie niemandem mitgeteilt hatte, wohin sie wollte. Sie fischte das Handy aus der Jackentasche, wobei sie ein Loch im Futter entdeckte, und rief Sian an.

»Hallo.«

»Hales hat sich Jonathan geschnappt …«

»Was?«, fiel ihr Sian ins Wort. »Wo will er denn mit ihm hin?«

»Keine Ahnung. Hören Sie nur zu. Ich möchte, dass Sie seinen Computer daraufhin überprüfen, woran er im Geheimen gearbeitet hat. Ich will alles wissen, was er getrieben hat. Berichten Sie außerdem der ACC, was passiert ist, ohne es allzu dramatisch klingen zu lassen. Ich komme mit der Sache zurande, aber nicht, wenn sie mir dauernd über die Schulter sieht. Bitte rufen Sie auch Hales' Frau an. Fragen Sie sie, wie er in letzter Zeit war, ob ihm etwas Sorgen gemacht hat. Verraten Sie nichts, nur ganz allgemein. Ist das in Ordnung für Sie?«

»Klar.«

Matilda legte auf, bevor sie mehr sagen musste. Wenn es einen Menschen gab, bei dem sie darauf vertrauen durfte, dass er ihre Anweisungen aufs i-Tüpfelchen befolgte, dann war es Sian Mills.

Bis Matilda mit der Verteilung der sonstigen Aufgaben fertig war, saß sie angeschnallt auf dem Beifahrersitz, und Aaron steuerte den Wagen behutsam aus dem Parkplatz.

Das Wetter schlug um. Der Himmel hatte sich dunkelgrau verfärbt. Seit Tagen hingen die Wolken voll Schnee. Sollte es überhaupt eine passende Gelegenheit für eine Verfolgungsjagd über die löchrigen, holprigen Straßen von Sheffield geben, dann sicher nicht während eines Schneesturms.

»Haben Sie eine Ahnung, ob Hales in letzter Zeit persönliche Probleme hatte?«, fragte Matilda. Während ein Kollege sich im Schneefall durch den dichten Verkehr arbeitete, war nicht der ideale Zeitpunkt, um ihn auszuhorchen. Aber was sollte sie sonst tun, etwa in den Schaufenstern nach Weihnachtsgeschenken Ausschau halten?

»Ich nehme an, der Stock, den er im Arsch hat, ist nicht ganz schmerzfrei«, spöttelte Aaron, ohne den Blick von der Straße zu wenden.

Matilda unterdrückte ein Lächeln. »Davon abgesehen.«

»Eigentlich nicht. Er ist allerdings keiner, der viel mit dem Team redet, nicht wahr? Er bleibt sehr für sich.«

»Wie ist es, wenn Sie zusammen im Pub sind? Spielt er denn nie mit offenem Visier?«

»Der stellvertretende DCI auf ein Glas Bier mit der Dienerschaft? Sie machen wohl Witze?«

»Aber nach dem Abschluss eines Falles nimmt er doch sicher an der Feier teil?«

»Da sei Gott vor.«

»Aber er sollte die erste Runde ausgeben, um allen für die gute Arbeit zu danken.«

»Nix da.«

»So eine Scheiße«, seufzte sie. »Was ist mit seinem Privatleben, haben Sie davon mal etwas mitbekommen?«

»Nein. War mir gar nicht klar, dass er eins hat. Ich weiß, dass er verheiratet ist, aber das ist so ziemlich alles.«

»Was ist mit seinen Kindern? Gab es da Probleme?«

»Ich wusste nicht mal, dass er welche hat.«

Matilda gab auf. Offenbar hielt Hales Privatleben und Arbeit strikt getrennt. Allerdings war das kein Beruf, den man am Ende des Tages einfach abschalten konnte. Bestimmt nahm er von Zeit zu Zeit seine Fälle mit nach Hause. Ein besonders schwieriger Mordfall beeinflusste einen bis ins Privatleben hinein, und umgekehrt wirkten sich häusliche Probleme bei der Arbeit aus, wenn man um lange und ungemütliche Überstunden nicht herumkam. Jeder Mensch brauchte jemanden, mit dem er reden, dem er sich anvertrauen konnte. Matilda hatte Adele und in gewissem Maß Sian. Aber wen hatte Ben Hales?

Matilda befahl Aaron anzuhalten, als sie Jonathans Wohnblock erreichten. Rory stand davor geparkt und sprang sofort aus dem Auto, als der Wagen aus dem Polizeifuhrpark mit kreischenden Bremsen zum Stehen kam.

»Hatte ich nicht gesagt, Sie sollen sie verfolgen?«, rief Matilda ihm zu, während sie mit dem Gurt kämpfte.

»Ja. Leider habe ich sie verloren.«

»Wie?«

»Er fährt einen verdammt großen Audi und ich einen Scheiß-Seat. Er überfuhr eine rote Ampel und bretterte weiter, als wäre der Teufel hinter ihm her.«

»In welche Richtung?«

»Keine Ahnung. Ich hielt es für das Beste, zurückzukommen und auf Sie zu warten.«

»Okay, schon gut. Was genau ist passiert?«

»Ich weiß nicht. Ich war zu weit entfernt, um etwas hören zu können. Allerdings wirkte Hales gründlich angepisst.«

»Wie sah Jonathan aus?«

»Total verängstigt.«

Matilda wandte sich an Aaron, der ausgestiegen war und die Arme verschränkt hatte, um sich warmzuhalten. »Wir müssen sein Auto finden.«

»Ich leite es an die Verkehrspolizei weiter. Sie sollen sein Nummernschild in die automatische Kennzeichenerkennung eingeben, und ich sorge dafür, dass alle Streifen nach ihm Ausschau halten.« Er zog sein Handy aus der Hosentasche und drehte sich um, während er den Anruf erledigte.

»Haben Sie mit Maun gesprochen?«, fragte Matilda Rory.

»Nein. Ich dachte, ich warte besser auf Sie. Ich wusste nicht, ob ich ihr gegenüber erwähnen soll, dass Hales Jonathan entführt hat.«

»Nein. Fragen Sie sie nur nach allem, was sie von ihm weiß, angefangen bei seiner Kindheit. Ich muss wissen, wie er tickt, ob er je über die Ermordung seiner Eltern gesprochen hat, was andere Leute von ihm halten, ob sie in der Nacht, als sein Bruder ermordet wurde, irgendetwas bemerkt hat.«

»Gut«, sagte er, ohne sich zu rühren.

»Brauchen Sie eine schriftliche Einladung?«, blaffte sie. Er stammelte eine Entschuldigung, wandte sich ab und lief die Eingangstreppe des Wohnblocks hinauf. Aaron hatte sein Telefonat gerade beendet, als Matildas Handy klingelte. Es war Sian. »Sian, bleiben Sie einen Augenblick dran.« Sie drückte das Gerät gegen ihre Brust und sagte zu Aaron: »Legen Sie los.«

»Die Verkehrspolizei hält die Augen offen. Einige mobile Einheiten mit Kameras sind heute im Süden von Sheffield auf Streife. Sie werden umdirigiert, um nach ihm zu suchen.«

»Ausgezeichnet. Steigen Sie ein. Wir sehen uns auch mal um. Ich habe eine Idee.« Während sie ins Auto kletterte, nahm sie das Gespräch mit Sian wieder auf.

»Zunächst mal: Die ACC will sofort informiert werden, sobald Sie etwas erfahren. Zweitens, ich habe gerade mit Hales' Frau telefoniert, und sie ist am Boden zerstört.«

»Wie meinen Sie das?«

»Offenbar war Ben in letzter Zeit zu Hause äußerst feindselig und schwierig. Ohne Ihnen zu nahe treten zu wollen, aber sie sagt, es wurde schlimmer, seit Sie wieder bei der Arbeit sind …«

»Schon gut«, schnaubte Matilda.

»Er kam heute Nachmittag nach Hause und fing an herumzuschreien, wie faul sie sei und dass sie nichts für die Familie tue. Er riss den Flachbildschirm von der Wand und schmetterte ihn zu Boden. Er beschimpfte und bedrohte sie. Dann stürmte er hinaus. Er hat ein Messer bei sich. Sie sah es in seiner Tasche, als er auf sie losging. Sie ist wirklich erschüttert.«

»Herrgott«, seufzte Matilda.

»Ich mache mich jetzt über seinen Rechner her. Jemand von der Technik kommt rauf, um mir zu helfen.«

»Gute Idee. Rufen Sie mich sofort an, wenn Sie etwas finden.«

»Was ist los?«, fragte Aaron, sobald Matilda das Gespräch beendet hatte.

»Hales ist durchgedreht und bewaffnet.«

»Scheiße.«

Die Treppe des Hauses war nass von geschmolzenem Schnee, der von den Stiefeln der Mieter gefallen war, die der Wärme und Gemütlichkeit ihrer Wohnungen zustrebten. Rory ging vorsichtig, um nicht auszurutschen.

Er klopfte mit den Knöcheln an Mauns Tür. Das Geräusch hallte an den nackten Wänden des Treppenhauses wider. Er wartete und legte das Ohr an die Tür, ob von drinnen etwas zu hören war. Alles still. Er klopfte lauter. Gerade wollte er sich bücken, um durch den Briefschlitz zu spähen, als die Eingangstür der Wohnung gegenüber sich einen winzigen Spalt weit öffnete und ein älterer Mann herausspähte.

»Müssen Sie so einen Krach machen? Das höre ich ja bis ins Wohnzimmer.« Seine Stimme klang barsch und belegt.

»DC Rory Fleming, South Yorkshire Police«, erklärte Rory und fischte mit steifen kalten Fingern seine Dienstmarke heraus. »Ich suche nach Ihrer Nachbarin, Maun Barrington.«

»Na, sie ist zu Hause«, kam die Antwort. »Der schwule Knabe von drunten kam vor ungefähr einer Stunde aus ihrer Wohnung.«

»Jonathan? Jonathan Harkness?«

»Genau der.«

»Ist Mrs. Barrington mit ihm fortgegangen?«

»Nein.«

»Haben Sie sie heute überhaupt schon gesehen?«

»Mit der habe ich nichts zu schaffen, Freundchen.« Er zog den Kopf aus dem schmalen Spalt zurück und knallte die Tür zu. Man hörte, wie er die Kette vorlegte und die Riegel vorschob.

»Was für nette Nachbarn«, sagte Rory unterdrückt. Er klopfte noch einmal und bückte sich dann zum Briefschlitz. Im Wohnzimmer am Ende der langen Diele brannte Licht, und Rory musste im düsteren Treppenhaus blinzeln, bis seine Augen sich angepasst hatten.

»Hallo? Mrs. Barrington? Hier ist DC Rory Fleming, South Yorkshire Police. Würden Sie bitte die Tür öffnen?«

Er lauschte angestrengt, hörte jedoch nur das entfernte Ticken von einigen Uhren und etwas, das er für das Summen des Kühlschranks in der Küche hielt. Er spähte noch einmal durch den Türschlitz und glaubte, eine Gestalt zu erkennen, die in einem Sessel gleich hinter der Wohnzimmertür saß. War das Maun? Schlief sie? Er bezweifelte es. Schließlich polterte er so laut an die Tür, dass es einen Toten aufgeweckt hätte.

»Scheiße!«, sagte er zu sich selbst und richtete sich auf.

KAPITEL 47

Inzwischen schneite es ununterbrochen. Die Flocken wurden mit jeder Minute dichter, und die Schneedecke wuchs stetig. Es konnte nicht mehr lange dauern, bis die Straßen zugeschneit waren und das Fahren problematisch wurde. In angespanntem Schweigen fragte sich Ben, ob der Snake Pass, die Straße, die von Sheffield nach Manchester führte, wohl schon geschlossen war. Dazu war nicht viel nötig: Starker Wind, ein heftiger Regenguss oder ein paar Schneeflocken konnten sie unpassierbar machen. Er machte sich im Geiste eine Notiz, sie zu meiden, nur für alle Fälle.

Dem öffentlichen Nahverkehr in Sheffield erging es nicht viel besser. Die Busse hatten bereits Probleme auf den steileren Abschnitten, genau wie sein Audi. Leider war Sheffield eine sehr hügelige Stadt, was die Möglichkeiten bei der Wahl seiner Fahrstrecke erheblich einschränkte.

Er kroch im Schneckentempo dahin und kam beim Abbiegen jedes Mal fast zum Stillstand. Nichts schien nach seinen Wünschen zu laufen.

Er bremste und stemmte sich gegen das Lenkrad. Die blockierenden Räder rutschten auf dem Schnee einfach weiter. Der Wagen brach aus. Er lenkte dagegen und kam gerade noch zum Stillstand, bevor er auf das Fahrzeug vor ihm auffuhr.

»Wir sind da«, sagte er.

Jonathan schaute auf. Er hatte die Fahrt mit gesenktem Kopf und in düstere Gedanken versunken verbracht. Mauns Verrat und ihre mörderischen Taten wollten ihm nicht aus dem Kopf. Er hatte all die Jahre keine Ahnung gehabt, was für eine verschlagene Frau da über ihm wohnte. Er hatte sie völlig falsch eingeschätzt. Hatte sein Selbstmitleid ihn blind gegenüber ihren Winkelzügen gemacht?

Durch die dichten Schneeflocken sah Jonathan, wohin Hales sie gebracht hatte. Er brauchte eine Weile, um sich zu orientieren. Als er das letzte Mal hier gewesen war, hatte alles komplett anders ausgesehen. Das Haus hatte noch gestanden. Er hatte sich abgewandt, nachdem das Dach aufgerissen und eine Ecke seines alten Zimmers freigelegt worden war. Der Anblick der Tapete aus seiner Kindheit hatte ihn in den Albtraum seiner Vergangenheit zurückversetzt, und er hatte gehofft, diesen Ort nie wiederzusehen.

Als er jetzt vor den Überresten des alten Hauses stand, war er entsetzt.

Es war fast dem Boden gleichgemacht. Lediglich die Grundmauern standen noch, und aus irgendeinem Grund ein Stück Wand, die Treppe und ein kleiner Teil des Treppenabsatzes. Um die Baustelle war ein Holzzaun mit Schildern errichtet worden, die vor dem Betreten des unsicheren und gefährlichen Geländes warnten.

»Aussteigen!«, befahl Ben. Seine Stimme klang tief und zornig. Eine steile Falte stand auf seiner gefurchten Stirn, und sein Gesicht war gerötet und angespannt.

Jonathan musste gegen den Wind ankämpfen, um die Tür zu öffnen. Er schwang die Füße in den tiefer werdenden Schnee hinaus.

Der Schnee schien Ben nichts auszumachen. Er marschierte zur Beifahrerseite herum, packte Jonathan beim Kragen und zwang ihn mitzugehen.

»Hübsches Haus. Könnte hier und da ein bisschen frische Farbe vertragen.«

Er trat gegen das Vorhängeschloss an der improvisierten Tür im Holzzaun, und nach dem zweiten Tritt gab sie nach. Das Splittern von Holz hallte hohl in der menschenleeren Straße wider. Die Tür schwang auf, und Ben stieß Jonathan hindurch. Er folgte ihm rasch und trat die Tür mit dem Fuß hinter sich zu.

Jonathan stolperte. Er betrachtete seine Hände. Sie waren weiß vor Kälte, die Fingerspitzen beinahe blau. Rote Linien zeigten, wo er sich an dem scharfkantigen zerbrochenen Mauerwerk geschnitten hatte.

»Was tun wir hier?«, fragte er vor Kälte zitternd.

»Die Treppe rauf.«

»Was?«

»Gehen Sie die Treppe rauf.«

Jonathan stand reglos in den Ruinen seines ehemaligen Zuhauses und sah die frei stehende Treppe empor. Das letzte Mal war er vor zwanzig Jahren dort oben gewesen. Auch damals hatte er vor Kälte geschlottert und Blut an den Händen gehabt. Die Geschichte wiederholte sich.

Quer durch Sheffield zu fahren war schon zur verkehrsärmsten Zeit nicht einfach. Egal, wie viel Geld die Stadt für Straßen und neue Busspuren ausgab, der Verkehr schien nie richtig zu fließen. Und heute, da die letzten Panik-Weihnachtseinkäufe stattfanden und dichter Schnee fiel, war es fast unmöglich, ein Stück freie Straße zu finden.

»Sie sind falsch gefahren«, bemerkte Matilda, als sie von ihrem Handy aufblickte. Sie benutzte Google Maps und versuchte, einen schnelleren Weg zum Mordhaus zu entdecken, doch der rote Punkt mit ihnen bewegte sich gerade in der entgegengesetzten Richtung.

»Nein. Das ist der schnellste Weg. Die Chesterfield Road nehme ich auf keinen Fall«, sagte Aaron mit zusammengebissenen Zähnen, während er sich zwischen kreuz und quer geparkten Fahrzeugen hindurchschlängelte.

Matilda hielt sich am Türgriff fest, als er eine Kurve sehr scharf nahm, ohne herunterzuschalten.

»Haben Sie das Fahrtraining für Fortgeschrittene erfolgreich absolviert?«

»Ja. Ist allerdings schon ein Weilchen her«, erwiderte er mit hinterhältigem Grinsen.

Aaron nahm eine weitere Kurve mit überhöhtem Tempo und sah die nächste Straße leer vor sich liegen. Jetzt trat er das Gaspedal durch und ignorierte das Tempolimit.

Matilda sah auf ihrem Smartphone, wie der rote Punkt den Bildschirm hinaufraste. Sie waren auf Kurs. Sie kamen näher.

Jonathan hockte auf dem, was vom Treppenabsatz noch übrig war. Das wirre Muster des abgetretenen Teppichs war mit einer Schneeschicht bedeckt, die seine Hose durchnässte. Er saß wieder am oberen Ende der Treppe, in derselben Haltung wie damals, als ihn vor zwei Jahrzehnten eine Nachbarin gerettet hatte.

Über ihm ragte mit stählerner Entschlossenheit in den weit aufgerissenen Augen Ben Hales auf. Er zitterte, aber nicht wegen der frostigen Temperaturen oder des schneidenden Nordwestwinds, sondern aufgrund der Tragweite der Situation, die er geschaffen hatte.

»Bringt das irgendwelche Erinnerungen zurück?«

»Natürlich.« Jonathans Zähen klapperten vor Angst und Kälte.

»Das ist gut«, sagte Hales lächelnd. »Welche?«

»Bitte?«

»Woran erinnern Sie sich?«

»Warum tun Sie das?«

»Beantworten Sie verdammt noch mal meine Fragen!«, brüllte Hales. Sein wuterfülltes Gesicht war nur Zentimeter von Jonathans entfernt. »Sie haben simuliert, oder? Die ganze Geschichte mit dem Schock und der Amnesie. Das war alles Quatsch, nicht wahr? Sie wissen genau, was in der Nacht geschehen ist, als Ihre Eltern ermordet wurden. Sie haben alles gesehen, und seitdem verfolgt es Sie, jedes kleinste Detail. Sie haben es wieder und wieder durchlebt. Sagen Sie mir, was passiert ist!«

Eine heiße Träne rollte aus Jonathans linkem Auge und hinterließ eine Spur auf seinem Gesicht, während sie über die Wange lief und die eisige Haut auftaute.

»Das kann ich nicht.« Seine Stimme brach.

»Charlie Johnson hatte recht, was Sie betrifft. Er sagte, Sie wären ein verfluchter Spinner. Warum wollten Sie nicht mit ihm sprechen? Wieso ließen Sie nicht zu, dass er Sie interviewte? Was verbergen Sie? Er hat sich all die Jahre bemüht, herauszufinden, was in Ihrem verqueren Verstand vor sich geht. Er versuchte, den Fall aufzuklären, und er sah nur zwei Möglichkeiten: Entweder Sie waren selbst der Killer, oder Sie haben den Täter erkannt. Wir haben uns für die zweite Alternative entschieden, also kommen Sie schon, wer hat es getan?«

»Bitte …«, wimmerte Jonathan.

Ben verlor die Geduld, griff in die Innentasche und holte das Messer mit der Zwanzig-Zentimeter-Klinge heraus, das er von zu Hause mitgebracht hatte. Das gelbe Licht einer Natriumdampf-Straßenlaterne spiegelte sich in dem kalten blanken Edelstahl und hätte Jonathan fast geblendet.

»Du gehst mir langsam wirklich auf die Nerven, Jonathan. Ich wusste schon damals, dass mit dir etwas nicht stimmt, als ich vor all den Jahren an deinem Krankenhausbett saß.«

»Sie waren in der Nacht im Haus?«

»Ich war der uniformierte Polizist, der mehr als vierundzwanzig Stunden bei dir gesessen hat, bis deine fette Tante aus Newcastle ankam. Ich habe in dieser Nacht tief in deine Seele geblickt, und da habe ich nur Schwärze gesehen.«

Ben packte Jonathan an der Kehle und zerrte ihn hoch. Jonathan tastete nach der Wand hinter sich, um das Gleichgewicht zu halten, doch es half nichts. Da war keine Wand mehr.

Ben richtete die Messerspitze auf Jonathans Bauch und sagte: »Letzte Chance.«

»Morddezernat, DC Easter«, meldete sich Faith, als ihr Telefon klingelte, und unterdrückte ein Gähnen.

»Faith, hier ist Rory. Wer ist bei dir?«

»Hier sind nur Sian und ich. Was ist los?«

»Gib sie mir mal, ja?«

Rorys Stimme klang drängend und voller Panik. Er hatte versucht, Matilda zu erreichen, aber sie ging nicht ran.

»Guten Abend, Rory. Was hast du denn für Sorgen?«, fragte Sian in ihrer üblichen fröhlichen Art.

»Ich bin in Maun Barringtons Wohnung. Ich musste die Tür aufbrechen. Sie ist tot, Sian. Sie hat sich umgebracht. Ich weiß nicht, was ich tun soll.«

»Verdammter Mist. Also gut, Rory, beruhige dich. Ich schicke ein Team rüber, um den Tatort zu sichern. Versiegele die Wohnung und lass niemanden rein …«

»Sian«, unterbrach er sie, »sie hat einen Abschiedsbrief hinterlassen. Sie hat gestanden, Stephen Egan überfahren zu haben.«

»Da. Da drüben. Ich erkenne seinen Scheiß-Audi«, rief Matilda. Aaron trat auf die Bremse und zog rasch an den Straßenrand. Der Wagen kam ins Rutschen und wäre fast gegen Bens heiß geliebten Wagen geprallt. Sie sprangen gleichzeitig aus dem Auto, ohne auf Schnee- und Eisglätte zu achten. Noch bevor sie die aufgebrochene Tür im Bauzaun erreichten, zerriss ein durchdringender Schrei die Stille des Abends. Sie warfen sich einen Blick zu und stürmten durch die Tür.

Aaron sah sie zuerst. »Da drüben! Auf der Treppe!« Er deutete auf die beiden Gestalten, rannte die Überreste der Treppe hinauf und riss Ben an der Schulter zurück, sodass er beinahe rücklings die Stufen hinabgestürzt wäre. Er griff nach Jonathan, der langsam zu Boden sank. Ohne Aarons schnelle Reflexe wäre er ins Leere gestürzt und auf den scharfkantigen Trümmern gelandet.

»Er wollte mich erstechen. Er wollte mich erstechen.« Jonathan stand unter Schock. Er krampfte die Finger hysterisch über dem Bauch zusammen, in dem zu drei Vierteln eine Klinge steckte.

»Schon gut, beruhigen Sie sich. Ich habe Sie. Alles kommt wieder in Ordnung«, sagte Aaron.

»Er wollte mich erstechen. Ziehen Sie es raus. Ziehen Sie das Messer aus mir raus!«

Mit schlüpfrigen, rot verschmierten Händen fummelte

Jonathan am Messergriff herum und versuchte, ihn zu fassen zu bekommen, um die Klinge herauszuziehen.

Aaron, der knapp acht Zentimeter größer und fast fünfzehn Kilo schwerer war als er, konnte ihn problemlos davon abhalten. »Sie müssen es stecken lassen. Wir bringen Sie ins Krankenhaus, und die operieren es heraus. Sie stehen unter Schock. Atmen Sie durch. Beruhigen Sie sich, holen Sie tief Luft und versuchen Sie, ruhig zu bleiben. Hören Sie auf mich, Jonathan.«

Vom Fuß der Treppe aus sah Ben mit großen, erstaunten Augen nach oben. Neben ihm bemühte sich Matilda zu begreifen, was passiert war, aber es schien keinen Sinn zu ergeben.

War das möglich? Hatte ein stellvertretender DCI gerade versucht, den Hauptzeugen eines Doppelmordes zu töten?

KAPITEL 48

Die Atmosphäre in der nachtdunklen Polizeistation hatte sich dramatisch verändert, seit Matilda mit dem bedrückten Ben Hales im Schlepptau zurückgekehrt war. Die Nachricht von seiner Verhaftung verbreitete sich in Windeseile, und es dauerte nicht lange, bis die Beamten der Nachtschicht ihre Posten verließen, um einen Blick auf die aktuellen Geschehnisse zu werfen. Eine Nacht wie diese hatte es noch nie gegeben.

Aaron hatte am Schauplatz der Ereignisse auf den Krankenwagen gewartet, der sich aufgrund des dichten Schneefalls verspätete. Als sie endlich im Northern General Hospital ankamen, wurde Jonathan direkt in den Operationssaal geschafft. Die Messerwunde war tief und hatte die Magenwand durchstoßen. Er hatte innere Blutungen und auf der holprigen Fahrt durch Sheffields Straßen immer wieder das Bewusstsein verloren.

Auf dem Revier hatte man Hales erkennungsdienstlich behandelt und in ein Vernehmungszimmer gebracht. Für den diensthabenden Sergeant, der in seinen fünfundzwanzig Jahren bei der Polizei nie einen Kollegen eingebuchtet hatte, war es ein surreales Erlebnis gewesen. Kaum jemand hatte ein Wort mit Hales gewechselt. Viel gab es nicht zu sagen, und alle Beteiligten fanden den Blickkontakt ausgesprochen schwierig.

Ben Hales' Gesicht war ausdruckslos und bleich, seine Augen starrten ins Leere. Er hatte einen schweren Schock erlitten.

Sosehr es Matilda auch drängte, in den Verhörraum zu gehen, Ben beim Kragen zu packen und ihn zu fragen, was eigentlich in ihn gefahren sei, wusste sie doch, dass sie streng nach Vorschrift vorgehen musste. Obwohl es ihr widerstrebte, rief sie die ACC zu Hause an und schilderte ihr die Lage.

Binnen Minuten war Val Masterson aus dem Bett, in Uniform und saß in der Kälte bibbernd am Steuer ihres Wagens. Glücklicherweise stand ihr, da sie am Stadtrand Sheffields an der Grenze zu Derbyshire wohnte, ein Allradfahrzeug zu. Sie pflügte sich mit hoher Geschwindigkeit durch das Schneetreiben, ohne sich um Schneeverwehungen oder die dicken Flocken zu kümmern, die gegen die Windschutzscheibe peitschten und ihr das Gefühl gaben, in einer Schneekugel gefangen zu sein.

Sie betrat das Revier und strebte auf der Suche nach ihrer DCI durch die Gänge. Wie konnte eine Frau es nur fertigbringen, nach ihrer Rückkehr zur Arbeit in wenigen Tagen ihren Stellvertreter wegen versuchten Mordes festzunehmen?

Die Einsatzzentrale war von einer einzelnen Deckenleuchte erhellt, und Matilda und Sian Mills beugten sich über Bens Laptop. Sie gingen die E-Mail-Korrespondenz zwischen ihm und Charlie Johnson durch. »Wissen Sie, wie das für mich aussieht?«, begann Sian. »Auf der einen Seite ist da Ben Hales. Er befindet sich in einer Machtposition und kann die richtigen Fragen stellen. Dann ist da Charlie Johnson, der ihn mehr oder weniger angefüttert hat, damit er ihm die Antworten liefert, die er haben möchte.«

»Es wirkt so, als würde er Öl ins Feuer gießen, oder?«, stimmte Matilda zu. »Aber das sieht Ben gar nicht ähnlich.

Er ist ein entschlossener Mensch. Er hat sich nie an der Nase herumführen lassen. Haben wir Charlie inzwischen schon ausfindig gemacht?«

»Nein. Ich habe mir notiert, gleich morgen früh seine Agentin anzurufen.«

»Hat sie eigentlich dieses Foto von ihm gemailt?«

Matilda seufzte und lehnte sich zurück, während sie darauf wartete, dass der Rechner hochfuhr. Ihr Stuhl quietschte bei der kleinsten Bewegung. »Warum sind die Leute nur so fasziniert von Jonathan Harkness? Maun, sein Bruder, sein Chef, Ben und dieser Charlie Johnson. Sie haben ihn doch auch gesehen, Sian, was meinen Sie?«

»Ich habe keine Ahnung. Der Typ ist seltsam, das ist nicht zu leugnen, und manche Leute scheinen richtiggehend in seinem Bann zu stehen. Dabei hat er nichts Besonderes an sich. Keine beeindruckende Persönlichkeit oder …«

Plötzlich gingen die restlichen Deckenlampen an, und eine laute, befehlsgewohnte Stimme ertönte.

»Lassen wir für den Augenblick mal außer Acht, dass es weit nach sechzehn Uhr ist und Sie sich immer noch auf dem Revier aufhalten. Sagen Sie mir bloß, was zum Teufel hier vorgeht.«

Matilda und Sian sahen auf. Die ACC stand in der Tür, die Hände in die Hüften gestemmt, und ein bitterer Ausdruck stand in ihrem müden Gesicht.

Matilda klappte den Laptop zu und erklärte, was geschehen war. Zu ihrer Erleichterung unterbrach die ACC sie kein einziges Mal. Sie mochte gelegentlich wie eine Tyrannin erscheinen, aber sie ließ die Menschen zu Wort kommen.

»Wo ist Hales jetzt?«

»Er ist in Vernehmungsraum eins.«

»Hat man ihm seine Rechte vorgelesen?«

»Ja, Ma'am.«

»Anwalt?«

»Er wollte keinen.«

»Gut. Ich vernehme ihn. Sian, Sie sind Beisitzerin.«

»Bei allem Respekt …«

»Gehen Sie nach Hause, Matilda.«

»Wie bitte?«

»Sie haben um diese Uhrzeit nichts mehr auf dem Revier verloren. Ich will Sie nicht hier haben. Wir diskutieren das morgen.«

»Aber …«

»Matilda, Sie haben keine Ahnung, wie zornig ich im Moment bin. Ihre Anwesenheit ist nicht erforderlich. Gehen Sie heim. Jetzt.«

Sian sah zu Boden. Sie hatte sich noch nie im Leben so unwohl gefühlt. Masterson konnte furchteinflößend sein, wenn sie es darauf anlegte. Da half kein Argumentieren.

Ben Hales wusste nicht, wie ihm geschah. Er fühlte sich wie ein Fremder in der Polizeistation, in der er viele Jahre lang gearbeitet hatte. Er versuchte, die Ereignisse der letzten paar Stunden zu rekapitulieren, erinnerte sich jedoch an nichts. Sein Kopf war leer. Er saß in dem sterilen Vernehmungsraum und kam sich vor wie ein Außenseiter. Er kannte den Raum. Er hatte Hunderte, wenn nicht Tausende von Malen hier gesessen, aber noch nie auf dieser Seite des Tisches. Es fühlte sich verkehrt an. Grundverkehrt.

Die Tür schwang auf, und er zuckte zusammen. Herein kam die ACC, gefolgt von einer nervös wirkenden Sian Mills. Er kannte sie gut, doch als er aufschaute und in ihre weit aufgerissenen Augen sah, erschien sie ihm völlig fremd.

Sie setzten sich, und Sian absolvierte mit leicht schwankender Stimme die Vorrede für die Aufzeichnungsgeräte.

»Sie haben auf Ihr Recht auf einen Anwalt verzichtet?«, fragte Masterson.

»Ich brauche keinen.« Er sprach langsam und klang müde. »Ich weiß nicht, was das alles soll.«

»Schildern Sie uns Ihren Tagesablauf. Soweit ich weiß, gingen Sie gegen Mittag nach Hause. Das ist ungewöhnlich für Sie. Warum heute?«

Ben sah seine Chefin verständnislos an. »Ich bin heute nach Hause gefahren?«

Sian und die ACC wechselten besorgte Blicke.

»Ja. Sie gingen nach Hause. Ihre Frau war daheim. Anscheinend hatten Sie eine kleine Auseinandersetzung.«

»Davon weiß ich nichts mehr.«

Sein leerer Gesichtsausdruck und die kalten, geweiteten Augen sagten Masterson, dass er die Wahrheit sagte. Waren die Ereignisse des Tages für Ben so entsetzlich gewesen, dass er eine ähnliche psychische Blockade erlitten hatte wie Jonathan Harkness vor zwanzig Jahren?

Masterson fuhr fort: »Sie haben den Fernseher von der Wand gerissen.«

Sie hatte sich vor dem Verhör von Sian auf den neuesten Stand bringen lassen. Doch selbst jetzt, als sie die Geschehnisse laut rekapitulierte, fiel es ihr schwer, sie zu glauben.

Es klickte, und plötzlich fluteten die Erinnerungen zurück.

Hales' Wangen bekamen Farbe, und Schweißperlen traten ihm auf die Stirn.

»Stimmt. Ich erinnere mich wieder. Sie hat mich so wütend gemacht. Wissen Sie, was sie den lieben langen Tag tut? Sie sitzt auf ihrem fetten Arsch und schaut fern. Sonst nichts. Und dann hat sie den Nerv, von mir zu verlangen, etwas aus mir zu machen!« Er ballte die Fäuste. Die Fingerknöchel verfärbten sich weiß, und er grub die Nägel tief in die Handflächen. »Ihr hochheiliger Vater war in meinem Alter schon Superintendent, und ich bin nur ein armseliger stellvertretender DCI. Ich weiß nicht, was ihr das Recht gibt, an meiner Karriere herumzunörgeln, wenn sie mit ihrem eigenen Leben nichts angefangen hat, außer zwei undankbare Gören in die Welt zu setzen. Sie ist ein egozentrisches Miststück. Alle drei sind sie selbstsüchtige Schlampen.«

Auf seinen Handflächen blieben halbmondförmige Abdrücke zurück. Er zitterte vor jahrzehntelang unterdrücktem Zorn, der sich endlich ein Ventil suchte.

»Warum haben Sie den Fernseher zerschmettert?«, fragte Masterson, nachdem die Spannung im Raum ein wenig nachgelassen hatte.

»Weil das der einzige Weg war, das gottverdammte Ding auszuschalten.« Sein Zorn braute sich wieder zusammen wie ein Gewittersturm.

»Was war mit dem Messer?«

»Dem was?«

»Sie hatten ein Messer. Sie haben Ihre Frau mit einem Küchenmesser bedroht.«

»Ich habe nichts dergleichen getan«, rief er ehrlich empört aus.

»Sie haben es nicht gegen sie gerichtet, aber sie hat es gesehen. Es steckte in der Innentasche Ihrer Jacke und passt zu der Beschreibung des Messers, mit dem Sie Jonathan Harkness niedergestochen haben.«

»Jonathan Harkness niedergestochen? Das war ich nicht. Ich habe niemanden niedergestochen.«

KAPITEL 49

Matilda hatte nicht vor, nach Hause zu gehen. Nachdem Masterson und Sian die Einsatzzentrale verlassen hatten, um Ben zu verhören, blieb sie auf ihrem quietschenden Stuhl sitzen und lauschte den Geräuschen der Polizeistation. Schritte im Korridor, tickende Uhren, gluckernde Heizkörper, die es kaum schafften, ein wenig dringend erforderliche Wärme in den Raum zu pumpen.

Sie warf einen Blick auf Bens Laptop und war versucht, mehr über Jonathan Harkness und andere ungelöste Mordfälle nachzulesen, von denen Ben anscheinend in letzter Zeit besessen gewesen war. Aber ihr Kampfgeist war erloschen.

Sie ging auf die Toilette, um sich das Gesicht zu waschen und die Fassung wiederzugewinnen. Das Wasser war klirrend kalt, genau das, was sie brauchte, um die Tränen zu unterdrücken. Ihr Spiegelbild sah sie müde und traurig an. Der Energieschub war vorbei. Die Leichen, die Adele jeden Tag aufschnitt, hatten mehr Leben in sich als sie.

Als sie aus der Toilette kam, stieß sie buchstäblich mit Faith Easter zusammen. Die sagte: »Ich habe Sie schon überall gesucht, Ma'am.«

»Was gibt es?«

»Ich habe eine Fotokopie von Mauns Abschiedsbrief bekommen. Ich dachte, Sie sollten ihn so schnell wie möglich lesen. Hier.«

»Danke. Hören Sie, es ist spät, gehen Sie doch nach Hause. Wir versuchen morgen, etwas Licht in die Sache zu bringen.«

»Gut.«

Während Faith davonging, drehte sie sich noch ein paar Mal nach ihrer Chefin um, die den Abschiedsbrief las.

An Jonathan

Ich nehme an, nicht Sie werden mich finden, aber ich hoffe, die Polizei wird Ihnen diese Nachricht übergeben. Ich müsste lügen, wenn ich sagte, dass es mir leidtut, was ich meinem Mann angetan habe. Er hatte es weiß Gott verdient. Er war ein skrupelloser Geschäftemacher und dachte, er könnte sich privat genauso benehmen. Er umgab sich im Job mit Jasagern, und das erwartete er auch zu Hause. Sie wissen besser als jeder andere, dass ich dafür nicht die richtige Frau war.

Was seine Mätresse und ihr Baby angeht, ja, ich bedaure, dass es sie getroffen hat. Es tut mir leid, dass sie sterben mussten, aber andererseits wusste sie, dass er verheiratet war, als sie sich auf die Affäre einließ. Es ist nicht nur meine Schuld.

Ich liebe Sie, Jonathan. Ich liebe Sie wie einen Sohn. Sie bedeuten mir alles, und es tut mir leid, dass ich Sie enttäuscht habe. Es tut mir leid, dass ich Ihr Glück nicht ertragen konnte und Stephen getötet habe. Ich weiß, er hat Sie geliebt, und ich sah Ihnen an, dass Sie ebenso für ihn empfanden. Ich wollte nur nicht den Rest meines Lebens alleine verbringen.

Das kann natürlich nicht wiedergutmachen, was ich getan habe, doch ich habe Ihnen in meinem Testament alles hinterlassen, die Wohnung, das Geld, was sonst noch da ist, es gehört Ihnen. Suchen Sie sich einen neuen

Stephen, jemanden, der Sie liebt und Ihnen klarmacht, dass Sie etwas Besonderes sind.

Ich bin so traurig, dass ich es nicht sein konnte.

Maun

Matilda faltete den Abschiedsbrief zweimal, bevor sie ihn einsteckte. Dieser Tag konnte wirklich nicht mehr schlimmer werden. Alles lief falsch. Sie ging plan- und ziellos den Korridor entlang. Aber sie war nicht in der Stimmung, nach Hause zu fahren oder auch nur das Revier zu verlassen.

Ehe sie sich versah, stand sie im Beobachtungszimmer neben Vernehmungsraum eins.

Sie war fassungslos, was Ben da erzählte. War es denkbar, dass er tatsächlich keine Erinnerung mehr daran hatte, was in den letzten paar Stunden geschehen war? Sie musste ihm wohl glauben, denn das war auch Jonathans Erklärung dafür gewesen, dass er nicht mehr wusste, was mit seinen Eltern passiert war. Falls sie je an ihm gezweifelt hatte, jetzt nicht mehr.

Der Verstand war ein gefährliches Ding. Jonathan hatte ausgeblendet, was seinen Eltern zugestoßen war. Matilda war in ein tiefes Loch der Verzweiflung gefallen, als sie ihren Ehemann wegen eines Hirntumors verloren hatte. Als Adele sich einem Leben als alleinerziehende Mutter ohne Karrierechancen gegenübergesehen hatte, hatte sie sich an den eigenen Haaren aus dem Sumpf gezogen und weitergemacht. Jeder ging mit ähnlichen Ereignissen auf seine ganz persönliche Art um.

Sie wünschte, Masterson würde schneller vorgehen. Ja, die Sache mit Hales' Frau war tragisch, aber letztlich nur ein privates Problem. Niemand hatte dabei körperlichen Schaden genommen. Warum konzentrierte sie sich nicht auf das, was Jonathan zugestoßen war, was Ben dazu getrieben hatte, ihn auf offener Straße zu entführen und ihm ein Messer in den Bauch zu rammen.

»Balfour, Campbell-Bannerman, Asquith, Lloyd George, Law, Baldwin, MacDonald, Baldwin«, sagte sie vor sich hin. Sie schalt sich selbst. Die verdammten Premierminister waren zurück. Gerade als sie gedacht hatte, sie würde sie nicht mehr brauchen. Sie spürte, wie dieses Prickeln wieder ihren Rücken emporkroch. Eine Panikattacke stand unmittelbar bevor. In dem kleinen Beobachtungsraum konnte sie den eigenen, schalen Schweißgeruch wahrnehmen. »MacDonald, Baldwin, Chamberlain, Churchill, Atlee, Churchill.« Ihr war heiß, ihre Atmung beschleunigte sich, und sie begann zu hecheln. Sie fühlte sich erdrückt. Der Raum schien sich zu verdüstern, und die Wände stürzten auf sie ein. Sie brauchte frische Luft und eine weite, freie Fläche. Sie musste die kalten Schneeflocken im Gesicht spüren, musste sehen, wie sich die Atemluft in großen Wolken vor ihren Lippen materialisierte. Aber sie brachte es nicht fertig, das Zimmer zu verlassen. Sie wollte Bens Geständnis hören. War der Job ihr wirklich so wichtig, dass sie ihre Gesundheit dafür riskierte? Natürlich war er das. Ihre Arbeit war alles, was sie noch hatte.

»Eden, Macmillan, Douglas-Home, Wilson, Heath«, zählte sie einen britischen Premierminister nach dem anderen auf. Wenn ihre Stimme noch lauter wurde, konnte man sie jenseits der Glasscheibe hören, und die ACC würde auf sie aufmerksam werden.

Als sie den aktuellen Bewohner von Downing Street Nummer zehn erreichte, spürte sie, wie sie sich langsam entspannte. Doch immer wenn sie Ben ansah, sträubten sich ihr die Haare. Vielleicht ging sie besser nach Hause.

Mit jeder Frage wurde die Atmosphäre im Vernehmungszimmer angespannter. Alle drei waren mit der Situation bestens vertraut. Nur die Rollen waren ungewohnt, vertauscht und fühlten sich surreal an. Schwer zu glauben, dass sie vor zwölf Stunden noch Kollegen gewesen waren. Den beiden Verhörführenden wurde es zunehmend unangenehm zu versuchen, einem der ihren ein Geständnis zu entlocken, während der Befragte Schwierigkeiten hatte zu begreifen, dass seine Karriere zu Ende war und ihm eine längere Haftstrafe drohte.

»Erzählen Sie mir von Ihrer Beziehung zu Charlie Johnson«, verlangte Masterson, die versuchte, sich der Wahrheit aus einer anderen Richtung zu nähern.

»Er hat das Buch über die Harkness-Morde geschrieben. Er kennt den Fall in- und auswendig.«

»Ich habe Ihre Mails gelesen, Ben.« Das stimmte zwar nicht, aber Sian hatte sie umfassend darüber informiert. »Sie haben ihm Details aus den Fallakten weitergegeben, die nur für die Augen von Polizeiangehörigen bestimmt waren. Im Gegenzug hat er Ihnen überhaupt nichts geliefert.«

»Das ist nicht wahr. Er hat mir Einblicke in Jonathan Harkness vermittelt, in seinen Charakter, seinen Geisteszustand.«

»Der Mann ist Reporter, kein Psychologe. Er hat keine Ahnung, wie Jonathans Verstand funktioniert. Er ist wütend, weil Jonathan der einzige Beteiligte ist, der sich je geweigert hat, ihm ein Interview zu geben, und ohne ihn bleibt die

Story unvollendet. Er ist ein Schmierenjournalist, Ben, und er hat Sie einer Gehirnwäsche unterzogen, um an Jonathan heranzukommen. Sie haben ihm Zeugenaussagen, Berichte, Tatortfotos und vertrauliche Informationen überlassen.«

»Ich wollte eine Expertenmeinung hören.«

Masterson wäre fast explodiert. »Charlie Johnson ist kein Experte für irgendetwas.«

»Er ist sehr gut informiert.«

»Ja, weil Sie ihn mit Informationen gefüttert haben. Wieso haben Sie sich überhaupt für den Harkness-Fall interessiert? Sie wussten doch, dass Matilda ihn bearbeitet.«

»Sie kam verdammt noch mal keinen Schritt weiter!«, stieß Ben mit zusammengebissenen Zähnen hervor.

»Woher wollen Sie das wissen? Der Fall ist zwanzig Jahre alt. Den kann man nicht über Nacht aufklären.«

»Sie taugt nichts. Sie ist ausgebrannt. Sie hätte nie zurückkommen dürfen.«

»Das ist nicht Ihre Entscheidung. Weshalb haben Sie Jonathan Harkness an den Schauplatz der Morde zurückgebracht?«

»Um seinem Gedächtnis auf die Sprünge zu helfen«, erwiderte er tonlos.

»Hat es funktioniert?«

»Das hätte es, wenn …«

»Wenn was?«

»Wenn Matilda nicht aufgetaucht wäre.«

»Warum haben Sie ihn niedergestochen?«

»Das habe ich nicht.«

»Doch. Sie hatten das Messer in der Jackentasche. Ihre Fingerabdrücke sind auf dem Griff. Sie waren in einem abgeschlossenen Bereich mit ihm allein. Wer sonst sollte ihn niedergestochen haben, wenn nicht Sie?«

Ben schwieg.

Masterson seufzte. So kamen sie nicht weiter. Jedes Mal, wenn sie einen neuen Ansatz versuchte, landeten sie wieder in der Gegenwart, bei dem, was sich vor ein paar Stunden ereignet hatte, und an diesem Punkt rannte sie gegen eine Wand. Ben Hales war entweder höchst manipulativ und ein ausgezeichneter Schauspieler, oder er erinnerte sich wirklich nicht daran, was er getan hatte. Vielleicht wäre es doch besser gewesen, wenn sie Matilda auf ihn losgelassen hätte.

»Na schön.« Sie fuhr sich mit den Fingern durch die zerzausten Haare. »Erzählen Sie mir von Jonathan Harkness. Warum sind Sie so besessen von ihm?«

»Ich bin nicht besessen.«

»Sian«, forderte Masterson sie auf.

Sian mischte sich zum ersten Mal in die Vernehmung ein. Normalerweise machte es ihr nichts aus, einen Verdächtigen zu verhören, aber dieser Verdächtige war gleichzeitig ihr direkter Vorgesetzter. Sie wünschte sich, weit, weit weg zu sein. Lieber hätte sie am Sonntagmorgen nach einer Samstagnacht mit vielen Betrunkenen die Arrestzellen saubergespritzt. Sie räusperte sich und griff nach ihrem Aktenordner. Abermals räusperte sie sich. Warum musste es in diesem Vernehmungsraum nur so heiß sein?

»In der letzten Woche haben Sie Charlie Johnson über hundertsechzig E-Mails geschickt, und jede einzelne hatte Jonathan Harkness zum Thema.«

»Na und? Ich verfolge eine Spur.«

Sian fuhr fort: »Die Inspektorin im Ruhestand, Pat Campbell, die als Sergeant an der ursprünglichen Ermittlung beteiligt war, hat uns darüber informiert, dass Sie damals am Tatort waren. Diese Tatsache haben Sie vergessen zu erwähnen, als Sie erfuhren, dass der Fall wieder aufgerollt wird.«

»Ein Versehen.«

»Pat Campbell teilte uns mit, dass Sie einer der ersten Beamten in Uniform am Schauplatz waren und Jonathan Harkness zum Krankenwagen begleiteten. Sie sind mit ihm in die Klinik gefahren und über Nacht an seinem Bett geblieben.«

»Das gehörte zu meinem Job.«

»Außerdem sind Sie dem Ermittlerteam so auf die Nerven gegangen, dass Inspector Ken Blackstock eine förmliche Beschwerde über Sie bei Ihrem direkten Vorgesetzten einreichte. Seine exakten Worte lauteten, Sie seien eine Landplage und behinderten die Untersuchung. Sie erhielten eine offizielle Ermahnung, sich von der Einsatzzentrale fernzuhalten.«

Bens Miene blieb ausdruckslos. Seine Augen waren starr auf Sian gerichtet, doch er schaute geradewegs durch sie hindurch.

»Wieso also diese Besessenheit von Jonathan Harkness?«, wiederholte Masterson ihre Frage.

»Ich muss den Fall aufklären«, schnappte er.

»Wie Sie sehr wohl wissen, wurde er wieder aufgerollt.«

»Ja, und wem haben Sie ihn übertragen? Das Einzige, dem Matilda Darke auf den Grund gehen kann, ist eine Flasche Scotch. Sie hätten ihr nie gestatten dürfen, noch einmal einen Fuß in diese Station zu setzen. Nach allem, was sie getan hat, gehörte sie auf der Stelle entlassen. Sie hätte Carl Meagan genauso gut mit den eigenen bloßen Händen umbringen können.«

»Matilda Darkes Rückkehr war meine Entscheidung und meiner Meinung nach die richtige. Ich muss mich auf diesem Revier niemandem gegenüber rechtfertigen. DCI Darke ist eine erstklassige Detective. Ich habe hundertprozentiges Vertrauen, dass sie die geeignete Person ist, um die Harkness-Morde aufzuklären.«

»So ein Quatsch!«, stieß er hervor. Er ließ die Handflächen auf den Tisch knallen und sprang auf. »Ich bin Detective Chief Inspector Ben Hales vom Morddezernat der South Yorkshire Police, und ich verlange hier ein Mindestmaß an Respekt!«

Die Atmosphäre im Vernehmungszimmer veränderte sich. Hales sah, wie sich der Gesichtsausdruck seiner Kolleginnen veränderte. Jetzt stellten sie nicht mehr nur seine Handlungsweise infrage, sondern auch seine geistige Gesundheit.

KAPITEL 50

»Es tut mir leid, dass ich so spät noch vorbeikomme. Darf ich reinkommen?«

»Oh Gott, was ist passiert?«

»Du wirst es nicht glauben.«

Als Adele beiseitetrat und Matilda einließ, sah sie den triumphierenden Ausdruck in ihren Augen.

»Soll ich eine Kanne Kaffee kochen?«

»Lass lieber die Champagnerkorken knallen!«

Es war fast Mitternacht, und Adele hatte schon im Bett gelegen, als ein Poltern an der Tür sie aus ihrer Hilary-Mantel-Lektüre gerissen hatte. Erst hatte sie gezögert aufzumachen. Es bedeutete selten etwas Gutes, wenn mitten in der Nacht Besuch kam, vor allem bei diesen miesen Straßenverhältnissen. Sie hatte gehofft, dass Chris als der Mann im Haus an die Tür gehen würde, aber als typischer Student konnte er eine ganze Invasion verschlafen.

Matilda ging ins Wohnzimmer, und Adele trottete wie ein Welpe, der unbedingt ein Leckerli wollte, hinter ihr her. Matilda machte Licht und drehte sich zu ihr um, und der Mund blieb ihr offen stehen.

»Das trägst du im Bett?«

Adele senkte den Blick auf ihren weißen Flanellpyjama mit aufgedruckten Cartoon-Pinguinen. »Was stimmt denn damit nicht?«

»Ach, für ein achtjähriges Mädchen ist er ideal.«

»Er ist bequem. Außerdem ist es Winter, und ich schlafe allein, wen sollte ich also beeindrucken wollen? Hör mal, vergiss jetzt mal die Kleiderfrage, und erzähl mir, warum du so aussiehst, als hättest du gerade in der Lotterie gewonnen und George Clooney hätte dir gleichzeitig seine unsterbliche Liebe erklärt.«

»Jonathan Harkness wurde niedergestochen …«

»Oh mein Gott!« Adele legte die Hände vor den Mund.

»Warte … es war Ben Hales.«

»Was?«

Matilda setzte sich auf die Couch, schlug die Beine übereinander und ließ sich entspannt in die lederbezogenen Kissen sinken. Adele hockte sich neben sie auf die Sofakante und gierte danach, mehr zu hören.

»Hales hat Jonathan praktisch von der Straße weg gekidnappt, ihn zu dem Abrissgrundstück geschafft, wo sein altes Haus stand, und ihn niedergestochen.«

»Du willst mich verarschen.«

»Nein. Ich war dabei.«

»Herrgott. Wie geht es ihm?«

»Ich weiß nicht. Aaron ist bei ihm im Northern General. Ich schätze, ich sollte hinfahren und mich nach ihm erkundigen.«

Sie erhob sich, doch Adele hielt sie zurück.

»Wage es nicht! Du holst mich nicht mitten in der Nacht aus dem Bett, nur um sofort wieder abzuhauen, nachdem du mir die halbe Geschichte erzählt hast. Ich hole uns was zu trinken, und dann fängst du noch einmal ganz von vorne an.« Adele ging zur Kommode, auf der sie ein Tablett mit Dekantern und Gläsern aufbewahrte. Sie schenkte zwei große Gläser Whisky ein und kehrte zum Sofa zurück.

»Ich dachte, ich soll nichts mehr trinken«, sagte Matilda und hob den Blick zu dem Elixier.

»Ich bin Ärztin. Das ist Medizin.«

Matilda trank einen tiefen Schluck und spürte, wie der Whisky in ihrer Kehle brannte. Es war, als hätte jemand die Zentralheizung eingeschaltet.

»Was passiert jetzt? Wo ist Ben?«

»Masterson und Sian vernehmen ihn. Ich habe vom Beobachtungszimmer aus zugehört. Adele, du hättest einige der Dinge hören sollen, die er über mich sagte! Wie kann er mich nur so sehr hassen?«

»Das ist nichts Persönliches. Er würde für jeden in deiner Position so empfinden.«

»Es machte mich so wütend, ihm zuzuhören. Ich hätte ihn mit bloßen Händen erschlagen können und kein schlechtes Gewissen gehabt.«

»So wie Jonathan es mit seinem Bruder Matthew gemacht hat?«, riet Adele.

Matilda sah auf, und jähes Begreifen stand in ihrem Gesicht. »Glaubst du, so war es? Er ist einen Schritt zu weit getrieben worden, sodass etwas in ihm zerbrach und er seinen Bruder zu Tode prügelte, und weil das so gar nicht seiner Persönlichkeit entspricht, hat er den Vorfall aus dem Gedächtnis gelöscht?«

»Das wäre denkbar. Der Verstand ist ein seltsamer Mechanismus. Er kann alles ausblenden, um einen vor etwas Schrecklichem zu bewahren«, stimmte Adele zu. »Was wird jetzt aus dem alten Harkness-Fall?«, erkundigte sie sich schließlich, um die drückende Stille zu durchbrechen und Matilda davon abzuhalten, sich wieder in sich selbst zu verkriechen.

»Ich habe absolut keinen Schimmer«, seufzte sie. »Ich

denke, ich weiß, wer der Mörder ist. Ich fürchte nur, dumm dazustehen, wenn ich es laut ausspreche. Ist das zu fassen? Ich habe früher nie an mir gezweifelt, und jetzt sieh mich an.«

»Sag es mir«, bat Adele und beugte sich vor.

»Ich glaube, es war Jonathan«, sagte sie nach kurzem Zögern. Sie konnte Adele nicht in die Augen sehen.

»Jonathan? Du glaubst, er hätte seine eigenen Eltern getötet?«

»Ja.«

»Er war doch damals erst ... wie alt? Elf?«

»Deshalb habe ich Angst, etwas zu sagen. Dass er seinen Bruder getötet hat, kann ich irgendwie verstehen. Aber seine Eltern? Das ist nur sehr schwer nachvollziehbar.«

»Wie kommst du darauf, dass Jonathan es getan hat?«

»Schlichte Logik. Er war allein zu Hause mit seinen Eltern. Es gab keine Anzeichen eines gewaltsamen Eindringens, und alle Türen waren von innen verriegelt. Es ist das klassische Rätsel des verschlossenen Raums wie in einer Kriminalgeschichte, nur eben im echten Leben, nicht als Fiktion. Es gab kein Phantom und keine Geheimgänge. Die einzige Person, die sie getötet haben kann, ist Jonathan.«

»Was ist mit der Mordwaffe? Warum hat man sie bei der Durchsuchung nicht gefunden?«

»Das ist die erste Lücke in meiner Theorie.«

»Außerdem habe ich Fotos von Jonathan im Alter von elf Jahren gesehen. Er machte nicht den Eindruck, als wäre er körperlich in der Lage, seine Eltern umzubringen.«

»Lücke Nummer zwei.«

Adele trank einen großen Schluck Whisky. »Andererseits«, sinnierte sie, »hört man immer wieder, dass Mütter übermenschliche Kräfte entwickeln, um ihre Kinder aus einem brennenden Gebäude zu retten. Es könnte etwas Ähnliches gewesen sein.«

»Was meinst du damit?«

»Wenn man so voller Entschlossenheit ist, so voller Wut und Adrenalin, dann kann man fast alles schaffen. Jonathan mag ein dürrer Elfjähriger gewesen sein, doch wenn er genügend Zorn und Hass auf seine Eltern entwickelt hatte, musste irgendwann der Damm brechen. Vielleicht ist er einfach explodiert.«

»Meinst du?«

»Falls du Jonathan ernsthaft im Verdacht hast, seine Eltern getötet zu haben, ist das die einzige Möglichkeit, die ich mir vorstellen könnte. Du musst dir die Frage stellen, ob du wirklich zu hundert Prozent überzeugt bist, dass er es war.«

»Soweit ich das sehe, gibt es keine Alternative.«

»Wie lautet das Motiv?«

»Keine Ahnung.«

»Verdammt, Matilda. Du hattest mich schon fast. Du musst überzeugter davon sein, bevor du damit zu deiner Chefin gehst.«

»Ich weiß. Ich brauche nur ein winziges Beweisstück, und dann habe ich ihn.«

KAPITEL 51

Das Hauptquartier der South Yorkshire Police wurde noch von den Nachbeben von Ben Hales' Attacke auf Jonathan Harkness und den Folgen des anschließenden Verhörs erschüttert. Selbstverständlich konnte er seinen Job bei der Polizei vergessen, doch wie es sonst weiterging, war schwer abzuschätzen. Würde er wegen Mordversuchs und tätlichen Angriffs auf seine Frau in einem aufsehenerregenden Verfahren vor Gericht gestellt werden? Oder würde sein Entlassungsgesuch einen Schlussstrich unter die Affäre ziehen?

ACC Masterson hatte mehr als eine Stunde mit dem ehemaligen Chief Superintendent Monroe telefoniert, um ihn davon zu überzeugen, dass nichts Gutes dabei herauskommen würde, wenn seine Tochter gegen ihren Ehemann Ben Hales Anzeige erstattete. Sie hoffte, dass er als ehemaliger Polizeibeamter ihre Lage verstehen und ihrer Bitte nachgeben würde. Er schien jedoch nicht dazu bereit zu sein.

»Also, Val, letzten Endes hat er meine Tochter bedroht. Sie hatte Angst um ihr eigenes Leben und um das ihrer Töchter.«

»Ich versuche nicht, Ihre Entscheidung oder die Ihrer Tochter zu beeinflussen, aber der Mann wird seinen Job verlieren.«

Dass ein Polizist im aktiven Dienst wegen einer Messerstecherei vor Gericht kam, war eine Sache, aber Masterson wäre es lieber gewesen, seine privaten Probleme der Öffentlichkeit vorzuenthalten. Was machte das für einen Eindruck, dass ein gewalttätiger und emotional labiler amtierender Chief Inspector das Morddezernat geleitet hatte? Die Presse hatte sich ohnehin schon auf Matilda Darke eingeschossen, seit sie in den aktiven Dienst zurückgekehrt war. Wenn jetzt noch die Geschichte mit Ben Hales dazukam, nahmen die Schlagzeilen gar kein Ende mehr. »Ich kann keinen Vorteil für Ihre Tochter und Ihre Enkelkinder erkennen, wenn Sie ihn vor Gericht zerren.«

»Ich finde nur …«

Val fiel ihm ins Wort. »Es besteht eine große Wahrscheinlichkeit, dass man Ben für schuldunfähig erklärt. Er zeigt alle Symptome einer manisch-depressiven Erkrankung. Ein Gerichtsverfahren könnte ihn vollständig um den Verstand bringen, und damit wäre niemandem gedient.«

Das wäre auch nicht in Vals Sinn gewesen. Den ganzen Morgen hatten sie die Medien und ihre Häme über den Sturz eines weiteren hochrangigen Beamten beschäftigt. Die Hillsborough-Untersuchungskommission und der vertuschte Kinderschänderskandal in Rotherham waren noch frisch im Gedächtnis der Öffentlichkeit. Ein zusätzlicher Skandal innerhalb der South Yorkshire Police konnte Zweifel an den Führungsqualitäten von Assistant Chief Constable Valerie Masterson wecken. Irgendein Sündenbock musste in solchen Fällen immer gefunden werden, und dann gelangten ihre Vorgesetzten vielleicht zu dem Schluss, dass nur ihr Rücktritt die Meute besänftigen konnte.

Ein langes Schweigen trat ein, während Monroe nachdachte. Letztlich lag die Entscheidung über eine Anzeige bei seiner Tochter, aber Monroe war anscheinend die treibende Kraft dahinter. »Betrachten Sie die Anzeige als zurückgezogen. Sie werden von mir in dieser Angelegenheit nichts mehr hören.«

Vals Erleichterung war unüberhörbar. »Was ist mit Ihrer Tochter?«

»Ich werde die Wogen glätten.«

Nach dem Telefonat entspannte sich Masterson ein wenig. Es war immer unschön, wenn schmutzige Wäsche in der Öffentlichkeit gewaschen wurde. Dabei gab es keine Gewinner. Der Messerangriff auf Jonathan Harkness war eine viel schwerwiegendere Angelegenheit, allerdings rein juristisch wesentlich einfacher zu handhaben.

Irgendwo in den Tiefen des Reviers saß Ben in einer Arrestzelle auf seiner Pritsche. Man hatte ihm seine eigene Kleidung weggenommen, und er trug einen blauen Overall. Er hatte nicht geschlafen, und sein Gesicht war gezeichnet von Müdigkeit, Trauer und Niedergeschlagenheit. Er starrte mit schwerem Blick in die Ferne. Sein Kopf fühlte sich leer an, alle Gedanken waren wie ausgelöscht. Seine Karriere, seine Ehe und sein Leben – ein Trümmerhaufen.

KAPITEL 52

Es war noch zu früh, und kaum jemand hielt sich in den Räumlichkeiten der Mordkommission auf. Matilda glaubte schon, sie hätte es ganz für sich alleine, doch als sie die Tür hinter sich schloss, sah sie, wie Sian sich am anderen Ende des Raums aufrichtete. Sie trug noch ihren Mantel und konnte eben erst gekommen sein.

»Was tun Sie denn da?«

»Ich entlüfte noch mal diese verdammten Heizkörper.«

»Klappt es?«

»Na ja, sie gurgeln. Ich habe keine Ahnung, ob das gut oder schlecht ist. Ich dachte, Sie wollten Jonathan Harkness im Krankenhaus besuchen.«

»Nachher. Es war mir wichtiger, zuerst hier nach dem Stand der Dinge zu sehen.«

»Sie meinen, Sie wollen wissen, wie es mit Ben weitergeht?«

»Bin ich so leicht zu durchschauen?«

»Ich kenne Sie schon lange. Setzen Sie sich, ich koche Kaffee.«

Sian Mills, die Mutter der Kompanie, machte sich an die Arbeit, während Matilda sich umsah. Sie hatte hier keinen eigenen Arbeitsplatz mehr. Es erschien ihr falsch, in das kleine abgetrennte Büro zu gehen, solange es noch voll von Bens Sachen war. Stattdessen setzte sie sich an Sians Tisch.

»Haben Sie noch die Schokoladenschublade?«

»Bedienen Sie sich.«

Matilda nahm sich ein Twix und schob die Schublade mit dem Fuß wieder zu, während Sian mit dem Kaffee kam.

»Worüber denken Sie nach?«

»Über Maun Barringtons Selbstmord. Ich meine, den Grund dafür findet man in dem Album, das sie angelegt hat. Aber was glauben Sie, hat Jonathan es gefunden, oder hat sie ihm die Tat gebeichtet?«

»Ich bezweifle, dass sie nach all der Zeit gestanden hätte. Laut ihrem Abschiedsbrief war Stephen in Jonathan verliebt. Wenn sie zugab, dass sie für seinen Tod verantwortlich war, hätte Jonathan ihr wohl kaum verziehen, oder?«

»Höchstwahrscheinlich nicht.«

»Vielleicht sollten Sie Jonathan Harkness fragen, was passiert ist.«

»Das werde ich. Ich bin nur nicht sicher, ob ich von ihm eine ehrliche Antwort bekomme.«

»Wie meinen Sie das?«

»Die Personen in Jonathans Umfeld kommen leicht ums Leben. Seine Eltern, sein Bruder, sein Chef, seine Nachbarin. Ausgerechnet die Menschen, die ihn am besten kennen und helfen könnten, den Fall aufzuklären, werden zum Schweigen gebracht, bevor sie uns etwas sagen können.«

»Wollen Sie andeuten, dass Jonathan damit zu tun hat?«

Matilda musterte ihre Kollegin, der sie hundertprozentig vertraute, über den Rand der Kaffeetasse hinweg. Sie sahen einander in die Augen, und die Antwort erfolgte ohne Worte. Sian fuhr fort: »Sie denken also, Jonathan hätte seine Eltern getötet und dann zwanzig Jahre gewartet, bis er seinen Bruder umbrachte. Anschließend tötete er seinen Chef, gab seiner Nachbarin die Schuld daran, und ermordete schließlich auch sie, ließ es aber wie Selbstmord aussehen?«

Matilda sagte selbstironisch: »Na schön, wenn man es so ausdrückt, klingt es verrückt. Ach, ich weiß nicht. Jonathan hat etwas an sich, das mich irritiert. Er ist nicht das unschuldige Opfer, als das er sich präsentiert. Es tut mir weh, das zu sagen, aber Ben Hales könnte auf der richtigen Spur gewesen sein, als er Jonathans Leben genauer unter die Lupe nahm.«

»Gehen Sie und reden Sie mit ihm. Setzen Sie sich mit ihm hin und bitten Sie ihn einfach, alles zu offenbaren, was in den letzten zwanzig Jahren passiert ist. Auch im Vertrauen, falls Sie meinen, dass er sich dann eher öffnet.«

»Vielleicht. Ach ja, gibt es Neuigkeiten von dem verlassenen Fahrzeug? War es in unseren Unfall mit Fahrerflucht verwickelt? Ich weiß, Maun hat gestanden, aber es wäre gut, das durch Beweise erhärten zu können.«

»Dazu wollte ich gerade kommen. Der Typ mit dem Lispeln aus der Forensik hat gestern Nacht noch angerufen. Ich habe ihn gebeten, Ihnen den Bericht zu mailen.«

»Gut. Darf ich Ihren Rechner benutzen?«

»Nur zu.«

Matilda loggte sich ein und öffnete ihren E-Mail-Eingang. Sie hatte etwa dreißig ungelesene Nachrichten. Sie konnte sich nicht erinnern, wann sie sie zum letzten Mal durchgesehen hatte. Im Moment fehlten ihr die Zeit und das Interesse, um sich eingehend damit zu befassen. Sie schickte den Bericht der Spurensicherung an den Drucker und überflog rasch die restlichen Mails. Eine stammte von Charlie Johnsons Agentin. Sie hatte einen Anhang. Sie öffnete ihn und sprang dann so heftig auf, dass der Stuhl hinter ihr zu Boden krachte.

»Leck mich doch!«, rief sie aus.

Sian fuhr zusammen. »Was ist los?«

»Charlie Johnsons Agentin hat das Foto geschickt. Jetzt weiß ich, warum in seinem Buch kein Bild von ihm ist.«

»Wieso? Ist er hässlich?«

Matilda antwortete nicht. Sian stellte ihre Kaffeetasse ab und ging um den Tisch herum. Sie blickte auf den Bildschirm und sah dem Autor des »definitiven Buchs« über die berüchtigten Harkness-Morde in die Augen.

»Ach du Schande! Ist er das wirklich?«

KAPITEL 53

»Guten Morgen.«

Matilda hatte geduldig gewartet, bis Jonathan die Augen aufschlug. Sie hatte alle Zeit der Welt. Sie hätte auch den ganzen Tag ausgeharrt.

»Guten Morgen«, erwiderte er mit krächzender Stimme. Er versuchte, sich aufzusetzen, doch die Schmerzen in seinem Bauch ließen ihn zurückzucken.

Er lag in einem Einzelzimmer im Northern General Hospital, wo er sich langsam von der Operation erholte, die notwendig gewesen war, um die Edelstahlklinge zu entfernen und seine Magenwand zu nähen. Es hatte auf der Kippe gestanden, ob er überleben würde. Er hatte massive innere Blutungen erlitten, und das Operationsteam hatte die ganze Nacht um sein Leben gekämpft.

»Wie fühlen Sie sich?«

»Schwach.«

Matilda saß auf einem Stuhl am Fußende des Bettes. Sie hatte die Arme verschränkt und die Beine an den Knöcheln überkreuzt. Ihre Haare waren gewaschen und gekämmt, ihre frische Kleidung duftete leicht nach Weichspüler.

»Sind Sie an Weihnachten wieder raus?«, fragte sie, weil sie wusste, dass bedeutungsloser Small Talk Jonathan stören würde.

»Keine Ahnung. Ich bin kein großer Weihnachtsfan.«

»Ich auch nicht. Ich denke, ich werde durcharbeiten. Was haben Sie letzte Weihnachten gemacht?«

»Mit meiner Nachbarin Maun zu Mittag gegessen.« Er runzelte die Stirn.

»Das wird wohl dieses Jahr nicht gehen, was?«

Seine Miene war ein Bild der Verwirrung.

»Haben Sie es noch nicht gehört? Maun hat sich letzte Nacht das Leben genommen. DC Fleming hat sie gefunden.«

»Sie hat sich umgebracht? Warum?« Er wirkte ehrlich schockiert.

»Ich glaube, die Antwort kennen Sie.«

»Ich wusste, dass sie einsam war, aber …«

»Bitte beleidigen Sie nicht meine Intelligenz, Jonathan. Ein Nachbar sah Sie aus Mauns Wohnung kommen, nur Minuten bevor der stellvertretende DCI Hales Sie aufgegriffen hat. Sie haben die Tür hinter sich zugeknallt und sind die Treppe hinuntergerannt.«

»Sie lebte noch, als ich ging!«

»Ja, doch nach allem, was wir in ihrer Wohnung entdeckt haben, darf man wohl sagen, dass Sie über ihr kleines Geheimnis gestolpert sind.«

Jonathan schluckte schwer und legte die Stirn in Falten. Er fühlte sich offenbar unwohl. »Na schön, ja. Bin ich.«

»Ich kann natürlich nichts davon beweisen, aber ich vermute, es kam zu einer Auseinandersetzung, in deren Verlauf Sie Maun sagten, es wäre besser für sie, wenn sie sich das Leben nähme.«

»Das ist lächerlich.«

»Nicht doch. Maun war eine Mörderin. Auch wenn es lange her ist, wäre sie für den Mord an ihrem Mann und seiner Sekretärin vor Gericht gekommen, ebenso wie für den Tod Stephen Egans. Ich vermute einmal, dass Mr. Egans Tod Sie mehr als alles andere getroffen hat. Er war in der Angelegenheit ein unbeteiligter Dritter, nicht wahr?«

»Ja.« Jonathan konnte kaum sprechen.

»Hat Maun Ihnen gestanden, dass sie Stephen überfahren hatte?«

»Nein. Ich stieß auf ihr Album mit den Zeitungsausschnitten. Der letzte Eintrag war die Quittung von der Autovermietung.«

»Die Sie zurückgelassen haben, damit wir sie finden, wenn wir uns Zutritt verschaffen?«

Jonathan warf Matilda einen kurzen Blick zu. Dann schlug er die Augen nieder.

»Was ist dann passiert? Haben Sie ihr gesagt, sie soll sich umbringen, sonst würden Sie das erledigen?«

»Nein. So war das überhaupt nicht. Wir hatten Streit, ja. Sie hatte den einzigen Menschen umgebracht, der sich wirklich für mich interessierte.« Er erhob die Stimme. »Stephen hatte niemandem etwas getan. Als ich es herausfand, erkannte ich sie plötzlich nicht wieder. Ich wollte nicht mehr in einem Haus mit ihr sein, schon gar nicht im selben Zimmer. Ich sagte ihr, dass ich fortziehen würde, und davon wollte sie nichts hören. Also stürmte ich hinaus.«

»Lebte sie noch, als Sie gingen?«

»Natürlich.«

»Sie haben ihr nicht den Alkohol und das Fläschchen mit den Pillen gegeben und sie gebeten, Ihnen einen Gefallen zu tun?«

»Wenn das ein Witz sein soll, gefällt mir Ihre Art von Humor ganz und gar nicht. Ja, ich hasste Maun für das, was sie getan hatte, aber ich habe sie nicht getötet.«

»Das glaube ich Ihnen«, sagte sie. Sie meinte es ernst. »Da ist allerdings noch etwas, bei dem Sie mir helfen könnten. Als wir Ihre Wohnung durchsuchten, nachdem Sie den Angriff Ihres Bruders auf Sie gemeldet hatten, sahen wir auch in den Mülltonnen nach. Wir fanden die üblichen Dinge, die Leute so wegwerfen, leere Kaffeedosen, leere Konservenbüchsen, leere Verpackungen, und eine halb leere Dose Deodorant.«

»Ja und?«

»Es ist albern, sich über so etwas den Kopf zu zerbrechen, ich weiß, doch ich fragte mich ständig, warum Sie ein noch einwandfrei brauchbares Deo in den Müll werfen sollten. Ich überlegte, ob Ihnen der Duft nicht gefallen hatte und Sie auf eine andere Sorte umgestiegen waren, allerdings standen in Ihrem Badezimmerschrank drei weitere identische Dosen. Dann fragte ich mich, ob die Dose aus dem Müll vielleicht defekt war, aber sie funktionierte perfekt. Also lief es auf die Frage hinaus, warum Sie eine absolut einwandfreie Dose Deo ausrangiert hatten.«

Jonathan lächelte beinahe. »Ich habe keine Ahnung. Ich kann mich nicht mal erinnern, sie weggeworfen zu haben.«

»Tatsächlich kann ich die Frage selbst beantworten. Ich schickte die Dose zur Überprüfung ins Labor. Ich wusste nicht, was sie herausfinden würden – falls überhaupt –, doch das Ergebnis war ausgesprochen überraschend. Es befanden sich Spuren von Fäkalien daran, von Blut und Hautzellen. Diese haben wir mit den Abstrichen verglichen, die Dr. Kean in der Nacht machte, als Sie den sexuellen Übergriff Ihres Bruders meldeten, und dreimal dürfen Sie raten – es war eine perfekte Übereinstimmung.«

»Ich weiß nicht, worauf Sie damit hinauswollen.«

»Doch, ich denke schon. Sie sind ein intelligenter Mensch und haben sehr viele Kriminalromane gelesen. Sie wissen genau, was passiert, wenn in einem Fall von sexuellem Übergriff ermittelt wird. Unglücklicherweise muss man ein bisschen weiterdenken, wenn es um das Verstecken von Beweismaterial geht. Sie haben sich mit der Dose Deodorant selbst anal verletzt, um uns davon zu überzeugen, dass Ihr eigener Bruder Sie vergewaltigt hatte.«

»Er ist über mich hergefallen«, sagte er mit weniger Überzeugungskraft als beim letzten Mal. »Mein Bruder hat mich ...«

»Nein, hat er nicht. Es gibt nicht den geringsten Anhaltspunkt dafür, dass Ihr Bruder in der Nacht seines Todes Geschlechtsverkehr gehabt hätte. Sie haben sich die Verletzungen selbst zugefügt. Denn nachdem Sie Ihren Bruder totgeschlagen hatten und in der Sicherheit Ihrer Wohnung darüber nachdachten, was Sie getan hatten, wurde Ihnen klar, dass Sie sich niemals auf Notwehr würden berufen können. Jonathan, Sie haben Ihren Bruder brutal getreten und geschlagen, Sie sind auf ihm herumgetrampelt. Was Sie ihm angetan haben, war weit jenseits von bösartig.«

Jonathan senkte den Blick auf seine zitternden Hände. »Sie haben keinerlei Beweise für all das.«

»Nein, nur Indizien. Sagen Sie, als Matthew an jenem Abend zu Ihnen kam, hat er Ihnen da zufällig etwas verraten? Vielleicht ein Geheimnis, das Sie durchdrehen ließ?«

»Nein«, erwiderte Jonathan. Er sah wieder verwirrt aus.

Matilda zog ein eselsohriges Exemplar von Charlie Johnsons Buch aus der Tasche und warf es ihm in den Schoß. Er schrie vor Schmerz auf, als seine Bauchmuskeln sich beim Aufprall des Taschenbuchs unwillkürlich zusammenzogen.

»Was fehlt in diesem Buch?«

Jonathan sah es an, berührte es aber nicht. »Ich habe keine Ahnung.«

»Ich vermute, Sie haben es gelesen.«

»Ja.«

»Ich denke, Sie haben es sogar mehr als einmal gelesen.«

»Ja.« Er neigte den Kopf.

»Sie lesen viele Bücher, daher wissen Sie auch, wie sie aufgebaut sind. Widmung, Danksagung, Autorenbiografie und was noch?«

Jonathans ständiges nachdenkliches Stirnrunzeln bereitete ihm Kopfschmerzen. »Ich weiß nicht.«

»Ein Foto. Eine Foto des Verfassers. Sie werden festgestellt haben, dass es in diesem Buch an keiner Stelle einen Schnappschuss von Charlie Johnson gibt.«

»Dann eben nicht«, sagte er mit schwachem Lächeln.

»In den letzten zwanzig Jahren, seit Charlie angefangen hat, Ihnen zu schreiben, um Sie zu einem Interview zu bewegen, wussten Sie also nie, wie er aussah, nicht wahr?«

»Nein.«

Matilda kramte wieder in ihrer Tasche und zog ein zusammengefaltetes Blatt A4-Papier hervor. Sie faltete es sorgfältig auf und legte es ihm in den Schoß. »Das ist Charlie Johnson.«

Er lachte. »Nein. Das ist mein Bruder. Das ist Matthew.«

»Genau.«

Die Zeit blieb stehen, und drückendes Schweigen breitete sich aus. Matilda saß ganz still da und starrte den Patienten an, während eine Welle von Emotionen über sein bleiches und erschöpftes Gesicht glitt. Er wirkte schockiert und verwirrt, zornig und erschrocken.

»Sie hatten tatsächlich keine Ahnung, nicht wahr?«

Er schüttelte den Kopf.

»Ich habe mit seiner Agentin gesprochen. Sie wusste auch nicht, wer Charlie wirklich war. Schließlich hatte sie ihn als Jugendlichen nicht gekannt und konnte die Verbindung nicht herstellen. Sie hat mir seinen Lebenslauf gemailt, und der ist eine einzige Lüge. Er beinhaltet eine Menge Artikel, die er angeblich für lokale und überregionale Zeitungen geschrieben hat. Niemand hat das je nachgeprüft, weil sein Buch über die Morde so unglaublich gut recherchiert war. Nun kennen wir den Grund.«

Endlich ergriff Jonathan das Wort. »Wieso sollte er ein Buch darüber schreiben?«

»Das ist eine Frage, auf die ich sehr gerne eine Antwort hätte. Sie wussten es wirklich nicht, oder?«

»Nein.«

»Warum haben Sie ihn dann getötet?«

Wieder sahen sie einander in die Augen. Diesmal versuchte er nicht, es zu leugnen. Minuten verstrichen, ohne dass ein Wort fiel.

»Ich habe nichts dazu zu sagen«, sagte er schließlich leise.

»Sie versuchen, sich eine Lüge zurechtzulegen, stimmt's? Warum erzählen Sie mir nicht einfach die Wahrheit?«

Jonathan streckte die Hand zum Nachttisch aus und goss sich zitternd ein Glas lauwarmes Wasser ein. Er trank durstig und ließ sich Zeit, bis er die richtigen Worte gefunden hatte.

»Er wusste es.«

»Wie bitte?«

Jonathan schluckte schwer. Zwanzig Jahre lang hatte er sich bemüht, es vor der Welt zu verbergen, und jetzt würde es herauskommen. In gewisser Hinsicht war es eine Erleichterung. Andererseits besiegelte er damit sein Schicksal.

»Was wusste er?«

»Das mit Mum und Dad.«

»Dass Sie sie getötet haben?«

Jonathan nickte, weigerte sich aber, es laut auszusprechen.

»Woher wusste er das?«

»Er hatte es sich zusammengereimt. Er sagte, seine Gedanken seien immer wieder zu den Ereignissen zurückgekehrt, seit er von dem Abriss des Hauses erfahren hatte, und irgendwann hat er einfach zwei und zwei zusammengezählt.«

»Was genau ist denn an jenem Abend vor zwanzig Jahren geschehen?«

»Wir wollten auf ein Weihnachtskonzert gehen. Mum und Dad hatten eigentlich keine Lust, aber sie waren wichtige Mitglieder der Gemeinde, und es hätte einen schlechten Eindruck gemacht, wenn sie ferngeblieben wären. Mum kam herauf in mein Zimmer, wo ich auf dem Boden saß und Lego spielte. Sie war nicht gerade glücklich, dass ich noch nicht fertig angezogen war. Ich glaube, ich trug nur Unterwäsche und ein Hemd.

Sie war wütend, weil wir spät dran waren. Sie sagte, ich solle mich endlich anziehen und mir von Dad die Fliege binden lassen. Ich nahm die Fliege und legte sie mir um den Kragen. Überraschenderweise kriegte ich den Knoten schon beim ersten Versuch einwandfrei hin. Ich war erst elf Jahre alt und konnte perfekt eine Fliege binden! Ist das zu glauben? Da wurde mir etwas klar. Wenn mir das allein gelang, dann konnte ich alles schaffen.

Ich wusste, dass Mum und Dad mich im Grunde nie haben

wollten. Ich war ein Unfall. Im Idealfall hätte Mum mich abgetrieben. Aber so brachte sie mich zur Welt, und damit war die Sache für sie erledigt. Sie überließ es mir, mich um mich selbst zu kümmern, und genau das tat ich. Matthew war ihr Wunschkind. Er bekam all die Liebe und Zuwendung. Für mich blieb nichts übrig.«

»Mussten Sie sie deshalb gleich umbringen?«

»Sie haben mich vernachlässigt. Sie hätten mich genauso gut in einem Schuhkarton vor der Kirchentür ablegen können. Denken Sie ja nicht, sie wären in der Geschichte reine Opfer. Sie waren als Eltern völlig ungeeignet und hätten keine Kinder haben dürfen. Alle glaubten, wir wären die perfekte Familie. Erfolgreiche Eltern, zwei Jungs und ein schönes Haus. Wissen Sie, eine kleine Umarmung gelegentlich hätte nicht schaden können. Das war alles, was ich wollte, eine Umarmung und abends ins Bett gebracht zu werden. Aber nein. Sie haben mich ignoriert. Ich war unsichtbar. Scheiß auf sie.«

Sein Zorn brach aus ihm hervor, als die Erinnerungen an die Oberfläche drängten. Er war nicht mehr das blasse, hagere Opfer am Rand eines Nervenzusammenbruchs. Er war eine brodelnde Masse aus Frustration und Wut, die von tief innen hochkochten.

»Wie ging es weiter?« Matilda war wie gebannt von seiner Geschichte. Es war schockierend, wie dieser scheue junge Mann sich vor ihren Augen in einen kaltblütigen Mörder verwandelte.

»Ich ging hinunter in die Küche. Ich wollte Mum zeigen, dass ich meine Fliege selbst zubinden konnte, aber das interessierte sie nicht. Ich war schon wieder am Hinausgehen, als mein Blick auf den Messerblock fiel. Die Klingen leuchteten direkt vor meinen Augen auf, als wäre ein Punktstrahler darauf gerichtet. Sie zogen mich magisch an. Ich nahm das größte Messer heraus und ging wieder nach oben. Wissen Sie, ich musste es nicht einmal vor Mum verstecken. Ich hätte aus vollem Hals schreien können, dass ich meinen Vater erstechen wollte, und sie hätte nicht mit der Wimper gezuckt. So sehr beachteten sie mich.

Dad saß im Schlafzimmer am Schreibtisch. Er sollte vor Neujahr bei irgendeinem Dinner eine Rede halten und bastelte schon seit Wochen daran herum. Er hatte sich darüber gebeugt und kritzelte drauf los. Ich schlich mich nicht an. Ich ging nicht auf Zehenspitzen oder so etwas. Ich marschierte einfach auf ihn zu und rammte ihm das Messer von hinten in den Hals. Ich konnte kaum glauben, wie leicht es ging.«

Matilda schluckte schwer angesichts der Kaltschnäuzigkeit, mit der er die Wahrheit aussprach. »Die Attacke auf Ihre Mutter war wesentlich wilder – was war geschehen?«

»Als ich sie die Treppe heraufkommen hörte, versteckte ich mich hinter der Tür. Sie sah das Blut auf Dads weißem Hemd, sobald sie zur Tür hereinkam, und rannte zu ihm. Da ging ich auf sie los. Leider blickte sie auf und sah mich im Spiegel kommen. Ist das zu fassen? Ausgerechnet das eine Mal, als ich es nicht wollte, nahm sie mich wahr. Ich hatte das Messer schon gezückt, als sie reagierte. Sie wandte sich halb ab, und ich traf sie in die Hand. Sie schrie. Ich denke, ich schrie ebenfalls, aber ich zog die Klinge einfach heraus und stach weiter zu. Ich konnte nicht aufhören. Ich glaube, sie hasste ich am meisten.«

»Dann haben Sie gar nicht Ihre Stimme verloren?«

»Natürlich nicht. Er lachte. »Ich hatte die Idee aus einem alten Agatha-Christie-Roman. Da geht es um eine alte Frau, die die Treppe hinunterfällt, allerdings ist es kein Unfall. Der einzige Zeuge ist ihr kleiner Hund. Die Geschichte heißt *Der ballspielende Hund*, und ich erinnere mich, wie clever ich das fand. Die einzige Person, die das Verbrechen mit angesehen hatte, konnte nicht bezeugen, was geschehen war.«

»Warum haben Sie damals nicht auch Ihren Bruder getötet?«

»Weil er leiden sollte. Er war ein Rohling. Ich habe Ihnen erzählt, was er mir angetan hat – das stimmte alles. Ich wollte ihn spüren lassen, wie es war, keine Eltern zu haben.«

Matilda schaute verständnislos. Trotz seines Geständnisses konnte sie es nicht fassen. »Ihr Motiv war also, dass es Ihnen gelang, eine Fliege zu binden?«

»Es gab kein Motiv. Motiv bedeutet Planung, und ich hatte nichts geplant. Die Gelegenheit war da, und ich ergriff sie.«

»Was haben Sie mit dem Messer gemacht? Warum haben die Kollegen es damals nicht gefunden?«

Jonathan hob den Blick zu Matilda. Er wirkte irgendwie jünger, als hätte das Erzählen seiner Geschichte ihm eine Zentnerlast von den Schultern genommen, die er seit der Tat mit sich herumgeschleppt hatte.

»Netter Versuch.« Er grinste sie tückisch an, ein Gesichtsausdruck, auf den selbst Professor Moriarty stolz gewesen wäre.

KAPITEL 54

MASSENEXHUMIERUNG IN Kirche in Watergate

Um eine Dorfkirche vor dem Einsturz zu retten, müssen Gräber geöffnet und die Toten umgebettet werden.

Die Hauptwasserleitung der St.-James-Kirche in Watergate, Newcastle, fror vor Weihnachten ein, als die Temperaturen auf unter minus zehn Grad sanken. Als Tauwetter einsetzte, platzten die Rohre und durchtränkten den Boden unterhalb der Kirche und auf dem angrenzenden Friedhof, wodurch die Fundamente des aus dem achtzehnten Jahrhundert stammenden Gebäudes geschwächt wurden.

Reverend Sebastian Tolbanek sagte dazu: »Dies ist eine sehr schwierige Situation, uns bleibt keine andere Wahl, als die Grabsteine und Särge zu verlegen, um die Kirche zu retten und die notwendigen Sanierungsarbeiten durchzuführen. Wir werden alles tun, um die Gräber schonend zu behandeln und den Familien der Verstorbenen jede nur mögliche Unterstützung zu geben. Ich habe persönlich alle Betroffenen angeschrieben und sie von den Plänen unterrichtet.

Der Boden muss erst austrocknen, ehe die Arbeiten im Frühjahr beginnen können. Ich hoffe, dass der Friedhof bis zum Ende des Sommers vollständig wiederhergestellt ist. Bis dahin werden wir den Angehörigen dennoch die Möglichkeit geben, um ihre Lieben zu trauern, die hier zur letzten Ruhe gebettet wurden.«

Die Kirche hatte schon vor drei Jahren begonnen, die

nötigen Mittel für dieses Projekt zu sammeln. Durch die starken Fröste der jüngsten Vergangenheit müssen die Maßnahmen jetzt vorgezogen werden.

Reverend Tolbanek hat versichert, dass alle Särge, die zu beschädigt sind, mit Respekt und Ehrfurcht behandelt werden. Arrangements für die Wiederbestattung sollen in Abstimmung mit den noch lebenden Verwandten erfolgen.

Neujahr – zehn Tage später

Matilda Darke war ganz allein in der Einsatzzentrale. Sie hatte die Weihnachts- und Neujahrsfeiertage durchgearbeitet, trotz aller Proteste Adeles und Val Mastersons. Ihre Mutter hatte sie schließlich an Heiligabend erreicht und sie praktisch angefleht, Weihnachten mit der Familie zu feiern. Matilda hatte sich entschuldigt und gesagt, sie wolle das Fest in diesem Jahr möglichst ignorieren, aber versprochen, es sich im nächsten Jahr noch einmal zu überlegen. Sie hatte einen späten Weihnachtslunch mit Adele und Chris eingenommen, und irgendwann während ihres Geschenkeaustauschs hatte Matilda alles andere vergessen und tatsächlich eine Art von Glück empfunden.

Leider hatte die Realität sie schnell wieder eingeholt und ihr die Festtagslaune verdorben. Wenn sie länger bei den Keans geblieben wäre, hätte sie sie nur mit ihrer düsteren Stimmung angesteckt, und das hatten sie nicht verdient. Sie hatte sich bedankt, nicht nur für die Geschenke und die Gastfreundschaft. Dann hatte sie sich verabschiedet.

Der Kontrast zu Weihnachten im Jahr davor hätte größer nicht sein können. Da hatte sie vier Tage frei gehabt und sie zu Hause mit James verbracht. Sie hatten gemeinsam ein leckeres Menü gekocht, zusammen die Geschenke ausgepackt und *Doctor Who* gesehen, völlig abgeschlossen von der Außenwelt. Sie hatten jede Minute genossen.

Kurz zuvor hatten die Ärzte bei James einen gutartigen Hirntumor diagnostiziert. Sie hatten beide gewusst, dass ihm in den kommenden Monaten eine schwierige Operation bevorstand, aber während der Feiertage hatten sie sich damit nicht belastet. Erst am 6. Januar, bei einem MRT-Scan zur Kontrolle, hatten sie die schlechte Nachricht erhalten. Der Tumor war sehr schnell gewuchert, und es gab nichts mehr, was sie tun konnten. Matilda und James würden nie wieder Weihnachten zusammen feiern.

Die Tür zum Besprechungsraum der Mordkommission ging auf, und DC Scott Andrews kam herein. Er trug einen neuen Mantel und dazu passende Handschuhe und Schal, vermutlich ein Weihnachtsgeschenk.

Matilda sah auf und fragte: »Was machen Sie denn hier?«

»Ich habe mit Rory getauscht. Die Eltern seiner Verlobten in Dumfries veranstalten eine Silvesterparty, also habe ich versprochen, heute für ihn einzuspringen.«

»Hatten Sie keine Pläne für Silvester?«

»Nein. Es sei denn, mit den Nachbarn in der Kneipe um die Ecke hocken und darauf hoffen, dass die Uhr schneller läuft und endlich Mitternacht ist, damit man nach Hause gehen und sich gute Vorsätze fürs nächste Jahr überlegen kann, zählt als Silvesterplan.«

Matilda lächelte. »Setzen Sie den Kessel auf, Scott, und

dann verputzen wir die Schokokekse, die Sian an Weihnachten mitgebracht hat. Hübscher Mantel übrigens.«

»Danke«, sagte er strahlend. »Ich war zum Schlussverkauf in der Meadowhall.«

»Sie sind ein mutiger Mann. War viel los?«

»Brechend voll. Man hat mich mit Ellbogen gestoßen, herumgeschubst und niedergetrampelt. Nie wieder!«

Matilda lachte. Sie war nie gerne shoppen gegangen, vor allem nicht Klamotten. Kleider, die ihr gefielen, sahen an den Schaufensterpuppen immer wesentlich besser aus als an ihr. Leider hatten die Puppen eben perfekte Figuren, im Unterschied zu ihrer Größe vierzig mit zu dicken Oberschenkeln.

Scott brachte die Keksschachtel, auf der er zwei Teetassen balancierte, und stellte sie auf Matildas Schreibtisch. »Haben Sie etwas Neues von DI Hales gehört?«, fragte er unter Verwendung des korrekten Rangs, da Matilda nun auf Dauer zurück zu sein schien.

»Nein. Die ACC wartet mit der Entscheidung bis nach den Neujahrsfeierlichkeiten. Das gilt übrigens auch für uns.«

»Was meinen Sie damit?«

»Das Morddezernat wird evaluiert. Nächsten Monat könnten wir schon wieder Einbrüche und Autodiebstähle untersuchen.«

»Toller Jahresbeginn. Vielleicht hätte ich mir die Kassenzettel aufheben sollen.« Andrews ließ sich in seinen Stuhl sinken und blickte niedergeschlagen drein. »Irgendwelche guten Vorsätze gefasst?«

»Nein. Mit so etwas gebe ich mich nicht ab«, log sie. Sie hatte sich geschworen, ihr Leben im kommenden Jahr in den Griff zu bekommen, positiver zu denken und der Welt und ihrer Chefin zu beweisen, dass sie wieder in Hochform war. »Sie?«

»Nein. Ich habe mich mit meiner Schwester darüber unterhalten, aber wir haben keine Laster, die wir aufgeben möchten. Wir sind eine stinklangweilige Familie.«

Das Telefon klingelte das erste Mal, seit Matilda vor Stunden eingetroffen war.

»Ich versuche, eine gewisse Detective Chief Inspector Matilda Darke zu erreichen«, sagte eine tiefe Stimme mit starkem Newcastle-Akzent.

»Am Apparat. Wie kann ich Ihnen helfen?«

»Ich bin Detective Sergeant Kevin Schofield von der Kripo Newcastle. Soviel ich weiß, sind Sie zuständig für den Harkness-Doppelmord, ja?«

Etwas sagte Matilda, dass dieses Telefonat ihr den Tag versüßen würde. Sie setzte sich aufrechter hin und lauschte.

Andrews sah ihr an, dass es wichtig war. Er hatte gerade einen Keks in seinen Tee tunken wollen, erstarrte aber mitten in der Bewegung und sah sie mit hochgezogenen Augenbrauen an.

»Allerdings.« Sie bekam vor Aufregung einen trockenen Mund.

»Ich weiß nicht, ob Sie gehört haben, welche Probleme wir hier oben mit dem Wetter haben, aber bei einer Kirche ist die Wasserleitung geplatzt, und der gesamte Friedhof muss aufgegraben werden, um sie neu zu verlegen.«

Matilda hatte keine Ahnung, worauf das hinauslaufen sollte, und verlor schon beinahe wieder das Interesse. Sie spähte in die Schachtel mit den Keksen, um zu entscheiden, welchen sie als Nächstes nehmen sollte.

Schofield fuhr fort: »Einige der Särge waren mit der Zeit natürlich bereits ziemlich verrottet, und mehrere zerbrachen beim Aushub. Wie Sie sich vorstellen können, ist das kein hübscher Anblick. Als die Arbeiter ein bestimmtes Grab aushoben, machten sie eine Entdeckung und riefen uns an. Wir glauben, dass das für Sie von Bedeutung sein könnte.«

Matildas Interesse war sofort wieder geweckt. »Fahren Sie fort.«

»Es handelte sich um das Grab einer gewissen Clara Ann Harkness. Klingelt da etwas?«

»Ja.«

»Als man den Sarg aus dem Grab hob, löste er sich mehr oder weniger in seine Einzelteile auf. Dabei entdeckten wir ein zwanzig Zentimeter langes Küchenmesser. Es war stark verrostet, doch die Untersuchung hat ergeben, dass sich an der Basis des Griffs Blutspuren befinden. Wir warten noch auf die Ergebnisse des DNA-Tests, aber ich dachte, das könnte Sie interessieren.«

»Das interessiert mich sogar sehr«, sagte sie. »Sie haben gar keine Ahnung, wie sehr. DS Schofield, Sie sind möglicherweise gerade mein neuer bester Freund geworden.«

Es war keine Zeit zu verlieren. DC Andrews folgte Matilda hinaus. Er musste in Trab verfallen, um mit ihren langen Schritten mitzuhalten. Sie hatte ihm nicht erklärt, worum es bei dem Anruf gegangen war, das konnte warten, bis sie im Auto saßen. Sie hatte ihm nur gesagt, er solle sich seinen neuen Mantel schnappen und mitkommen. Ein strahlendes Lächeln stand auf ihrem Gesicht. Das war der Start ins neue Jahr, auf den sie gehofft hatte. Sie drückte die Daumen, dass es ein Omen war und das Glück ihr wieder lachen würde.

»Sie wussten also die ganze Zeit, dass Jonathan seine Familie ermordet hatte?«, fragte Scott vom Beifahrersitz aus.

»Nicht die ganze Zeit, aber ich hatte einen Verdacht. Er hat es mir auf dem Krankenbett gebeichtet, doch das konnte ich nicht verwenden, und ich durfte kaum darauf hoffen, dass er mir ein unterschriebenes Geständnis liefern würde. Ich brauchte Beweise, und genau darin herrscht in diesem Fall großer Mangel.«

»Bis jetzt.«

»Bis jetzt«, wiederholte sie grinsend.

Sie hielten vor Jonathans Wohnblock, und Matilda konnte den Sicherheitsgurt gar nicht schnell genug lösen.

Es war ein kalter Morgen. Der Schnee, der vor Weihnachten gefallen war, bildete immer noch eine geschlossene Decke auf den Gehsteigen. Es würde lange dauern, bis Tauwetter einsetzte. Alles war mit einer dicken Schicht Raureif bedeckt, und die Straßen waren zum Teil spiegelglatt und gefährlich. Matilda war das egal. Sie ging mit langen, selbstbewussten Schritten, während Andrews ihr vorsichtiger folgte.

Im Gebäude war es nicht viel wärmer als draußen, doch die Temperatur kümmerte Matilda nicht. Sie war darauf fixiert, Jonathans Gesicht zu beobachten, während sie ihm ihren Beweis präsentierte. Sein von Manipulation geprägtes Leben war vorbei.

Sie klingelte und nur ein paar Sekunden später ein zweites Mal. Es kam keine Reaktion, also hämmerte sie an die Tür und läutete abermals.

Die Tür zur Wohnung gegenüber öffnete sich, und eine große ältere Frau, die sich schwer auf ein Gehgestell stützte, tauchte auf.

»Was ist denn los?«, fragte sie um Atem ringend.

Die Hitze, die aus ihrer Wohnung drang, schlug den beiden Detectives wie eine Wand entgegen. Kein Wunder, dass sie nach Luft schnappte, wenn sie in einer Sauna lebte.

»Wir suchen Jonathan Harkness. Wissen Sie, wo er ist?«

»Er ist letzte Nacht ausgegangen. Sind Sie von der Polizei?«

»Ja.«

»Ist einer von Ihnen Matilda Darke?«

Matilda und Scott sahen einander an und hätten fast gegrinst. »Ja, das bin ich.«

»Er hat einen Brief für Sie dagelassen. Er hat mich gebeten, ihn Ihnen zu geben, wenn Sie nach ihm suchen. Wollen Sie ihn haben?«

»Ja bitte.« Sie runzelte die Stirn. Natürlich wollte sie ihn haben.

Die ältere Nachbarin kehrte in ihre Wohnung zurück, um den Brief zu holen. Es dauerte eine Weile. Sie warteten und warteten, bis sie endlich mit ihrem Gehgestell zurückkam. Sie entschuldigte sich, dass sie so lange gebraucht hatte, und machte einen Scherz darüber, dass es kein Vergnügen sei, alt zu werden. Die Beamten bedankten sich, und die Nachbarin kehrte zurück in den Backofen, den sie Wohnung nannte.

Matilda drehte sich von Andrews weg und öffnete den Umschlag. Darin befanden sich ein Brief und ein wenige Tage alter Zeitungsausschnitt mit einem Artikel über den Friedhof von Watergate, der aufgegraben werden musste. Sie las nur die Überschrift und hielt sich nicht mit dem Text auf. Der Brief war ihr wichtiger.

Liebe Matilda,
der beiliegende Artikel wird Ihnen das Ende der Geschichte liefern, die Sie aufklären wollen, und den Fall abschließen. Sie hatten nach Beweisen gesucht.

Vermutlich wäre es vernünftiger gewesen, zum Revier zu kommen und ein Geständnis abzulegen, aber ich habe genug davon. Ich habe es satt, diese Geschichte zu erzählen, und ich bezweifle, dass ich noch die Energie besitze, es ein weiteres Mal zu tun.

Ich dachte, ich hätte das perfekte Versteck für das Messer gefunden. Ohne die geplatzte Wasserleitung wäre es nie entdeckt worden. Doch ich hätte wissen sollen, dass mein Glück nicht anhalten und Tante Clara mein Geheimnis am Ende verraten würde. Ich nehme es ihr aber nicht übel.

Die Kriminalgeschichte wird mich als psychopathischen Mörder bezeichnen, doch es würde mir sehr missfallen, wenn meine Eltern als reine Opfer dastünden. Sie haben sich mir gegenüber wahrhaft abscheulich verhalten. Ich glaube nicht daran, dass Menschen böse geboren werden, ich denke, sie werden böse gemacht. Die Vernachlässigung und die Verletzungen meiner Kindheit haben mich zu dem Menschen geformt, der ich bin.

Das Einzige, was ich bedaure, ist, dass Stephen Egan in mein Leben trat und dafür den höchsten Preis bezahlen musste. Er ist in dieser Angelegenheit das wahre Opfer, und ich will mich bei ihm auf die einzige Weise entschuldigen, die ich kenne.

Ich bin froh, dass Sie es sind, die den Fall am Ende aufgeklärt haben. Die Presse hat Sie wegen Carl Meagan schäbig behandelt, und das hatten Sie nicht verdient. Jeder Kriminalschriftsteller dürfte sich glücklich schätzen, Sie als Heldin zu haben.

Ich hoffe, Sie werden bald wieder den Glauben an Ihre Arbeit zurückfinden.

Viele Grüße,
Jonathan Stefan Harkness

»Was ist?«, fragte Scott, nachdem Matilda den Brief gelesen hatte und den Blick hob.

»Es ist Jonathans Geständnis und zugleich sein Abschiedsbrief, fürchte ich.«

»Selbstmord? Soll ich die Kollegen in Uniform rufen und seine Tür aufbrechen lassen?«

»Nein. Ich glaube nicht, dass er da drin ist.«

»Aber wo dann?«

Matilda antwortete nicht. Langsam ging sie an Andrews vorbei und aus dem Gebäude hinaus. Sie sagte kein Wort zu ihm, während sie mit ihm auf dem Beifahrersitz die Straße entlangfuhr und links abbog. Sie wusste genau, wo sie hinwollte. Sie hatte den Fall gelöst – oder vielmehr: Jonathan hatte ihn für sie aufgeklärt. Doch sie spürte keine Euphorie oder Feierlaune. Sie fühlte sich einfach nur leer. Sie bog in den Abbey Lane Friedhof ab und hielt am Straßenrand an. Es war ein großer Friedhof mit mehr als 25000 Gräbern. Wenn man den Weg nicht kannte, konnte es Tage dauern, bis man fand, wonach man suchte. Matilda kannte den Weg.

Schweigend und gemessen schritt sie über den gefrorenen Boden zwischen den gepflegten Gräberreihen hindurch.

Weiße Marmorsteine mit goldener Schrift, schwarze mit gerahmten Fotos der Verstorbenen. Die älteren Grabmäler waren größer, die Steine kunstvoller bearbeitet. Im Lauf der Zeit hatte sich der Geschmack vereinfacht, und weniger war hier sicher mehr.

Das Grab, nach dem sie suchte, lag am Ende einer Reihe. Sie blieb abrupt stehen, und Scott wäre beinahe in sie hineingelaufen. Ihr Blick wanderte über die Szene, die genauso aussah, wie sie es erwartet hatte.

Es war das Grab Stephen Egans, und auf dem Boden direkt vor dem Grabstein lag in fötaler Haltung die gefrorene Leiche von Jonathan Harkness. Er hatte sich eng zusammengerollt und die Arme fest um die Knie geschlungen. Die Lippen in seinem bleichen Gesicht waren blau angelaufen. Raureif hing in seinem Haar, und seine trockenen Augen standen weit offen.

DANKSAGUNG

Viele Menschen haben geholfen, dieses Buch zu veröffentlichen. Vor allem möchte ich mich bei meiner brillanten Lektorin Kate Stephenson und ihrem Team bei Killer Reads und Harper Collins bedanken. Ihre harte Arbeit hat meinen Traum wahr werden lassen. Dafür werde ich ihnen immer dankbar sein.

Unschätzbare Unterstützung leisteten mir Margaret Murphy, Danuta Reah, Adele Ward und Chris Simmons. Ihr Wissen und ihre kenntnisreichen Kommentare waren mir eine große Hilfe, und ich hoffe, sie mit meinen ewigen Fragen nicht allzu sehr genervt zu haben.

Ein großes Dankeschön geht auch an meine guten Freunde Jonas Alexander, der mir bei viel Kaffee und Gelächter aus Plot-Fallen herausgeholfen hat, und Chris Schofield und Kevin Embleton für die Wochenenden fernab der Realität.

Schließlich möchte ich noch meine Mum erwähnen – eine wunderbare, starke Frau, die von Anfang an an mich geglaubt hat und mich zum Weitermachen ermutigte, als ich selbst schon aufgeben wollte. Ich werde dir nie genug für deine Unterstützung danken können. Die selbst gebackenen Kuchen waren auch eine große Hilfe.

Ein besonderes Dankeschön geht an Woody, den perfekten Begleiter eines Schriftstellers – immer ein offenes Ohr, niemals harsche Kritik.